LE DESTIN
DE CASSANDRA

ANNA JACOBS

LE DESTIN DE CASSANDRA

traduit de l'anglais
par Sebastian Danchin

ARCHIPOCHE

Ce roman a été publié sous le titre
Farewell to Lancashire
par Hodder & Stoughton, Londres, 2010.

Notre catalogue est consultable à l'adresse suivante :
www.archipoche.com

Éditions Archipoche
34, rue des Bourdonnais
75001 Paris

ISBN 978-2-37735-235-7

À ma chère mère Lucy Sheridan, décédée en 2008.
J'espère que papa et elle dansent ensemble « là-haut »,
à présent qu'ils sont à nouveau réunis.
Et tous mes remerciements
à ma merveilleuse sœur Carol
qui s'est occupée de maman avec dévouement
quand je ne pouvais me trouver auprès d'elle.
Je vous aime toutes les deux.

Prologue

Mai 1861 – Outham, Lancashire

Edwin Blake baissa son journal, ses yeux se perdirent dans le vide, puis il balaya la pièce du regard et son expression s'adoucit à la vue de ses quatre filles. La chance lui avait décidément souri.

Toutes étaient des femmes à présent, et il ne savait s'il devait se lamenter ou se réjouir qu'elles vivent toujours avec lui, aucune n'étant mariée.

— Tout va bien, papa? l'interrogea Cassandra, le voyant préoccupé.

En tant qu'aînée, elle veillait sur la maisonnée ainsi qu'elle l'avait toujours fait depuis la mort de sa mère lorsqu'elle avait quatorze ans.

— On parle de la guerre en Amérique dans le journal.

— C'est heureux qu'ils veuillent affranchir les esclaves.

Il acquiesça.

— Bien sûr. Seulement... si le Nord et le Sud continuent de s'affronter, qui nous fournira du coton? Faute d'esclaves, qui le fera pousser et le récoltera?

— Il suffira de rémunérer des ouvriers agricoles.

— Où trouveront-ils l'argent? Les guerres sont coûteuses, ma fille. Il suffit de regarder ce qui s'est passé en Crimée il y a quelques années.

Il laissa s'écouler un silence avant d'exprimer ses véritables craintes.

— Et quand bien même ils continueraient de produire du coton, comment nous le livrer ici, dans le Lancashire? La guerre est synonyme de blocus.

— Ce n'est pas la première fois que les temps sont durs, intervint Xanthe. Nous nous sommes toujours débrouillés.

— J'ai beau retourner le problème dans tous les sens, plus personne n'aura de travail ici si le coton vient à manquer.

Ses filles prirent un air pensif. Il les avait toujours encouragées à réfléchir. Le fait d'appartenir aux classes laborieuses ne les obligeait pas à se comporter en mouton, à se laisser dicter leurs opinions par autrui.

— Cette guerre fratricide ne durera probablement pas, suggéra Maia, la plus sensible des quatre. C'est comme si l'une de mes sœurs devenait soudain mon ennemie.

Ses yeux se remplirent de larmes à cette seule pensée.

— Les frères se battent entre eux depuis la nuit des temps, remarqua Edwin. Il suffit de se souvenir de Caïn et d'Abel. Ou encore de votre oncle Joseph, qui ne m'a pas adressé la parole depuis plus de vingt ans. Il n'est même pas venu à l'enterrement de votre mère. Il feint de ne pas me voir quand je le croise dans la rue, comme si nous n'avions pas partagé le même lit et joué ensemble quand nous étions enfants. Tout ça parce que je suis devenu méthodiste.

— C'est plutôt à cause de sa femme, soupira Cassandra. Je crois bien qu'elle nous hait. J'avais peur d'elle chaque fois que je la voyais lorsque j'étais enfant.

— Je ne l'apprécie guère, moi non plus, mais jamais elle ne te ferait le moindre mal.

— Ce n'est pas l'impression qu'elle donne.

— Elle et Joseph n'ont pas eu d'enfants. C'est la vraie raison de sa rancœur à votre égard, à mon avis.

— Ce n'est tout de même pas notre faute.

Edwin ne répondit rien. L'éloignement de son frère était pour lui une souffrance. Il éprouvait périodiquement le besoin d'en parler, afin de chasser son amertume. Sa belle-sœur était une femme acariâtre qui n'avait pas levé le petit doigt pour les aider au moment de la maladie de sa femme. Il avait bien essayé de lui pardonner, ainsi que le voulait sa religion, mais sans y parvenir. Il en avait la conviction, cette femme était mauvaise. Il ne voyait pas comment la qualifier autrement.

— Tu n'as besoin de personne puisque tu nous as, le rassura Pandora en posant une main douce sur ses doigts noueux.

Il posa un regard tendre sur sa fille. Sa propre main était usée par le travail, il se réveillait chaque matin avec des articulations douloureuses, raidies par l'âge. Mais si les mains de Pandora étaient douces et belles, elles étaient déjà rougies par le labeur alors qu'elle n'avait que vingt-deux ans.

— Vous ne devriez plus vivre avec moi. Vous devriez être mariées et mères de famille, toutes tant que vous êtes.

Pandora se leva brusquement et s'agita au-dessus du fourneau. Edwin s'en voulut de l'avoir blessée en parlant sans réfléchir. De ses quatre filles, elle était la seule à s'être trouvé un galant, un gentil garçon plein de vie. Elle aurait été mariée si le pauvre Bill n'était pas mort un an plus tôt, emporté par une pneumonie.

Tout en sachant le sujet délicat, il ne put s'empêcher d'aller jusqu'au bout de son raisonnement.

— Tu as vingt-huit ans, Cassandra, dit-il en posant les yeux sur son aînée. Ne tarde pas trop à te trouver un fiancé, ma chérie. Vieillir sans enfants est bien triste. Vous êtes ma raison de vivre, toutes les quatre.

— Comment pourrais-je me marier? Encore faudrait-il que je déniche un homme moitié aussi intelligent que toi, répliqua-t-elle avec insouciance.

Il fronça les sourcils dans sa direction.

— C'est donc ce que tu recherches en priorité chez un mari? L'intelligence?

Elle opina.

— Je ne supporterais jamais de vivre avec un idiot, ou avec quelqu'un d'ennuyeux. J'ai bien essayé, à l'époque où Tom Dorring me faisait la cour, parce qu'il était gentil. Mais ça n'a pas marché. Il ne parlait que de son travail et des voisins.

Edwin se força à sourire pour dissimuler son inquiétude. Ses quatre filles étaient intelligentes, mais Cassandra était la plus vive. Il avait veillé à leur donner la meilleure éducation possible, avec les maigres moyens dont il disposait, afin qu'elles sachent suffisamment bien lire pour continuer à s'éduquer par elles-mêmes tout en travaillant.

Le père et ses filles empruntaient régulièrement des livres à la bibliothèque pour se nourrir l'esprit. Quelle bénédiction que cette bibliothèque! Si seulement elle avait existé lorsqu'il était jeune. La loi obligeait les autorités à consulter les contribuables et à réunir une majorité des deux tiers avant d'engager la moindre dépense. Il s'en était fallu de peu lors du vote, mais, Dieu merci, Outham avait finalement obtenu sa bibliothèque en 1852.

n'empêche. Du fait de leur sexe, ses filles auraient sans doute été mieux inspirées de dissimuler leur intelligence. La plupart des hommes voyaient d'un mauvais œil les femmes plus avisées qu'eux.

Non, Cassandra avait raison de chercher quelqu'un d'aussi vif qu'elle. Il n'aurait pas voulu que ses filles se retrouvent enchaînées à des garçons lourds, incapables de réfléchir plus loin que le repas suivant, de vouloir mieux qu'un emploi stable.

— Le repas est prêt, annonça Pandora.

Edwin montra l'exemple en prenant place à table. Le temps d'avaler quelques bouchées, il aborda l'autre problème qui le tracassait.

— Je vais devoir mettre un terme à mes cours de grec.

— Mais tu adores ça ! protesta Cassandra. Pourquoi t'arrêter ?

— À cause de cette guerre. Je me dis qu'il est temps de surveiller nos dépenses et d'économiser au maximum. Les temps vont devenir plus durs que jamais.

Il rompit le pain, reprit sa cuillère et nettoya lentement son assiette, enfin libéré de son fardeau.

Ses filles conservèrent le silence et il ne chercha pas à ranimer la conversation. Le réalisme était encore le meilleur moyen d'affronter l'avenir lorsqu'il était sombre.

1

Au début du mois de novembre, Cassandra perdit son emploi. N'ayant pas travaillé après la mort de sa mère, lorsqu'il lui avait fallu s'occuper de la maison et de ses cadettes, elle n'avait guère d'ancienneté et fut l'une des premières licenciées. Quant à ses sœurs, elles gagnaient désormais leur vie à mi-temps, de sorte que leur père était le seul à bénéficier d'un salaire plein.

Cassandra éprouva la plus grande honte à se retrouver au chômage.

— Je m'occuperai du ménage et des courses, vous pouvez être certaines que je veillerai sur le moindre sou, annonça-t-elle à ses sœurs ce soir-là. À quoi bon chercher du travail? Il n'y en a plus nulle part en ville.

Le lendemain matin, elle se força à sourire en voyant partir les autres, sans pouvoir retenir ses larmes lorsqu'elle se retrouva seule, s'autorisant un court moment de faiblesse. Elle s'essuya les yeux et décida de récurer la maison à fond. L'eau du petit-déjeuner était encore chaude, elle ne voulut pas gaspiller de charbon.

Elle venait de remplir le seau lorsqu'on frappa à la porte de derrière. Elle ouvrit et découvrit le petit garçon de l'une des familles voisines.

— J'ai faim, m'dame, fit Timmy.

Incapable de résister à la tentation, elle lui donna le croûton de pain qu'elle se réservait. Timmy était un enfant du péché. Bien que son beau-père ait accepté de le prendre à sa charge en épousant sa mère, tout le monde dans le quartier savait que cet enfant bâtard était le mal-aimé de la famille.

Cassandra soupira en refermant la porte. Le garçon portait les marques de son malheur sur le visage. Ses trois demi-frères étaient tous plus grands et mieux nourris que lui. Comment pouvait-on laisser maltraiter de la sorte son propre enfant?

Elle reprit son travail et entreprit de récurer les dalles de pierre de la cuisine. Son père ne s'était pas trompé six mois plus tôt. La guerre en Amérique avait quasiment stoppé les importations de coton, les bateaux ne passaient plus et la petite ville en payait le prix fort. On murmurait que la situation avait peu de chance de s'améliorer, et cette seule pensée terrifiait Cassandra.

Plusieurs familles avaient été prises en charge par le Bureau des pauvres, d'autres vendaient leurs meubles et leurs vêtements un à un de façon à ne pas vivre de la charité publique. Ceux qui en bénéficiaient perdaient toute autonomie. Les responsables du Bureau contraignaient les gens à tout vendre avant d'accepter de les aider.

Ses sœurs et elle réussissaient à s'en tirer, grâce à la prévoyance de leur père qui conservait encore quelques économies dans la boîte en fer-blanc cachée dans son placard, mais le pécule fondait vite car Edwin ne pouvait s'empêcher de donner aux voisins dont les petits criaient famine. C'est une chose de voir manquer des adultes, c'en est une autre de voir mourir de faim des enfants, et ses réserves s'épuisaient.

Et voilà qu'elle venait de donner son déjeuner au petit des voisins. Elle resterait le ventre vide ce jour-là, mais pas ce pauvre Timmy.

*

Quelques jours plus tard, Edwin regagna le domicile triste et fatigué.

— Le propriétaire de l'usine m'a expliqué qu'il n'avait plus que trois mois de coton, raconta-t-il en mangeant ce qui leur servait couramment de repas, un peu de pain et quelques pommes de terre avec un soupçon de beurre. Et encore, il va devoir licencier s'il veut tenir jusque-là.

Il se tourna vers les jumelles.

— Inutile de retourner travailler la semaine prochaine, Xanthe et Maia. M. Darston s'efforce de garder une personne par famille, quand ça lui est possible. Dans notre cas, il s'agit de moi. Il fait de son mieux pour distribuer le peu de travail dont il dispose le plus équitablement possible.

— Comment feront les gens si cette guerre s'éternise? s'inquiéta Maia.

— La reine ne laissera jamais la population du Lancashire mourir de faim, répondit Edwin avec assurance. Quand elle prendra conscience de la situation, je suis bien persuadé qu'elle demandera au gouvernement d'intervenir.

Il avait toute confiance en Sa Majesté, qui menait une vie exemplaire avec son mari et ses enfants, et respectait ses sujets.

Xanthe serra les doigts de sa jumelle entre les siens.

— Je ne voudrais pour rien au monde dépendre de l'aide publique. Et s'ils nous obligeaient à aller à l'hospice? J'aimerais mieux me laisser mourir de faim.

Edwin comprenait sa fille. Le pasteur anglican, qui assurait la gestion de l'hospice chargé d'accueillir les pauvres de son église et des cinq paroisses voisines, était un homme dur qui traitait les nécessiteux comme des criminels. Distribuer la plus petite aumône lui coûtait.

La loi exigeait des hospices qu'ils accueillent les pauvres dans des conditions pires que ce qu'ils avaient connu chez eux, et si la plupart des établissements refusaient d'appliquer cette règle à la lettre, l'asile d'Outham y veillait scrupuleusement. Et tandis que les pensionnaires se contentaient de miettes, le pasteur faisait bombance chez lui, veillant soigneusement à séparer les maris de leurs femmes afin de les empêcher de «forniquer», une mesure qu'il appliquait même aux couples âgés dont ce n'était plus la préoccupation.

Edwin refusait de considérer ce prêtre comme un homme de Dieu, ce qui expliquait sa conversion à la foi méthodiste.

— Nous n'irons à l'hospice qu'en tout dernier recours, déclara-t-il d'une voix douce. Nous avons encore les moyens de tenir un bon moment, mais si l'on vous donne le choix entre l'hospice ou la mort, j'espère que tu choisiras de vivre, ma Xanthe chérie. C'est personnellement ce que je choisirais.

Cassandra lui prit le bras.

— J'ai entendu dire aujourd'hui que la paroisse allait organiser une soupe populaire à l'intention des désœuvrés. Ils serviront des repas trois fois par semaine, le lundi, le jeudi et le samedi. Cela devrait grandement nous aider.

Edwin ne se réjouissait guère à la perspective de se rendre dans l'église anglicane. Il aurait préféré que le pasteur méthodiste, un homme infiniment plus généreux, organise une opération du même type. Les édiles de la ville, pour plus d'efficacité, avaient toutefois décidé de coordonner l'ensemble des actions de charité, et comme l'église anglicane disposait d'une grande salle, c'est là que serait organisée la soupe populaire.

Dans quel monde vivait-on, pour que ses filles soient contraintes de quémander leur pitance?

*

Maia eut la chance de conserver un travail deux jours par semaine. Le lundi où la soupe populaire ouvrit ses portes, ses trois sœurs se rendirent à la salle paroissiale afin d'obtenir des tickets repas. Les gens formaient une longue file devant l'entrée en attendant patiemment leur tour. Un silence pesant trahissait le sentiment d'humiliation qui les étreignait.

Les ouvriers des filatures avaient l'habitude de se serrer la ceinture lorsque l'économie n'était pas florissante, mais jamais ils n'avaient souffert d'une absence quasi totale de travail. Certains avaient fui la ville et s'étaient mis en quête d'un emploi dans le Yorkshire, fief de l'industrie lainière. D'autres avaient tenté leur chance dans le Sud, où les gens s'exprimaient avec un drôle d'accent, où la terre était plus meuble. Il se murmurait que l'on embauchait là-bas.

Ceux qui ne se résolvaient pas à quitter Outham erraient dans les rues comme des âmes en peine. Les femmes supportaient mieux la situation, du moins avaient-elles un intérieur à tenir, des enfants à élever.

Lorsque vint leur tour, Cassandra et ses sœurs durent répondre à quelques questions relatives à leur situation.

Le responsable du comité, un membre de la paroisse, les interrogea d'une voix impatiente avant de déclarer sèchement :

— J'ose espérer que vous vous mettrez à genoux devant votre Créateur pour la générosité dont Il fait preuve à votre égard.

Il les congédia d'un geste.

— On vous donnera vos tickets à cette table.

Là, une femme les interrogea à nouveau :

— Nom?

— Cassandra Blake.

Elle vit la femme écrire « Cass Blake ».

— Ce n'est pas mon nom.

Leur père avait toujours refusé que l'on écourte leurs prénoms, arguant du fait qu'il les avait choisis pour leur beauté, en l'honneur des déesses grecques dont il avait découvert l'existence dans les ouvrages prêtés par son pasteur.

La femme posa sur elle un regard courroucé avant de s'adresser à sa voisine :

— Cette créature est d'une impudence ! Elle s'autorise à corriger ce que j'écris alors qu'elle nous mendie sa nourriture.

Le pasteur s'approcha.

— Y aurait-il un problème, chère madame Greaves?

— Et comment ! Cette jeune femme a osé corriger ce que je venais d'écrire.

— Pas du tout, protesta Cassandra. Vous m'avez demandé mon nom, et vous en avez écrit un autre.

Le prêtre se pencha sur le registre.

— Cass Blake, lut-il.

— Je m'appelle Cassandra. Personne ne m'a jamais appelée Cass.

— Ma chère fille, vous devriez être reconnaissante à cette dame d'offrir généreusement son temps pour vous aider au lieu de l'importuner avec des détails sans importance.

Il la toisa.

— Quoi qu'il en soit, Cassandra sied bien mal à une personne de votre condition. Je ne sais pas où vos parents sont allés chercher un tel prénom, mais jamais je ne les aurais autorisés à vous baptiser de la sorte dans ma paroisse. À présent, je vous prie de prendre vos tickets et d'avancer rapidement si vous ne voulez pas que je vous fasse chasser d'ici. La nourriture se trouve là-bas. Je vous rappelle que vous n'avez droit qu'à un ticket par jour.

Elle hésita à lui tourner le dos, piquée au vif, mais elle n'avait quasiment rien mangé depuis plus de vingt-quatre heures, pour avoir donné sa part la veille à son père et à Maia. Tous deux continuaient de travailler et son père paraissait anormalement fatigué depuis quelque temps.

Elle s'approcha de la table où l'on distribuait la soupe et se trouva nez à nez avec la femme de son oncle Joseph.

— Donnez-moi votre ticket et prenez un bol ! lui ordonna sa tante en feignant de ne pas la reconnaître.

Une autre femme lui servit une louche de soupe avant qu'une troisième lui tende un morceau de pain rassis et une cuillère fatiguée.

— Voilà. N'oubliez pas de rapporter le bol et la cuillère quand vous aurez terminé.

Cassandra remercia sa tante du bout des lèvres et gagna la table à tréteaux la plus éloignée dans l'espoir d'échapper à son regard mauvais. Elle posa son bol d'une main tremblante. Pourquoi tant de haine ?

Elle fut bientôt rejointe par Pandora dont les joues cramoisies et les yeux brillants trahissaient la colère.

— Cette femme a écrit Dora quand je lui ai donné mon nom. Dora ! Et le pasteur m'a chapitrée quand j'ai voulu la corriger.

Xanthe, arrivée à son tour, posa son bol d'un geste si brusque qu'un peu de soupe se répandit sur la table.

— Elle m'a inscrite sous le nom de Susan.

Un jeune homme s'installa près des trois sœurs.

— J'ai entendu ce que vous a dit cette femme. Je trouve ça honteux. Absolument honteux. Comment peut-on s'arroger le droit de modifier le prénom de quelqu'un?

Cassandra vit Pandora sourire au jeune homme. Celui-ci battit des paupières. Encore un membre de la gent masculine qui tombait sous le charme de sa plus jeune sœur. Pandora était sans conteste la beauté de la famille, avec ses yeux bleu vif et ses cheveux d'un noir de jais, mais elle ne semblait même pas remarquer l'effet qu'elle produisait sur les hommes.

— Puis-je me joindre à vous? demanda l'inconnu. Je ne connais personne.

— Vous êtes le bienvenu, l'accueillit Cassandra.

Ils entamèrent leur repas. Le pain était si dur qu'il fallait le tremper dans la soupe pour le ramollir. Une pratique mal élevée qui n'échappa pas au pasteur, mais la nourriture était trop rare pour qu'on puisse se permettre de la gâcher.

La salle fut bientôt pleine. La soupe, un brouet de chou et de pommes de terre dans lequel flottaient quelques os, n'était guère appétissante, mais personne n'en perdit une goutte.

— C'est de l'eau, marmonna Pandora. Quant au pain, il est vieux de plusieurs jours.

— Au moins n'est-il pas moisi, sans compter qu'il est gratuit, soupira Xanthe. Je comprends mieux pourquoi père a cessé de fréquenter cette paroisse, à présent que je vois comment on y traite les gens. Ils croient donc que les pauvres n'ont pas d'amour-propre?

Les jeunes filles prirent congé du jeune homme et rentrèrent chez elles d'un pas lent. Cassandra se fit la réflexion que les gens avaient perdu leur entrain, en les voyant avancer d'un pas traînant. Le temps paraissait long à tous à présent, plus personne n'avait de raison de se presser.

En relevant la tête, elle remarqua que rares étaient les cheminées d'usine encore en activité, alors que le ciel était autrefois noir de fumées. La ville avait bien changé, Outham n'était plus que l'ombre d'elle-même.

Les sœurs approchaient de leur maison lorsque Pandora exprima tout haut ce qu'elles pensaient toutes.

— On aurait dit que notre tante nous haïssait. Vous ne trouvez pas?

— Si. Évitons de raconter à père que nous l'avons vue. Il en serait perturbé.

— Je lui ai toujours trouvé un regard étrange, ajouta Pandora d'une voix songeuse.

— Inutile d'épiloguer à ce propos, la coupa Xanthe. Je compte me rendre à la bibliothèque chercher de nouveaux livres. Nous avons le temps, maintenant.

— C'est une chance de bénéficier de cette bibliothèque, remarqua Cassandra. Lire ne coûte rien.

*

Joseph Blake ferma son magasin à 21 heures ce soir-là, comme à l'ordinaire. Il fit sortir ses employés et verrouilla derrière eux, puis il monta pesamment les marches jusqu'à l'étage où l'attendait l'appartement confortable qu'il occupait avec sa femme depuis la mort des parents de cette dernière. Il avait dîné avec Isabel à 18 heures. Constatant qu'elle était de méchante humeur, il était redescendu sous prétexte de terminer ses comptes. Tout en surveillant son personnel et en servant lui-même les clients les plus importants, il s'était demandé ce qui pouvait bien agiter sa femme cette fois.

Elle se montrait particulièrement désagréable depuis quelque temps, au point que leur petite bonne en pleurait régulièrement. Mais Dot supportait sa maîtresse sans broncher, elle avait trop besoin de son emploi, personne d'autre n'avait de travail dans sa famille. Si Joseph avait voulu intervenir, Isabel n'en aurait été que plus dure avec elle, aussi serrait-il les dents en lui glissant de temps à autre des miettes de biscuit ou des restes de jambon de l'épicerie. Il savait qu'Isabel surveillait étroitement Dot.

Peut-être sa femme avait-elle croisé ses nièces lorsqu'elle était sortie? Les voir suffisait à gâter son humeur. Quatre jolies filles, surtout la benjamine. Il regrettait de ne pas les connaître, mais Isabel lui avait clairement fait comprendre avant leur mariage que leur union n'était possible que s'il coupait définitivement les ponts avec son frère. Il lui avait donné sa parole, persuadé de la conduire à changer d'avis par la suite. Ce en quoi il s'était trompé. Issue d'une excellente famille anglicane, Isabel était particulièrement fière de ses origines et ne supportait pas les «méthodistes déviants», ainsi qu'elle les qualifiait.

À ceci près que la personne déviante aux yeux de Joseph était sa femme, avec ses devises religieuses toutes faites et son comportement contraire aux enseignements de la Bible. Elle s'était montrée d'une jalousie féroce à l'endroit de Catherine, la femme de son frère Edwin. Sans être précisément belle, celle-ci avait un sourire engageant et une bienveillance qui lui valaient des amis partout où elle se montrait. Isabel, à l'inverse, avait peu de relations et un visage peu avenant que son expression maussade rendait plus disgracieux encore.

La situation aurait été différente s'ils avaient pu avoir des enfants. Au début de leur mariage, Isabel avait été enceinte pendant sept mois, et cette grossesse l'adoucissait de jour en jour. Et puis elle avait perdu l'enfant, manquant d'y laisser la vie. À en croire le médecin, son bassin était trop étroit et l'accouchement avait provoqué des déchirements internes. Il avait ajouté qu'elle ne serait jamais en mesure de porter un enfant à terme et lui avait recommandé de ne plus tomber enceinte.

Elle était restée si longtemps malade qu'ils s'étaient installés au-dessus de l'épicerie, chez les parents d'Isabel, afin que la mère de cette dernière puisse s'occuper d'elle. Ils avaient fait lit à part depuis, ce dont il avait été soulagé.

Très vite, il avait appris à passer le plus de temps possible au magasin et n'avait pas tardé à comprendre pourquoi son beau-père agissait de même. Il y avait toujours quelque tâche à accomplir. Vérifier l'approvisionnement des étagères, s'assurer que le commis effectuait bien son travail, recevoir les représentants des fournisseurs, rester tranquillement installé derrière le comptoir après la fermeture à lire un journal ou un roman en feignant d'examiner les livres de comptes.

À la mort de ses beaux-parents, l'épicerie était devenue le Grand Magasin Blake, au grand dam de sa femme. Pour une fois, il avait tenu bon. Depuis, il avait fait fructifier son commerce en suivant l'exemple de son beau-père, excellent homme d'affaires.

La guerre en Amérique était venue tout bouleverser. Il n'était plus nécessaire de stocker autant de produits, la famine du coton[1] affectait les clients quelles que soient leurs origines sociales. Les plus riches n'avaient toutefois pas cessé d'acheter des produits de première nécessité,

1. «*Lancashire Cotton Famine*», expression désignant la pénurie de coton qui frappa cette région.

de sorte que le commerce continuait de tourner, mais tout le monde ou presque en ville avait mis un frein à ses dépenses, ce qui affectait les bénéfices de Joseph.

Il était l'heure de remonter. Il s'assura que les becs de gaz étaient soigneusement éteints et monta l'escalier jusqu'à leur appartement.

Isabel l'attendait, assise dans son fauteuil près du feu, le dos raide, la bouche pincée, les mains serrées sur ses genoux.

— Les affaires ont bien marché aujourd'hui ?

— On gagne moins d'argent qu'avant, mais nous avons tout de même de quoi vivre.

— Tu devrais licencier le petit jeune pour augmenter les bénéfices.

— Il n'y a plus aucun travail en ville, c'est le seul membre de sa famille qui ait encore un emploi, je compte le garder le plus longtemps possible.

— Mon père l'aurait déjà licencié depuis longtemps.

— Je ne suis pas ton père.

Un grognement de colère monta de la gorge d'Isabel, mais Joseph n'en avait cure car elle avait les mains liées. C'était à lui que M. Horton avait légué le magasin, Dieu soit loué, car il croyait les femmes incapables de s'entendre en affaires.

— Je vais sonner pour qu'on nous apporte du chocolat chaud et des biscuits, décida brusquement Isabel.

Elle attendit qu'ils soient tous les deux installés devant le feu pour lui exposer les raisons de sa mauvaise humeur.

— J'ai vu ces filles, aujourd'hui. Trois d'entre elles, plus exactement, je ne sais pas où traînait la dernière. Elles sont venues s'inscrire à la soupe populaire.

Sa poitrine sèche se souleva sous l'effet de l'indignation.

— Comme des mendiantes! J'en étais si mortifiée, je ne savais plus où me mettre. J'ai feint de ne pas les voir, tu t'en doutes.

Il manifesta sa surprise.

— Tu crois qu'elles n'ont plus d'argent? J'étais persuadé qu'Edwin continuait de gagner sa vie.

— Elles n'ont certainement plus de travail, sinon jamais on ne leur aurait donné de tickets. Je frémis à l'idée de ce que vont penser les gens derrière notre dos en apprenant que certains de nos proches vivent de la charité publique.

— Beaucoup de gens en ville sont dans le besoin. Ce n'est tout de même pas la faute de mes nièces s'il n'y a plus de travail.

— Je constate avec quelle facilité tu prends leur défense. Ces traînées paresseuses n'ont pas envie de travailler, voilà tout.

Peu soucieux de laisser la conversation s'envenimer, il se contenta de siroter son chocolat en l'écoutant calmement déblatérer à l'envi. Le mieux était encore de laisser passer l'orage lorsque Isabel était d'aussi piètre humeur, toujours prompte à calomnier ses nièces qui étaient pourtant de bonnes filles.

Il avait toujours su qu'Isabel ne serait pas une épouse facile, sans se douter de ce qui l'attendait vraiment. Il convoitait le magasin dont elle hériterait, cette épicerie dans laquelle il travaillait dur depuis dix ans. Lorsqu'il avait compris qu'aucun autre homme ne voudrait l'épouser, il s'était risqué à demander à son employeur la permission de courtiser sa fille célibataire de trente ans.

Contrairement à son frère Edwin, qui avait soif de connaissances, Joseph avait soif de confort. Il désirait plus que tout posséder son propre commerce.

Il avait cru qu'avoir des enfants influerait sur elle de façon bénéfique. Il savait désormais que rien ne viendrait jamais adoucir son caractère. Elle était pétrie de dépit et de rancœur, au point que Joseph se demandait parfois si elle avait toute sa raison.

Il n'en tiendrait pas moins sa promesse au père d'Isabel : en échange de l'épicerie, il veillerait sur elle jusqu'au bout, aussi difficile fût-elle.

2

À la fin du mois de novembre, le pays tout entier s'enflamma autour de l'affaire du *Trent*, lorsqu'un vaisseau de l'US Navy défendant les couleurs du Nord arraisonna un navire britannique transportant du courrier alors qu'il quittait Cuba à destination de l'Angleterre. Les officiers du vaisseau de l'Union débarquèrent de force deux des passagers du *Trent*, des diplomates envoyés par la Confédération en mission à Londres.

L'incident souleva une tempête en Grande-Bretagne où même ceux qui souffraient du manque de coton oublièrent provisoirement leurs malheurs en exprimant leur colère. La Grande-Bretagne, restée neutre à l'occasion du conflit entre le Nord et le Sud, n'était nullement en guerre avec l'Amérique. Les Américains n'avaient aucun droit d'agir avec une telle brutalité, et nombre de citoyens appelèrent à la guerre contre le Nord.

Edwin prit un air navré.

— La guerre est un moyen honteux de régler un différend, je ne doute pas que notre chère reine mette le holà à ces appels aux armes.

— Ce commandant nordiste avait pourtant tort, protesta Cassandra. Il n'avait pas le droit d'arraisonner un navire britannique.

— Aucun droit, sourit Edwin.

Il appréciait chez sa fille cette façon de se passionner pour les événements du moment, même si certains prétendaient que l'actualité ne regardait pas les femmes.

*

Les sœurs Blake, tracassées par le manque de travail, se montrèrent plus perturbées encore au début du mois de décembre lorsque leur père rentra un soir avec des nouvelles inquiétantes. Son employeur lui avait expliqué que vingt-neuf usines avaient cessé toute production dans le Lancashire et que plus d'une centaine d'autres tournaient au ralenti.

— Tant de gens sans emploi, et qui ont faim, remarqua Maia. Pourquoi ne pense-t-on pas à instaurer des systèmes d'aide sociale dignes de ce nom plutôt que ces soupes populaires?

— Il est question de créer un camp de travail pour les hommes aux portes de la ville, répondit Edwin. On leur demandera de casser des cailloux.

— Mais enfin! s'exclama Pandora. C'est le genre de travail que l'on réserve habituellement aux condamnés.

— C'est une idée du pasteur. Ce Saunders est un personnage impitoyable, il prétend que les gens devraient être reconnaissants qu'on leur trouve du travail, que la ville a besoin de cailloux pour réparer les anciennes routes et en fabriquer de nouvelles. Ils comptent payer les hommes un shilling la tonne.

L'annonce fut accueillie par un silence que Cassandra se décida à rompre.

— Combien de temps faut-il pour casser une tonne de cailloux?

— Un jour, paraît-il. Sans doute un peu moins pour un individu bien bâti.

— Six shillings par semaine, c'est insuffisant pour nourrir décemment une famille !

— Peut-être, mais je serais prête à tout pour bénéficier d'un salaire, remarqua Xanthe. Même casser des cailloux, sauf qu'ils ne veulent pas de femmes sur leurs chantiers. Pourquoi faut-il qu'on soit toujours tributaires de nos hommes ?

— D'autant que vous n'avez que moi, se lamenta Edwin. Si seulement vous étiez mariées, mes chères filles, au moins une ou deux d'entre vous, vous auriez de vigoureux jeunes gens sur lesquels compter, au lieu d'un vieillard tel que moi.

— Je n'épouserai personne tant que je n'aurai pas trouvé quelqu'un que j'aime et que j'admire, fit Xanthe. Quelqu'un qui acceptera de reconnaître que j'ai autant de cervelle que lui.

— Je me demande parfois si ce genre d'homme existe pour les femmes de notre condition, s'attrista Maia.

Cassandra, quant à elle, s'inquiétait silencieusement que son père se considère comme un « vieillard ». Ce n'était pas la première fois qu'il usait de ce terme. Commençait-il à sentir le poids des ans ?

Il avait toutefois raison. Que deviendraient-elles s'il lui arrivait malheur ?

*

Grâce à Dieu, le temps se montra clément en ce mois de décembre pour tous ceux qui n'avaient guère les moyens de se chauffer. Le pays tout entier sombra pourtant dans le chagrin le 14 lorsque mourut le prince consort. Des prières à l'intention de la reine furent organisées dans les églises et les chapelles. Qui n'a pas perdu dans sa vie un être aimé ? Chacun comprenait la peine de la souveraine, dont les journaux disaient qu'elle était inconsolable.

— Cette pauvre femme porte déjà le lourd fardeau de la monarchie, déclara Edwin. Elle avait besoin du soutien du prince Albert. Sans compter qu'elle a perdu sa mère en mars dernier, c'est une bien triste année pour elle. Elle a au moins le réconfort d'avoir ses enfants. Les enfants sont la meilleure des consolations, la preuve que la vie continue.

Il dévisagea ses filles l'une après l'autre avec un sourire.

— Je ne sais pas ce que j'aurais fait sans vous à la mort de votre mère.

Il se tourna vers Cassandra en lui apportant la preuve que sa vision n'avait rien perdu de son acuité.

— Reprends ce morceau de pomme de terre que tu viens de glisser dans mon assiette. J'entends partager ce que nous avons. Je ne veux pas que tu aies faim à cause de moi.

— Tu as l'air si fatigué ces derniers temps.

Elle n'ajouta pas qu'il ouvrait rarement ses ouvrages de grec depuis quelque temps.

— Je vieillis. N'oublie pas que j'ai soixante ans.

Cassandra n'en dit rien, mais son oncle était plus âgé de deux ans, ce qui ne l'empêchait pas d'avoir une excellente mine. En serait-il de même avec son père s'il était mieux nourri? Mais comment se procurer de la bonne nourriture?

— Tu nous le dirais, si tu avais des soucis de santé?

— Je suis fatigué, rien de plus, ma chère fille. Ne t'inquiète donc pas pour moi. M. Darston a promis de continuer à me donner du travail, au moins à mi-temps. Mon patron est un homme bon.

*

Il faisait beau ce dimanche-là lorsque Reece Gregory décida de parcourir à pied les huit kilomètres séparant Outham de la ferme où il avait trouvé un emploi et un toit. Les Walker, des cousins éloignés, n'avaient pas les moyens de lui verser un salaire régulier, mais ils le nourrissaient convenablement et lui glissaient un shilling ou deux chaque fois qu'ils le pouvaient, ce qui était déjà beaucoup par les temps qui couraient. Infiniment mieux que d'être obligé de recourir à l'assistance publique.

Il s'avança dans le cimetière avec l'intention de s'asseoir sur le banc de pierre proche de la sépulture de sa femme et de son bébé, morts deux ans plus tôt des suites d'un accouchement difficile. Le chagrin avait fini par s'estomper, mais il trouvait réconfortant de venir les retrouver régulièrement.

Le calme du cimetière lui permettait de réfléchir à sa vie, de penser à l'avenir en imaginant de nouvelles possibilités chaque fois qu'il renonçait à ses plans précédents. Cela faisait un moment qu'il se laissait aller, il en était conscient, il devait se reprendre en main.

À sa grande déception, il trouva le banc déjà occupé par une jeune femme. Un livre entre les mains, elle semblait perdue dans ses pensées, les yeux dans le lointain.

Il recula machinalement en cherchant un autre endroit où s'asseoir, mais sa semelle fit crisser le gravier de l'allée et l'inconnue tourna la tête.

— Je suis désolé, je ne voulais pas vous déranger, s'excusa-t-il.

Elle se leva d'un bond en entendant sonner le clocher de l'hôtel de ville.

— Vous avez bien fait, je dois rentrer.

Dans sa confusion, le livre s'était échappé des mains de la jeune femme. Il se baissa pour le ramasser et en lut machinalement le titre : *Voyage en Égypte*. Il trouva le volume épais pour une jeune femme. Lui-même adorait lire, mais il n'y avait pas de livres à la ferme, à l'exception de ceux qu'il avait lui-même apportés et qu'il avait lus et relus au point de les connaître par cœur.

Il sourit.

— Je suis inscrit à la bibliothèque depuis qu'elle a ouvert ses portes. J'ai moi-même lu cet ouvrage il y a quelques années. Il m'a donné l'envie de découvrir l'Égypte.

Elle sourit à son tour en lui reprenant le volume des mains.

— Moi aussi. Je n'ai jamais quitté Outham, il est probable que je ne le ferai jamais, mais à défaut de voyager, on a toujours la possibilité de se rendre ailleurs à travers les yeux de ceux qui ont plus de chance que nous.

— Les femmes qui éprouvent l'envie de voyager sont rares, répliqua-t-il, sans réfléchir.

Elle releva le menton.

— Il faut croire que je n'en fais pas partie. J'ai eu la chance d'être élevée par un père qui a appris à ses filles à s'intéresser au monde. Avez-vous lu l'ouvrage du même auteur consacré à la Grèce?

— Non, et je doute de pouvoir le lire. Je travaille dans la ferme de mon cousin depuis la fermeture de l'usine où j'étais employé. Mes horaires ne coïncident pas avec ceux de la bibliothèque. Je me contente de venir en ville le dimanche pour me recueillir sur la tombe de ma femme.

— Elle a dû mourir jeune.

— Elle avait vingt-quatre ans. Elle est morte en couches.

— Je suis désolée.

— C'est arrivé il y a deux ans. La douleur commence à s'estomper.

Il lui adressa un sourire. Il trouvait à son interlocutrice un visage charmant, éclairé par l'intelligence de son regard.

Elle le salua d'un mouvement de tête. Elle s'éloignait lorsqu'elle revint sur ses pas.

— Vous savez... je pourrais sortir des livres de la bibliothèque et vous les apporter le dimanche, si vous le souhaitez. Je frémis à l'idée qu'on puisse être en panne de lecture.

Il afficha sa surprise devant une offre aussi spontanée.

— Vous accepteriez de m'accorder votre confiance ?

— Vous n'avez pas une mine de voleur. J'aurai besoin de connaître votre nom et votre adresse, pour le bibliothécaire, et il vous faudra sans doute m'autoriser par écrit à emprunter des ouvrages en votre nom. Pourquoi ne m'accompagnez-vous pas chez moi tout de suite ? Nous ferons le nécessaire et je vous apporterai un livre la semaine prochaine.

Elle lui tendit la main dans un geste très masculin.

— Je m'appelle Cassandra Blake.

Il serra ses doigts entre les siens.

— Et moi Reece Gregory. Vous êtes sans doute apparentée à Edwin Blake.

— Oui, c'est mon père.

Voilà qui expliquait le côté direct de la jeune femme. Chacun savait que Blake avait élevé ses filles en leur apprenant à penser librement. Trop librement aux yeux de certains. Reece n'était pas de ceux-là. Il était convaincu que la pensée était conçue pour rester libre.

— J'ai rencontré votre père lors d'une projection de lanterne magique, et une ou deux fois depuis, à la bibliothèque. C'est un homme intéressant.

La figure de la jeune femme s'éclaira, au point de la rendre presque belle.

— C'est le meilleur père qui soit. Il me pousse constamment à porter sur le monde un regard que je n'aurais jamais eu autrement.

— Comment vous débrouillez-vous?

La question, courante en ces temps troublés, se suffisait à elle-même. Cassandra haussa les épaules.

— Papa travaille encore à mi-temps. Mes sœurs et moi nous rendons à la soupe populaire trois fois par semaine.

*

Reece retrouva Edwin avec plaisir en arrivant chez les Blake, mais il fut choqué de constater combien il avait vieilli en l'espace de quelques mois. Il promit de revenir le dimanche suivant afin de récupérer le livre que Cassandra choisirait à son intention, puis il regagna la ferme d'un pas lent en savourant le soleil de cette journée froide. Il regrettait d'être contraint par les circonstances de vivre sous le toit d'un autre, comme lorsqu'il était plus jeune. Avant que n'éclate cette fichue guerre en Amérique, il était indépendant.

Il repensa à Cassandra Blake plusieurs fois cette semaine-là. Elle était différente de toutes les jeunes femmes dont il avait pu croiser la route jusqu'alors. Elle exprimait ses opinions aussi librement qu'un homme, des opinions plus sensées que celles de bien des hommes qu'il connaissait. Sans être belle à proprement parler, elle avait des yeux d'une grande intelligence. Il aurait aimé passer davantage de temps avec elle.

Il voulut chasser cette pensée de son esprit. Un homme privé de revenus tel que lui n'avait pas le droit de se sentir attiré par une femme.

*

Au mois de janvier 1862, la ville de Wigan mit sur pied un comité d'aide sociale chargé de gérer les conséquences de la famine du coton, ce qu'aucune autre cité du Lancashire n'avait entrepris jusque-là.

Il fallut attendre la fin du mois de mars pour que les administrateurs de l'hospice d'Outham aient l'idée d'imiter cet exemple. Encore leur fallut-il plusieurs semaines de discussions pour parvenir à des décisions concrètes. Cassandra leur en voulait d'avoir tant tardé, de se contenter de distribuer des miettes ici et là au lieu de s'occuper de la masse de ceux que leur fierté empêchait de requérir de l'aide. Les deux soupes populaires en activité, celle de la paroisse anglicane et celle de l'église catholique, ne suffisaient pas. Quelques bols de soupe claire par semaine ne pouvaient permettre aux populations locales de rester en bonne santé.

La distribution de nourriture devint quotidienne et des collectes de vêtements furent effectuées à l'intention des enfants et des nouveau-nés, la dureté des temps n'empêchant pas les naissances. On parla de recruter davantage d'hommes pour casser les cailloux et de mieux organiser le système qui en avait bien besoin. Le sacristain de la paroisse, qui en avait la charge, n'y entendait rien, et le contremaître recruté pour l'occasion se révéla plus compétent. Plus bienveillant aussi, à en croire la rumeur.

Il fut décidé d'organiser des ateliers de couture à l'intention des femmes, avec un salaire à la clé, une mesure que Cassandra et ses sœurs attendaient avec impatience. Comment les autorités s'imaginaient-elles que les gens survivaient? Beaucoup n'avaient d'autre solution que de vendre leurs biens, ce qui irritait Cassandra. Bien des gens n'avaient plus rien, à part les vêtements qu'ils portaient.

La jeune femme en arrivait à se réjouir de ne pas s'être mariée. Tout en s'attristant de savoir ses sœurs malheureuses, n'aurait-il pas été pire d'assister aux souffrances des enfants qu'elles auraient mis au monde? Ou de les voir mourir? Le nombre des enterrements ne cessait d'augmenter chez les plus pauvres, et la vue des cercueils minuscules lui mettait invariablement les larmes aux yeux. Timmy, le petit voisin, était plus maigre que jamais et elle n'avait plus rien à lui offrir.

Elle glissa un peu plus de nourriture sur l'assiette de son père et se contenta d'étaler sur la sienne le peu qui restait de façon à donner l'illusion qu'elle était aussi remplie. En posant les yeux sur sa propre main, elle fut surprise de la trouver aussi maigre. Deux mauvais repas par jour ne suffisaient plus. Elle lança un regard furtif en direction de ses sœurs. Elles aussi avaient maigri, leurs vêtements flottaient sur elles, elles avaient le teint blafard et le cheveu terne.

Combien de temps allait donc durer cette guerre? Les combattants américains avaient-ils conscience des conséquences du conflit dans le Lancashire? Le reste de l'Angleterre était-il seulement au courant?

*

Livia Southerham se réjouissait toujours de s'échapper de chez ses beaux-parents, le temps de parcourir la lande avec Francis, son nouveau mari. Elle marchait à côté de lui d'un bon pas, heureuse que le temps soit clément. Elle appréciait surtout de ne pas rester enfermée avec les autres femmes de la famille.

— Tu as pu avoir une nouvelle discussion avec ton père ce matin? Sais-tu combien de temps nous allons devoir rester chez tes parents? demanda-t-elle alors qu'ils reprenaient leur respiration au sommet d'une colline, à l'endroit où un mur de pierres sèches séparait les dernières terres cultivées de la lande.

Il passa un bras autour de ses épaules en soupirant.

— Je n'ai pas encore réussi à convaincre père de nous autoriser à nous installer en Australie. Je ne lui demande pas de me donner une fortune, mais nous aurons besoin d'un minimum d'argent si nous voulons nous établir là-bas. Il pourrait aisément m'avancer une partie de mon héritage, au lieu de me le laisser à sa mort.

Livia évita de lui dire que la prudence de son père était dictée par la façon dont il avait vu naître et mourir les passions successives de Francis par le passé. Ce dernier, après avoir reçu des nouvelles d'un cousin établi dans la colonie du fleuve Swan, éprouvait l'envie d'émigrer.

— Je ne pense pas que nous ferons fortune facilement, poursuivit Francis. Pourquoi serait-ce différent d'ici? Mais Paul me dit que les occasions ne manquent pas pour quelqu'un d'énergique. Tant que nous arrivons à vivre convenablement, je m'en contenterai.

— Moi aussi. Je pensais que ton père s'adoucissait un peu, à la façon dont il s'est adressé à moi hier soir pendant le dîner.

— Je le croyais également, mais ma mère est hostile à l'idée que je quitte l'Angleterre. Elle l'a supplié de ne pas nous aider.

— Tu vas lui manquer.

— Ce qui lui manquera surtout, c'est de régenter ma vie.

Livia lui serra tendrement le bras, consciente de son amertume. Francis ne s'était jamais bien porté enfant, sans doute avait-il été trop gâté. Il avait été éduqué à domicile, personne ne lui avait appris à travailler ou à gagner sa vie. En tant que cadet, jamais son frère aîné ne l'aiderait financièrement à la mort de ses parents.

— J'ai l'intention de m'initier à l'élevage des moutons et des vaches, déclara-t-il de façon abrupte. Sous prétexte d'aller me promener à cheval tous les matins, j'irai travailler à la ferme. J'ai rencontré un certain Reece Gregory l'autre jour dans les collines. Il est employé par un cousin fermier, il accepte que je vienne travailler avec eux, si je le souhaite. Il m'a même proposé de me prêter des vêtements de sorte que mère ne se doute pas de la façon dont j'emploie mes journées.

La détermination de son mari frappa Livia. Comment le père de Francis ne voyait-il pas qu'il ne s'agissait pas d'une simple passade?

— Si seulement je trouvais le moyen de m'occuper, histoire de ne pas rester enfermée à longueur de journées, soupira-t-elle.

— Pourquoi ne participerais-tu pas aux programmes d'aide aux nécessiteux?

Elle fit la grimace.

— Je n'aime guère le pasteur Saunders, ni les femmes qui l'aident dans ses entreprises.

En désespoir de cause, plus décidée que jamais à échapper à cette maison étouffante sur laquelle régnait sa belle-mère, Livia se rangea aux conseils de son mari et offrit ses services au comité des dames patronnesses. Celles-ci s'empressèrent d'accepter, trop heureuses de voir une représentante de la petite noblesse locale accepter de se mêler à la «bouticocratie», ainsi que la nommait avec mépris sa belle-mère.

Peut-être serait-ce l'occasion de servir utilement une juste cause en attendant leur départ d'Angleterre, ainsi qu'elle l'avait fait dans la paroisse paternelle avant de se marier. Elle l'espérait, en tout cas.

*

Lorsque Reece se présenta chez les Blake une semaine plus tard, un livre l'attendait : un ouvrage d'un certain M. Mundy, *Nos antipodes*, consacré à l'Australie.

— Cassandra l'a choisi pour vous, lui précisa Edwin, ravi de cette visite. Elle m'a expliqué que vous aimiez les récits de voyage.

— C'est le cas, reconnut Reece en ouvrant avidement le livre qui regorgeait d'informations.

Il referma aussitôt l'ouvrage, de peur de paraître mal élevé.

— Elle n'est pas là aujourd'hui ?

— Elle est sortie se promener avec ses sœurs. Elles ne devraient pas tarder à rentrer pour nous préparer du thé.

Comprenant qu'il était invité à rester, Reece entama la discussion avec Edwin dont il trouva intéressantes les observations sur l'état du monde. Il espérait avant tout revoir Cassandra, tout en ayant conscience que ses attentes étaient pour l'heure sans espoir.

Au retour des quatre jeunes femmes, il accepta la tasse de thé qu'on lui proposait mais refusa de manger quoi que ce soit, sachant combien la nourriture était rare pour la majorité des familles.

— Je mange mieux que le reste de la population à la ferme, bien que mes cousins ne soient pas en mesure de me payer beaucoup.

— Comptez-vous rester là-bas ? s'enquit Cassandra.

— Oui, en attendant d'avoir une meilleure vision de l'avenir. Je me suis rendu compte que je n'avais pas envie de retourner dans une filature. L'air de la campagne me convient bien et j'aime m'occuper des animaux. Mon cousin Sam sait travailler le bois et m'enseigne son savoir-faire, tandis que Ginny fabrique des fromages qu'elle vend au marché, je m'y intéresse aussi.

En regagnant la ferme, son précieux ouvrage serré à l'intérieur de sa veste pour le protéger, Reece se sentit plus heureux qu'il ne l'avait été depuis longtemps à l'idée d'avoir de nouveaux amis. Le visage de Cassandra s'imprima soudain dans sa tête et il comprit qu'il était question de plus qu'une simple amitié. Il avait fait la connaissance d'une femme intelligente, passionnée par le monde, qu'il trouvait attirante à bien des égards.

En attendant des jours meilleurs, rien ne les empêchait d'être amis.

Il lança un coup d'œil en direction du livre. Il était impatient d'en apprendre davantage sur l'Australie et de comprendre les raisons pour lesquelles Francis Southerham ne cessait de lui parler de cette contrée lointaine.

*

— Voilà un excellent jeune homme, remarqua Edwin après le départ de Reece.

Ses filles lui adressèrent un regard méfiant.

— Tu joues les entremetteurs, papa? lui demanda Xanthe.

Il haussa les épaules.

— Croiser des jeunes gens ne vous ferait pas de mal. Autrement, comment comptez-vous vous marier?

— Un homme qui ne dispose pas d'un vrai travail n'a pas les moyens de se marier, protesta Pandora. De toute façon, Reece est trop âgé pour moi.

— Et trop solennel pour moi, ajouta Xanthe.

— Il ne me plaît pas du tout, je le trouve trop sombre et sérieux, observa Maia en se tournant vers Cassandra d'un air moqueur. Il ne reste plus que toi. Tu as l'intention de courtiser Reece, ma chérie?

Sa sœur fut la première surprise de rougir à l'énoncé de la question. Elle tenta de se rattraper en répondant d'une voix anormalement forte:

— Ne sois pas ridicule!

Elle s'empressa de débarrasser les tasses tout en ayant conscience des mines entendues qui avaient accueilli sa réaction.

À son grand soulagement, il ne fut plus question de Reece Gregory et elle se garda bien de prononcer son nom.

Dans son lit, le soir même, elle reconnut pourtant dans son for intérieur qu'il était... plus intéressant que la plupart des garçons qu'elle connaissait. Elle avait réellement pris plaisir à discuter avec lui, tout comme elle avait apprécié leur promenade une semaine plus tôt. Contrairement à beaucoup d'hommes, il était plus grand qu'elle. Qu'avait donc sous-entendu Maia en affirmant qu'il était «trop sombre»? Elle aimait au contraire ses cheveux noirs et ses yeux brun foncé. À défaut d'être joli garçon, c'était un très bel homme.

*

Quand arriva le mois de juin 1862, le pécule des Blake avait quasiment fondu.

— Papa, arrête de donner constamment aux autres, dit Cassandra. Nous avons besoin de tout ce que tu rapportes à la maison.

— Je ne supporte pas l'idée de voir des bébés mourir de faim.

— Tu préfères que nous mourions de faim, à la place?

La mine anxieuse de son père troubla la jeune femme, mais elle devait le ramener à la raison.

Leurs économies auraient duré beaucoup plus longtemps s'il ne s'était pas montré si généreux.

L'annonce de l'ouverture des ateliers de couture à l'intention des femmes privées de travail fut une bénédiction pour les quatre sœurs. Il était prévu que chacune d'elles reçoive six pence en échange de quatre heures de labeur.

— D'autres comités d'aide sociale proposent neuf pence, grogna Pandora. En tout cas, c'est ce que touche la cousine de Mary.

— Estimons-nous heureuses de gagner un peu d'argent, la tempéra Maia avec sa diplomatie coutumière.

— Ce n'est pas une raison pour nous traiter de façon injuste, s'interposa Xanthe, que leur situation irritait au plus haut point.

Contrairement à sa jumelle, elle était furieuse de ne pas trouver de tâche à sa mesure et n'attendait rien de ces ateliers, d'autant qu'elle était mauvaise couturière. À l'image de ses sœurs, elle préférait la lecture aux tâches ménagères. Si leur mère avait enseigné à Cassandra le maniement de l'aiguille, sa santé précaire après la naissance des jumelles l'avait empêchée de poursuivre avec ses autres filles.

À la disparition de leur mère, Cassandra s'était occupée de la maisonnée et ses cadettes n'avaient guère trouvé le temps de coudre en dehors de leurs longues heures de travail dans les filatures de la ville. En outre, leurs salaires leur permettaient de s'adresser à des couturières lorsqu'il fallait fabriquer ou modifier des vêtements.

— J'ai déjà de la chance d'avoir quelques jours de ménage, remarqua Maia. Je ne sais pas si Mme Matterley a réellement besoin de moi ou bien si elle souhaite m'aider, mais je veille à ce qu'elle en ait pour son argent. Elle a promis d'en parler à ses amies pour les jours de lessive. Je n'aime pas ça, ça me laisse les mains rouges et douloureuses, mais un jour par-ci ou par-là est toujours bienvenu.

— Je changerais volontiers de place avec toi, soupira Xanthe.

Mme Matterley se montrait d'une extrême gentillesse avec sa sœur à qui elle servait un copieux repas, en plus du shilling qu'elle lui versait en échange de sa journée de travail.

Xanthe aida Cassandra à desservir et s'assura que le feu n'était pas trop vif afin d'économiser le combustible. Curieusement, elle avait rarement faim, ou bien elle n'y prêtait pas attention. Elle avait fini par s'habituer à garder l'estomac vide. Tant qu'elle pourrait avaler un repas par jour, elle s'en sortirait.

*

À son grand chagrin, Cassandra découvrit que la responsable des ateliers de couture n'était autre que sa tante. Isabel Blake se contenta d'écarquiller les yeux en découvrant ses nièces et feignit une fois de plus de ne pas les reconnaître. On commença par leur demander de coudre des tabliers à l'intention des pensionnaires de l'orphelinat en leur fournissant une toile épaisse et rêche difficile à travailler. On confia aux débutantes la confection des ourlets droits et des points les plus simples tandis que les plus expérimentées se chargeaient du bâti final.

La tante des quatre sœurs, qui surveillait son petit monde, trouva le moyen de critiquer le travail de ses nièces qu'elle obligea à recommencer plusieurs fois jusqu'à ce que la femme chargée d'animer l'atelier avec elle lui adresse un regard surpris. Isabel lança un regard torve à ses nièces et murmura des paroles inaudibles à l'oreille de sa collègue qui s'acharna à son tour sur elles. Cassandra se demanda ce que sa tante avait bien pu lui dire à leur sujet. À ce rythme, le travail n'avançait guère car les sœurs se voyaient contraintes de découdre entièrement leur ouvrage avant de recommencer.

Leur journée de travail terminée, une fille qu'elles connaissaient de vue s'approcha alors qu'elles prenaient le chemin du retour.

— J'ai compris ce qu'a dit cette harpie.

Les sœurs s'arrêtèrent, intriguées.

— Elle lui a dit que vous étiez des débauchées et qu'on n'aurait jamais dû vous accepter à l'atelier.

Elles eurent un haut-le-cœur.

— Tu es certaine? insista Pandora.

Un sourire amer étira les lèvres de leur camarade.

— Absolument. J'ai appris à lire sur les lèvres à l'usine, à force de travailler au milieu du vacarme des machines. Pourquoi donc va-t-elle colporter de telles sornettes sur votre compte? Je croyais que c'était votre tante.

Cassandra attendit que l'autre se soit éloignée pour se tourner vers ses sœurs.

— Rentrez à la maison, j'ai une course à faire.

— Quelle course? lui demanda Xanthe. C'est tout juste si nous avons assez d'argent pour acheter du pain.

— Je dois voir quelqu'un.

— Est-ce en rapport avec ce qu'a dit notre tante? s'inquiéta Pandora en retenant son aînée par le bras. C'est bien ça?

Cassandra haussa les épaules.

— Tu n'y peux rien, et ça n'a guère d'importance puisque nous savons que c'est faux, tout comme ceux qui nous connaissent, insista Pandora.

— Je refuse qu'elle nous calomnie de la sorte. Les rumeurs vont vite et les gens finiront par la croire. J'ai décidé d'aller trouver notre oncle et de lui demander de mettre un terme aux ragots de sa femme.

Les trois sœurs, sous le choc, ne pipèrent mot.

— Tu crois qu'il acceptera de te parler? s'enquit Pandora en lâchant le bras de son aînée.

— Il n'y a qu'un moyen de le savoir.

— Nous t'accompagnons. Pas question de te laisser agir seule.

Cassandra fut prise d'une hésitation en arrivant devant l'épicerie de leur oncle. L'inscription GRAND MAGASIN BLAKE s'étalait en énormes lettres dorées au-dessus des larges vitrines et une voiture à cheval stationnait devant la porte. La jeune fille faillit perdre courage, consciente que ses sœurs et elle n'avaient pas leur place dans cet endroit.

À l'idée que leur tante puisse continuer de ternir leur réputation, elle trouva la force de pousser le battant. Tous les regards se tournèrent vers elle, mais c'est tout juste si elle marqua une pause à la porte, le temps de se repérer. De longs comptoirs d'acajou étaient alignés de part et d'autre du magasin. Une cliente superbement vêtue se tenait à l'extrémité de l'un d'eux. Les étagères regorgeaient de marchandises de toutes sortes, contrairement à celles de l'épicerie de quartier où s'approvisionnaient les Blake, dont les rayonnages quasiment vides ne contenaient plus que des articles de première nécessité.

Son oncle se tenait sur le seuil de l'arrière-boutique. Elle comprit à sa mine consternée qu'il les reconnaissait.

Elle s'avança d'un pas rapide, de peur qu'il ne s'éclipse, et s'adressa à lui d'une voix sourde.

— Puis-je vous dire un mot, monsieur Blake? C'est très important.

Elle ne l'avait pas appelé «mon oncle», sachant qu'il ne s'était jamais comporté comme tel; elle souhaitait surtout ne pas le contrarier inutilement.

La cliente qui se tenait un peu plus loin les observait avec tant de mépris que Cassandra releva le menton et soutint son regard jusqu'à ce qu'elle détourne les yeux et fasse mine de s'occuper.

L'oncle hésita.

— Je ne partirai pas tant que vous ne m'aurez pas écoutée, insista Cassandra à voix basse.

— Allez m'attendre devant la petite porte qui donne sur la ruelle, finit-il par réagir en tendant l'index vers la droite.

Cassandra opina du chef et quitta le magasin avec ses sœurs.

Elles rejoignirent la porte indiquée et patientèrent.

— Je ne crois pas qu'il viendra, décréta Xanthe en constatant que les minutes s'écoulaient.

— Si c'est le cas, je retourne au magasin.

— Crois-tu que cela en vaille la peine? demanda Xanthe.

— Oui. Nous n'avons quasiment plus rien, mais il nous reste encore notre nom et je ne la laisserai pas le salir par des mensonges.

Elle s'apprêtait à tambouriner contre la porte lorsque celle-ci s'ouvrit et que leur oncle sortit. Il tenait à la main un sac de toile rebondi.

— Tenez. J'imagine que vous veniez pour ça.

Cassandra, comprenant que le sac contenait des victuailles, hésita un instant à le prendre et à s'en aller.

Elle sut toutefois que cela ne réglerait pas le problème qui les conduisait là.

— Je ne suis pas venue vous demander la charité, mais requérir votre aide.

Un pli barra le front de l'oncle qui jeta un coup d'œil par-dessus son épaule, soucieux que personne ne puisse les entendre.

— À quel sujet?

— Il s'agit de votre femme.

Cassandra, le voyant se raidir, se lança avant qu'il ait pu leur claquer la porte au nez.

— Elle dit à tout le monde que nous sommes des débauchées. C'est faux et je veux que vous y mettiez un terme. Nous tenons à notre réputation.

Son expression choquée apporta aux quatre sœurs la preuve qu'il n'était pas au courant.

Il les dévisagea l'une après l'autre.

— Êtes-vous sûres de ce que vous avancez?

Cassandra hocha la tête.

— Certaines.

Il laissa échapper un soupir.

— Je sais bien que vous n'êtes pas des débauchées. Je l'aurais su si c'était le cas. Tout finit par se savoir dans une ville comme celle-ci quand vous tenez un commerce. Je parlerai à ma femme.

— Je vous remercie.

Sur ces mots, Cassandra tourna les talons.

La voix de son oncle la suivit, à peine perceptible, comme s'il craignait toujours d'être entendu.

— Prenez au moins ces provisions.

Elle se retourna.

— Comment pourrions-nous accepter que vous nous fassiez la charité alors que vous ne parlez même pas à votre frère?

Il l'observa longuement en silence. On aurait pu croire qu'il la voyait vraiment pour la première fois.

— Vous êtes bien fières, pour des personnes qui meurent de faim.

— Nous ne mourons pas de faim.

— Vous êtes toutes très maigres et vous avez le teint hâve de ceux qui ne mangent pas assez.

Cassandra continuait d'hésiter. L'idée d'accepter cette aumône, surtout de cette façon-là, la blessait terriblement.

Xanthe s'avança d'un pas.

— J'accepte ce sac, mon oncle, et je vous en remercie. Sans mourir de faim, nous avons rarement de quoi nous rassasier.

Voyant que Cassandra s'éloignait, Xanthe s'empara du sac de toile et suivit sa sœur.

Lorsqu'elles furent trop loin pour être entendues, Cassandra apostropha sa sœur d'un air courroucé.

— Pourquoi l'as-tu pris?

— Parce que papa n'est pas en bonne santé et qu'il a besoin de manger convenablement. Il est exactement comme toi, il passe son temps à essayer de nous donner sa part.

— Nous allons devoir lui expliquer comment nous avons obtenu ces provisions.

— Il sera content. Il souffre de cet éloignement avec son frère.

Cassandra sentit les larmes lui monter aux yeux. Xanthe avait raison. Chaque mois qui s'écoulait voyait leur père vieillir et son orgueil ne le nourrissait guère.

— Laisse-moi t'aider à porter ce sac.

Les sœurs auraient tout fait pour aider leur père.

3

La semaine suivante, leur tante était absente lorsqu'elles se présentèrent à l'atelier de couture.

Une autre femme assistait Mme Burnham, une inconnue qu'on leur présenta comme Mme Southerham.

Ce nom était familier à Cassandra. Les Southerham étaient des gens riches qui vivaient dans une grande propriété en dehors de la ville, et dont Reece connaissait l'un des fils. La femme fit entrer les jeunes filles dans la salle sans les regarder de haut. Ce jour-là, l'affluence était plus importante que lors de la séance précédente.

Mme Burnham mit une croix devant le nom de chacune des participantes déjà inscrites et releva les patronymes des nouvelles tandis que Mme Southerham se chargeait de distribuer les tâches.

Cassandra s'empara des pièces de tissu dont elle avait besoin pour réaliser un tablier et se pencha sur son ouvrage en faisant de son mieux avec la mauvaise toile.

— C'est difficile, vous ne trouvez pas?

Elle releva la tête et vit Mme Southerham.

— Oui, madame, mais je fais de mon mieux, je vous l'assure.

— Je le vois bien. Votre travail de couture est de loin le meilleur. Vous avez déjà cousu auparavant?

— Je reprisais essentiellement les vêtements. C'est ma mère qui m'a appris. J'avais quatorze ans lorsqu'elle est morte, et j'ai dû prendre le relais. Pour la couture comme pour le reste.

Cassandra avait même cessé de travailler à la filature pendant quelques années.

— Je ne me suis jamais rendue dans l'une de ces usines, remarqua Mme Southerham. J'imagine que les heures sont longues.

— Oui, et le travail difficile, mais je regrette l'époque où je gagnais ma vie.

Mme Burnham les rejoignit en adressant un regard mauvais à Cassandra.

— Y aurait-il un problème?

— Pas le moins du monde. Je félicitais cette jeune femme pour son travail. Coudre ce genre de tissu n'est pas facile, surtout pour des débutantes. Cette toile n'a aucune souplesse. Je me demande qui a bien pu la choisir.

— Le pasteur. Il ne souhaite pas que l'on dorlote les gosses des miséreux.

— Parce qu'on les dorloterait en leur fournissant des tissus plus fonctionnels?

— C'est lui qui a la charge des opérations de charité dans cette ville, je suis convaincue qu'il agit pour le mieux.

Mme Southerham esquissa un sourire.

— Je ne suis pas certaine de croire qu'il est omniscient, comme vous. Je n'ai encore jamais croisé d'homme familier des tissus.

Elle recueillit un regard effaré en guise de réponse.

— Quoi qu'il en soit, puisque cette jeune femme s'y connaît déjà en couture, je me demandais si je n'allais pas lui proposer de m'aider dans le projet de vêtements pour bébé que je suis en train de créer. Nombre d'entre eux ont besoin d'être reprisés.

Mme Burnham conserva quelques instants le silence avant de réagir.

— Puis-je vous dire un mot auparavant?

Sans se soucier aucunement de Cassandra, la femme du tailleur entraîna sa compagne à l'autre extrémité de la salle et les deux femmes s'engouffrèrent dans une petite pièce.

Xanthe serra affectueusement le bras de sa sœur. Cette dernière voulut lui sourire en retour sans y parvenir. Sa tante était absente, mais il ne faisait guère de doute qu'elle s'était chargée de propager la rumeur. Elle refréna sa colère. Elle ne pouvait se permettre de perdre sa place dans cet atelier, son travail lui valait un verre de lait et un morceau de pain en plus des six pence promis.

Ce n'en était pas moins injuste d'être traitée ainsi!

*

Dans la petite pièce attenante à la salle de catéchisme, Livia se tourna vers sa compagne.

— Y a-t-il un problème?

Tout en s'efforçant de garder une expression souriante, elle appréciait assez moyennement cette coterie de femmes de commerçants.

Elle-même fille d'un ecclésiastique qui ne disposait pas de revenus privés ou de rentes, elle s'était montrée prudente sur le plan financier tout au long de son existence. Son mariage ne l'avait guère rendue plus riche et elle se montrait parfois choquée de la désinvolture avec laquelle son mari dépensait l'argent du ménage. Ayant vu les ravages causés par la guerre en Amérique, Livia était sincèrement désireuse d'aider les populations locales.

— Vous êtes nouvelle ici, ma chère, commença Mme Burnham. Vous ne tarderez pas à vous apercevoir que cette créature n'a pas sa place dans un atelier tel que celui-ci, aux côtés de filles décentes.

Livia ouvrit de grands yeux.

— Vous faites allusion à la jeune femme avec laquelle je parlais?

— Oui. C'est l'une des filles Blake. Elle se fait appeler Cassandra.

— Ce n'est pas son vrai nom?

— Ce ne devrait pas être le cas, étant donné ses origines. Nous l'appelons Cass, ce qui sied nettement mieux à son statut. Non seulement elle est méthodiste, mais son père a jeté son argent par les fenêtres, des années durant, en voulant apprendre le grec. À quoi peut bien servir l'apprentissage du grec à un ouvrier, je vous le demande? En outre, il laisse la bride sur le cou à ses filles et elles en abusent outrageusement.

— Comment le savez-vous?

— Je le tiens de mon amie Isabel Blake, qui est malheureusement liée à elles par son mari.

Elle frissonna de dégoût.

— Quand je pense que je dois subir leur présence ici. Si mon mari n'avait pas insisté pour que j'apporte mon aide à ce comité, je ne resterais pas une minute de plus, je vous le garantis. Espérons que ces créatures finiront par comprendre qu'elles ne sont pas les bienvenues ici.

— Elles en ont besoin. Elles ont faim.

— Qu'elles aillent donc chercher leur pitance ailleurs, dans une autre ville de préférence.

Livia se mordit la langue pour ne pas répondre vertement. Elle s'approcha de la porte entrouverte et coula un regard en direction de l'objet du ressentiment de sa compagne.

— Cassandra Blake n'est nullement effrontée, pas plus qu'elle ne semble débauchée. Elle porte des vêtements propres et sobres.

— Elle est bien trop rusée pour mal se conduire en présence de personnes de qualité. Les filles assises à côté d'elle sont deux de ses trois sœurs. Elles se font appeler Xanthe et Pandora. Comment des gens des classes inférieures osent-ils donner des prénoms pareils à leurs enfants? Nous avons choisi de les appeler Dora et Susan.

Livia aurait aimé lui demander de quel droit les dames patronnesses s'autorisaient à modifier l'identité de ces filles, mais elle savait déjà que son interlocutrice ne l'écouterait pas.

— Très bien. À vrai dire, Cassandra fait preuve de beaucoup de retenue avec moi. Quand bien même il lui serait arrivé de pécher par le passé, le Seigneur nous a enseigné les mérites du pardon et je suivrai son exemple.

Sans attendre de réponse, elle regagna l'atelier qu'elle traversa avant de s'arrêter devant les trois sœurs.

— Cassandra?

— Oui, madame Southerham?

— Je me demandais si cela vous plairait de m'aider. On nous a donné toute une pile de vêtements de bébé qu'il faudrait trier et repriser. Vous maniez mieux l'aiguille que les autres filles ici, vous feriez très bien ce travail minutieux.

La jeune femme afficha sa surprise et Livia lut beaucoup d'intelligence dans son regard, ce qui ne devait pas être du goût des dames patronnesses.

— Les vêtements de bébé se trouvent dans une pièce voisine. Vous n'avez qu'à laisser à une autre le tablier que vous avez commencé, mais n'oubliez pas de vous munir du matériel de couture que l'on vous a fourni.

Elle adressa un sourire aux deux autres sœurs Blake et entraîna Cassandra dans son sillage sans se soucier du regard noir que lui lançait la responsable de l'atelier.

*

Cassandra, qui s'interrogeait sur les raisons de cette proposition, se coula dans le sillage de la crinoline ondulante de Mme Southerham. Quel effet cela faisait-il de porter un tel équipage? D'avoir des mains dont la peau n'était pas rugueuse à force de frotter et de nettoyer? À l'image de toutes les femmes de son âge, Cassandra s'efforçait de se vêtir avec élégance, sans jamais parvenir à un tel résultat.

— C'est par ici, l'entraîna Mme Southerham.

Cassandra, emportée par le cours de ses pensées, rougit en s'apercevant qu'elle allait poursuivre son chemin dans le couloir, oubliant de franchir le seuil de la pièce dans laquelle pénétrait sa compagne. Elle devait soigneusement veiller à ne pas prêter le flanc à la critique. Cette histoire de vêtements de bébé était-elle un simple prétexte? Allait-on la chapitrer et lui demander de cesser de venir aux ateliers de couture? Si c'était le cas, elle allait devoir conserver tout son sang-froid. Pas question de se laisser éconduire.

Le cœur battant, elle emboîta le pas à Mme Southerham et entra dans la pièce.

— Asseyez-vous, je vais vous expliquer ce que j'attends de vous.

Cassandra, détaillant sa compagne, s'aperçut qu'elle n'était guère plus âgée qu'elle. Elle avait tendance à oublier que derrière les beaux vêtements se dissimulaient des êtres de chair et de sang.

En parlant de beaux vêtements… La jupe en cloche de Mme Southerham était ornée de plusieurs rangées de volants au niveau des pieds. Deux autres volants, plus discrets, couvraient l'extrémité des manches dont s'échappaient de fines dentelles blanches. Du corsage boutonné dépassait un col blanc ourlé de dentelles, tout comme le petit chapeau perché sur la tête de Mme Southerham, le tout d'un violet splendide, sans doute obtenu grâce à ce bleu d'aniline qui était à la mode.

Cassandra ne put réprimer un coup d'œil songeur à sa propre tenue, ordinaire et pratique : une jupe bleu marine s'arrêtant aux chevilles pour faciliter la marche, ainsi que deux jupons, un chemisier d'un bleu plus clair, une courte veste brune et un châle dont elle se couvrait la tête à l'extérieur. Ses vêtements flottaient sur elle et sa veste élimée ne ressemblait plus à rien. En temps normal, elle en aurait acheté une autre chez le fripier.

— Avez-vous mangé aujourd'hui, au moins, ma chère ?

Cassandra répondit non de la tête.

— J'imagine que la faim n'est pas une sensation agréable.

— On finit par ne plus y penser, sans se sentir pour autant dans son état normal. Les gestes sont plus lents et on a du mal à se concentrer. Je suis désolée si je n'ai pas travaillé assez vite, je…

— Laissez-moi vous chercher de quoi manger avant de commencer.

— C'est inutile, j'attendrai l'heure du repas comme les autres.

— J'espérais que vous accepteriez de rester un peu plus longtemps afin de m'aider dans ma tâche, si bien que vous feriez aussi bien de manger tout de suite. On ne compte plus les nouveau-nés qui n'ont rien à se mettre sur le dos, nous allons devoir trier tout ça le plus rapidement possible. À moins que vous ne soyez déjà occupée cet après-midi?

Cassandra ne put retenir un rire amer.

— Non, c'est bien le pire quand on est sans emploi. On n'est jamais occupé. Avec quatre femmes dans la maison, le ménage ne prend guère de temps.

— Dans ce cas, attendez-moi une minute.

Cassandra, confortablement calée sur son siège, s'intéressa au décor de la pièce aux murs couverts de lambris patinés par le temps. Des vêtements étaient empilés dans tous les coins. À quoi donc pouvait servir cet endroit en temps normal? Le bâtiment était infiniment plus grand que celui abritant la chapelle méthodiste qu'elle fréquentait avec les siens.

Mme Southerham ne tarda pas à la rejoindre avec une assiette et un grand verre de lait.

À la vue des victuailles, l'estomac de Cassandra se mit à gronder et c'est d'une main tremblante qu'elle saisit la tartine de pain chichement beurrée. Il lui fallut toute sa résolution pour ne pas la dévorer d'une bouchée.

— Prenez votre temps, vous travaillerez mieux si vous êtes rassasiée, lui conseilla Mme Southerham en se plantant devant la fenêtre.

Si elle regarde le paysage pour m'offrir un minimum d'intimité, pensa Cassandra en grignotant son pain, *elle est autrement plus attentionnée que les autres.*

Elle mâcha longuement sa tartine en s'aidant de petites gorgées de lait.

Sa collation terminée, elle s'éclaircit la gorge. Mme Southerham se retourna et posa sur elle un regard bienveillant dénué de moquerie.

— Elles ne vous ont rien dit?

Cassandra fut la première surprise de la dureté avec laquelle elle avait posé la question.

— De quoi parlez-vous?

— Elles racontent à tout le monde que mes sœurs et moi sommes des débauchées. Je pensais qu'elles y auraient fait allusion.

— Ah! C'est de cela que vous parlez? Je n'écoute jamais les ragots. En outre, je n'en crois pas un mot. J'ai vu suffisamment de jeunes filles à la moralité douteuse dans ma vie pour les reconnaître au premier coup d'œil.

— Vraiment?

— Je suis fille de pasteur et j'accompagnais souvent mon père et ma mère dans leurs visites aux pauvres de la paroisse. Ma mère mettait un point d'honneur à aider les filles de ce genre, au lieu de les enfoncer. Elles devaient déjà porter le fardeau de leur honte, alors que les hommes s'en tiraient généralement sans encombre.

Cassandra, hésitante, s'enhardit à demander:

— Vous ne parlez pas comme les gens d'ici. On pourrait croire que vous êtes originaire d'ailleurs.

— En effet, je viens du Hertfordshire.

— À quoi ressemble votre région?

Un sourire éclaira le visage de Mme Southerham.

— C'est un pays moins rude que celui-ci. Nous n'avons pas de landes.

— J'ai du mal à imaginer à quoi cela peut ressembler.

Cassandra, en confiance, s'apprêtait à poser d'autres questions lorsqu'elle se souvint qu'elle ne se trouvait pas avec une amie. Il ne s'agissait pas d'offenser Mme Southerham.

— Il nous faut ouvrir tous ces paquets et trier ces vêtements, suggéra cette dernière, mais rien ne nous empêche de discuter pour passer le temps.

— Pourquoi faites-vous cela ? Pourquoi m'aidez-vous ?

Mme Southerham perçut sans peine le sens véritable de la question.

— Parce que je ne supporte pas l'injustice. Elles sont allées jusqu'à vouloir modifier vos prénoms. Je trouve ça honteux.

Cassandra s'attendait si peu à tant de bonté et de compréhension qu'elle ne put réprimer ses larmes.

— Parlez-moi de votre père, reprit Mme Southerham après avoir attendu que la jeune femme se reprenne. Ce doit être un homme exceptionnel pour avoir appris le grec.

— C'est le cas. C'est surtout le meilleur père au monde.

— Tout comme l'était le mien. Il me manque terriblement. Il est mort il y a deux ans et j'aimerais tant pouvoir continuer à partager avec lui.

— Et votre mère ?

— Elle l'a suivi dans la tombe quelques mois plus tard. On aurait dit qu'elle n'avait plus goût à rien après sa disparition.

Mme Southerham se figea en entendant résonner la cloche qui marquait l'arrêt des ateliers.

— Vous devriez prévenir vos sœurs que je vous retiens pour m'aider. Je vais vous accompagner, au cas où les autres dames auraient des… des questions à vous poser. Il faut également que vous mangiez un peu, une ou deux heures de travail nous attendent encore. Je m'en occupe pendant que vous avertissez vos sœurs.

*

Livia venait de rejoindre l'endroit où s'effectuait la distribution de pain et de lait lorsque le pasteur Saunders s'approcha d'elle.

— Puis-je vous dire quelques mots, chère madame?

— Certainement.

— J'ai cru comprendre que vous aviez pris avec vous l'une des jeunes femmes de cet atelier. Je ne puis que vous le déconseiller, connaissant ses origines. Permettez-moi de vous suggérer quelqu'un de mieux adapté.

— Je vous remercie, mais je suis très satisfaite de Cassandra. Non seulement elle travaille bien, mais c'est une fille intelligente qui apprend vite.

Le visage du pasteur s'empourpra et Livia s'empressa de poursuivre, avant qu'il ait pu réagir:

— J'ai le sentiment que l'on se trompe sur son compte, monsieur le pasteur.

— La personne qui nous a informés connaît bien la famille.

— La personne qui vous a informés en veut personnellement à cette famille, à ce que j'ai cru comprendre. J'ajoute que ma propre famille pourrait s'étonner de voir que vous remettez mon jugement en cause de la sorte.

Il était rare qu'elle se retranche derrière la supériorité sociale des Southerham, mais la façon dont on traitait les sœurs Blake commençait à l'agacer sérieusement.

Elle lut sur les traits de l'ecclésiastique son hésitation entre obtenir gain de cause et s'attirer les bonnes grâces de la belle-famille de Livia. La seconde solution prévalut.

— Si vous insistez. J'espère que vous ne regretterez pas d'avoir accordé votre confiance à cette personne.

Il ponctua sa phrase d'un mouvement de tête et s'éloigna.

Qu'avaient-ils donc tous contre ces filles? Était-ce uniquement dû à la rancœur de la femme de l'épicier, ou bien pouvait-il y avoir d'autres raisons? Peut-être leur reprochait-on l'usage d'un vocabulaire sophistiqué, ainsi que des pensées dépassant la simple sphère domestique.

Livia prit sur la table un peu de nourriture ainsi qu'un verre de lait.

La femme chargée de la distribution observa sèchement son manège sans oser protester et Livia regagna la petite pièce où Cassandra avait repris sa tâche.

Il leur fallut deux heures pour trier les vêtements et les examiner un à un afin de déterminer lesquels avaient besoin d'être reprisés.

Elles travaillaient en silence lorsque Livia vit Cassandra caresser d'un doigt une petite veste brodée.

— Elle est ravissante, vous ne trouvez pas?

— Si. Je n'en ai jamais vu d'aussi belle, sourit Cassandra. Les bébés de mon quartier portent rarement des vêtements de cette qualité.

Livia se mordit la lèvre, mais une ombre passa sur son visage. Cassandra posa sur elle un regard gêné.

— J'ai perdu un enfant l'année dernière et la vue de vêtements de bébé suffit parfois à m'attrister.

— Dans ce cas, pourquoi ne pas laisser cette tâche à d'autres?

— Parce que je peux m'y consacrer sans leur aide.

Voyant que sa compagne avait compris, elle ajouta:

— Je n'aime guère les ragots. Les scandales locaux, qu'ils soient vrais ou imaginaires, ne m'intéressent pas.

— Vous êtes pleine de bonté, et c'est tout ce qui compte.

— Je fais de mon mieux. Mais assez travaillé pour aujourd'hui, tout est trié et étiqueté. Laissez-moi vous raccompagner dans ma voiture.

— Je préfère refuser. Les gens du comité sont déjà assez vexés, inutile d'en rajouter.

Livia laissa échapper un gloussement.

— C'était un plaisir de travailler avec vous, Cassandra. Comptez-vous revenir demain?

— Oui. Ils ont beau vouloir m'en dissuader, j'ai besoin de cet argent et de cette collation.

— Dans ce cas, je viendrai aussi, et je veillerai à ce qu'on vous laisse travailler avec moi.

*

Lorsque Cassandra raconta aux siens sa journée avec Mme Southerham et les conversations ouvertes qu'elles avaient eues, Edwin fronça les sourcils.

— Méfie-toi, ma fille. Les nobles ont leurs lubies, mais ils se lassent tout aussi vite.

— Je ne crois pas que ce soit le cas de Mme Southerham. Quand bien même, je n'ai rien à perdre. Je ne travaille pas pour elle, après tout, je me contente de l'aider dans sa tâche.

— Ses vêtements sont splendides, s'émerveilla Pandora. Cela doit être merveilleux de porter des tenues pareilles.

— La splendeur de l'esprit est autrement plus essentielle, répliqua sèchement son père.

Les sœurs s'empressèrent de changer de sujet de conversation en échangeant des coups d'œil complices. Leur père ne comprendrait jamais ce qu'il appelait la «vanité féminine», mais ses filles, aussi intelligentes qu'elles fussent, appréciaient les beaux atours.

*

Lorsqu'elle ne faisait pas des ménages ou des lessives, Maia accompagnait ses sœurs aux ateliers de couture. L'argent que recevaient les quatre sœurs en échange de leurs travaux était une bénédiction. Il leur fallait bien payer le loyer si elles entendaient rester chez elles.

À la fin de la semaine, Cassandra récupéra son salaire et celui de ses sœurs, mais elle évita de placer cet argent dans le pot habituel afin que leur père ne le donne pas.

— Vous avez été payées? s'inquiéta-t-il le soir même.

— Oui.

— Je n'ai rien vu dans le pot.

— Je garde l'argent pour acheter des provisions.

— L'une des familles de la rue voisine meurt de faim. Ces gens viennent d'avoir un bébé. Ne pourrait-on pas leur donner quelques pence? Je me passerai volontiers de dîner afin de compenser.

— Se sont-ils adressés à l'assistance publique?

Edwin parut embarrassé.

— Ils ne l'ont pas fait, c'est ça?

— Ce jeune gars dit qu'il aime mieux mourir de faim plutôt que de demander la charité.

— Parce que ce n'est pas de la charité si tu lui donnes de l'argent?

— Je comptais le donner à sa femme.

— Tu leur seras plus utile en les persuadant d'accepter l'aide publique et en l'envoyant casser des cailloux.

— Il n'est pas assez solide pour ça.

— Peut-être, mais nous ne pouvons pas nous permettre de les aider.

Son père lui adressa un regard dans lequel perçait sa déception, mais elle refusa de se laisser ébranler. Edwin Blake avait besoin qu'on le protège contre sa propre bonté.

*

Quelques jours plus tard, à la nuit tombée, on frappa à la porte et Edwin découvrit sur le seuil de la maison un jeune homme svelte muni d'un sac de toile.

— Monsieur Blake ?

— C'est moi.

— Tenez, c'est pour vous.

Il posa le sac à ses pieds et s'éloigna aussitôt dans l'obscurité.

Edwin ramassa le sac et le porta dans la cuisine.

— Je ne sais pas ce que c'est ni à quoi cela correspond, mais le jeune gars qui l'a apporté connaissait mon nom, il n'a donc pas pu se tromper.

Les sœurs se penchèrent au-dessus du sac.

— Il ressemble à celui que l'oncle Joseph nous a donné l'autre jour, remarqua Xanthe.

Elle ne s'était pas trompée. En l'ouvrant, ils découvrirent de la farine et du sucre, des pommes de terre et des oignons, et même de petits paquets de fromage et de jambon.

Edwin resta silencieux, mais ses filles constatèrent à quel point ce cadeau lui faisait plaisir. Lorsqu'il lança à Cassandra un coup d'œil suppliant, elle comprit immédiatement et laissa échapper un soupir.

— Je vais en mettre un peu de côté pour la famille dont tu me parlais l'autre jour, mais nous avons besoin du reste, papa. Je te rappelle que le loyer se monte à six shillings par semaine.

Il sourit.

— Je savais que tu accepterais.

Son thé avalé, il s'assoupit, épuisé. Il effectuait des travaux de nettoyage et de maintenance à l'usine afin que tout soit en ordre le jour où l'approvisionnement en coton reprendrait, un travail physique souvent harassant. Il aidait également au bureau en rédigeant de sa belle écriture les quelques courriers à envoyer. L'employé qui effectuait cette tâche auparavant avait trouvé un poste à Londres.

Edwin ne travaillait pourtant qu'à mi-temps, si bien qu'il rapportait un demi-salaire.

*

À mesure que passaient les semaines, la santé de son père inquiétait de plus en plus Cassandra. Il perdait du poids au point d'en devenir squelettique, alors que la maisonnée avait plus à manger que la plupart des gens du voisinage. Il s'efforçait en vain de masquer sa fatigue.

Il venait pourtant tout juste d'avoir soixante et un ans et possédait encore toute sa vigueur l'année précédente. Que se passerait-il si… ? Non, mieux valait ne pas y penser. Une fois cette horrible guerre terminée, lorsque les balles de coton brut retrouveraient enfin le chemin du Lancashire, il irait forcément mieux. Il le fallait.

*

Les visites de Reece Gregory illuminaient désormais les semaines de Cassandra. Elle s'approvisionnait en livres à la bibliothèque en son nom, discutait avec lui de leurs lectures, l'affrontait parfois au sujet des intentions d'un auteur.

Les premières fois, le père de la jeune femme s'était installé avec eux dans le salon, mais il avait fini par les laisser à leurs discussions tandis que ses trois filles cadettes trouvaient le moyen de s'occuper ailleurs.

Cassandra n'arrivait pas à savoir si Reece lui faisait la cour, ce qui ne l'empêchait pas d'en arriver à l'espérer.

Un jour, il finit par poser une main sur la sienne et lui adressa un regard triste.

— Soyons clairs, jeune fille. Je le voudrais bien, mais je n'ai pas le droit de vous faire la cour. Je n'ai pas les moyens d'entretenir une épouse, ni l'intention de contribuer à mettre au monde des enfants qui auront faim. Si mes visites ici vous empêchent de recevoir d'autres hommes, je préfère y mettre un terme.

Elle ne sut quoi répondre, heureuse d'apprendre qu'il l'appréciait, et triste de constater que la dureté des temps jouait en leur défaveur.

— Personne ne vient me courtiser parce que j'ai la langue trop acérée pour eux, de sorte que vous n'avez aucune raison de ne plus me rendre visite.

Les traits de Reece s'adoucirent.

— Si tel est le cas, ils sont idiots. Quand la situation le permettra, je vous ferai la cour, si vous m'y autorisez.

— J'en serai fort heureuse.

Elle sentit une vague de chaleur monter en elle à l'idée qu'un jour, lorsque cette triste famine du coton serait derrière eux… Elle ne voulut pas se laisser emporter par le cours de ses pensées. Inutile de compter sur un avenir qui ne se matérialiserait peut-être jamais. Elle se souvint du chagrin de Pandora au lendemain de la disparition de son amoureux.

Reece allait prendre congé lorsqu'elle osa lui poser la question :

— Vous continuerez de venir… en ami, n'est-ce pas ?

Il acquiesça.

— Oui, mais n'attendez rien d'autre de moi pour l'heure.

Elle s'autorisa à laisser couler quelques larmes après son départ, mais à quoi bon pleurer ? Elle avait beau le vouloir, elle n'avait pas le pouvoir de changer le monde et le Lancashire ne semblait pas près de voir s'éloigner son malheur.

Elle n'en était pas moins heureuse d'avoir trouvé un homme qui voulait d'elle et qu'elle serait capable d'aimer alors qu'elle avait renoncé à tout espoir. Penser à Reece lui donnait le courage de continuer, et de souhaiter des jours meilleurs.

4

Francis Southerham se plaça à côté de Ginny, la cousine de Reece, occupée à traire la première vache.

— Peut-être devrais-je apprendre, dit-il alors qu'elle passait à l'animal suivant.

Reece posa sur lui un regard étonné.

— Apprendre à traire les vaches, monsieur? Vous n'avez pas l'intention d'engager un vacher ou une vachère à votre installation en Australie?

— Je ne sais pas. Mon cousin affirme qu'ils manquent d'ouvriers agricoles expérimentés. Je trouve donc logique de bien connaître les métiers de la ferme si je veux réussir. Je serai peut-être obligé d'engager des débutants auxquels il me faudra montrer comment s'y prendre.

Il se tourna vers Ginny.

— Cela vous ennuie de me montrer, madame Dobson?

La leçon de traite qui suivit provoqua l'hilarité de Ginny. Francis finit pourtant par acquérir un certain coup de main et le lait se mit à couler à peu près normalement des pis de l'animal. Tout en poursuivant sa propre tâche, Reece l'observait. Il n'avait jamais rencontré un gentleman tel que lui. Le hasard les ayant mis en relation un jour où ils se promenaient tous deux sur la lande, ils avaient entamé la discussion. En dépit de leurs origines fort différentes, ils auraient très bien pu se lier d'amitié tant leur vision du monde était proche.

— Je reviendrai m'exercer à l'occasion, si vous le permettez, conclut Francis en remontant sur son cheval.

— Je me demande bien pourquoi un monsieur comme lui veut apprendre à traire les vaches, remarqua Ginny après son départ. Drôle de bonhomme. Il finira par s'en lasser, tu verras.

Elle envoya un coup de coude dans les côtes de Reece.

— Comment va ta chérie?

Il se raidit.

— Je n'ai pas de chérie.

Elle leva les yeux au ciel en laissant échapper un grognement dubitatif.

— Comment veux-tu que je fasse la cour à une fille alors que je ne trouve même pas de travail?

Ginny lui tapa sur l'épaule.

— Cette guerre finira bien par se terminer, mon garçon. Rien ne t'empêche de la courtiser, tant que tu ne l'épouses pas.

Il lui adressa un sourire. Plus âgée que lui, elle avait tendance à le materner.

— Je me dis parfois que ce conflit ne finira jamais.

Il marqua une hésitation avant de poursuivre:

— Je me demande si je ne devrais pas partir, Ginny. Aller dans le Sud voir si je ne peux pas trouver un emploi digne de ce nom. Je suis prêt à tout. Je pensais rester à la ferme temporairement, le temps qu'arrive d'Amérique la récolte suivante, mais…

Il haussa les épaules en laissant sa phrase inachevée.

— Tu n'es pas obligé de partir, répondit-elle d'une voix plus douce. Ton travail couvre largement ce que tu nous coûtes.

Il en avait conscience, mais cela ne lui suffisait pas. Au fond de lui, le désir de changer de vie se faisait chaque jour plus fort. S'il choisissait de s'en aller, Cassandra accepterait-elle de l'attendre? Pouvait-il s'autoriser à le lui demander?

Non, ce ne serait pas juste pour elle. Le père de la jeune femme lui avait exprimé un jour le désir de marier sa fille aînée afin qu'elle ait des enfants avant qu'il ne soit trop tard. Reece était tombé amoureux de Cassandra peu à peu, il l'aimait trop pour ne pas vouloir le meilleur pour elle. Mais si cette guerre devait durer des années, il ne se sentait pas le droit de l'empêcher de fonder une famille. Les hommes pouvaient toujours avoir des enfants sur le tard, ce qui n'était pas le cas des femmes.

Une nuit d'insomnie, il décida de demander à M. Southerham de l'aider à trouver un emploi. Il ne pouvait plus continuer à rendre visite à Cassandra de la sorte. C'était une façon de retourner le couteau dans la plaie.

Il souhaitait l'épouser, il en avait la certitude à présent, pas uniquement pour son corps, aussi pour son esprit et sa personnalité. Les sentiments qu'il éprouvait pour sa première femme étaient d'une autre nature, il avait appris à ses dépens ce qui lui manquait chez une femme.

Fichue famine du coton! Voilà qu'elle réduisait ses rêves à néant, détruisait ses espoirs, le faisait douter de l'avenir.

*

En rentrant chez lui, Francis trouva Livia dans leur chambre, malgré le froid.

— Tu évites mes parents? s'enquit-il en se penchant pour lui baiser la joue.

— J'espère qu'ils n'en ont pas conscience.

— Bien sûr que non. Ils ne te connaissent pas aussi bien que moi.

Elle marqua une hésitation avant de lui poser la question :

— Comment te sens-tu aujourd'hui ?

Il évita son regard.

— Un peu mieux, merci. L'air du dehors me fait du bien.

Elle l'observa avec insistance afin de lui signifier qu'elle n'était pas dupe.

Il s'empressa de changer de sujet de conversation.

— Comment se portait ta protégée, aujourd'hui ?

— Elle s'intéresse à tout ce que je peux lui montrer. C'est la première fois que je rencontre quelqu'un d'aussi vif. Elle apprend la broderie et se débrouille plutôt bien. Avec les quelques conseils que je lui ai donnés, elle a reprisé les parties les plus délicates de certains des vêtements qu'on nous a donnés. Elle les a rapportés chez elle, histoire de s'occuper. Elle souffre autant du manque de travail que du manque d'argent.

— La façon dont tu me parles d'elle, il va falloir que je fasse sa connaissance un jour prochain.

— Je doute qu'elle s'exprime aussi librement en ta présence. Il lui a fallu du temps pour m'accorder sa confiance.

— Ce garçon que j'ai rencontré sur la lande est de la même eau. Il souffre autant de sa pauvreté que ta Cassandra.

Soucieux d'amuser Livia, il ajouta avec un sourire en coin :

— Veux-tu que je t'apprenne à traire les vaches ?

Elle écarquilla les yeux avant d'éclater de rire.

— Je suis sérieux. J'y ai consacré ma journée. Je suis déjà capable de m'occuper des chevaux, je me suis toujours senti bien dans une écurie. Nous pourrions aussi apprendre à fabriquer du fromage. La femme du fermier en fait d'excellents. Il faudra également savoir gérer une basse-cour, ce sont généralement les femmes qui y veillent. Nous devons nous former tous les deux, si jamais nous ne trouvons personne pour diriger la ferme en Australie. Tu voudrais bien?

— Pourquoi pas? Au moins, ça me fera une raison de sortir davantage. Mais que va en penser ta mère?

— Le mieux est encore de ne pas lui en parler. Elle serait furieuse.

— Si seulement ton père changeait d'avis et t'aidait à t'installer en Australie. J'ai tellement envie qu'on vive chez nous, même si la maison est petite.

Francis la serra dans ses bras, ravi de sentir sa tête sur son épaule. Il était tombé amoureux d'elle la première fois qu'il l'avait vue, mais ses parents s'étaient opposés au mariage au prétexte que sa dot se limitait à quelques centaines de livres.

— Il y viendra un jour. Je le harcèlerai jusqu'à ce qu'il comprenne que je ne changerai pas d'avis cette fois, contrairement à ce qui s'est produit avec mes projets précédents.

Francis n'était pourtant pas sûr que son père capitulerait aussi facilement. Il avait honte de vivre encore chez ses parents à son âge, de dépendre de la fortune paternelle, ne disposant que d'une modeste rente annuelle héritée d'une tante.

Il ne se sentait pas bien depuis quelque temps, perdait du poids et toussait beaucoup. Il comptait s'adresser au médecin de la famille si sa santé ne s'améliorait pas.

L'Australie lui conviendrait-elle mieux? Il était convaincu des avantages qu'il y trouverait. Son cousin Paul vivait bien dans la colonie du fleuve Swan, en

Australie-Occidentale. Il vantait les mérites du lieu dans les courriers adressés à Francis. Pourquoi Paul lui aurait-il menti ?

*

Joseph Blake subissait le sermon d'une oreille en espérant que son visage ne trahissait pas son ennui. Il se demanda si les offices méthodistes étaient plus palpitants. Ils disposaient en tout cas de cantiques plus entraînants, il avait eu l'occasion d'en entendre un jour en passant devant la chapelle et s'était arrêté pour en profiter. En outre, les méthodistes donnaient l'impression d'être plus chaleureux entre eux que les anglicans. Au sein de sa congrégation, chacun occupait la place qui lui revenait en fonction de ses origines sociales, les domestiques et les ouvriers étant relégués au fond de l'église.

Saunders était un prédicateur particulièrement médiocre, il s'empêtrait dans un fatras d'allusions classiques qui ne parlaient guère à la majorité de ses ouailles. Joseph n'assistait pas à l'office chaque semaine, c'était au-dessus de ses forces.

La messe terminée, les fidèles sortirent sur le parvis où le pasteur saluait les plus importants d'entre eux. Il se pencha discrètement vers Joseph.

— Pourriez-vous m'attendre quelques instants, monsieur Blake ? J'aimerais vous entretenir d'un petit problème.

Joseph rejoignit sa femme et l'incita à rentrer sans attendre.

— Le pasteur souhaite me dire un mot.

Il la regarda s'éloigner, le front plissé. Il avait cru lire brièvement dans ses yeux un éclair triomphal.

Qu'avait-elle encore mijoté? Elle se montrait de plus en plus aigrie et imprévisible. Elle prenait bien davantage de plaisir à nuire à son prochain qu'à l'aider, et la haine qu'elle éprouvait à l'endroit de sa famille était pour le moins… anormale.

Saunders s'approcha, son surplis gonflé par le vent.

— L'atmosphère est glaciale, vous ne trouvez pas? Pourquoi ne pas rentrer dans mon bureau?

Il franchit le seuil sans attendre.

— Asseyez-vous, le temps que je retire ceci.

Il passa le surplis au-dessus de sa tête, le jeta nonchalamment sur un dossier de chaise et prit place derrière sa table de travail, l'air soucieux, en jouant machinalement avec une plume, comme s'il ne savait par où commencer.

— Pour quelle raison souhaitiez-vous me voir? finit par l'interroger Joseph alors que le silence s'éternisait.

— Je n'irai pas par quatre chemins, c'est au sujet de vos nièces. Ces dames du comité s'inquiètent de les voir corrompre les autres filles des ateliers de couture. J'aimerais les… les pousser à quitter Outham. Il existe d'excellents moyens de réhabiliter les jeunes femmes à la moralité douteuse et…

— Mais elles ne sont pas de moralité douteuse!

Saunders baissa la voix en observant son interlocuteur d'un air compatissant.

— Mon cher ami, votre femme, qui les connaît bien, m'a fait part de ses préoccupations. Elle affirme que vous refusez de vous rendre à l'évidence, mais je me suis aperçu qu'elle avait raison au contact de ces filles. Elles n'ont aucun respect pour leurs supérieurs. La façon même dont elles vous regardent respire l'impudence. Elles me parlent comme si j'étais leur égal. La situation ne peut pas durer.

— Ma femme ne dit pas la… elle se trompe. Mes nièces sont toutes les quatre de jeunes personnes fort décentes. Vous n'aurez qu'à poser la question au pasteur de leur congrégation.

Il était clair que son interlocuteur n'en croyait pas un mot. Joseph Blake savait en outre que les deux ecclésiastiques ne s'appréciaient guère, aussi déclara-t-il avec emphase en se penchant vers le pasteur:

— Si jamais vous vous avisez de renvoyer ces jeunes filles, non seulement je cesserai de fréquenter votre église, mais je changerai d'attitude à bien des égards, y compris sur le plan des contributions que je verse régulièrement aux bonnes œuvres de la paroisse.

M. Saunders prit une longue respiration.

— Je vois.

— Je l'espère.

Joseph se leva et quitta la pièce sans un salut. Il était trop en colère pour rentrer chez lui directement. Il fit deux fois le tour du parc afin de recouvrer son calme. On aurait pu croire qu'il s'était habitué à la méchanceté de sa femme, mais jamais elle ne s'en était prise à sa famille de la sorte.

De retour au magasin, il trouva Dot prête à servir le déjeuner. Il la renvoya en lui précisant qu'il la «sonnerait» le moment venu.

Isabel se tenait près de la fenêtre du salon. Elle lança un coup d'œil dans sa direction et lui tourna le dos.

Emporté par une fureur contenue depuis des années, Joseph traversa la pièce à grands pas, agrippa l'épaule de sa femme et l'obligea à se retourner.

— Tu as recommencé, c'est ça? Tu continues de distiller des rumeurs empoisonnées, au sujet de mes nièces, cette fois? En dépit de mes avertissements?

— Je me contente de dire la vérité.

— Tu te fiches bien de la vérité. Tu racontes ce qui t'arrange, sans te soucier du mal que tu peux provoquer. As-tu conscience d'être connue en ville comme une langue de vipère?

— Toi, tu es connu pour ta naïveté dès qu'il s'agit de ta famille.

— Je connais mon frère et je connais ses filles. Ce sont des gens honnêtes, tous tant qu'ils sont. Je n'aurais jamais dû t'épouser. Ça n'en valait pas la peine.

Ils s'observèrent en chiens de faïence pendant quelques instants. Soudain, l'élégante pendule trônant sur la cheminée sonna le quart et Isabel retrouva son masque impassible habituel.

— Je vais demander à la bonne de servir le déjeuner si nous ne voulons pas que le repas soit perdu.

Il l'attrapa à nouveau, par le bras cette fois, alors qu'elle tendait la main vers le bouton de la sonnette.

— Tu ne m'écoutes pas, articula-t-il en la secouant.

Ses traits dessinèrent une grimace mauvaise.

— Comment oses-tu poser la main sur moi? Lâche-moi immédiatement.

— Je te lâcherai quand tu auras entendu ce que j'ai à te dire. Si tu ne cesses pas de propager ces mensonges, je...

Elle éclata d'un rire aigu qui n'avait rien de drôle.

— Que feras-tu? Rien ne m'arrêtera tant que je ne me serai pas débarrassée de ta famille. C'est une humiliation pour moi d'être obligée de vivre dans la même ville que ces gens et j'entends que cela cesse. Il te faudra m'enfermer si tu veux m'en empêcher, et tu es bien trop pleutre pour t'y hasarder. Tu as volé l'argent de ma famille, tu as obligé mon père à tout te laisser, mais tu ne m'enlèveras jamais mon amour-propre.

Elle dégagea son bras de force, sonna la bonne et s'installa à table.

Incapable de manger en face d'elle, Joseph descendit au rez-de-chaussée. Il arpenta de long en large l'étroite arrière-boutique où ses employés mettaient habituellement le sucre et la farine en sachets d'une livre. Isabel avait raison, et il en avait la nausée. Il n'était pas homme à battre sa femme, il ne pouvait pas davantage l'enfermer. Plus rien de ce qu'il pouvait dire n'impressionnait Isabel désormais.

Comment protéger ses nièces de la méchanceté de sa femme?

Surtout, pourquoi se souciait-il d'elles alors qu'il n'avait pas vu son frère depuis des années et qu'il avait parlé une seule fois à ses filles? Il aurait été bien en peine de le dire, il savait seulement qu'il ne pouvait laisser Isabel gâcher leur existence. C'était tout simplement mal. Elles faisaient partie de sa famille.

Une fois calmé, il se rendit dans la cuisine et demanda à Dot de lui préparer une assiette qu'il rapporta dans l'arrière-boutique.

Il s'empara d'un livre et essaya de lire, mais les rayonnages débordant de provisions le narguaient et il ne parvenait pas à museler ses pensées.

Il avait dit la vérité. Épouser cette harpie n'en valait pas la peine. Il avait mené une existence sans joie auprès d'elle et il n'avait personne, ni famille, ni ami, puisqu'elle éloignait d'eux tous ceux qu'elle soupçonnait de l'approcher de trop près.

Une question le taraudait depuis quelque temps: que deviendrait le magasin à sa mort? L'épicerie était son bébé, il l'avait améliorée depuis qu'il en assurait la direction et il en était fier.

Il était en bonne santé pour ses soixante-trois ans, mais il ne pouvait espérer vivre encore très longtemps. Deux décennies, avec beaucoup de chance, sans doute beaucoup moins.

Comment occuper les années qui lui restaient? Et que deviendrait le magasin à sa mort? Il allait devoir y réfléchir sérieusement.

*

Le mois d'août était bien entamé lorsqu'une charrette dévala bruyamment la rue et s'arrêta brusquement devant la maison des Blake. On frappa à la porte et Cassandra ouvrit. Elle reconnut le cocher de l'usine, qui conduisait la charrette dans laquelle gisait une forme masculine.

— Je suis désolé, ma belle. Votre père a eu un pépin au travail, M. Darston pense qu'il a fait une attaque, alors je vous le ramène, avec un de mes collègues. Le patron a envoyé un des gars chercher le Dr Turner.

Elle en resta muette de saisissement.

— Faudrait peut-être le transporter dans la maison, insista gentiment l'homme.

— Oui, bien sûr.

Elle appela ses sœurs.

— Papa est malade. On va l'installer dans sa chambre.

Elle montra le chemin au charretier et à son acolyte tandis que ses sœurs restaient figées dans l'étroit couloir.

— Là, installez-le sur le lit.

Elle se pencha sur le visage émacié de son père. Les traits grimaçants, les paupières closes, il ne ressemblait en rien au père qu'elle avait toujours connu.

— Vous voulez peut-être qu'on le déshabille? proposa l'un des deux hommes d'une voix douce. Auquel cas, il faudrait nous donner une chemise de nuit.

Elle hocha machinalement la tête et attendit sur le palier en s'en voulant terriblement de ne pas s'inquiéter uniquement du sort de son père, mais aussi du sien et de celui de ses sœurs. S'il n'était plus en capacité de travailler et ne rapportait plus rien à la maison, comment pourraient-ils se débrouiller? Elle chassa cette pensée de son esprit. Cela ne servait à rien de réfléchir aux ennuis tant qu'ils ne s'asseyaient pas à votre table, comme le disait toujours sa mère.

Les deux hommes de l'usine repartis, Maia monta au premier et s'installa près de son père avec la bénédiction de Cassandra qui la savait excellente garde-malade. Les trois sœurs, désœuvrées, se réfugièrent dans la cuisine.

Aucune d'elles n'osait formuler la question qu'elles se posaient toutes: «Et s'il vient à mourir?» Il leur était tout simplement impossible d'imaginer le monde sans lui.

Le Dr Turner ne se présenta à leur porte qu'une heure plus tard. Cassandra se précipita en entendant claquer le heurtoir. Elle ne connaissait le jeune médecin que de vue, ce n'était pas lui qui s'était occupé de sa mère, si bien qu'elle n'avait jamais eu l'occasion de lui parler. Elle lui résuma la situation en quelques mots et le guida vers l'escalier.

Les trois sœurs attendirent au rez-de-chaussée tandis que Maia patientait sur le palier.

La porte de la chambre se rouvrit enfin, un bruit de pas résonna dans l'escalier et Cassandra accueillit le médecin en bas des marches.

Il lança un coup d'œil en direction de l'étage et lui glissa dans un chuchotement:

— Pourrions-nous parler ailleurs?

Elle le conduisit au salon.

— Votre père a été victime d'une attaque, comme vous avez pu le constater. Il risque de rester en état d'hébétude pendant un ou deux jours. Son côté droit est en partie paralysé, il est peu probable qu'il puisse vivre normalement à l'avenir. Les premiers jours sont toujours critiques dans ce genre de situation, il pourrait être victime d'une nouvelle attaque. Cela arrive parfois.

— Et si ce n'est pas le cas? Comment se portera-t-il?

— Il ira un peu mieux, mais je crains fort qu'il ne puisse plus travailler.

Il tira une montre de son gousset.

— Je ne peux rester plus longtemps, d'autres patients m'attendent au dispensaire.

— Combien vous dois-je? demanda-t-elle péniblement, la gorge nouée.

— Quelqu'un d'autre travaille, chez vous?

Elle répondit par la négative d'un mouvement de tête.

— Dans ce cas, je ne vous demanderai rien.

Elle se sentit rougir de honte, sans refuser l'offre pour autant. Il était clair que la situation n'allait pas s'améliorer et le moindre sou comptait.

— Je vous remercie.

Il lui tapota la main.

— Veillez à ce qu'il se repose confortablement et faites-le boire le plus possible. Je repasserai demain.

*

Les sœurs se relayèrent au chevet de leur père dont l'état restait stationnaire.

Cassandra se triturait la tête à imaginer une solution, s'efforçant de calculer le meilleur moyen de sortir de l'impasse dans laquelle sa famille se trouvait. Le lendemain soir, elle demanda à Maia de quitter le chevet de leur père quelques minutes, le temps de discuter de l'avenir.

— Nous allons être très justes sur le plan financier, les ateliers de couture constituent notre unique ressource, il faut que le plus grand nombre d'entre nous continuent de s'y rendre.

— Je peux très bien rester seule avec lui, suggéra d'emblée Maia.

— Tu auras assez de force pour le soulever?

— Je pense que oui. Je ne m'étais pas aperçue à quel point il avait maigri jusqu'à ce que je le fasse boire la première fois.

— Vous croyez que papa va mourir? demanda Pandora d'une voix étranglée.

Cassandra lui répéta ce que lui avait dit le médecin lors de sa deuxième visite. S'il se montrait plus optimiste quant aux chances de survie du malade, le Dr Turner n'avait pas changé de diagnostic.

— Ce sera difficile, mais nous pouvons y arriver tout en continuant à nous occuper de lui. Je refuse qu'il aille au dispensaire.

— Moi aussi, lui fit écho Xanthe. Je n'y enverrais pas mon chien.

Le dispensaire, rattaché à l'hospice, était un endroit sombre aux relents de misère.

— S'il doit mourir, que ce soit confortablement chez lui. Il sera infiniment mieux ici, quel qu'en soit le prix.

Mais comment y parvenir? Comment continuer à payer le loyer, à acheter de la nourriture?

— Tu as une idée? demanda Maia à son aînée.

— J'y réfléchis.

*

Le lendemain, le pasteur Saunders demanda aux trois sœurs pourquoi Maia ne les accompagnait pas. Cassandra, heurtée par sa condescendance, lui expliqua ce qui était arrivé à leur père.

— C'est ce que vous dites.

Abasourdie, elle écarquilla les yeux sans répondre.

— Que voulez-vous dire?

— Comment savoir si c'est la vérité? Je serais curieux de savoir ce que votre sœur trafique à cette heure.

Xanthe s'avança, prête à défendre sa jumelle contre les accusations de l'ecclésiastique, mais Cassandra la retint par le pan de sa jupe.

— Non, Xanthe.

Elle se tourna vers le pasteur.

— Le Dr Turner, qui s'occupe de mon père, vous confirmera ce que je viens de vous dire, répliqua-t-elle d'une voix calme. À présent, si vous le voulez bien, nos travaux de couture nous attendent.

— Comptez sur moi pour vérifier, Cass. Je ne suis pas quelqu'un à qui l'on peut mentir impunément.

Il s'éloigna et Cassandra constata avec désespoir que Mme Southerham n'était pas là et qu'une autre avait pris sa place ce jour-là.

— Dépêchez-vous donc, Cass Blake! l'admonesta la femme du tailleur. Vous ferez des blouses comme les autres filles aujourd'hui, et veillez à vous appliquer.

Cassandra prit sans un mot le coupon de tissu qu'on lui tendait et alla s'asseoir près de ses sœurs où elle se mit à l'ouvrage en baissant la tête. La matinée lui sembla durer une éternité. Elle ne pouvait pas coudre un ourlet sans que l'une des dames patronnesses lui adresse des critiques et lui demande de recommencer, encore et encore.

Elle prit son mal en patience, estimant que le meilleur moyen de se défendre consistait à s'exécuter sans se plaindre.

Les filles qui se trouvaient près d'elle commencèrent à murmurer leur réprobation, si bien que la femme finit par s'éloigner sans la réprimander davantage.

La séance terminée, les jeunes filles avalèrent leur collation et burent leur verre de lait avant de s'en aller.

Une fois dans la rue, certaines des filles s'attroupèrent autour des sœurs Blake.

— Pourquoi est-ce qu'on te traite comme ça, Cassandra ?

— Tu devrais leur répondre au lieu de te laisser faire, suggéra une autre. C'est rien que des mensonges. Tu couds mieux que n'importe laquelle d'entre nous.

— Jamais j'accepterais qu'on me fasse ça, s'emporta une autre. Vous avez entendu ce qu'elles disent ? Où vont-elles chercher tous leurs mensonges ?

Cassandra s'efforça de les calmer.

— Elles attendent que je leur réponde pour me renvoyer en m'accusant d'insolence. J'ai trop besoin de cet argent, je ne peux pas me le permettre.

Une fois rentrée chez elle, elle monta auprès de son père. Il était pâle comme un linge, mais son regard avait repris vie.

— Veux-tu que je te fasse la lecture ?

Le voyant battre des paupières, elle descendit chercher le dernier ouvrage qu'elle avait emprunté à la bibliothèque et lui en lut quelques passages. Un quart d'heure plus tard, elle constata qu'il s'était endormi.

Elle se tut et ses yeux se remplirent de larmes alors qu'elle s'était interdit de pleurer tant qu'il restait éveillé.

Maia prit le relais et elle redescendit. Faute d'avoir pu rapporter des travaux de couture, contrairement aux fois précédentes, elle se sentait désœuvrée.

— Je vais me promener, décida-t-elle soudain.

— Tu veux que je t'accompagne ? lui proposa Pandora.

— Non, je préfère être seule, j'ai besoin de réfléchir.

*

Tout en marchant, Cassandra se demanda pourquoi Mme Southerham n'était pas venue ce jour-là. Il lui fallait espérer qu'elle ne soit pas malade. Le soleil brillait dans le ciel, les fleurs ondulaient sous la caresse d'une légère brise, bercées par le chant des oiseaux. Cette journée magnifique ne faisait qu'accentuer le contraste avec sa détresse.

Elle venait de passer le parc lorsqu'elle croisa la femme du pasteur méthodiste à qui elle adressa un petit salut. Mme Rainey s'arrêta et elle fit de même.

— Est-ce vrai, ce qu'on raconte, chère Cassandra?

— De quoi parlez-vous?

— Que le pasteur Saunders et les dames du comité s'en prennent à toi.

— Je n'y prête guère attention.

— Nous nous sommes accordés sur le fait que la paroisse anglicane gère la soupe populaire et les ateliers de couture, pendant que les membres de la chapelle méthodiste s'occupent des visites à domicile, si bien que j'ai les mains liées. Je trouve toutefois honteux que ta tante profite de la situation pour colporter des ragots à ton sujet. Ne cherche pas à nier, tout le monde est au courant.

Cassandra sentit le rouge lui monter aux joues.

— Les rumeurs qu'elle propage sont fausses, je le sais et c'est tout ce qui compte.

— Tes amies n'en croient pas un mot non plus, mais je vais voir ce que je peux faire.

— Je vous en prie, madame Rainey. J'ai trop besoin de l'argent des ateliers de couture. Je ne sais pas comment nous pourrions nous nourrir sans ça.

La situation était devenue si critique que Cassandra se demandait lesquels de ses biens elle allait pouvoir vendre, et comment en tirer le meilleur prix.

— J'en toucherai un mot à mon mari. Une telle injustice ne peut perdurer.

*

Ce vendredi-là, son travail à la ferme achevé, Francis demanda à Reece de l'accompagner. Il prit son cheval par la longe, et les deux hommes se dirigèrent côte à côte jusqu'au petit chemin qui courait à travers la lande.

— Nous n'avons qu'à nous arrêter ici, suggéra Francis. Nous nous assiérons sur la pierre à lait.

Il noua les rênes autour d'un buisson et le cheval se mit à brouter placidement tandis que les deux hommes prenaient place sur la grosse pierre plate où l'un des épiciers de la ville passait prendre chaque jour les bidons de lait.

— Vous m'avez demandé l'autre jour de vous conseiller dans votre recherche d'un emploi et j'y ai réfléchi. Je me demandais si cela pourrait vous intéresser de venir avec moi en Australie.

Son interlocuteur posa sur lui un regard surpris.

— Je suis tout disposé à vous parrainer, ce qui est indispensable, ainsi qu'à vous proposer un travail à notre arrivée.

— En quoi est-ce plus sûr que de chercher du travail ici? l'interrogea Reece.

— J'ai un cousin qui s'est installé là-bas. Il me dit le plus grand bien de l'Australie et insiste depuis longtemps pour que je vienne le rejoindre. La terre est infiniment moins chère qu'ici et les occasions d'acheter ou de louer des terrains ne manquent pas. Vous pourriez avoir votre propre ferme un jour si vous économisez assez, ou bien ouvrir un commerce. Tout ce qui vous plaira.

Reece, intrigué par la proposition, secoua la tête.

— Je n'ai pas les moyens de me rendre en Australie, monsieur Southerham. Le voyage doit coûter cher.

Ayant vécu avec frugalité depuis la mort de sa femme, il disposait bien de quelques économies, mais c'était son secret. De toute façon, il n'avait aucune intention de tout dépenser dans le voyage et de se retrouver sans un sou, à la merci d'autrui, à son arrivée là-bas.

— Je suis prêt à financer le billet, en échange de deux années à mon service à compter du jour où nous quitterons l'Angleterre.

Reece fronça les sourcils. La proposition n'était guère avantageuse, il se retrouverait sans le sou au bout des deux années en question. Sans compter qu'une telle décision l'éloignerait durablement de Cassandra. Non, ça ne collait pas.

— Et le salaire? Je ne serai pas plus avancé si je ne peux pas mettre d'argent de côté.

— Je vous verserai des gages pendant ces deux années, mais je ne veux pas vous mentir, la tâche sera rude. Il est probable qu'il faudra défricher les terres avant de pouvoir les cultiver et je ne sais pas précisément à quoi m'attendre, sachant que le climat australien est très différent de celui d'ici. Mon cousin s'est montré vague à ce sujet. De plus, il n'a pas de ferme.

Vous non plus, pensa Reece qui était persuadé, tout comme ses cousins, que l'agriculture était un simple amusement pour les Southerham. Cet homme-là se montrerait-il capable de se lever tôt tous les matins afin de traire ses vaches, qu'il fasse beau ou qu'il pleuve? Les seules bêtes qu'il semblait connaître étaient les chevaux. Comment Francis résisterait-il à un labeur aussi rude pendant des jours, des mois, des années? Reece n'était pas convaincu qu'il dispose de la résistance physique et de la force de caractère nécessaires. D'autant que M. Southerham donnait parfois l'impression d'être malade.

Quant à Mme Southerham, c'était une jeune dame fort agréable, polie avec tout le monde, mais elle avait des mains fines et blanches et n'avait pas la moitié des connaissances que pouvait avoir sa cousine Ginny, bien qu'elle l'ait aidée à plusieurs reprises à nourrir les poules et à ramasser les œufs.

Il laissa s'installer le silence, continuant de réfléchir, avant de se décider d'une voix lente :

— J'imagine qu'il faut bien nourrir les gens partout dans le monde, et les animaux ne peuvent pas être bien différents. J'ai lu des ouvrages consacrés à l'Australie. Dans quelle partie du pays souhaiteriez-vous vous installer ?

— La colonie du fleuve Swan, sur la côte ouest. C'est de beaucoup la plus petite des colonies australiennes, mais mon cousin m'écrit que n'importe quel individu sensé peut y vivre confortablement, à condition de travailler dur. J'avais initialement pensé me rendre à Sydney, mais la présence à Perth de mon cousin qui connaît déjà le terrain constitue un atout appréciable. C'est un garçon que j'aime beaucoup, nous nous sommes toujours bien entendus.

— Je vais y réfléchir.

— Bien sûr, c'est tout naturel.

— Je m'intéresse à une jeune femme des environs.

— Rien ne vous empêche de l'inviter à vous rejoindre lorsque vous serez installé. Elle acceptera sans doute d'attendre un an ou deux.

La façon cavalière dont son compagnon avait balayé l'existence de Cassandra d'un revers de main déplut à Reece qui réagit vivement :

— Votre femme compte donc vous attendre ici?

— Non, mais la situation est un peu différente puisque nous sommes mariés.

— Comme je vous le disais, je vais y réfléchir.

Francis hocha la tête et se leva.

— Dans ce cas, reparlons-en à votre convenance, dit-il en récupérant les rênes du cheval.

Il enfourcha sa monture et s'éloigna. En se retournant, il constata que Reece, les mains enfoncées dans ses poches, donnait un coup de pied dans une motte de terre.

Qui pouvait donc être cette femme à laquelle il s'était attaché? Représenterait-elle un fardeau, ou bien un atout? Fallait-il lui offrir le voyage? Pas question, il n'en avait pas les moyens.

*

Au grand soulagement de Cassandra, Mme Southerham avait repris sa place dans l'atelier de couture le lendemain, mais elle dut se disputer avec le pasteur Saunders avant que ce dernier n'autorise Cassandra à travailler avec elle.

— Cela n'a pas été trop dur hier? demanda Livia lorsque les deux femmes se retrouvèrent dans la petite pièce habituelle.

Cassandra haussa les épaules.

— Vous les connaissez.

— Oui. Je suis désolée, mais je ne pourrai désormais venir que les lundi, les mercredi et les vendredi, dit-elle avec un air de conspirateur. N'en soufflez mot à personne, mais mon mari et moi nous initions aux métiers de la ferme. J'ai essayé de traire les vaches, sans grand succès, malheureusement. Nous avons l'intention d'émigrer en Australie l'année prochaine, nous souhaitons créer une ferme, de sorte qu'il nous faut apprendre les rudiments du métier.

Cassandra, en dépit de son désir de lui montrer qu'elle était heureuse pour elle, cacha mal sa déception.

— Vous allez me manquer. Pas uniquement parce que vous me protégez, mais parce que je me plais en votre compagnie.

— Vous me manquerez également. En attendant, il nous faut nous mettre au travail. J'ai des listes entières de familles qui ont le plus grand besoin de vêtements pour leurs enfants. Nous entamerons les visites dès la semaine prochaine.

— J'étais persuadée que les autres congrégations étaient chargées des visites à domicile.

— Le pasteur Saunders m'a demandé de m'occuper des familles attachées à sa congrégation.

— Pensez-vous qu'il m'autorisera à vous accompagner?

— Je ne lui laisserai pas le choix.

Cassandra prit le temps de la réflexion avant de réagir.

— Je ne suis pas certaine que ce soit très sage, déclara-t-elle à contrecœur. Les autres dames n'en seront que plus furieuses contre moi.

Livia haussa les épaules.

— Il faut parfois savoir ne pas être sage, mais si vous préférez ne pas venir, je trouverai quelqu'un d'autre.

À l'idée de quitter cet endroit, Cassandra n'y tint plus. Foin de sagesse, elle n'en pouvait plus de subir de nouvelles maltraitances chaque jour. Sans qu'elle se l'explique, ces femmes s'en prenaient davantage à elle qu'à ses sœurs.

— Je serai ravie de vous accompagner.

5

Le dimanche suivant, Reece se présenta plus tôt que d'habitude chez les Blake.

— J'ai appris la nouvelle au sujet de votre père. Comment va-t-il?

— Pas très bien. Mais ne restez pas sous la pluie, il tombe des cordes depuis ce matin.

Cassandra conduisit son visiteur dans le salon et lui désigna un fauteuil.

— Est-il en état de recevoir de la visite?

— Il est encore trop tôt.

Son père était toujours dans un état de grande faiblesse et de confusion, au point de ne pouvoir parler. Il n'avait aucune autonomie, ce qui était gênant pour ses filles, mais Cassandra croyait lire dans ses yeux une lueur de vie et d'intelligence, et elle s'entêtait à lui parler et à lui lire des livres.

Reece, les yeux rivés sur ses mains croisées, laissa échapper un soupir avant de relever la tête.

— Je réfléchis actuellement à la possibilité de me rendre en Australie. M. Southerham a proposé de m'apporter son parrainage et de financer mon voyage si j'accepte de travailler pour lui pendant deux ans. Il paraît qu'on loue ou qu'on achète facilement des terres là-bas. À condition de travailler dur, je peux probablement acquérir une petite ferme.

Elle s'efforça de dissimuler son désarroi. S'il partait, elle perdait à la fois Reece et Mme Southerham. Elle ne se sentait pourtant pas le droit de le retenir alors que tout espoir avait quitté le Lancashire. Elle fit un effort sur elle-même pour réagir calmement.

— C'est une belle opportunité pour vous.

— Oui. Rien ne montre que les importations de coton vont reprendre dans un avenir proche. En outre, je ne crois pas que je serais capable de retourner à l'usine après avoir travaillé en plein air.

Ce n'était pas la première fois qu'elle l'entendait avancer un tel argument. À vrai dire, elle n'était pas loin de partager sa position.

Elle aurait aimé poursuivre la conversation, mais elle faisait déjà de grands efforts pour retenir ses larmes, sachant combien il allait lui manquer.

— Je vous aurais volontiers proposé de m'accompagner, mais nous partons bientôt et…

Elle ne le laissa pas achever sa phrase.

— Je n'ai pas le droit d'abandonner mon père.

— J'espère que vous m'autoriserez à vous écrire?

Elle se contenta d'acquiescer, la gorge nouée.

Il lui prit la main.

— Cassandra…, si tout marche comme je le souhaite…, et si vous n'avez personne…, vous pourriez peut-être me rejoindre un jour?

— En Australie?

Il fit oui de la tête en rougissant.

— Je voulais dire, me rejoindre afin de m'épouser. Vous connaissez la nature de mes sentiments.

Il lui adressa un sourire tout en continuant de serrer ses doigts entre les siens.

— Je crois deviner que les vôtres ne sont pas différents.

Elle ne voulut pas lui mentir.

— C'est le cas.

— Un jour..., à moins bien sûr que vous ne rencontriez quelqu'un d'autre, ce dont je ne saurais vous blâmer..., accepteriez-vous de venir me rejoindre si je vous envoie l'argent du voyage?

L'idée était séduisante, mais les obstacles ne manquaient pas.

Tout semblait se liguer contre elle et cet homme auquel elle s'était attachée si rapidement.

— Je risquerais de ne jamais revoir mes sœurs si je me rendais aussi loin.

— J'en ai bien conscience, d'où mon hésitation. Je sais combien vous êtes proches et il serait injuste de vous obliger avec... avec une promesse, hésita-t-il.

— Ne pourriez-vous pas trouver du travail ailleurs en Angleterre?

— Il me semble que mes chances sont meilleures en Australie. Je ne connais personne en dehors du Lancashire, alors autant aller dans un pays dont tout le monde dit qu'il offre des opportunités à des hommes ordinaires. Et puis j'ai toujours voulu voir le monde, comme vous.

— Je ne pensais pas en avoir l'occasion un jour.

— La vie ne nous apporte jamais exactement ce que nous espérons, vous ne croyez pas?

Tout en gardant sa main dans la sienne, il passa un bras autour de ses épaules.

— Si je reste ici, je ne peux pas vous avoir, et je ne peux pas davantage vous avoir pendant longtemps si je m'en vais. Mais je vous veux, Cassandra chérie. Et il existe une vraie chance que j'arrive à nous bâtir une vie en Australie. J'y vois notre chance d'être heureux ensemble.

Elle posa les yeux sur leurs doigts enlacés.

— Je vous engage sincèrement à partir, Reece, s'obligea-t-elle à lui dire. Ne laissez pas passer une telle chance. Écrivez-moi… et pensez de temps en temps à moi. Si c'est possible… il est trop tôt pour que je puisse m'engager aussi loin, mais… si je le peux, je viendrai vous rejoindre.

Il l'attira à lui et l'embrassa. Délicatement dans un premier temps, goulûment ensuite. Elle se laissa emporter par ces baisers dont elle ressentait autant le besoin que lui. Elle n'avait jamais su jusque-là combien elle portait en elle le désir d'étreindre un homme, de lui offrir ses caresses, de lui rendre ses baisers. Pour avoir trop vécu intérieurement, sans doute…

Il relâcha son étreinte et elle eut la tentation soudaine de l'attirer à elle, mais elle y résista. Tant que son père et ses sœurs auraient besoin de son aide, elle resterait, quand bien même cela lui briserait le cœur.

— Quand… comptez-vous partir?

— Pas avant un ou deux mois. À vrai dire, je ne sais pas si ce délai facilite la situation, ou bien s'il vient la compliquer.

Elle le rejoignait sur ce point.

Reece reparti, elle passa un long moment assise dans le salon, jusqu'à ce que Pandora vienne la rejoindre. Elle était au-delà des larmes, au-delà de tout, elle ne pouvait que penser à lui, protester intérieurement contre le sort que leur réservait le destin.

— Ah, tu es là? Tu ne te sens pas bien, Cassandra? Tu sembles… triste.

Cassandra ne voulait pas leur donner de raison supplémentaire de s'inquiéter. En outre, la douleur engendrée par la perte de Reece n'appartenait qu'à elle. La souffrance que partageaient les sœurs était d'une autre nature.

— Je pensais à papa.

— Je l'ai trouvé un peu mieux aujourd'hui. Pas toi?

— Peut-être, mais il ne pourra jamais retravailler. Il nous faut trouver une solution. J'ai fait et refait tous les calculs, nous n'avons tout simplement pas les moyens de garder cette maison.

— Tu voudrais déménager?

— Ou bien prendre des locataires. De plus en plus de gens partagent leur maison de nos jours, de façon à réduire les charges.

— Dans ce cas, cherchons des locataires.

— À la condition de ne jamais nous laisser attendrir. Il nous faut trouver des gens qui ont les moyens de se payer une chambre.

Le soir même, Cassandra répéta ce même avertissement à ses deux autres sœurs.

*

Elles firent savoir autour d'elles qu'elles louaient des chambres, ayant la chance de vivre dans une maison plus spacieuse que la plupart de celles du quartier. Le jour même, plusieurs personnes se présentèrent à leur porte.

Cassandra les reçut en présence de Pandora. Elles n'avaient pas voulu que Maia s'en charge, sachant qu'elle avait trop bon cœur et qu'elle aurait accepté de louer à des personnes qui n'en avaient pas les moyens. Quant à Xanthe, son caractère impulsif ne permettait pas d'anticiper ses réactions.

Elles pouvaient se permettre de louer deux chambres. Le salon du rez-de-chaussée donnant sur le devant fut loué le premier à un ouvrier nommé Harry Grant qui avait travaillé avec leur père. Il s'y installa avec sa femme, son fils, sa bru et un nouveau-né. Ils vivraient tous ensemble et partageraient la cuisine avec les sœurs.

Cassandra savait que Grant serait en mesure de payer le loyer plus facilement que d'autres car il n'avait pas attendu de voir s'épuiser ses économies pour chercher un logement meilleur marché. En outre, son fils et lui cassaient tous les deux des cailloux.

Elle fit part de la nouvelle à leur père qui hocha faiblement la tête. Il était devenu frêle, comme résigné. Cassandra en arrivait à penser que son attaque l'avait privé de toute sa combativité. On aurait dit qu'il attendait la mort afin de libérer ses filles du fardeau qu'il représentait pour elles.

Cassandra ne voulait pas le perdre. Edwin n'était pas seulement son père, il avait été son meilleur ami… jusqu'à sa rencontre avec Reece.

Cassandra trouva également pour la plus grande des chambres, celle qui donnait sur la rue et qu'elle avait partagée avec Pandora, un couple de locataires avec deux grands garçons de quinze et dix-sept ans. Les hommes de la famille gagnaient leur vie en cassant des cailloux, ce qui faisait toute la différence.

Il avait fallu installer leur père dans la plus petite des chambres. Malgré cela, les quatre sœurs eurent toutes les peines du monde à s'entasser dans la pièce du milieu.

La femme de leur pasteur sollicita les membres de la congrégation afin qu'ils se relaient au chevet d'Edwin, de façon que les quatre sœurs puissent participer aux ateliers de couture et gagner chacune leurs six pence quotidiens. Son mari rendait également visite à Edwin une ou deux fois par semaine, il prenait place près du lit et lui parlait d'une voix douce avant de prier pour lui.

Reece continuait de venir le dimanche, il consacrait ses visites à Edwin depuis que ce dernier se portait un peu mieux, lui racontant sa semaine à la ferme lorsqu'il n'évoquait pas le dernier ouvrage qu'il avait lu.

Cassandra se joignait souvent à eux, tout en s'attristant de voir que Reece ne souhaitait plus s'isoler avec elle.

Cela n'empêchait pas le jeune homme de la dévorer des yeux. Elle avait bien conscience que ces regards trahissaient ses sentiments mieux que des mots.

Elle voulait se convaincre qu'il avait raison de partir, tout en s'inquiétant de ce qui l'attendait aux antipodes. Comment savoir combien de temps durerait leur séparation, et même s'ils se reverraient un jour?

Elle ne voulait pas le voir partir!

Elle prenait son mal en patience chaque fois qu'elle participait aux ateliers de couture, mais la situation ne s'améliorait pas les jours où Mme Southerham était absente.

Un autre fait la troublait. En dépit des circonstances, son oncle n'avait jamais rendu visite à son frère. Ne souhaitait-il donc pas se réconcilier avec Edwin avant la disparition de ce dernier? Joseph leur avait bien envoyé un nouveau sac rempli de provisions, mais aucun message ne l'accompagnait. Il aurait tout de même pu glisser un mot gentil à son frère!

Elle hésita longuement à se rendre dans le magasin de son oncle afin de supplier celui-ci de venir voir Edwin, mais elle finit par y renoncer de peur qu'il ne refuse et ne l'éconduise. Elle ne voulait en aucun cas risquer de mettre un terme aux envois de victuailles dont ils avaient tant besoin.

En outre, quel sens aurait une telle visite si elle n'était pas spontanée?

Cassandra avait une autre raison: elle ne voulait en aucun cas rencontrer sa tante. La façon haineuse dont Isabel la regardait les quelques fois où elle la croisait dans la rue ne pouvait qu'alimenter les craintes de la jeune fille. Elle avait la conviction que le jour où sa tante trouverait le moyen de leur nuire, elle n'hésiterait pas un instant.

*

Livia marchait dans la rue avec Cassandra, sa liste de personnes à visiter à la main.

— J'ai cru comprendre qu'il y avait ici une famille avec un nouveau-né.

— Oui, les Wright ont eu un bébé.

— Vous les connaissez?

— Mon père les connaît. Ce sont des gens très fiers, je ne suis pas certaine qu'ils acceptent qu'on leur fasse la charité, pas même qu'on leur donne des vêtements de bébé. C'est tout juste s'ils prennent la nourriture offerte par leurs voisins. M. Wright a été blessé il y a quelque temps, il ne peut plus casser de cailloux.

Livia secoua la tête d'un air triste. Les habitants du Lancashire étaient si différents des personnes modestes auprès desquelles elle avait grandi dans le Sud. À Outham, plusieurs personnes âgées étaient déjà mortes des conséquences de la faim, faute d'avoir accepté de se rendre à l'hospice. Elle avait eu des mots avec sa belle-mère à ce sujet, car Mme Southerham refusait de secourir les ouvriers.

— Voici leur maison, fit Cassandra.

Elle frappa à la porte en s'annonçant.

— Je viens vous rendre visite avec Mme Southerham. Nous avons reprisé de vieux vêtements de bébé dont personne ne veut plus.

La pièce était quasiment vide, seules restaient une chaise bringuebalante et une table faite de planches usées. Un entassement de sacs dans un coin faisait office de lit. Une jeune femme au teint blême y était allongée, trop faible pour relever la tête. Elle tenait dans ses bras un bébé maladif dont elle caressait doucement la tête. L'enfant s'agitait en poussant des cris à peine audibles, à bout de forces.

Le père leur jeta un regard de défiance.

— Si vous êtes là pour nous faire la charité, vous pouvez…

Livia s'avança.

— Nous apportons des vêtements pour l'enfant, monsieur Wright.

— Je t'en prie, John, implora la mère.

Il se tourna vers elle.

— On s'était pourtant mis d'accord. Pas de charité.

— C'était avant la naissance de la petite. J'ai changé d'avis. Je veux qu'elle vive.

Elle se mit à pleurer en émettant des sons pitoyables. Comme son enfant, elle n'avait pas la force de pleurer.

Cassandra s'agenouilla près d'elle, lui prit la main et se retourna vers le jeune homme.

— John Wright, comment pouvez-vous laisser votre femme mourir de faim de cette façon? Elle a besoin de nourriture, et le bébé aussi. Vous vous moquez donc de voir votre enfant mourir? De voir qu'Annie peut à peine relever la tête et qu'elle est à l'article de la mort, elle aussi?

Il avait les yeux brillants de larmes. Livia lui saisit le bras.

— Je vous en prie, monsieur Wright. Laissez-nous vous aider. Nous avons apporté des vêtements pour le bébé, nous pouvons revenir avec des provisions et des bons de nourriture. Il n'y a pas de honte à accepter de l'aide, à l'image de vos voisins.

— Je l'accepterais si l'on me laissait travailler, mais avec ça…

Il désigna son pied blessé.

— … je suis incapable de casser des cailloux comme les autres.

Cassandra se tourna d'un bloc, furieuse.

— Si je comprends bien, vous avez décidé de la mort de trois personnes par fierté ! C'est mal, John.

— Je refuse d'aller à l'hospice.

— On ne veut pas qu'ils nous séparent, expliqua Annie. Ils le font systématiquement là-bas.

— Dans ce cas, nous trouverons un autre moyen de vous aider, promit Livia. En échange, promettez-nous d'accepter notre assistance. Je vous en supplie. Je ne peux supporter l'idée de vous voir mourir alors que nous avons les moyens de vous secourir.

Un silence interminable s'installa. John observa longuement Livia avant de reporter son attention sur sa femme et son enfant.

Annie, prostrée sur son lit, l'interpella.

— John, fais ce qu'elle te dit. Si ce bébé meurt comme le précédent, j'en aurai le cœur brisé et je mourrai aussi.

Livia s'approcha de la couche de fortune et s'accroupit à côté de Cassandra, sa jupe ample dessinant un large cercle sur le sol crasseux.

— Comment s'appelle-t-elle ?

Annie secoua la tête.

— Nous ne lui avons pas donné de nom. À quoi bon, puisqu'elle va mourir ? Je n'ai quasiment pas de lait.

— Nous ne la laisserons pas mourir, la rassura Livia en se relevant. Je vous ai apporté des vêtements, je trouverai pour elle du lait de chèvre, et de quoi manger pour vous. Vous devriez avoir davantage de lait si vous mangez convenablement.

Elle se tourna vers le mari à qui elle s'adressa d'une voix plus douce :

— Je sais combien il est difficile d'accepter la charité, monsieur Wright, mais vous devez vous y résoudre pour elles. Nous repasserons tout à l'heure.

— Auriez-vous une cruche ? s'enquit Cassandra.

John Wright tendit la main vers une étagère où se trouvait un pot ébréché.

— Elle est trop abîmée pour qu'on puisse la mettre en gage, mais elle conviendra pour le lait.

Il la poussa entre les mains de Cassandra.

La porte se referma sur les deux femmes qui l'entendirent fondre en sanglots de l'autre côté du battant tandis que sa femme murmurait des paroles inaudibles.

Livia entraîna sa compagne jusqu'à l'échoppe du boulanger de la rue principale où elle acheta une miche de pain, puis elles se mirent en quête d'un laitier à qui elles achetèrent du lait de chèvre. Plus coûteux que le lait de vache, il était recommandé pour les nouveau-nés et Livia se souciait peu de débourser quelques pence de plus.

En sortant de la boutique, elle se tourna vers Cassandra.

— Nous n'avons plus qu'à acheter quelques provisions chez Blake.

— Non ! l'arrêta Cassandra. Si vous lui donnez trop, John refusera.

— Mais…

— Il faut s'y prendre progressivement.

La porte était ouverte lorsqu'elles rejoignirent le domicile des Wright, aussi entrèrent-elles dans la pièce après avoir toqué.

John les regarda brièvement avant de baisser la tête, honteux.

Cassandra lui prit la main.

— Ce n'est que du pain et du lait. Nous vous apporterons cet après-midi des bons pour la soupe populaire. Tout le monde a besoin d'assistance en ces temps troublés. Je participe à des ateliers de couture en échange d'un peu d'argent et de nourriture. Ce n'est pas votre faute si vous ne pouvez pas travailler.

— Le pasteur dit que…

— Je ne l'écoute même pas ! Si vous saviez ce qu'il raconte à mon sujet !

Pour la première fois, l'ombre d'un sourire se dessina sur le visage de Wright.

— Vous avez du caractère, Cassandra Blake. Votre père peut être fier de vous.

Elle en eut les larmes aux yeux.

— Je l'espère.

Annie avait réussi à se mettre en position assise sur son lit.

— Nous avons décidé de donner votre nom au bébé, madame Southerham, si vous nous y autorisez. En guise de remerciement.

— J'en serais honorée. C'est la première fois qu'on baptise un bébé en mon honneur. Je m'appelle Livia.

— Livia, répéta Annie en serrant son bébé entre ses bras, un sourire aux lèvres. Ça me plaît.

Son regard se posa sur la miche de pain et les deux visiteuses s'éclipsèrent afin de laisser les Wright manger en paix.

Elles poursuivirent leurs visites, mais si aucune des familles suivantes ne se montra aussi fière, le souvenir des Wright ne put les quitter.

*

À peine avait-elle regagné la salle paroissiale que Livia allait trouver le pasteur Saunders.

— Il faut absolument fournir du lait de chèvre aux nouveau-nés que leurs mères ne peuvent pas allaiter.

Il posa sur elle un regard abasourdi.

— Leur fournir du lait spécial? Vous n'y pensez pas, nous n'en avons pas les moyens.

— Je couvrirai les frais moi-même. Le laitier est en contact avec un fermier qui lui livre du lait de chèvre chaque matin. Je dresserai la liste des familles qui en ont besoin et Cassandra n'aura qu'à effectuer la tournée tous les jours.

— Je vous assure que c'est inutile. Ces gens se reproduisent comme des lapins. La nature se charge de sélectionner leurs enfants en éliminant les plus faibles. Croyez-moi, ces gens-là n'ont pas les mêmes sentiments que nous avec leurs enfants.

Livia serra les paupières et revit dans sa tête la scène vécue le matin même. Elle s'arma de patience, sachant que jamais il ne lui donnerait l'autorisation de poursuivre sa mission si elle lui disait sa façon de penser.

Persuadé qu'elle s'était rangée à son avis, le pasteur ajouta:

— En outre, comment accorder la moindre confiance à cette fille Blake? Elle est parfaitement capable de revendre ce lait.

Livia, incapable de se contenir plus longtemps, lui adressa un regard furibond.

— Si je comprends bien, vous me trouvez trop bête pour reconnaître une femme honorable d'une fille de rien alors que je travaille avec elle depuis des semaines?

— Elle vous aura bernée. Vous n'êtes pas originaire de la région, vous ne connaissez pas les ouvriers comme moi.

— Je possède une longue expérience en la matière. Sans doute plus longue que la vôtre.

Le pasteur se cabra, piqué au vif.

— Chère madame, j'ai la charge de plusieurs opérations destinées aux nécessiteux les plus méritants. Je ne peux en aucun cas souscrire à votre projet.

— Dans ce cas, je me passerai de vous. Le Seigneur nous enjoint d'aimer notre prochain, quel qu'il soit, pas uniquement les personnes qui reçoivent votre agrément.

Elle crut un instant qu'il allait lui demander de ne plus participer aux ateliers de couture, mais il garda le silence.

Sans doute le statut social des Southerham avait-il joué en sa faveur, une fois de plus.

Restait à savoir qui s'occuperait des plus démunis lorsqu'elle s'embarquerait pour l'Australie.

*

Cassandra, qui observait la scène de loin, fit un bond lorsque la responsable de l'atelier l'apostropha :

— Que faites-vous à bâiller aux corneilles, Cass? Vous êtes là pour gagner votre pitance et non pour espionner vos supérieurs.

Elle s'exprimait d'une voix lente en articulant chaque syllabe, comme si elle s'adressait à une idiote.

— J'attends que Mme Southerham me dise en quoi je peux lui être utile.

Livia s'approcha, sentant que l'on cherchait une nouvelle fois à s'en prendre à sa protégée.

— Merci de m'avoir attendue comme je vous l'avais demandé, Cassandra. Suivez-moi, je vous demanderai de trier les vêtements destinés aux enfants plus grands.

Cassandra, tout en lui emboîtant le pas, remarqua que la responsable rejoignait le pasteur et qu'ils entamaient un conciliabule. Elle se demanda ce qu'ils pouvaient bien mijoter.

Rien de bon, c'était certain.

*

À mesure qu'approchait la fin de l'année 1862, Edwin recouvra peu à peu l'usage de la parole, mais sa motricité restait limitée et il était incapable de monter seul l'escalier. Il était tombé une fois, entraînant Xanthe dans sa chute, ce qui leur avait provoqué des contusions à tous deux, de sorte qu'il s'aventurait rarement hors de sa chambre. Il mangeait si peu que ses filles s'inquiétaient. Elles auraient tant aimé lui offrir mieux que le menu quotidien de pain, de pommes de terre et de chou.

Reece les gâtait parfois, il apportait un œuf presque chaque semaine, ou bien un fromage que sa forme biscornue rendait impropre à la vente, un peu de lait, du gras de jambon dont les sœurs se servaient pour dorer le pain à la poêle, et même un jour un poulet, un vieux volatile décharné avec lequel elles avaient préparé une soupe qu'elles avaient fait durer plusieurs jours.

Edwin, comme de juste, avait souhaité partager ces trésors avec les autres occupants de la maison, mais Cassandra avait refusé. Elle avait fondu en larmes lorsqu'il avait insisté et qu'elle s'était vue contrainte de lui tenir tête.

— Je refuse, papa. Nous avons trop besoin de cette nourriture.

— Mais ils en ont autant besoin que nous.

— Je serais disposée à partager si nous en avions davantage, mais il n'y en a déjà pas assez pour nous.

— Tu me déçois.

Elle fut sur le point de céder, avant de constater combien il était frêle.

Elle se sentit plus coupable encore lorsqu'il s'excusa par la suite de ne pas lui avoir accordé sa confiance sur la façon de gérer la nourriture.

6

Le 1er janvier 1863, le président Lincoln procéda à l'émancipation des esclaves sur l'ensemble du territoire américain. Quelques jours plus tard, un ami de longue date qui venait régulièrement rendre visite à Edwin en fit part à celui-ci, après l'avoir appris par la presse. En rentrant chez elle, Cassandra trouva son père rayonnant de joie.

— Voilà qui nous récompense de nos peines, lui répéta-t-il à l'envi. Je sais combien nous avons souffert dans le Lancashire, mais ce n'est rien à côté des souffrances que connaissent les esclaves, tu peux en être certaine.

Elle n'en était pas si sûre, mais elle s'abstint de tout commentaire afin de ne pas gâcher sa joie. À force de rester confiné dans sa chambre, de ne voir que des visiteurs qui lui communiquaient les meilleures nouvelles de façon à le réconforter, il commençait à perdre le sens des réalités. Il se plongeait parfois dans ses ouvrages de grec en prononçant à voix basse les mots qu'il suivait de l'index sur la page, ne lisant sinon que la Bible.

Il passait le plus clair de son temps à fixer le vide devant lui d'un regard lointain que Cassandra avait uniquement connu chez ceux qui approchaient le terme de leur existence. Cette perspective l'angoissait terriblement.

*

À mesure qu'on avançait dans l'hiver, la préoccupation essentielle de chacun était de se préserver du froid. Faute de pouvoir acheter du charbon en quantité suffisante, les sœurs se couchaient très tôt et discutaient entre elles à voix basse d'un lit à l'autre. Des conversations leur parvenaient des pièces occupées par les locataires, mais ceux-ci éteignaient aussi tôt qu'elles. Personne n'avait les moyens de s'autoriser des folies en pétrole ou en bougies, et nul n'avait la graisse nécessaire à la confection de chandelles de fortune. Le peu dont ils disposaient était réservé à l'alimentation.

Souvent, Cassandra restait longtemps les yeux ouverts dans le noir, une fois ses sœurs endormies. En tant qu'aînée, elle se sentait responsable d'elles comme de leur père. Elle se demandait surtout quel objet elle allait bien pouvoir vendre.

Les meubles qui ne leur étaient pas indispensables étaient partis l'un après l'autre. Ce n'était pas si grave, d'autant qu'elles avaient dû entasser l'essentiel de leurs biens dans la cuisine à l'arrivée des locataires. Les prix avaient baissé terriblement depuis le début de la famine du coton et elles avaient tout bradé à contrecœur, mais Cassandra se consolait en pensant qu'Edwin ne remarquait rien puisqu'il ne quittait plus son lit.

Les sœurs avaient toutefois refusé de se séparer du médaillon de leur mère, que leur père conservait près de lui et serrait souvent entre ses doigts.

— Tu en hériteras quand je serai mort puisque tu es l'aînée, expliquait-il à Cassandra. Ta mère ne l'aurait pas voulu autrement.

Elle espérait secrètement ne pas être obligée de vendre un jour la précieuse relique.

*

Le prince de Galles se maria le 10 mars et le conseil municipal vota pour l'occasion l'attribution d'un pain supplémentaire à toutes les familles bénéficiant de l'aide publique. Un défilé d'enfants fut organisé, auquel la population assista par désœuvrement, suivi d'un repas offert aux enfants des nantis qui avaient participé à l'événement dans leurs tenues toutes neuves alors que les pauvres manquaient de tout.

— L'argent de ce défilé aurait rempli bien des estomacs, persifla Pandora en observant les meutes de gamins affamés, agglutinées autour des enfants des riches.

L'un d'eux envoya ses restes du côté des petits miséreux et éclata de rire en les voyant se battre pour cette aumône. Pandora calcula que l'argent consacré à la célébration de ces noces princières dans toutes les villes du pays aurait nourri le Lancashire des mois durant.

*

Un matin, après le petit déjeuner, Francis fut convoqué par son père. Les deux hommes venaient de quitter la salle à manger lorsque la mère du jeune homme posa sur Livia un regard glacial.

— J'espère que vous êtes contente à présent.

— Que voulez-vous dire?

— Ne faites pas l'innocente. Ce n'est pas la première fois que mon Francis a des lubies, et jamais il ne les a menées à bien. Il en sera de même de celle-ci, à ceci près que nous ne serons pas auprès de lui pour l'aider. Vous verrez, vous finirez dans la rue tous les deux.

— Il tient beaucoup à se rendre en Australie. Sans compter que le médecin lui a conseillé un climat plus chaud.

— Il aura convaincu le docteur de lui recommander cela. Francis a toujours été de constitution délicate, ce qui devrait l'inciter à rester, et non à partir. Ce n'est pas un garçon qui peut réussir comme fermier. C'est un rêveur. Quand je pense que vous l'encouragez ! Je vous déteste ! Je vous déteste !

Elle fondit en larmes et quitta la pièce en trombe en se tamponnant les yeux à l'aide de son mouchoir.

Livia monta dans sa chambre attendre Francis. Le premier feu du matin s'était éteint et elle oublia de le recharger, inquiète. Sa belle-mère refusait de voir la vérité. Francis était réellement malade.

Il fit irruption dans la pièce, rayonnant, la prit dans ses bras et l'entraîna dans une ronde autour du lit.

— Le docteur a persuadé mon père de nous aider et père accepte de me donner de l'argent pour nous permettre de nous établir. N'est-ce pas merveilleux ?

— Naturellement, mais ta mère est très inquiète, Francis. Elle refuse de comprendre que tu es malade, elle est convaincue qu'elle ne te reverra jamais.

— Bien sûr que si. Dans quelques années, lorsque nous nous serons installés, nous reviendrons leur rendre visite. C'est une pratique courante chez les coloniaux. Et puis je ne suis pas malade à proprement parler, j'ai simplement les poumons fragiles. Je me remettrai en un temps record après un long voyage en mer, lorsque nous vivrons dans une région plus tempérée. Tu verras.

Elle souhaitait qu'il ait raison, peu soucieuse de réduire à néant ses espérances.

— Dans ce cas, je devrais peut-être commencer à préparer nos bagages, tu ne crois pas ?

— Si. Je vais dire à Reece de se tenir prêt.

Il s'éclipsa et elle resta figée sur le lit. Francis faisait preuve d'un tel enthousiasme, il était si heureux. Ils avaient forcément fait le bon choix. Sa mère avait tort. Ses projets précédents avaient échoué parce qu'ils ne lui convenaient pas vraiment, alors que ses journées à la ferme le comblaient.

Non, elle ne pouvait se résoudre à croire qu'ils avaient tort de se rendre en Australie. Francis y reprendrait des forces, il se montrerait plus raisonnable lorsqu'il ne serait plus sous la coupe de sa mère, Livia en avait la conviction.

*

Tout au long de cette période difficile, Cassandra parvint à garder le moral grâce à Reece, qui continuait de leur rendre visite chaque dimanche, qu'il neige, pleuve ou vente.

C'est Mme Southerham la première qui partagea la nouvelle avec Cassandra.

— Nous allons bientôt partir, lui annonça-t-elle un jour. Nous avons réservé nos places sur l'*Eena*, un bateau qui relie l'Angleterre au port de Fremantle, sur la côte ouest de l'Australie. J'imagine que les passagers sont pour beaucoup des colons parrainés par des personnes déjà installées là-bas, auxquels s'ajoutent les familles de condamnés à la déportation en fin de peine. Cela doit être affreux d'être séparés de la sorte à cause d'un crime.

Cassandra se demanda quel crime elle avait bien pu commettre pour être séparée de l'homme qu'elle aimait, de cette femme qu'elle considérait presque comme une amie. Elle n'en souffla mot, elle avait appris à garder ses pensées pour elle, même en présence de Reece.

Livia, qui cheminait à côté d'elle, s'immobilisa.

— Vous allez me manquer.

— Vous me manquerez aussi, madame Southerham. Je suis désolée de vous voir partir.

— Je m'inquiète de ce qui peut vous arriver lorsque vous ne bénéficierez plus de ma protection.

— Je m'en accommoderai, je n'ai pas le choix. Cette guerre ne durera pas éternellement. Le coton finira bien par revenir un jour, nous aurons à nouveau du travail.

— Le conflit ne montre aucun signe de faiblesse et mon mari ne croit pas que le Sud puisse gagner. Je me demande ce qu'il adviendra du marché du coton si les sudistes perdent.

— Ils trouveront un moyen de nous le vendre parce qu'ils ont besoin de cet argent et que le monde a besoin de coton pour s'habiller.

Cassandra se rassurait régulièrement de la sorte. Il lui fallait bien se persuader que la situation finirait un jour par s'améliorer.

— M'autoriserez-vous à vous laisser un peu d'argent ?

— Non. Vous me l'avez dit vous-même, vous n'aurez pas trop de votre pécule pour vous installer. Et puis nous nous débrouillons.

Elle aimait autant ne pas penser à ce qui arriverait lorsqu'elles n'auraient plus de mobilier à vendre. Même avec l'argent des locataires et ce qu'elles gagnaient dans les ateliers de couture, les sœurs peinaient à nourrir cinq personnes tout en payant le loyer.

— La situation a évolué. M. Southerham père compte donner de l'argent à Francis, et j'insiste pour vous en laisser un peu, en cas d'urgence.

Cassandra baissa la tête, luttant contre sa conscience. À quoi bon recommander à d'autres d'accepter la charité si elle la refusait pour elle-même ?

— Très bien. Mais je ne l'utiliserai vraiment qu'en cas d'urgence.

— D'accord. Je me sens mieux de ne pas vous savoir sans rien. Un autre détail... Reece Gregory part avec nous. J'ai cru comprendre que vous étiez... amis.

Cassandra ne put dissimuler son chagrin.

— C'est vrai, mais nous savons l'un comme l'autre que cela ne peut dépasser le stade de l'amitié. Je dois m'occuper de mon père, mes sœurs vivent ici, et lui-même doit penser à se créer une nouvelle situation en Australie.

— Et s'il réussit?

— Il sera toujours temps d'aviser le moment venu. Il se trouvera à l'autre bout du monde et il ne manquera sûrement pas de jeunes femmes susceptibles de l'intéresser.

— S'il vous aime, il vous attendra.

Cassandra secoua la tête.

— Jamais je ne le lui demanderais, pas plus qu'il ne me l'a demandé.

— Vous faites tous les deux preuve d'une noblesse de sentiments exagérée.

Cassandra laissa soudain éclater sa colère.

— Quelle noblesse de sentiments? Nous ne sommes ni l'un ni l'autre libres de nous engager!

La belle affaire! Son cœur était près d'éclater à l'idée de le perdre et elle n'avait même plus la possibilité de pleurer le soir dans le secret de son lit.

*

Lorsque Reece rendit visite aux Blake le dimanche précédant son départ, Cassandra s'obligea à afficher le plus grand calme en lui souhaitant bonne chance.

Après avoir fait ses adieux à son père et ses sœurs, il se tourna vers elle.

— Accepteriez-vous de venir vous promener avec moi? C'est une belle journée, on se croirait au printemps.

— J'en serais heureuse.

Elle prit sa cape et son chapeau en masquant sa honte. La cape était reprisée, les rubans du chapeau tout effilochés.

Il la conduisit jusqu'au cimetière, ainsi qu'elle l'avait deviné.

— Vous avez trois sœurs, lui dit-il une fois qu'ils se trouvèrent face à la tombe de sa femme et de son bébé. Pourquoi ne pas leur laisser la charge de votre père? Il n'est sans doute pas trop tard pour obtenir l'autorisation de venir avec moi... comme ma femme.

Une première larme trahit le trouble de la jeune femme, d'autres suivirent le long de ses joues.

Il l'attira dans ses bras tandis qu'elle laissait libre cours à ses émotions. Il murmura des paroles douces dans ses cheveux, sécha ses larmes avec des baisers et la serra contre lui.

Cassandra ne put en supporter davantage. Prolonger ces adieux tenait du supplice.

— Il a été le meilleur des pères. Je ne peux pas l'abandonner, sachant que jamais je ne le reverrai. Et puis mes sœurs ont besoin de moi. J'ai toujours tout organisé autour d'elles, toujours géré l'argent. Plus tard, peut-être... Nous pourrions toutes vous rejoindre en Australie. À vous entendre, le pays manque de domestiques.

Elle s'exprimait sans véritable espoir. Lorsqu'elle avait annoncé à ses sœurs que Reece et les Southerham s'embarquaient pour l'Australie, elles n'avaient pas compris, affirmant que jamais elles n'auraient pu abandonner leur terre natale. Pandora, plus particulièrement, était réfractaire à toute idée de quitter Outham.

— Je vous écrirai, murmura Reece en caressant d'un doigt sa joue humide.

C'est tout juste si Cassandra parvint à lui répondre tant elle avait la gorge nouée.

— Moi aussi je vous écrirai, dès que je disposerai d'une adresse.

Il l'attira à nouveau contre lui et, pendant quelques instants, ils oublièrent le reste du monde en s'étreignant, en se couvrant de caresses et de baisers, en se murmurant des mots d'amour.

Elle le repoussa, et c'est d'une voix tremblante qu'elle s'exprima :

— Arrêtons-nous là. Je ne veux pas risquer… d'aller plus loin.

Elle aurait pourtant tant aimé se laisser aller. Voilà qu'elle comprenait pleinement ce qui poussait les hommes et les femmes à s'allonger ensemble, quelles que soient les conséquences.

— Je sais, dit-il d'une voix que l'émotion rendait rauque. Jamais je ne voudrais vous mettre en situation de risque, Dieu sait pourtant combien je vous désire.

La cloche de l'hôtel de ville sonna au même instant et il recula d'un pas pendant qu'elle rajustait sa tenue.

— Venez, je vous raccompagne chez vous avant de retourner à la ferme.

*

Ils venaient de disparaître au détour du chemin quand Isabel Blake, qui les observait cachée derrière un ange de marbre, arbora un sourire triomphal.

— J'en étais sûre. Je savais que c'était une débauchée, j'ai eu raison de les suivre aujourd'hui.

Elle prit un air songeur et son sourire s'effaça. Il devenait plus urgent que jamais de se débarrasser de ses nièces avant qu'elles trouvent le moyen de salir le nom de famille qu'elle partageait avec elles. Il devait bien y avoir un moyen, surtout à présent que cette Livia Southerham s'en allait. Cassandra serait nettement plus vulnérable sans sa protectrice.

Elle décida d'agir à la première occasion. Elle ne pouvait courir le risque d'attendre trop longtemps.

Elle avait parcouru au crépuscule les rues de la ville, vu les filles qui attendaient sous les réverbères. Elle connaissait les ruelles fréquentées par les malfrats, celles qu'évitaient soigneusement les femmes respectables.

Il lui suffirait sans doute de s'y rendre pour dénicher des individus susceptibles de l'aider. Elle avait les moyens de leur graisser la patte.

*

Le lendemain, en l'absence de Livia Southerham, l'atelier de couture fut un calvaire, mais Cassandra n'avait pas l'intention de se laisser pousser à la faute par ces femmes qui l'accusaient d'impudence. Pas question de leur donner l'occasion de la renvoyer, de la priver des deux shillings et six pence qu'elle rapportait chaque semaine.

Les autres filles, furieuses, voulurent protester au nom des quatre sœurs, mais ces dernières les supplièrent de ne pas envenimer la situation. Elles avaient compris que le meilleur moyen de donner raison à leur tante aurait été de laisser éclater leur colère ou leur rancœur.

Le sort de leur père leur donna la force de résister. Sans l'argent qu'elles gagnaient, il finirait à l'hospice où il mourrait rapidement, à n'en pas douter. Elles avaient fini par se résoudre à l'idée qu'il ne se remettrait jamais, mais elles entendaient le voir s'éteindre confortablement chez lui.

*

Aux premiers jours du printemps, Cassandra entendit parler d'un ensemble de jeunes gens qui gagnaient de l'argent en chantant dans les rues de Manchester. On racontait qu'ils avaient récolté de quoi se nourrir décemment pendant un mois, aussi décida-t-elle d'imiter leur exemple. Bien des gens trouvaient honteux de mendier, l'idée même d'en arriver à une telle extrémité lui était pénible, mais elle n'avait plus rien à vendre et il lui fallait bien payer le loyer et nourrir son père.

Elle fit part de son projet à ses sœurs qui en furent horrifiées, tout en se déclarant prêtes à tous les sacrifices.

— Après tout, cela fait des années que nous chantons pour notre plaisir, se justifia bravement Cassandra. Et nous sommes meilleures chanteuses que la plupart des gens. À défaut de posséder des voix fortes, nous avons le sens de l'harmonie et notre style plaît.

— Mais je chante faux, répliqua Pandora.

— Ce qui tombe bien, puisqu'il faudra quelqu'un pour veiller sur papa.

— Et les ateliers de couture?

— Nous dirons avoir mangé de la nourriture avariée.

— Nous croira-t-on?

— Non, mais cela ne change guère, on ne nous croit jamais. En revanche, il ne faut souffler mot à personne de notre projet.

Elles se mirent en route le lendemain matin, bien avant l'aube, afin de parcourir la vingtaine de kilomètres qui les séparaient de Manchester, faute de pouvoir se payer le train. La chance leur sourit car elles parcoururent cinq kilomètres dans la charrette de foin d'un fermier avant d'achever leur périple à pied, plus déterminées que jamais en dépit du froid et de la faim.

Elles approchaient de la ville lorsqu'un maraîcher des environs immobilisa sa carriole de légumes en les apercevant.

— Des filles du coton? leur demanda-t-il.

Elles hochèrent la tête. Elles avaient choisi de porter des châles et des tabliers de travail, de façon que l'on sache quel était leur métier habituel.

— Nous comptons chanter pour gagner de quoi manger, expliqua Cassandra au charretier dont les chevaux cheminaient à leur hauteur.

— Pourquoi ne pas chanter pour moi? Je vous offrirai du thé et des tartines de beurre quand nous serons en ville.

— On veut bien vous chanter quelques chansons, mais nous devons conserver nos voix pour plus tard.

— Bien sûr, ma fille. Allez, quelques airs pour nous mettre de bonne humeur.

Les trois sœurs se lancèrent et le maraîcher se joignit à elles après quelques chansons.

— Vous chantez bien, les complimenta-t-il en souriant.

— Vous aussi.

— J'adore ça. Vous avez déjà chanté dans une salle de spectacle?

Elles répondirent non de la tête.

— Il n'y en a pas à Outham, la ville est trop petite, expliqua Cassandra.

En outre, la mairie entendait repousser le progrès le plus longtemps possible. Le conseil municipal se trouvait entre les mains de gens qui ne souhaitaient pas améliorer le sort des plus pauvres, à l'image du pasteur Saunders. Leur père racontait que l'arrivée du chemin de fer avait provoqué bien des remous autrefois, le conseil ayant refusé l'installation d'un magasin coopératif de peur que cela nuise aux commerçants.

Un épais nuage de fumée recouvrait la ville en lui donnant un air lugubre. Les sœurs se turent en voyant les chevaux traverser des quartiers entiers de corons, d'usines et d'entrepôts. Certains bâtiments étaient si imposants qu'elles en avaient le souffle coupé. D'autres se trouvaient dans un tel état de délabrement qu'elles en arrivaient à se demander comment leurs occupants se protégeaient de la pluie.

Le maraîcher arrêta sa carriole au niveau d'un étal.

— Sers donc à manger à mes trois amies, Nell ! s'exclama-t-il d'une voix sonore. Je te réglerai en venant prendre mon petit-déjeuner.

Les jeunes filles mirent pied à terre et il leur indiqua un carrefour du doigt.

— Quand vous aurez mangé, tournez à droite au bout de cette rue, vous tomberez sur Deansgate.

Ragaillardies par leur collation, elles s'installèrent au coin de Deansgate, l'une des principales artères de Manchester, et Cassandra déplia un calicot de fortune réalisé à l'aide d'un vieux drap blanc sur lequel elle avait tracé à la peinture : Merci d'aider les ouvrières du coton.

Xanthe serra dans la sienne la main de sa jumelle.

— Je n'y arriverai jamais.

Maia surprit ses sœurs par sa détermination :

— Nous n'avons pas le choix. Pense à papa, c'est pour lui que nous le faisons.

Elles entonnèrent des chansons populaires dont elles avaient mis au point les harmonies depuis des années, en commençant par *Home Sweet Home*, avant d'enchaîner avec *Jeanie with the Light Brown Hair*, l'une des préférées de leur père, puis *O for the Wings of a Dove!*

Tout en chantant, Cassandra dévisageait ceux qui s'arrêtaient pour les écouter, se demandant s'ils leur donneraient de l'argent ou bien s'ils passeraient leur chemin.

Chaque fois que l'un d'eux glissait une pièce dans la casquette de leur père, le soulagement lui donnait des ailes et sa voix résonnait plus fort entre les façades.

Soudain, un gamin jaillit d'une entrée de maison, saisit la casquette et son contenu en un éclair et s'enfuit en courant.

Les sœurs se turent brusquement et Xanthe s'élança à ses trousses dans le tourbillon de sa jupe en hurlant:

— Au voleur! Arrêtez-le!

Mais personne ne s'interposait et le gamin gagnait du terrain lorsqu'un jeune homme le fit tomber d'un croche-pied. Il l'agrippa par le dos de sa chemise et le força à lâcher la casquette.

Les pièces roulèrent dans tous les coins, la chemise se déchira, le gamin échappa à la poigne du jeune homme et disparut à toutes jambes.

Les sœurs, se souciant davantage de leur fortune que du jeune voleur, se jetèrent à genoux et ramassèrent l'argent frénétiquement.

Voyant les passants qui avaient assisté à la scène ramasser également les sous, Cassandra s'inquiéta un instant qu'ils les gardent pour eux avant de s'apercevoir qu'ils les remettaient dans la casquette en y ajoutant parfois une pièce tout en souhaitant bonne chance aux chanteuses.

Leur récolte enfin terminée, Xanthe se tourna vers le jeune homme afin de le remercier.

— Ravi de vous avoir aidées, mademoiselle. Vous n'êtes pas les premières à chanter dans la rue, et j'ai toujours eu pitié de ceux qui en arrivaient à une telle extrémité.

Elle rougit, gênée que l'on puisse avoir pitié d'elle.

— On vend des tourtes dans une rue voisine, poursuivit le jeune homme. Je serais heureux de vous en offrir.

— C'est très aimable à vous, réagit Xanthe. Nous vous sommes très reconnaissantes.

Cassandra s'inquiéta de voir les regards admiratifs qu'adressait le jeune homme à sa sœur.

— Je m'appelle Harry Needley, se présenta-t-il en attendant visiblement qu'elles fassent de même.

Cassandra ne voyait pas comment elles auraient pu éviter de lui donner leur nom, puisqu'il s'apprêtait à leur offrir des tourtes. Elle n'avait pas réfléchi à une telle éventualité en entreprenant cette expédition. Si Pandora était la plus jolie des sœurs, Xanthe ne manquait pas de charme.

— Nous n'avons pas beaucoup de temps, déclara-t-elle d'une voix brusque. Il nous faut gagner le plus d'argent possible avant de rentrer chez nous.

Elles sentirent l'odeur des tourtes avant même que l'étal soit en vue. Le silence retomba, cela faisait une éternité qu'elles n'avaient pas mangé de viande.

— Mangez lentement, recommanda Cassandra à ses sœurs.

Le jeune homme posa sur elle un regard surpris.

— Nous ne sommes pas habituées à manger de la nourriture aussi riche, et puis un charretier nous a déjà offert un petit déjeuner. Nous mangeons rarement plus d'un repas par jour.

— J'avais entendu dire que les gens mouraient de faim, mais je pensais que c'était une image.

— Ceux qui sont trop fiers pour accepter qu'on leur fasse la charité meurent vraiment.

Il fallait croire que la plupart des Anglais refusaient de voir la réalité en face, alors que des milliers de gens n'avaient pas de quoi se nourrir.

— Nous avons réussi à tenir jusqu'ici, mais notre père est malade et nous ravalons notre fierté en acceptant l'assistance de tous.

Le ton du jeune homme s'adoucit.

— À voir combien vous êtes maigres, il est clair que vous ne mangez pas assez.

Cassandra, qui refusait de se regarder dans la glace depuis quelque temps, haussa les épaules. Elle avait toujours eu un long nez, mais il prenait désormais des allures de bec d'oiseau tant ses joues et ses orbites s'étaient creusées. Elle avait perdu son teint rose et son cou était aussi décharné que celui d'une vieille femme.

Leur bienfaiteur commanda quatre tasses de thé et quatre tourtes, dégustant la sienne avec délice alors qu'il avait toutes les apparences d'un gentleman, et non d'un ouvrier.

Son repas terminé, Cassandra se tourna vers lui.

— Je vous remercie, monsieur Needley. Nous allons retourner à nos chansons.

Pris d'une hésitation, il les vit s'éloigner dans un murmure de remerciements.

En l'espace de deux heures, elles récoltèrent autant d'argent que précédemment.

— Vous ne pensez pas qu'on pourrait rentrer en train? demanda Xanthe. Il menace de pleuvoir et je suis épuisée, je ne sais pas si je trouverais la force de repartir à pied.

Cassandra hésita avant de donner son assentiment.

— Autant ménager nos semelles. Mes chaussures sont déjà trouées.

— Les miennes aussi.

— Une partie de cet argent nous permettra de les donner au cordonnier.

Le retour en train se déroula en silence. En dépit de l'argent qu'elles avaient récolté, chanter dans la rue avait été une expérience difficile. Qu'elles le veuillent ou non, il s'agissait de mendicité.

Qu'aurait pensé Mme Southerham? Et Reece?

Cassandra ne les reverrait probablement jamais. Elle devait s'y résigner, cesser d'espérer. En dépit de toute sa bonne volonté, jamais Reece n'aurait les moyens de lui proposer de le rejoindre.

*

Il faisait nuit lorsqu'elles rentrèrent, mais l'éclairage qui tombait des réverbères dévoila la présence de plusieurs voisins devant l'entrée de leur maison, ce qui ne signalait rien de bon.

Cassandra se précipita, persuadée qu'il était arrivé malheur à son père. *Pourvu qu'il ne soit pas mort*, pria-t-elle. *Faites qu'il reste avec nous un peu plus longtemps*. La foule s'écarta dans un murmure en la voyant s'avancer.

Un voisin lui glissa une lampe dans la main.

— Tiens, ma fille. Tu en auras besoin.

— Merci.

À peine eut-elle franchi la porte qu'elle se figea, abasourdie, en découvrant grâce à la lampe des marques sur les murs. La partie inférieure de la rampe était arrachée et la porte de la cuisine abîmée. Celle de la pièce de devant était curieusement intacte.

— Papa ! Pandora ! s'écria-t-elle en s'élançant dans l'escalier.

Des pleurs s'échappaient de la chambre donnant sur la rue, dont la porte n'avait pas subi de dommages, contrairement à celle de la chambre des filles, arrachée de ses gonds.

Quant à la porte de la chambre du fond, elle donnait l'impression d'avoir été démolie à la hache. Le battant s'ouvrit et Pandora s'avança, le visage tuméfié, l'une des manches de son corsage déchirée.

— Que s'est-il passé ?

— Deux individus ont fait irruption dans la maison à la tombée de la nuit. Par chance, je me trouvais à l'étage. Ils ont commencé à tout casser et je me suis barricadée dans la chambre de papa. J'ai appelé à l'aide par la fenêtre, mais ils ont enfoncé la porte avant qu'on ait pu nous porter secours.

Elle se mit à sangloter.

— Ils m'ont frappée en me disant que si l'on ne quittait pas la ville, ils s'en prendraient à lui la prochaine fois. Papa était dans un tel état, j'ai cru qu'il allait mourir.

Cassandra passa un bras autour des épaules de sa sœur et s'avança dans la chambre. Son père était allongé dans son lit, une expression de colère sur la partie de son visage qui n'était pas paralysée.

— As-tu une idée de qui étaient ces gens, Pandora ?

— Non, je ne les avais jamais vus.

Son père confirma les dires de sa fille d'un mouvement de tête lorsque Cassandra l'interrogea du regard.

— Plusieurs voisins sont arrivés, poursuivit Pandora. Les inconnus leur ont ordonné de s'écarter en menaçant de les agresser s'ils s'interposaient, de sorte que personne n'a tenté de les arrêter. L'un des deux hommes était armé d'une hache, le second d'un bâton.

Maia s'assit sur le lit et saisit la main de son père, les joues baignées de larmes.

— Ils ne s'en sont pas pris aux chambres des locataires, remarqua Xanthe. Leurs portes sont intactes.

Les sœurs échangèrent un coup d'œil entendu.

— Une seule personne dans cette ville nous veut assez de mal pour nous forcer à quitter Outham, déclara Cassandra, exprimant à voix haute ce que pensaient ses sœurs.

— Où notre tante a-t-elle pu aller chercher des gens pareils? s'étonna Pandora. Qu'a-t-elle à y gagner? Elle sait pertinemment que nous n'avons nulle part où aller.

Cassandra sentit monter en elle une colère sourde.

— Je vais trouver notre oncle.

Son père fit non de la tête, mais elle s'approcha, lui prit la main et la posa sur sa joue.

— Je dois lui parler, papa. Je suis convaincue qu'il n'est pas au courant. Pourquoi nous enverrait-il de la nourriture s'il nous voulait du mal?

Il répondit d'une voix plus pâteuse que d'habitude.

— Je ne veux pas que tu… mendies.

— Papa, si nous n'arrêtons pas sa femme, ce sera pire la prochaine fois. Je suis certaine que notre oncle acceptera de nous aider s'il le peut. Il est le seul à pouvoir mettre un terme aux agissements de notre tante.

Une larme roula sur la joue du vieil homme, suivie d'une seconde. Cassandra les essuya d'une main douce, puis elle embrassa son père et quitta la chambre sans une parole.

Pandora et Xanthe lui emboîtèrent le pas dans l'escalier.

— Ces hommes attendent peut-être dans la rue. Ils sont capables de t'attaquer si tu sors seule, s'inquiéta Pandora.

— Je voudrais bien qu'ils essaient !

À l'idée qu'on ait pu s'en prendre à un malade sans défense, elle bouillait intérieurement. La fatigue qu'elle ressentait à sa descente du train quelques minutes plus tôt avait cédé la place à un feu sacré.

Avant de quitter la maison, elle effectua un tour dans la cuisine afin de constater les dégâts. Elle se tourna vers Pandora.

— Acceptes-tu de m'accompagner ? Tu étais là, tu lui décriras mieux que moi ce qui s'est passé.

— Bien sûr.

7

Elles s'arrêtèrent devant la vitrine du Grand Magasin Blake, ouvert tous les soirs jusqu'à 21 heures. Des becs de gaz projetaient une lumière vive sur la façade comme sur les marchandises exposées à l'étalage.

— Il y a une seule cliente, nota Cassandra. Attendons qu'elle soit partie.

La femme était à peine sortie que Cassandra s'engouffra à l'intérieur sans laisser au commis le temps de refermer la porte.

Son oncle, debout derrière le comptoir, s'entretenait avec un jeune homme de petite taille vêtu d'un long tablier blanc. Un collègue plus grand au visage ingrat, mais bienveillant, était occupé à épousseter les rayonnages.

Joseph Blake posa sur les deux sœurs un regard surpris en entendant tinter la sonnette.

Cassandra ne voulut pas l'appeler « mon oncle ».

— Monsieur Blake, pourrions-nous avoir une conversation privée avec vous ? Il est arrivé un malheur.

La porte qui se trouvait derrière lui s'ouvrit à la volée et sa femme se précipita à l'intérieur du magasin.

— Je viens de les voir traîner devant la boutique. Joseph, j'exige que tu fasses sortir ces créatures immédiatement ! Tout de suite !

Les deux employés s'écartèrent, celui qui nettoyait les étagères gagna le fond du magasin où il leur tourna le dos en feignant de ranger des marchandises.

L'oncle agrippa le bras de sa femme en la voyant se ruer sur ses nièces.

— Allez m'attendre dehors, leur enjoignit-il. Je vous rejoins d'ici quelques minutes.

Isabel voulut se dégager, en vain.

— Espèces de traînées ! hurla-t-elle. Fichez-moi le camp le plus loin possible ! La prochaine fois que je vous trouve ici, j'appelle la police. Et toi, tu ne me berneras pas, apostropha-t-elle Cassandra. Je t'ai vue au cimetière, en train de forniquer avec un homme.

Joseph poussa une exclamation agacée et entraîna sa femme vers l'arrière-boutique. Elle se débattit en laissant échapper des cris aigus, lui griffa la joue et voulut lui arracher les yeux, rendue hystérique par la vue de ses nièces.

Les deux sœurs quittèrent le magasin et se glissèrent dans l'ombre de la ruelle voisine.

— On aurait dit une folle, frissonna Pandora. Qu'a-t-elle voulu dire en parlant du cimetière ?

Cassandra soupira.

— J'embrassais Reece en guise d'adieu, il ne s'est rien passé d'autre.

— Je ne savais pas qu'il était parti. Je suis désolée.

Cassandra ne répondit rien, de peur de fondre en larmes.

Quelques minutes plus tard, le plus grand des deux employés vint les rejoindre.

— M. Blake s'excuse de vous avoir fait attendre, il m'a demandé de vous conduire dans la réserve. Je vous ouvre la porte tout de suite.

Il rentra dans le magasin en laissant seules les deux sœurs. Une porte latérale s'ouvrit presque aussitôt et il leur fit signe d'entrer.

— Attendez ici.

Elles découvrirent une pièce tout en longueur aux rayonnages débordant de paquets, de cartons et de bouteilles. Un évier en émail blanc de forme carrée fermait une extrémité de la réserve. Des flacons vides, posés sur une table le long d'un mur, attendaient qu'on les remplisse de vinaigre ou d'huile. Sous la table étaient rangés des cageots et des sacs débordant de victuailles, dans une odeur de thé, de sucre et d'épices. L'endroit, d'une propreté immaculée, faisait rêver. *Comme il doit être agréable de travailler dans un tel cadre*, songea Pandora, *plutôt que dans une usine bruyante.*

La porte finit par s'ouvrir et leur oncle les rejoignit. Les cheveux en bataille, épuisé, il tapotait avec un mouchoir l'égratignure qui lui marbrait la joue.

— Je suis désolé de vous avoir fait attendre. Ma femme est… euh… comme vous avez pu le constater, elle n'est pas… dans son état normal. Que se passe-t-il? Auriez-vous des ennuis?

— Profitant de l'absence de trois d'entre nous, deux hommes se sont introduits de force chez nous, lui expliqua Cassandra. Ils ont démoli le mobilier, arraché les portes et menacé mon père qui est cloué au lit. Ils ont menacé de revenir nous tuer si nous ne quittions pas la ville.

L'expression d'attention polie de l'oncle se métamorphosa en horreur.

— Comment va mon frère?

— Ils ne l'ont pas brutalisé, mais il a été très choqué. Du fait de l'attaque qui l'a laissé à demi paralysé, il a assisté à la scène sans pouvoir intervenir pendant que ces hommes maltraitaient ma sœur.

— Ils n'ont pas touché aux pièces occupées par nos locataires, précisa Pandora. Il est clair que leur action était soigneusement préparée, il s'agissait de nous atteindre, nous et personne d'autre.

L'oncle resta un moment silencieux, les yeux fermés, le visage anxieux, puis il releva la tête et c'est d'une voix douce qu'il s'exprima :

— Attendez-moi, le temps de fermer le magasin et de récupérer mon manteau et mon chapeau. Je tiens à constater moi-même les dégâts.

Cassandra ne put dissimuler son étonnement.

— Vous comptez venir chez nous ?

— Il est grand temps que je fasse la paix avec mon frère, vous ne trouvez pas ?

Tout en lançant un coup d'œil en direction de l'étage, il ajouta, comme s'il se parlait à lui-même :

— Je reviendrai ensuite lui parler. Je dois absolument trouver un moyen de l'arrêter avant qu'elle ne s'en prenne à nouveau à vous.

*

Une fois sur place, Joseph s'adressa à ses nièces :

— Je souhaiterais parler à Edwin en tête à tête, si vous n'y voyez pas d'inconvénient.

Après tant d'années, mieux valait une discussion en privé.

— Je compte sur vous pour ne pas le perturber, lui recommanda Cassandra.

— Je vous le promets.

Il commença par inspecter les dégâts provoqués par les deux inconnus, le cœur serré, puis il suivit l'aînée de ses nièces à l'étage.

Cassandra ouvrit la porte de la chambre et fit signe à Maia de sortir.

— Je t'amène quelqu'un qui va te remonter le moral, papa, dit-elle.

Le visage d'Edwin s'illumina tandis que Joseph s'efforçait de ne pas laisser percer son trouble en voyant son frère aussi vieilli et usé. Edwin avait le teint laiteux de ceux que la mort guette. Il comprit qu'il arrivait juste à temps pour lui dire au revoir.

Il s'approcha du lit en embrassant la pièce d'un coup d'œil: un lit étroit aux couvertures élimées, une mauvaise chaise en bois, une commode fatiguée.

— Je m'en veux beaucoup, Edwin. Je me suis laissé entraîner par la cupidité. J'ai eu tort d'épouser Isabel, d'abandonner ma famille.

— Ça n'a plus d'importance... désormais.

Edwin tendit son bras valide et Joseph serra son frère contre lui, plus choqué que jamais par cette carcasse décharnée. Il prit place sur le lit en serrant l'une des mains usées d'Edwin.

— Je suis si heureux... que tu sois venu, Joseph, articula péniblement le malade. J'ai rêvé si souvent de pouvoir te parler.

— Moi aussi, mais ma femme faisait des crises si je prononçais ne fût-ce que ton nom. Je lui avais promis de rompre tout lien avec ma famille en l'épousant, et j'ai tenu parole. Je pensais qu'elle finirait par changer d'avis, mais elle est restée inflexible.

— Sait-elle... que tu es là ce soir?

— Oui, répondit Joseph en caressant machinalement sa joue égratignée. Je crois qu'elle est devenue folle. C'est forcément elle qui a commandité cette agression. Je ne vois pas en quoi cette maison pourrait tenter des voleurs. Si tu savais combien je suis désolé...

— Je ne regrette pas ce qui s'est produit si ça m'a permis de te revoir.

Les deux frères observèrent un long silence qu'Edwin finit par rompre.

— Joseph, j'ai besoin que... que tu m'aides.

— Tout ce que tu voudras.

— Je m'inquiète du sort de mes filles quand je serai mort. Cette guerre n'est pas près de se terminer et elles ne cessent de maigrir.

— Je leur enverrai davantage de nourriture. Cela te fera peut-être également du bien.

— Je n'en ai plus pour longtemps, nous le savons l'un et l'autre.

Il scruta le visage de son frère et crut y lire une expression qui le rassura.

— Tu t'occuperas de mes filles?

— Bien sûr.

Alors qu'Edwin le serrait contre son cœur, Joseph ne put retenir ses larmes. Les deux frères s'étreignirent longtemps, puis ils poursuivirent tranquillement la discussion.

Joseph sortit sa montre en entendant sonner la demie de neuf heures à la cloche de l'hôtel de ville. Il regarda le cadran en plissant les yeux dans la pénombre ambiante.

— Il est plus tard que je ne pensais, je vais devoir m'en aller, mais je te promets de revenir.

— Si tu savais le fardeau dont tu me libères. Je suis heureux de savoir que mes filles pourront compter sur toi quand je serai parti.

*

Plus d'une heure s'était écoulée lorsque Cassandra entendit des pas dans l'escalier. Elle tint à saluer son oncle.

Ce dernier lui sourit en lui prenant la main.

— Nous avons fait la paix. Edwin m'a pardonné, bien que je ne le mérite pas.

— J'en suis heureuse. Il se sentira plus léger à présent. Comptez-vous revenir lui rendre visite?

— Bien sûr. Je vous enverrai des provisions plus souvent. Dis-moi, Cassandra… J'imagine que les amies d'Isabel s'en prennent à toi lors des ateliers de couture?

Elle hocha la tête et il poussa un soupir.

— Une autre façon de te blesser.

— C'est sans importance.

— Je peux t'assurer que c'est important pour moi. J'ai appris tout récemment qu'elle passait son temps à te traiter de débauchée. Je sais bien que c'est faux.

— Nos amis le savent aussi, et c'est le principal.

Il lui tapota la main.

— Il me semble que cela rétablirait la balance si tu venais te promener avec moi dans le parc, dimanche prochain après l'office. Tout le monde pourra voir ce que je pense de toi.

Elle hésita.

— Est-ce utile? Votre femme en serait furieuse et vous devez vivre avec elle au quotidien.

— Je compte passer voir le médecin en sortant d'ici. Si elle est vraiment folle, comme je le pense, j'entends qu'on l'enferme. Je te ferai prévenir et…

La situation pouvait-elle se régler aussi facilement? Cassandra en doutait. Elle sentait son oncle aussi doux que son père, malgré son apparence bourgeoise.

— Je préfère attendre que vous ayez réglé la situation de votre côté avant de penser à la suite. Tant que votre femme partagera votre quotidien, elle fera de votre vie un enfer si vous vous montrez en notre compagnie.

— Tu as peut-être raison. Edwin m'a dit combien vous étiez intelligentes. Il est très fier de vous. Je vous préviendrai lorsque j'en saurai davantage.

Elle hocha la tête en signe d'assentiment.

Son oncle reparti, elle se précipita à l'étage et trouva son père plus rasséréné qu'il ne l'avait été depuis longtemps.

Il lui sourit.

— Merci d'être allée chercher Joseph. Je ne voulais pas mourir sans l'avoir revu.

— Ne parle pas de mourir, si tu veux bien. Nous avons gagné un peu d'argent aujourd'hui en chantant dans les rues de Manchester. Avec la nourriture offerte par notre oncle, nous aurons désormais les moyens de te nourrir convenablement.

Le sourire d'Edwin s'effaça.

— Vous avez chanté dans la rue comme des mendiantes ? Oh, Cassandra ! Était-ce vraiment indispensable ?

Elle soutint son regard.

— Oui, c'était notre dernier recours. Nous avons d'ailleurs bien chanté, les passants en ont eu pour leur argent. Je ne regrette rien. Il faut bien manger. Nous avons vendu les meubles et toutes sortes de babioles, il ne reste quasiment plus rien, à part le médaillon de maman dont je n'accepterai jamais de me séparer.

Il secoua la tête d'un air triste.

— Fais pour le mieux, ma chère fille. Qui suis-je pour te juger ? Mais l'idée que tu en arrives là ne me plaît pas.

Elle coupa court à la discussion.

— Je vais te chercher ton dîner.

— Je n'ai pas faim.

— Tu dois manger.

Il soupira.

— Dans ce cas, un petit morceau de pain suffira.

— Que dirais-tu plutôt de tranches de pain trempées dans du lait chaud sucré ? Nous avons fait quelques emplettes avec l'argent que nous avons gagné. Tu verras, ça se mange sans faim.

Leur mère leur donnait toujours du pain trempé dans du lait chaud quand elles étaient malades, autrefois.

— Très bien.

Il parvint à peine à grignoter la moitié du pain avant de repousser son bol en s'excusant.

— Je ne peux plus rien avaler, ma chérie.

Cassandra regagna la cuisine, épuisée. C'est tout juste si elle parvenait encore à mettre un pied devant l'autre. Ses sœurs l'obligèrent à terminer le bol de pain au lait de leur père avant de la laisser se coucher, au prétexte qu'il était hors de question de gâcher de la nourriture.

Comme son père, elle n'avait pas d'appétit et n'aspirait qu'à dormir. Elle se força à avaler la bouillie de pain froide et laissa à ses sœurs le soin de débarrasser. Il lui fallait se lever le lendemain pour l'atelier de couture.

Pas question de laisser aux amies de sa tante la satisfaction de la renvoyer.

Si son oncle réussissait à empêcher sa femme de médire sur leur compte, et s'il envoyait régulièrement des provisions à leur père, ce serait déjà un progrès.

*

Joseph fit une halte chez le Dr Turner sur le chemin du retour. Il expliqua les faits au médecin qu'il invita à venir examiner Isabel sur-le-champ.

— Je pense vraiment qu'elle a sombré dans la folie.

Les deux hommes trouvèrent Isabel occupée à coudre. Elle poussa un soupir en apercevant le médecin.

— Je suis désolée d'avoir perdu mon sang-froid, Joseph. Je ne sais pas ce qui m'a pris.

Il en eut la nausée. Elle jouait la comédie, jamais personne n'accepterait de croire qu'elle était bonne à enfermer.

— J'étais inquiet, alors j'ai demandé au Dr Turner de passer te voir.

Elle se tamponna les yeux à l'aide d'un mouchoir.

— Si tu savais comme j'ai honte de ces crises de nerfs. Docteur, je crois que j'ai besoin d'un stimulant. Cette guerre en Amérique nous mine le moral à tous. Quand on voit tous ces ouvriers rongés par la faim et le désespoir, on s'inquiète du sort qui attend notre petite ville.

Joseph, au moment de raccompagner le Dr Turner au rez-de-chaussée, ne put s'empêcher de lui dire la vérité :

— Elle joue la comédie, elle se fiche éperdument des ouvriers. Elle éprouve une telle haine à l'endroit de mes nièces que je m'inquiète pour elles.

Il préféra ne rien dire de l'agression qui avait eu lieu ce soir-là chez les Blake, faute de posséder la preuve qu'Isabel en était l'instigatrice.

— Je ne crois pas qu'elle soit folle. Elle se trouve à un âge où les femmes cèdent facilement à leurs nerfs. Je lui ferai porter un stimulant, efforcez-vous de ne pas la contrarier. Il s'agit d'une mauvaise passe. D'ici un an ou deux, votre femme aura recouvré sa douceur habituelle.

— Je ferai de mon mieux.

Cela n'empêcha pas Joseph de déménager ses affaires dans une autre pièce le soir même, sous les imprécations de sa femme qui lui lança un bibelot à la figure. Il décida surtout de s'enfermer à clé dans sa nouvelle chambre. Réveillé par un léger grincement en pleine nuit, il vit la poignée de la porte tourner sur elle-même avant de reprendre sa position normale.

Il avait été bien inspiré de se méfier, il devrait se montrer prudent désormais. Elle finirait bien par se trahir. Ce jour-là, il la ferait enfermer.

En attendant, la sagesse lui conseillait de ne pas se montrer en compagnie de ses nièces. Cela ne l'empêcherait pas de retourner voir son frère, rien ne pourrait l'en dissuader. Il avait beaucoup à se faire pardonner et peu de temps pour y parvenir, à en juger par l'état d'Edwin.

Il finit par s'endormir à force de réfléchir au moyen d'aider ses nièces sans pousser sa femme à tenter quelque manœuvre extrême. Il devait surtout veiller à les protéger s'il venait à disparaître. On n'était jamais trop prudent à son âge.

*

La situation des sœurs s'améliora brusquement au mois d'avril. Face à la montée du chômage, les autorités décidèrent de confier au pasteur de la congrégation méthodiste la gestion d'une nouvelle soupe populaire et l'organisation de cours de couture et d'alphabétisation à l'intention de ses ouailles.

Pour une fois, les différentes églises partageaient le même point de vue en affirmant que le meilleur moyen de combattre l'oisiveté des jeunes était encore de leur donner des cours, quitte à leur verser des indemnités.

Quand les hommes en capacité de travailler cassaient des cailloux ou aidaient à l'amélioration des routes tout autour d'Outham, les autres avaient l'obligation d'apprendre à lire. Tous s'y pliaient de bonne grâce, même si la condescendance du pasteur Saunders passait mal.

— Il nous traite comme des gosses, grognaient certains. Et même des sales gosses. On est des hommes, avec un vrai savoir-faire, qu'on sache lire ou pas leurs satanés bouquins.

— On s'en fiche, répondaient d'autres. Moi, ce crétin prétentieux me fait bien rire.

Cassandra voyait quotidiennement les ouvriers plus âgés errer dans les rues comme des âmes en peine, et lorsqu'elle sortait de la bibliothèque publique où il lui arrivait d'aller consulter les journaux, ceux qui ne savaient pas lire lui demandaient si la guerre allait bientôt finir.

C'est d'un cœur plus léger qu'elle se rendit à l'atelier de couture de la congrégation méthodiste le premier jour, heureuse de ne plus être en butte aux critiques des dames patronnesses du pasteur Saunders. De fait, la matinée se déroula agréablement pour toutes, le travail avançait plus vite dans une atmosphère détendue et la collation servie à l'heure du déjeuner fut également meilleure.

Pandora proposa ses services en cuisine afin d'échapper à la corvée de couture qu'elle détestait. Contrairement à elle, Cassandra aimait à manier l'aiguille et on loua son travail. Pas une fois on ne lui demanda de reprendre son ouvrage.

Une couturière professionnelle fut même invitée à prodiguer ses conseils aux plus douées, ce qui permit à celles-ci de se familiariser avec l'art de découper le tissu et de créer des vêtements.

Rien pourtant ne viendrait jamais combler le vide laissé dans la vie de Cassandra par le départ de Reece. Leurs conversations lui manquaient plus encore qu'elle ne l'avait redouté. Sa simple présence avait suffi à la rendre heureuse.

Elle n'avait plus personne à qui parler, son père s'essoufflait vite et passait le plus clair de son temps à dormir.

Reece devait approcher des côtes australiennes. Elle avait lu quelque part que le voyage durait trois mois. Pourvu qu'il ne souffre pas du mal de mer et réussisse dans sa nouvelle vie. Tout comme les Southerham.

Pourvu surtout qu'il ne l'oublie pas…

*

À bord de l'*Eena*, Reece pensait beaucoup à Cassandra, lui aussi. Elle lui manquait infiniment plus qu'il ne l'avait imaginé. Il avait eu tort d'entreprendre un tel périple, il en avait désormais la conviction, mais il était trop tard. Cassandra n'avait pas été une simple aventure, son absence transformait ce voyage en exil.

Comment avait-il pu se montrer aussi bête? Mais il avait besoin de travailler, il n'en pouvait plus de dépendre de ses cousins.

Les passagers disposant d'une cabine vivaient séparément des émigrants tels que lui, qui se partageaient des dortoirs surpeuplés dans l'entrepont. L'endroit manquait d'air frais et l'écoutille laissait passer l'eau par temps de pluie. Reece se sentait très seul, faute de pouvoir retrouver les Southerham.

Francis venait parfois le rejoindre sur le pont et les deux hommes bavardaient. Reece éprouvait de curieux sentiments à l'endroit de son employeur. À force de le côtoyer, il avait compris que Francis avait besoin de conseils pratiques s'il ne voulait pas que ses rêves se brisent à l'épreuve de la réalité. Son employeur manquait de bon sens, en dépit de sa bonne volonté. Reece en arrivait à l'appeler par son prénom dans sa tête, même s'il était impensable de s'autoriser pareille familiarité lors de leurs rencontres.

Peut-être était-ce sous l'effet du voyage. À moins que cela ne soit un signe annonciateur de la nouvelle vie et de l'indépendance auxquelles il aspirait.

— Que se passe-t-il? s'enquit un jour Francis. Vous paraissez triste.

Reece hésita, mais cette marque d'intérêt inattendue le poussa à s'épancher.

— Cassandra me manque, je n'aurais pas dû la quitter sans lui proposer de nous fiancer, de façon à lui apporter la preuve que je ne l'oublierai pas. Comment ai-je pu me montrer aussi bête?

— Ma femme m'a parlé de votre jeune amie, elle en pense le plus grand bien.

— C'est le cas de tous ceux qui la connaissent. Je rendais visite à sa famille tous les dimanches, je lui ai même proposé de venir avec moi en Australie, mais son père est mourant et elle a trois sœurs cadettes, toutes sans emploi, comme elle. Elle ne pouvait se permettre de partir étant donné les circonstances. Elle est très dévouée à son père, un homme intelligent qui a longtemps pris des cours de grec, jusqu'à ce que la crise l'en empêche.

Francis manifesta son étonnement.

— Un ouvrier qui apprend le grec?

— Les travailleurs ne sont pas tous des idiots.

— Je suis désolé, je ne l'entendais pas ainsi. J'étais curieux de connaître la raison d'un tel choix.

— Il considérait que la Grèce antique relevait des grandes civilisations du monde et que nous avions tout à gagner à étudier ses coutumes, répliqua Reece, qui se consolait de sa solitude en partageant ses souvenirs. Sans doute aurais-je pu rester en Angleterre et trouver du travail dans le Sud, mais que m'aurait-on proposé? Il n'y a pas de filature là-bas, j'aurais été simple manœuvre. Comment se construire un avenir dans ces conditions? Cassandra mérite mieux. C'est une femme formidable, aussi intelligente que son père.

La remarque fit rire Francis.

— C'est bien la première fois que j'entends un homme dire qu'il admire son intelligence chez une jeune femme.

— Ma première femme était stupide. J'aimais beaucoup cette pauvre Nan qui était la meilleure personne de la terre, mais je m'ennuyais au quotidien avec elle. C'est tout l'inverse dans le cas de Cassandra. Je compte bien lui demander de me rejoindre dès que j'aurai l'assurance de pouvoir gagner ma vie en Australie. Avec ses sœurs si elle ne veut pas les laisser. Je suis prêt à tout pour vivre avec elle.

Francis reparti, Reece rejoignit l'entrepont, où il faisait partie d'un groupe de huit personnes. On lui avait confié la tâche de gérer les provisions de son unité. Il était censé récupérer les rations hebdomadaires de tout le monde et préparer les collations sous le regard attentif du cuisinier chargé de la préparation des repas principaux. Certains passagers se plaignaient de cette corvée, mais ce n'était pas le cas de Reece qui prenait plaisir à réaliser une tâche traditionnellement réservée aux femmes.

Ceux qui ne travaillaient pas en cuisine nettoyaient les couchettes en veillant à bien aérer la literie. Les règles de propreté à bord étaient très strictes.

Il avait eu la chance d'être affecté dans un groupe de jeunes passagers sympathiques, exempt de tout trouble-fête.

Ils avaient mis sur pied des groupes de lecture, et même organisé un cours d'astronomie au cours duquel ils apprenaient à reconnaître les étoiles de l'hémisphère Sud. Un fermier qui regagnait l'Australie après avoir rendu visite aux siens en Angleterre dispensait également des enseignements sur l'agriculture dans l'Ouest australien.

Le fermier concerné, un certain James Havercock, ne se souciait guère de l'origine sociale de ses élèves, si bien que ses cours s'adressaient aussi bien aux émigrants qu'aux passagers voyageant en cabine. Parmi ceux-ci, Francis seul avait persévéré, ses semblables ayant renoncé en découvrant que Havercock entendait pratiquer des exercices sur des animaux vivants. Les pauvres bêtes, pour la plupart parquées dans la soute, vivaient fort mal le voyage.

Reece se demandait bien quel fermier digne de ce nom refuserait de se salir les mains. Ces messieurs croyaient-ils donc que le travail s'accomplissait tout seul ? Savaient-ils seulement que la main-d'œuvre qualifiée était rare en Australie ? Conscient de sa propre valeur, Reece estimait que Francis avait de la chance de l'avoir engagé pour deux ans.

Plusieurs autres émigrants de l'entrepont assistaient avec lui aux cours d'agriculture. Ils avaient pu se rendre compte que certaines pratiques étaient différentes en Australie. Par exemple, lorsque Reece avait évoqué la fabrication de fromages à Havercock, ce dernier avait éclaté de rire en disant qu'il n'avait pas de temps à perdre à ce genre de broutilles. Qui aurait voulu manger du fromage quand la viande était aussi répandue ?

Cette interrogation laissa Reece songeur. Pour avoir aidé son cousin à fabriquer du fromage, il savait que ce n'était pas très difficile. Peut-être était-ce une piste qui lui permettrait de gagner de l'argent plus tard.

À mesure que les passagers apprenaient à se connaître, il s'aperçut que la majorité d'entre eux était parrainée par des parents ou des connaissances, puisqu'il fallait bénéficier d'un soutien pour obtenir l'autorisation de s'installer dans l'Ouest australien. Tous lui avaient assuré qu'il serait autorisé à parrainer Cassandra si elle le rejoignait un jour pour l'épouser.

Plusieurs de ses compagnons étaient des proches de condamnés en fin de peine. À condition de ne pas tomber dans la récidive, ceux-ci étaient libres de travailler comme salariés ou de monter leur propre affaire. Ceux qui en avaient les moyens pouvaient faire venir les leurs.

La vie en Australie se trouvait compliquée par le fait que les personnes respectables n'entretenaient aucun rapport avec les anciens condamnés et leurs familles. Reece savait qu'elles n'accepteraient pas davantage de s'associer avec un individu tel que lui. Ainsi que l'exprimait un jeune camarade irlandais, tant qu'on l'autorisait à rejoindre son père en compagnie de sa mère et ses deux sœurs, il se fichait de l'opinion d'autrui.

Un soir où la lune éclairait l'océan de ses rayons, Reece évoqua le souvenir de Cassandra au jeune homme. Patrick avait souffert de la séparation, mais l'absence d'un père n'était pas comparable à celle de la femme que l'on aurait voulu épouser.

— Tu devrais lui demander de te rejoindre, conseilla-t-il à son nouvel ami. N'attends pas, envoie-lui l'argent du voyage dès que tu en auras les moyens. Si elle t'aime autant que tu l'aimes, elle se rira des obstacles, tant qu'elle sera à tes côtés.

Au fil des semaines, la fraîcheur de la Manche et du golfe de Gascogne céda la place à la chaleur des tropiques avant que la température ne baisse à nouveau. Le but approchait et Reece avait du mal à tromper son impatience de se mettre à l'ouvrage.

*

Le mois de juin vit décliner rapidement la santé d'Edwin dont les filles s'isolaient pour pleurer sans qu'il puisse les entendre.

Un soir, allongé dans son lit, il fit signe à Cassandra de retirer le bol dans lequel il avait à peine prélevé quelques cuillerées.

Elle battit des paupières dans l'espoir de retenir ses larmes, mais il ne fut pas dupe.

— Ne pleure pas, ma fille.

— Comment m'en empêcher, papa ? Je ne veux pas que tu nous quittes.

— On finit tous par mourir, ma chérie. C'est inévitable.

Elle préféra ne pas répondre en tentant vainement de retenir ses sanglots.

— Combien de fois t'ai-je dit de ne pas t'inquiéter de ce que tu ne maîtrises pas ? la gronda-t-il affectueusement.

Elle lui adressa un sourire timide.

— Plus que je ne saurais le dire.

— Mon heure est venue, je le sens. Si je ne m'inquiétais pas de vous laisser, je serais heureux de partir. Rester au lit à longueur de journée sans être utile à personne, ce n'est pas une vie. Votre mère m'a tant manqué, je serai ravi de la retrouver. Je me suis efforcé de mener une existence honnête et de veiller sur ceux que j'aime, je ne pense pas aller en enfer.

Son regard se perdit dans le lointain. Cela lui arrivait fréquemment depuis quelques jours, il paraissait si paisible qu'elle restait assise sans bouger, de peur de troubler sa rêverie. Ses larmes finirent par se tarir et, lorsqu'il tendit la main vers elle, elle y posa la sienne.

— J'ai parlé à mon frère. Joseph m'a promis de ne vous laisser manquer de rien, ma chère fille.

— C'est gentil à lui.

Elle fixa leurs doigts entrecroisés, fins et longs, dont les os élégants se dessinaient clairement.

— Cassandra…

— Oui, papa.

— Te souviens-tu de ta joie quand ils ont entamé cette lutte pour la libération des esclaves en Amérique? De l'espoir que tu éprouvais pour ces malheureux?

— Oui.

— Eh bien, c'est grâce à cette guerre. Elle n'est donc pas uniquement porteuse de malheur. Tu vas devoir te montrer patiente encore un peu. Les combats finiront par s'arrêter. Tu as fais preuve d'un tel courage… jamais tu ne t'es plainte. Je suis fier de toi… tout comme je suis fier des habitants du Lancashire.

Il laissa s'écouler un moment de silence avant de reprendre:

— Je tiens à te remercier de toute l'aide que tu m'as apportée depuis la mort de ta mère. Tu as veillé sur tes sœurs mieux que je n'aurais pu te le demander, en dépit de ton jeune âge. Au détriment de ton propre bonheur, je le crains.

— J'aime mes sœurs. Je ne regrette pas les choix que j'ai faits.

— Je suis heureux de constater combien s'aiment mes enfants. Il est temps à présent que tu trouves le bonheur lorsqu'il se présentera à toi. Tu l'as bien mérité. Reece est un brave garçon. Ce sera un parfait compagnon pour toi.

— S'il me demande de le rejoindre, j'irai.

Elle n'osait pas trop exiger du destin, tout en ayant la prémonition que ses sentiments à l'endroit de Reece ne changeraient jamais. La vie avait le don de bousculer les projets de chacun.

*

Joseph s'inquiétait de la santé mentale de sa femme et continuait de s'en méfier. Il l'avait surprise à plusieurs reprises en train de marmonner lorsqu'elle se croyait seule. Elle posait sur lui un regard vide chaque fois qu'il s'adressait à elle, comme si elle ne comprenait pas ce qu'il lui disait, avant de se reprendre et de lui demander de répéter.

En présence d'autres personnes, Isabel faisait preuve d'une prudence redoublée. Elle veillait à s'exprimer de façon mesurée en flattant celles qu'elle appelait ses amies. Elle leur rendait visite régulièrement afin de collecter les ragots du moment. Sans doute écoutait-elle également ce qui se disait dans le magasin car elle était au courant de tout ce qui se passait en ville.

— Ton imbécile de frère n'en a plus pour longtemps, déclara-t-elle un soir, la mine rayonnante.

Joseph ignora la remarque en se pinçant les lèvres. Soucieux de ne pas céder à la provocation, il poursuivit la lecture de son journal comme si de rien n'était.

Elle le lui arracha des mains et le déchira en petits morceaux en accompagnant son geste d'un rire aigu.

— Quand je te parle, je veux que tu m'écoutes. Je t'ai acheté avec ce magasin, poursuivit-elle en montrant la maison d'un geste ample, et j'entends que tu te tiennes à l'accord initial, Joseph Blake, à savoir abandonner ta famille. Tu me paieras ton dû jusqu'au dernier sou.

— Je n'ai que trop payé.

— Moi aussi, et je continue de payer. Tu t'imagines que je ne suis pas au courant des provisions que tu leur fais porter, des provisions achetées avec mon argent? Je t'ai laissé agir en faisant croire à mes amies que c'est avec mon consentement, mais ce n'est pas le cas! Tu me voles!

— Tu préfères qu'elles meurent de faim? Alors que mon frère est malade?

— Je rirais bien de les voir mourir de faim, oui. J'en rirais, je te dis.

Aussi brusquement qu'elle avait explosé, elle reprit place sur son fauteuil et s'empara de son ouvrage. Mais au lieu de manier l'aiguille, elle le regarda fixement pendant une heure.

De son côté, Joseph ramassa et jeta les lambeaux de son journal, puis il prit un livre dont il tourna les pages machinalement sans avoir la moindre notion de ce qu'il lisait.

Ils se trouvaient dans une impasse. Il n'y avait pas d'autre mot. Un jour ou l'autre, la situation finirait par exploser, sans qu'il puisse savoir, de lui ou de sa femme, qui en sortirait vainqueur. Isabel était aussi rusée que méchante.

Et il en avait assez de devoir la supporter.

8

L'*Eena* accosta en juillet à Fremantle, le port de Perth, la capitale de l'Australie-Occidentale, à quelques kilomètres du fleuve Swan. Reece huma l'odeur de la terre bien avant de voir les côtes. Les animaux du bord l'avaient probablement sentie, eux aussi, car les coqs se mirent à chanter, les moutons à bêler, le bétail à meugler, ajoutant au sentiment d'excitation qui étreignait le jeune homme.

Une île baptisée Rottnest apparut la première, tel un point à l'horizon.

— Littéralement «nid de rat» en hollandais, traduisit un passager.

Reece ne put retenir un sourire désabusé. L'individu en question avait passé l'intégralité du voyage à étaler ses connaissances, au point d'irriter tout le monde.

— Cette île recèle des animaux qui ressemblent à des rats, mais qui n'en sont pas. Ils possèdent une poche dans laquelle ils portent leurs petits, comme les kangourous. On appelle ça des quokkas.

— J'ai du mal à le croire, marmonna un autre passager. Qui donnerait un nom aussi ridicule à un animal?

Reece, qui se tenait près du vantard, se demanda aussi s'il n'exagérait pas.

Au grand étonnement des passagers, Fremantle n'avait rien d'un port. Un banc de sable barrant les eaux du fleuve Swan, le navire dut jeter l'ancre à Gage Roads. La ville ressemblait davantage à un dessin d'enfant qu'à une véritable cité, avec ses maisons éparpillées au hasard. Le bâtiment le plus important était la prison, une longue bâtisse blanche perchée en haut d'une colline basse, moins haute que celles des landes du Lancashire. Le paysage était si peu impressionnant que Reece en éprouva de la déception. Au terme d'un tel périple, il se serait attendu à davantage d'exotisme.

Pour couronner le tout, les passagers ordinaires, autorisés à débarquer le lendemain seulement, ne purent que regarder la terre avec envie en s'interrogeant sur ce qu'ils voyaient, pressés contre le bastingage.

Sa position de domestique des Southerham permit à Reece de quitter le bord parmi les premiers. Paul, le cousin de Francis venu à leur rencontre, lui serra la main tout comme il l'avait fait avec ses proches, au grand étonnement de Reece. Jamais un gentleman n'aurait agi de la sorte en Angleterre.

Le petit groupe s'autorisa une promenade, histoire de s'habituer à la terre ferme. Il leur sembla pendant quelques minutes que le sol tanguait sous leurs pieds, comme le pont d'un bateau, et Livia s'accrocha au bras de son mari en riant de sa maladresse. L'impression finit par s'estomper.

Une courte avenue reliait le débarcadère à la rue principale où une poignée de maisons cossues côtoyaient des bâtisses d'allure nettement moins engageante.

— La plupart de ces grosses demeures sont la propriété du gouvernement et des rares individus qui ont fait fortune ici, ou bien qui sont venus dans cette colonie avec de l'argent, expliqua Paul Southerham. La maison que je loue n'est pas aussi imposante, j'en ai bien peur. Du moins dispose-t-elle d'une chambre d'amis pour Livia et toi.

Il se tourna vers Reece.

— Elle dispose également d'une petite pièce derrière la véranda; j'espère que vous la trouverez confortable.

Reece fut surpris d'entendre Paul donner le nom de «magasins» aux quelques échoppes qu'il apercevait. Ils s'arrêtèrent un peu plus loin afin de s'intéresser à une église située à une patte d'oie. Le bâtiment, peu harmonieux, était particulièrement grand pour une aussi petite ville.

— L'autre église est celle du culte catholique, précisa Paul avec une moue méprisante en tendant le doigt.

Reece s'efforça de dissimuler son sourire. Ici aussi, les gens ne pouvaient s'empêcher d'établir des frontières entre les croyances, alors que tous adoraient le même Dieu.

Fremantle, avec ses chemins de terre et son habitat éparpillé, donnait une impression de provisoire, comme si les trous entre les maisons attendaient l'arrivée de futurs bâtiments.

Ils regagnèrent les bords du fleuve Swan et prirent place à bord d'un petit bateau à aubes qui les conduisit jusqu'à Perth, à une vingtaine de kilomètres de là. Le fleuve s'élargit rapidement au milieu d'un paysage ravissant, boisé à perte de vue. Cette vaste étendue d'eau aurait accueilli sans peine une flotte tout entière.

Reece délaissa les trois Southerham et entama la discussion avec un passager qui habitait dans la colonie. Il apprit ainsi que Perth se trouvait sur la rive nord du fleuve et qu'une ville plus modeste, Guildford, s'étendait plus en amont.

À mesure qu'ils approchaient de Perth, il remarqua une série de grands bâtiments dont le plus imposant, lorsqu'il posa la question, se révéla être la nouvelle cathédrale catholique. Il découvrit avec ravissement les figuiers que lui désignait son compagnon, aussi gros que les marronniers au pied desquels il ramassait des marrons lorsqu'il était enfant. Quant aux buissons couverts de fleurs roses, on lui expliqua qu'il s'agissait de lauriers-roses.

— On trouve des fleurs partout au printemps, lui expliqua le colon. Vous ne serez pas déçu du spectacle, je ne connais rien de plus beau. Regardez ! Une bande de cacatoès noirs à queue blanche.

Les volatiles s'envolèrent dans une tempête de cris et disparurent derrière la frondaison, donnant le sentiment de se quereller.

Tout était différent, jusqu'à l'air qui avait une fraîcheur inédite, traversée parfois par des effluves de feu de bois. Reece, rappelé soudain à l'atmosphère enfumée d'Outham, repensa à Cassandra. À quoi pouvait-elle bien s'occuper à cette heure? Sans doute dormait-elle puisqu'il faisait nuit dans le Lancashire.

Le reste de la capitale se résumait à une collection de bâtiments disparates. La rue qui s'éloignait du quai était couverte d'un sable fin dans lequel s'enfonçaient les pieds.

— Vous finirez par vous y accoutumer, remarqua Paul. Le sable est très présent ici, ce qui aide à évacuer les pluies pendant l'hiver. Comme ma maison se trouve en dehors de la ville et qu'il se fait tard, j'ai réservé des chambres dans un hôtel pour la nuit.

— Je me réjouis d'avance de dormir dans un vrai lit, déclara Livia. Les couchettes du bateau étaient terriblement étroites.

Reece, heureux que l'on veuille l'associer à la conversation de temps en temps, n'en gardait pas moins la conscience de son statut de domestique.

Bouillant d'énergie, il était fermement décidé à se bâtir un avenir, au lieu de se contenter d'aider les autres à construire le leur.

*

Reece, en découvrant l'hôtel, s'étonna de trouver une simple maison de dimensions modestes que seule distinguait son enseigne. Relégué dans un baraquement donnant sur l'arrière, il n'eut pas droit à un vrai lit, mais à une couchette installée dans un dortoir occupé par des célibataires, domestiques et maîtres confondus.

Le toit et les murs de tôle du baraquement, rouillés par endroits, protégeaient les occupants de la pluie qui tombait à verse ce soir-là. Les grosses gouttes qui frappaient le sol à l'extérieur rebondissaient très haut en noyant le paysage dans un brouillard de grisaille.

— Il pleut toujours aussi fort? s'enquit-il auprès de son voisin de chambrée.

— Non, pas toujours, mais ne vous inquiétez pas, ça dure rarement longtemps. Le mieux, quand il se met à tomber des cordes, est encore de s'abriter et d'attendre que ça passe.

Reece, qui n'était pas homme à sortir boire, se coucha tôt. Il eut du mal à trouver le sommeil, pris par ses pensées. Il s'était engagé à aider Francis pendant deux ans en échange du montant de la traversée, même s'il avait eu la sagesse d'y inclure la durée du voyage. Pourtant, il ne s'était écoulé que trois mois et il souffrait de se trouver lié de la sorte à un autre, surtout à un homme aussi rêveur, malgré ses beaux discours.

Reece étira son corps fatigué et fit la grimace en se cognant la tête contre le bois de la couchette. Quelques minutes plus tard, il faillit tomber de son étroite couche en voulant se retourner. La pluie avait cessé, mais une forte humidité imprégnait l'air.

Dès que les Southerham auraient trouvé une maison et qu'il disposerait d'une adresse, il comptait bien écrire à Cassandra. Il avait tenu un semblant de journal pendant la traversée en prenant ici et là des notes, ce qui l'avait aidé à trouver le temps moins long tout en lui fournissant un souvenir de son expérience. Rien ne l'empêchait d'en choisir des extraits à l'intention de Cassandra.

Leurs échanges prendraient toutefois une éternité. Trois mois au moins pour qu'une lettre parvienne à destination en Angleterre, autant pour la réponse. Pour la énième fois, il se demanda comment il avait pu être assez bête pour la laisser.

Edwin Blake était-il toujours en vie ? C'était peu probable. Il se rassura en se disant que l'oncle des sœurs prendrait soin d'elles à la mort de leur père. Si Cassandra acceptait un jour d'épouser Reece, qui sait si Joseph ne prêterait pas à ses nièces l'argent du voyage afin qu'elles rejoignent toutes le jeune homme en Australie ? Cassandra en serait heureuse. Ses sœurs trouveraient rapidement à se marier. Les conversations que Reece avait pu surprendre dans le dortoir lui avaient montré que la colonie manquait de femmes. Il y en avait une pour dix hommes, en comptant les condamnés, à en croire l'un de ses compagnons.

On racontait même que l'on faisait venir des femmes en Australie-Occidentale à bord de « bateaux de mariées ».

Il commençait à s'assoupir lorsqu'il entendit des voix dans le jardin. Il n'y aurait guère prêté attention s'il n'avait pas reconnu celles de Francis et de Paul Southerham. Les deux cousins se disputaient.

Il avait conscience que les espionner était mal, mais loin de tout en Australie, il devait se montrer prudent, aussi quitta-t-il sa couchette. Il traversa la pièce au sol de terre battue, ouvrit doucement la porte, se glissa à l'extérieur et prit place sur un banc, à l'abri d'un buisson, afin d'écouter la conversation des deux hommes qui se faisaient face dans la véranda de l'hôtel.

*

Francis, sa femme au lit, prétexta le besoin de prendre l'air avant de se coucher et rejoignit son cousin Paul dans la véranda. Il ne put retenir sa colère plus longtemps.

— Tu m'as menti !

— Que veux-tu dire ?

— Tu le sais très bien.

Paul enfonça les mains dans les poches de son pantalon et donna un coup de pied dans un scarabée noir. Il rata sa cible et l'insecte se réfugia précipitamment dans un trou.

— Cette colonie sera une fourmilière un jour, j'en suis sûr.

— Ce n'est pas le cas aujourd'hui ! Je n'appellerais même pas ça une ville ! Combien d'habitants y a-t-il en Australie-Occidentale ?

— À peu près quinze mille en comptant les bagnards, répondit Paul après un silence.

— Seigneur ! Dix fois moins que la population de Manchester !

— Cette colonie va se développer, et nous en profiterons. L'arrivée de prisonniers a tout changé, la population a plus que doublé. Je ne sais pas pourquoi on n'a pas envoyé ici des condamnés dès le début, comme à Sydney.

— Ils ont cessé l'envoi de prisonniers en Australie. Il faut croire que ce n'était pas une si bonne affaire.

D'après ce qu'on m'a dit, cette colonie est très arriérée. Si j'ai bien compris, il y a autant de condamnés que de colons libres ! Tu ne trouves pas ça dangereux ?

— Beaucoup sont des prisonniers politiques irlandais, des gens très respectables, même s'il n'est pas question de se mêler à eux.

— J'attends toujours que tu m'expliques pourquoi tu m'as poussé à venir dans ce trou perdu. Comment veux-tu que je m'en sorte ici ?

Comme il n'obtenait pas de réponse, il insista d'une voix impatiente :

— Alors ? Pourquoi m'avoir menti ?

— Charlotte se plaignait, mais je ne veux pas rentrer. Je me sens infiniment mieux depuis que je suis ici. Mes poumons ne sifflent plus et j'ai repris des forces, répondit Paul en se frappant la poitrine.

— Si je comprends bien, tu m'as fait venir avec ma femme pour être moins seul, sans te soucier de notre bien. Tu as toujours fait preuve d'un égoïsme terrible. Je me demande bien comment j'ai pu croire que tu avais changé.

— On peut gagner de l'argent ici, à condition de travailler dur… et d'obtenir de bonnes terres. J'ai un ami qui saura te conseiller.

— J'espère que c'est vrai, parce que contrairement à toi, je n'ai pas la possibilité de rentrer. Je suis un fils cadet sans le sou en Angleterre et je me suis attiré les foudres de mes parents en insistant pour m'installer en Australie. Mon père a accepté de me donner un peu d'argent en me précisant bien que c'était la dernière fois et qu'il s'agissait de mon héritage.

Il prit une longue respiration.

— Sans toi, je me serais établi à Sydney ou au Canada. Maudit Paul !

Reece vit Francis tourner les talons et rentrer dans l'hôtel sans saluer son cousin. Ce dernier resta là, prostré, les mains dans les poches, en regardant fixement le sol. Un nuage creva au même moment, les premières gouttes se mirent à tomber avant de céder la place à une averse, et Paul suivit son cousin à l'intérieur du bâtiment.

Reece resta longtemps assis à l'abri de la galerie du dortoir, les yeux perdus dans les flaques qui reflétaient les rayons intermittents de la lune. Il ne faisait pas vraiment froid, l'hiver australien n'était en rien comparable à ceux qu'il avait connus en Angleterre, mais la conversation qu'il venait de surprendre l'avait glacé. Francis n'était pas la seule victime de l'égoïsme de Paul Southerham. Reece l'était tout autant.

L'averse cessa au bout de quelques minutes et il vit les flaques se tarir, avalées par le sable. Que pouvait-on bien cultiver dans un sol pareil? Comment obtenir la moindre récolte? Personne n'avait jamais eu l'idée de planter des légumes sur une plage.

De retour sur sa couchette étroite et dure, il resta longtemps éveillé, préoccupé par l'avenir incertain qui l'attendait. Les informations qu'il avait pu recueillir sur l'Australie ne concernaient pas la côte ouest du pays.

Il devait pourtant y avoir moyen de gagner sa vie pour un garçon travailleur tel que lui. Il fallait bien nourrir la population.

Il se promit de réussir d'une façon ou d'une autre, quand bien même il lui faudrait trimer jour et nuit. Sans quoi il ne méritait pas l'amour de Cassandra.

Tout en sachant que les hommes ne pleurent jamais, il sentit ses joues se mouiller de larmes.

Comment avait-il pu en arriver là?

*

Edwin rendit l'âme par une chaude journée de la fin du mois d'août, après avoir survécu plus longtemps que ne l'avaient espéré ses filles. Il semblait avoir attendu que celles-ci rentrent de l'atelier de couture ce jour-là pour s'en aller. À peine eut-il entendu la porte de la maison s'ouvrir qu'il déclara à Maia d'une voix ténue :

— C'est bien. Va chercher tes sœurs.

Elle posa sur lui un regard inquiet, mais il fixait le vide avec l'ombre d'un sourire sans paraître le moins du monde angoissé, si bien qu'elle lui obéit.

Ses quatre filles rassemblées autour de son lit, il retrouva un regard normal.

— Vous êtes là. J'expliquais à votre mère que j'attendais de vous dire au revoir avant de la rejoindre. Embrassez-moi, mes chéries.

Elles se penchèrent sur sa joue l'une après l'autre, les yeux brillants de larmes.

— Tu ne trouves pas que nos filles sont ravissantes, Catherine ? demanda-t-il en s'adressant au vide. Nous pouvons être fiers d'elles.

L'instant suivant, il n'était plus là. L'événement s'était produit si vite, si doucement, qu'il leur fallut une ou deux minutes avant de comprendre la vérité.

Elles versèrent quelques larmes, puis Cassandra se reprit.

— Inutile de pleurer. Nous avons du pain sur la planche si nous voulons l'enterrer dignement.

— Je frémis à l'idée qu'il repose dans une fosse commune, sans une stèle à son nom, réagit Pandora.

— Nous pourrions requérir l'aide de notre oncle, suggéra Xanthe. Je peux aller le trouver, si vous voulez. Il se montre toujours bienveillant à notre égard.

Cassandra fronça les sourcils. Pourquoi ne pas utiliser une partie de la somme que lui avait laissée Mme Southerham? Non, elle aurait eu l'impression de la voler. Cet argent ne lui avait pas été confié pour enterrer son père, mais pour subvenir à ses propres besoins en dernière extrémité. Elle l'avait caché, résistant à la tentation de s'en servir jusque-là. Pour une raison qui lui échappait, elle n'en avait jamais soufflé mot à ses sœurs.

— Je t'accompagne, décida-t-elle.

Une fois de plus, elle prit le chemin du magasin dans lequel elle pénétra avec sa sœur sans se cacher. Elle attendit que leur oncle ait terminé de servir une cliente avant de s'approcher.

— Je m'occupe de ces demoiselles, déclara Joseph au plus petit de ses deux employés qui dévorait Pandora des yeux, et c'est d'une voix forte qu'il s'adressa au deux jeunes femmes, afin que tous puissent entendre : Bonsoir, mes chères nièces, en quoi puis-je vous être utile?

Il remarqua soudain leurs yeux rougis par les pleurs et son sourire s'effaça.

— Père est mort tout à l'heure, répondit Cassandra. J'ai pensé que vous aimeriez en être averti.

Joseph ferma les yeux, le visage douloureux, puis il leur fit signe de le suivre.

— Venez dans la réserve, les invita-t-il en soulevant le pan mobile du comptoir.

D'un mouvement de tête, il congédia le commis qui pesait du sucre dans des cônes de papier bleu.

— Comment est-ce arrivé? s'enquit-il, une fois la porte refermée.

— Très paisiblement, lui expliqua Cassandra qui cherchait les mots justes afin de présenter sa requête.

Il anticipa sa demande.

— Je paierai les obsèques, évidemment. C'est bien la raison de votre présence ici?

— Oui.

— Je lui rendrai cet ultime hommage avec plaisir. Je ne voudrais pas voir Edwin finir dans une fosse commune. Le temps de prendre mon chapeau, et rendons-nous chez Studdard's.

— Papa n'aurait jamais voulu d'obsèques aussi coûteuses! s'exclama Cassandra, sachant que Studdard's n'enterrait que les défunts aisés, et non les ouvriers.

— Je serai heureux de voir mon frère bénéficier d'un enterrement confortable. Je lui achèterai également une pierre tombale. Vous me direz quelle inscription vous souhaitez y voir figurer.

Les deux jeunes femmes traversèrent la ville au bras de leur oncle, sans se soucier des regards surpris qu'on leur adressait.

*

Isabel, debout à la fenêtre de l'appartement, les regarda s'éloigner en serrant les poings. Elle les avait vues entrer dans le magasin car elle passait son temps à surveiller la rue. Furieuse que ces créatures aient l'audace de revenir, elle avait descendu les marches à pas de loup afin de connaître la raison de leur visite.

C'était le moment qu'elle attendait. L'heure était venue de passer à l'action.

Ravie d'apprendre que ce vieux fou était mort, elle entama une ronde. Brusquement affamée, elle gagna le rez-de-chaussée et ordonna à Dot de lui apporter du thé et du cake. Tout à sa joie, elle virevolta sur elle-même au pied des marches et faillit se cogner au commis qui la regarda d'un air ahuri en sortant de la réserve.

— Hors de ma vue, espèce d'idiot! lui ordonna-t-elle sèchement en le repoussant.

Il trébucha sur une caisse, tomba par terre, et elle en profita pour lui donner quelques coups de pied en éclatant de rire tandis qu'il se relevait et décampait sans demander son reste.

Elle remonta tranquillement dans ses appartements en oubliant le thé qu'elle avait commandé, en quête du meilleur moyen de se débarrasser de ces créatures. Il lui fallait agir en finesse afin que Joseph n'ait aucune raison de débiter de nouvelles sornettes au médecin.

C'est son mari qui était fou, pas elle. Comment qualifier autrement un commerçant prospère qui se commettait avec des miséreuses doublées de débauchées? Elle revit dans sa tête la scène du cimetière, la façon dont l'aînée s'était jetée dans les bras du premier homme venu. Les autres ne valaient guère mieux.

Isabel devait à la mémoire de ses parents de s'assurer que Joseph ne ternisse pas leur nom. N'était-elle pas la seule héritière des Horton? La boutique n'aurait jamais dû s'appeler autrement que Grand Magasin Horton. Il n'avait pas le droit d'en modifier l'enseigne.

À l'image de bien d'autres détails, elle rectifierait cela dès qu'elle aurait repris la main. Elle ne savait pas encore comment s'y prendre, mais elle trouverait bien un moyen.

Elle commencerait par s'adresser au couple qui l'avait aidée la fois précédente. Des gens dangereux, mais efficaces.

*

Les sœurs voulurent teindre leurs robes en noir afin d'être présentables le jour des adieux à leur père, mais leurs vêtements ressortirent de l'opération plus miteux que jamais.

La veille de la cérémonie, on frappa à leur porte. Cassandra ouvrit et découvrit le principal employé de son oncle en compagnie de son collègue. Tous deux portaient de lourds paquets.

— Mademoiselle Blake? demanda le plus âgé des deux.

— Oui.

— Voici pour vous et vos sœurs.

— Mais nous n'avons rien commandé. Nous n'avons pas les moyens…

— C'est de la part de votre oncle. Et je suis désolé pour votre père.

Il déposa le paquet dans les bras de la jeune femme tandis que son compagnon laissait le sien au pied de la porte.

— Bonsoir, mademoiselle.

Elle regarda s'éloigner les deux employés. Le plus grand des deux avait un visage bienveillant, elle l'avait déjà remarqué avant même de le voir au magasin. Elle referma la porte avec un soupir et se précipita dans la cuisine.

Dans les colis, elles trouvèrent des jupes, des corsages et des vestes noires, ainsi que des bonnets tout simples ornés de larges rubans noirs.

Il y avait également une enveloppe, que Maia ouvrit.

— «Merci d'accepter ceci de ma part», lut-elle sous la signature de leur oncle.

Malgré leur chagrin, elles s'enthousiasmèrent pour ces vêtements pourtant très simples, loin des jupes amples à crinoline, mais plus beaux que tous ceux qu'elles avaient portés jusque-là.

— Je me demande si elle est au courant, fit Xanthe en tendant le cou afin de se voir dans l'éclat de miroir qui leur tenait lieu de glace.

— J'espère bien que non, frissonna Cassandra, soudain inquiète.

Leur tante ne manquerait pas d'être furieuse. Et puis, qu'allaient dire les gens en les voyant si bien habillées? Elle redoutait d'avance l'opinion des dames du comité d'aide sociale.

Elle releva soudain le menton en affichant un air de défi. Après tout, elle se moquait de l'opinion d'autrui. L'essentiel était d'honorer la mémoire de leur père.

*

Les obsèques d'Edwin Blake firent abondamment jaser, du fait de leur pompe bien sûr, mais plus encore par la présence en masse de tous ceux qui le connaissaient et le respectaient. Certains étaient venus dans des tenues de misère, d'autres bien mis. Son ancien employeur avait répondu présent, de même que ses collègues. De mémoire d'ouvrier, on n'avait jamais vu autant de monde à l'enterrement de l'un des leurs.

Le pasteur de la congrégation méthodiste prononça un éloge funèbre émouvant. Il fit allusion à l'intelligence supérieure d'Edwin et à son amour de la Grèce antique. Il conclut même son intervention par une phrase en grec ancien qu'il prononça d'une voix brouillée par l'émotion.

Plusieurs des personnes présentes témoignèrent de l'aide que leur avait apportée Edwin et de l'estime en laquelle elles le tenaient.

Assis au premier rang à côté de ses nièces, Joseph découvrait avec stupéfaction combien son frère était apprécié. Tous ces gens qu'il avait aidés dans la discrétion! Joseph éprouvait la plus grande honte à être resté si longtemps éloigné de son frère, et sa détermination à veiller sur le bien-être de ses nièces s'en trouvait renforcée de minute en minute.

Isabel avait refusé d'assister à la cérémonie, bien sûr. Il l'en aurait de toute façon empêchée. Elle avait mis sa robe la plus colorée ce jour-là, et il l'avait entendue fredonner tandis qu'il se préparait, répétant à tout bout de champ que la journée était magnifique, insistant sur son bonheur d'être en vie.

Il s'était abstenu de tout commentaire. Elle saurait toujours assez tôt quelles étaient ses intentions.

L'enterrement terminé, il raccompagna ses nièces chez elles et accepta leur invitation lorsqu'elles lui proposèrent de partager une tasse de thé.

— Qu'allez-vous devenir à présent?

— Je ne sais pas, répondit Cassandra. Nous y réfléchissons.

— Je possède une petite maison de l'autre côté du parc, un logis très confortable. Je me demandais si vous accepteriez de vous y installer. Vous n'auriez pas besoin de me payer de loyer et je vous fournirais de la nourriture.

Comme elles ne répondaient rien, il ajouta:

— J'ai promis à votre père de m'occuper de vous, je sais qu'une telle solution le rendrait heureux. Je tiens vraiment à vous aider, à faciliter votre quotidien.

— Qu'en est-il de votre femme? s'inquiéta Cassandra. Ne risque-t-elle pas d'en prendre ombrage plus encore?

Il haussa les épaules.

— Elle prend ombrage du moindre détail, depuis quelque temps. Je suis convaincu qu'elle est folle, sans pouvoir le prouver car elle est rusée. Méfiez-vous d'elle, n'acceptez rien de ce qu'elle pourrait vous offrir. Pour vous dire, je m'enferme dans ma chambre la nuit.

Elles le regardèrent avec émoi, puis Maia s'approcha et lui planta un baiser sur la joue.

— Vous avez l'air si triste, parfois, oncle Joseph. Vous nous avez, à présent. Nous serons ravies de nous installer dans cette petite maison et de vous voir le plus souvent possible.

Les trois sœurs de Maia l'embrassèrent tour à tour.

La chaleur de leurs baisers lui brûlait encore les joues lorsqu'il reprit le chemin du magasin un peu plus tard. Si seulement il avait eu un enfant. Mais sa femme aurait-elle été capable de lui donner un enfant digne d'être aimé? Cela restait à démontrer, peut-être était-ce aussi bien que leur bébé n'ait pas survécu. Chacun sait que les voies du Seigneur sont impénétrables.

*

Isabel l'attendait chez eux, tapant du pied d'impatience, les joues rouges de colère.

— Alors? On en est débarrassés?

— Nous avons enterré mon frère, si c'est ce dont tu parles.

— Bon débarras. Tu auras peut-être le temps maintenant de t'occuper du magasin et de t'intéresser à moi. Tu me négliges, ces derniers temps.

L'agacement lui donna le courage de dire la vérité.

— Si seulement je pouvais ne jamais te revoir!

Elle se figea à ces mots, et ses traits se durcirent plus encore.

— Tu regretteras de m'avoir dit ça.

— Je regrette surtout l'état de notre relation. À propos, les filles de mon frère s'installeront dans quelques jours à Brook Cottage.

— Quoi?

— Je ne leur demanderai pas de loyer et je compte bien les aider de mon mieux à partir de maintenant. Tu te méprends complètement sur leur compte. Ce sont d'excellentes personnes, d'une parfaite honnêteté.

Elle éclata d'un rire interminable qui incita son mari à se réfugier au magasin.

Croisant Dot dans l'escalier, il l'avertit:

— À votre place, je ne monterais pas tout de suite.

La bonne hocha la tête et s'empressa de redescendre les marches.

L'écho du rire d'Isabel ne donna pas signe de vouloir s'éteindre au cours des jours suivants tant elle semblait heureuse, sans que Joseph puisse déterminer les raisons de sa joie. Sa femme se parlait à elle-même des heures durant. Il ne l'avait jamais vue dans un tel état. Le comportement étrange de leur maîtresse n'avait pas davantage échappé à Dot et aux employés du magasin, conscients qu'elle se comportait de façon anormale, sans qu'Isabel leur apporte une preuve irréfutable de sa folie. Elle se montrait trop rusée. Elle continuait d'aller prendre le thé chez ses amies, de les inviter chez elle, comme si de rien n'était.

Joseph avait conscience qu'il ne pourrait pas tenir longtemps à ce régime.

*

Au début du mois de septembre, un groupe d'hommes à la mine austère que personne ne connaissait à Outham se présenta à la porte du pasteur Saunders. Ce dernier convoqua les responsables des autres congrégations de la ville à une réunion dans la salle paroissiale.

Rien ne transpira de cette réunion secrète, mais la femme du pasteur Saunders chuchota quelques mots à l'oreille de son amie Isabel qui ouvrit de grands yeux ravis.

— Accepteriez-vous de m'aider? supplia Isabel. Ma chère Sylvia, aidez-moi à profiter de l'occasion pour me débarrasser de ces créatures. C'est pour moi une humiliation de tous les instants de les voir parader en ville de la sorte. Je m'inquiète à chaque instant de ce qu'elles mijotent. Et voilà que Joseph parle de les installer dans la petite maison que nous avons, de l'autre côté du parc. Vous vous rendez compte? Elles vont corrompre les honnêtes gens avec leur fiel.

— De l'autre côté du parc? Mais enfin, c'est à côté de chez nous! Ces créatures? Vous pouvez compter sur moi, je veillerai à ce que mon mari fasse le nécessaire pour nous en débarrasser. Laissez-moi une semaine ou deux, le temps de me retourner.

— C'est parfait. J'ai moi-même besoin d'un peu de temps pour les convaincre de s'en aller.

La femme du pasteur repartie, Isabel resta songeuse un petit moment, puis elle mit son chapeau et descendit au magasin qu'elle traversa en annonçant en passant à son mari, l'air de rien:

— J'ai besoin de prendre l'air.

Joseph ne répondit rien, malgré la présence de nuages menaçants, inquiet du sourire satisfait de sa femme.

Elle préparait quelque mauvais coup, il allait devoir se méfier. Pour lui-même comme pour ses nièces.

*

Isabel rendit visite à la personne qu'elle avait déjà contactée par le passé, une femme des bas-fonds prête à tout pour de l'argent. Elle s'assura que personne ne pouvait la voir avant de s'engager dans une ruelle bruyante et étroite, parallèle à la rue principale.

Elle s'arrêta devant une maison à la porte de laquelle montait la garde un individu qui la conduisit à l'étage jusqu'à sa maîtresse. Là, elle demanda à la femme de parler à l'homme rencontré lors de sa précédente visite.

La femme fronça les sourcils.

— Pourquoi?

— Cela ne vous regarde pas.

Une fois en présence de l'homme, Isabel congédia la femme avant d'exposer sa requête.

— Ce sera plus cher que la dernière fois.

— Je suis disposée à me montrer généreuse.

— Apportez-moi cinquante livres demain. J'attends d'avoir vu l'argent avant d'entamer les préparatifs.

Isabel, heureuse de quitter cette horrible maison, se boucha le nez en remontant la ruelle d'un pas pressé, la voilette de son chapeau rabattu sur ses yeux de façon à ne pas voir les silhouettes louches tapies dans les renfoncements de portes.

Tout était sa faute à lui, mais elle ne tarderait pas à en être débarrassée, comme des autres, à commencer par l'aînée, la plus insolente et dépravée de la bande.

Un sourire étira ses lèvres. Elle leur réservait une punition bien méritée.

*

La visite de Brook Cottage ravit les quatre sœurs. En plus de deux petites chambres, la maisonnette disposait d'un grenier ayant servi autrefois d'atelier de tissage. La pièce était munie de chaque côté d'une rangée de petites fenêtres conçues pour éclairer le travail des tisserands. Elles décidèrent que cette pièce serait réservée à Cassandra et que les jumelles occuperaient la plus grande des deux chambres.

Leur oncle, radieux, les regarda explorer la maison en sentant monter en lui des instincts paternels à la fois douloureux et rassurants.

— Quand voulez-vous que j'envoie une charrette pour votre déménagement? demanda-t-il.

— Le plus tôt possible, répondit Cassandra. L'un de nos locataires reprend la location de notre maison. Il peut se débrouiller financièrement en louant nos chambres. Nous n'avons pas beaucoup d'affaires à déménager, ajouta-t-elle tristement. Nous avons quasiment tout vendu.

— Je vous rachèterai des meubles. Je ne voudrais pas que mes nièces manquent de quoi que ce soit.

Il donnait l'impression de vouloir acheter leur affection, et Cassandra se promit de lui montrer que ce n'était pas nécessaire.

*

Le lendemain, deux hommes se présentèrent avec une carriole et deux caisses en bois remplies de paille. Ils chargèrent le vieux mobilier des sœurs, leurs hardes et leurs draps usés, tandis qu'elles déposaient dans les caisses leurs assiettes et autres ustensiles de cuisine.

En moins d'une heure, elles laissaient derrière elles la maison dans laquelle elles avaient toujours vécu.

— C'est étrange de quitter cet endroit, remarqua Maia qui suivait la carriole avec ses sœurs à travers les rues de la ville.

Pandora, le visage rayonnant, dansait plus qu'elle ne marchait.

— Ce sera merveilleux de vivre aussi près du parc! Vous ne trouvez pas que notre oncle est adorable?

— Si, mais il affiche toujours une mine triste, répondit Maia.

— Qui ne le serait pas, avec une femme pareille?

— Tu ne la crois tout de même pas capable de nous faire… du mal? Elle m'effraie, avec son air haineux.

— Je vois mal en quoi elle pourrait nous nuire. Les ateliers de couture n'ont même plus lieu dans sa paroisse. Quant à Mme Rainey et aux autres dames de la congrégation méthodiste, elles savent bien que nous sommes sérieuses.

Elles n'eurent pas l'occasion de poursuivre la conversation car il leur fallait tout organiser dans leur nouveau logis. La maison paraissait bien vide, mais ce n'était pas l'essentiel. Elles prenaient un nouveau départ et leur père aurait été heureux s'il avait pu les voir.

*

Joseph avait fermé le magasin plus tôt ce soir-là de façon à pouvoir sortir dès 21 heures. Le soleil avait brillé toute la journée, il faisait encore doux à la nuit tombée et il se réjouissait d'avance de cette promenade.

Il enfilait son manteau lorsque sa femme lui barra le chemin.

— Je sais où tu vas, cracha-t-elle. Tu vas rendre visite à ces putains.

— Mes nièces ne sont pas des putains.

— J'ai vu l'une d'elles avec un homme dans le cimetière.

Il voulut l'écarter sans même prendre la peine de lui répondre, mais elle lui agrippa le bras.

— Je te laisse une dernière chance. Je suis ta femme. Tu as le devoir de me tenir compagnie au lieu d'aller voir ces filles. Joseph, je t'enjoins de ne pas sortir.

Il la repoussa avec difficulté et laissa derrière lui une Isabel essoufflée.

Elle resta quelques instants sans bouger avant de rectifier sa tenue.

— C'est sa faute, marmonna-t-elle.

Elle remonta alors dans ses appartements et ordonna à la bonne d'aller se coucher.

Dot, trop heureuse de terminer son service aussi tôt, se contenta de tisonner le fourneau de la cuisine.

— Et monsieur?

— Il a sa clé. Je ne l'attendrai pas, je suis épuisée.

Isabel attendait avec impatience que la fille se mette au lit, mais Dot ne semblait guère pressée d'achever sa tâche. Enfin, elle l'entendit monter au dernier étage en bâillant.

Enfin seule, Isabel s'installa dans un fauteuil et attendit sans se donner la peine de lire ou de poursuivre sa broderie.

Elle se sentait en paix avec elle-même. Elle avait tenté de l'arrêter. Tout était la faute de son mari, pas de la sienne.

*

Alors que Joseph traversait le parc, deux hommes jaillirent des buissons, armés de couteaux et de matraques. Il appela à l'aide, mais une douleur aiguë le fit taire. En baissant les yeux, il vit un couteau enfoncé jusqu'à la garde dans sa poitrine.

— Il a son compte, décida l'un des deux assaillants en retirant l'arme.

La douleur était atroce et Joseph s'écroula sur le sol sans un cri.

— Je n'ai jamais gagné de l'argent aussi facilement, remarqua l'autre voyou en s'éloignant avec son comparse.

Joseph resta prostré sur le sol, incapable du moindre mouvement. La douleur avait fini par le quitter, il avait l'impression de flotter. Convaincu que sa femme était à l'origine de l'agression, il comprit brusquement qu'il était blessé mortellement.

À son grand regret, il serait dans l'incapacité d'aider ses nièces, mais il avait tenu la promesse faite à son frère, ainsi qu'Isabel ne tarderait pas à s'en apercevoir. Il pria le ciel qu'elle ne leur fasse pas de mal. S'il y avait un Dieu au-dessus de leurs têtes, il veillerait sur elles.

Joseph avait instinctivement posé la main sur sa blessure et un flot de sang tiède s'en échappa. Peu à peu, il vit la nuit s'obscurcir…

9

Isabel sut que tout était consommé en constatant que son mari n'était pas rentré à minuit. Elle se déshabilla calmement et se mit au lit.

Elle dormit d'un sommeil profond et s'éveilla au petit jour en entendant chanter les oiseaux dans le parc voisin. Un sourire éclaira ses traits à l'idée d'être enfin libre. Libre de tout se permettre.

Elle sonna la bonne, et lorsque Dot lui apporta sa tasse de thé et le pot d'eau chaude, elle savoura le breuvage par petites gorgées avant de s'habiller.

Quelques minutes plus tard, elle se rendit à la cuisine.

— Mon mari est déjà descendu au magasin? s'enquit-elle d'une voix ordinaire.

— Non, madame. Il n'a même pas encore sonné pour que je lui monte son thé.

Isabel posa les yeux sur la pendule. Il était temps de passer à l'action.

— C'est étrange. Il est généralement levé, à cette heure-ci. Va donc jeter un coup d'œil dans sa chambre, t'assurer que tout va bien.

— Il s'enferme à clé.

— Tu n'auras qu'à toquer jusqu'à ce qu'il t'ouvre, espèce d'idiote.

Dot se précipita dans l'escalier. Elle était de retour moins d'une minute plus tard, les yeux écarquillés.

— La porte n'était pas verrouillée, madame. Monsieur n'est pas là, il n'a même pas dormi dans son lit.

— Comment?

Isabel se rua à l'étage sans même s'offusquer que la jeune bonne la suive. Elle pénétra dans la chambre de son mari et constata que le lit n'avait pas été défait. Il n'était pas rentré de la nuit.

— Où peut-il bien être?

Elle attendit que la bonne lui réponde, furieuse que cette idiote ne suggère même pas d'appeler la police. Elle posa une main sur son front et fit mine de vaciller.

— Je ne sais pas ce que je dois faire. Je ne me sens pas bien.

— Laissez-moi vous aider à vous asseoir dans le salon, madame.

Quelques instants plus tard, un flacon de sels à la main et un mouchoir sur son visage pour cacher le sourire qu'elle parvenait difficilement à contenir, Isabel prononça d'une voix à peine audible:

— Va au commissariat et dis-leur que M. Blake n'est pas rentré hier soir. Précise bien que je suis inquiète. Passe ensuite chez le pasteur Saunders et demande-lui de m'envoyer sa femme en lui expliquant pourquoi. Est-ce bien clair?

Elle fit répéter les instructions à la bonne afin de s'assurer qu'elle avait tout retenu.

La porte à peine refermée, Isabel s'autorisa à sourire pendant quelques minutes. Autant profiter de son premier jour de liberté.

La bonne n'était pas encore revenue que l'on frappa à la porte du magasin. Isabel gagna la fenêtre sur la pointe des pieds et vit le jeune commis et les deux employés. Elle ne pouvait les laisser sur le trottoir.

Les gens risquaient de jaser et cela pouvait nuire au commerce. Elle descendit et tira les verrous.

Voyant que les trois jeunes gens l'observaient avec des yeux ronds, elle déclara d'une voix mal assurée :

— Monsieur est parti se promener hier soir et il n'est pas rentré. J'ai fait prévenir la police. Vous n'avez qu'à ouvrir le magasin et vaquer à vos tâches habituelles.

Ils la regardèrent d'un air ébahi et elle leur tourna le dos avant de remonter chez elle en titubant.

— Voulez-vous qu'on vous aide à monter les marches, madame Blake ? demanda l'un des deux employés, le dénommé Prebble.

C'était un garçon de petite taille dont elle s'était toujours demandé si son attitude respectueuse était sincère. Il travaillait là depuis longtemps et connaissait bien le fonctionnement du magasin, elle n'aurait qu'à lui en confier la gérance s'il se comportait convenablement. Son collègue, Carr, était si grand qu'il la dominait trop à son goût. En outre, elle avait remarqué qu'il faisait preuve de beaucoup de politesse avec ces filles. Elle le lui ferait payer.

— Je vous remercie, je ne me sens pas très bien, en effet. Je me fais un sang d'encre au sujet de mon mari.

Elle autorisa Prebble à l'aider à remonter à l'étage avant de le renvoyer au magasin avec la recommandation d'agir comme si de rien n'était et de ne pas souffler mot de ce qui s'était passé à la clientèle.

Très sereine, elle attendit l'arrivée de la police dans un fauteuil.

*

Cassandra et ses sœurs se rendirent à l'atelier de couture le lendemain de leur déménagement. En plus de leur permettre de gagner de l'argent, ce travail les occupait. Maia, qui n'avait pas participé aux travaux de l'atelier depuis la maladie de leur père, fut accueillie chaleureusement par la femme du pasteur méthodiste. Mme Rainey était une excellente femme, appréciée de tous les membres de la congrégation.

La matinée touchait à sa fin lorsqu'un jeune homme entra dans la pièce et entama un conciliabule avec les femmes chargées de diriger l'atelier ce jour-là. À en juger par leur mine défaite, il était porteur d'une mauvaise nouvelle.

Toutes les ouvrières, inquiètes, s'étaient arrêtées.

Mme Rainey s'approcha des quatre sœurs.

— Pourriez-vous me rejoindre dehors? J'ai une triste annonce à vous faire.

Elles échangèrent des regards surpris et obéirent aussitôt.

— Votre oncle a été victime d'une agression près du parc hier soir. Il a été tué. On a retrouvé son corps ce matin au milieu des fourrés.

Maia fondit en larmes tandis que ses sœurs restaient tétanisées.

— Vous voulez dire qu'on l'a... assassiné? parvint à articuler Cassandra.

— C'est ce que vient de m'annoncer ce jeune homme. Souhaitez-vous aller voir votre tante?

Cassandra fit non de la tête.

— Elle n'acceptera jamais de nous recevoir. J'avoue ne pas savoir comment réagir, madame Rainey.

— Vous devriez avaler un morceau et rentrer chez vous. L'atelier touche à sa fin, de toute façon. Votre tante vous aura peut-être adressé un message.

Fidèles aux recommandations de Mme Rainey, les sœurs traversèrent la ville sans prononcer une parole.

À peine furent-elles rentrées que Pandora se mit à sangloter.

— Pauvre oncle Joseph! Juste au moment où nous apprenions à le connaître.

— Nous n'avons pas le temps de pleurer, la tança Cassandra. Vous pouvez être sûres qu'elle va nous jeter à la rue.

Ses sœurs ouvrirent des yeux affolés.

— Nous ferions mieux de rassembler nos affaires afin d'être prêtes à partir à la première alerte.

— Mais où aller? l'interrogea Xanthe.

— Je ne sais pas. Il nous faut demander conseil à M. Rainey.

— Je refuse d'aller à l'hospice, répliqua Xanthe.

— Le mieux serait de trouver une chambre à louer.

Cassandra monta à l'étage afin de réunir ses maigres possessions. Elle balaya la pièce des yeux, désolée de devoir quitter une chambre aussi lumineuse. Le sort allait-il continuer à s'acharner contre elles? Son oncle ne méritait pas une telle mort, qui aurait pu vouloir tuer un être aussi bon?

Il fallait espérer que la police découvre l'assassin avant qu'il ait pu commettre un autre crime.

Elle hésita un instant à sortir son argent et le médaillon de sa mère de leur cachette avant de les laisser là, où ils seraient plus en sécurité que dans sa poche.

Les sœurs attendirent toute la journée un message de leur tante.

La nuit était tombée lorsqu'un jeune garçon frappa à leur porte.

— Mme Blake veut voir Cassandra, mais pas les autres, annonça le gamin.

— Elle t'a donné une lettre?

Il secoua la tête.

— Quand souhaite-t-elle me voir?

— Tout de suite. Elle vous attend au magasin.

Il tourna les talons et disparut dans la nuit.

Cassandra prit son châle, accroché à une patère dans l'entrée.

— Tu ne peux pas y aller seule, réagit Xanthe. Pas après ce qui est arrivé à notre oncle.

— Je dois lui obéir, au cas où elle… non, je suis convaincue qu'elle va nous demander de quitter cette maison.

— Pourquoi veut-elle te voir seule?

— Parce qu'elle me déteste plus que vous, pour des raisons qui m'échappent.

— Nous t'accompagnons, insista Pandora. Nous n'aurons qu'à t'attendre au coin de la rue, elle ne nous verra même pas. Pas question que tu te fasses assassiner comme notre oncle.

*

Cassandra et Pandora marchaient devant les jumelles lorsqu'une voix masculine s'éleva dans la nuit.

— Occupez-vous de la plus grande.

Des inconnus se jetèrent sur les deux sœurs en tentant d'emmener Cassandra de force, mais les jeunes femmes résistèrent, bientôt secourues par les jumelles qui poussaient de grands cris.

Au cours de la mêlée, Maia fut assommée et Pandora projetée à l'écart tandis que Xanthe s'écroulait sur le chemin, le souffle coupé, après avoir reçu un mauvais coup de poing à l'estomac. Les agresseurs en profitèrent pour entraîner Cassandra. Pandora, qui revenait à la charge et s'accrochait à sa sœur, fut frappée violemment.

Le temps qu'elle se relève et que Xanthe reprenne sa respiration, les inconnus avaient disparu en emmenant leur sœur.

Tout est allé si vite, pensa Pandora en scrutant désespérément l'obscurité. Encore sous le choc d'une attaque aussi inattendue, elle restait sans réaction. Il ne faisait aucun doute que leurs agresseurs en voulaient à Cassandra. Une seule personne savait que cette dernière sortirait ce soir-là : leur tante. L'agression aurait-elle pu être montée par Isabel Blake ? Et pourquoi ?

Un bruit de pas la tira de ses pensées. Elle se figea sous l'effet de la peur avant de comprendre qu'il ne s'agissait pas de nouveaux agresseurs, mais de personnes venues à leur secours. Les trois sœurs, après avoir expliqué les circonstances de l'agression à leurs sauveteurs, purent lire l'effroi sur leurs visages.

Un homme se proposa aussitôt de les accueillir chez lui. Maia, qui n'avait pas repris connaissance, dut être transportée.

En dépit des injonctions de Pandora, personne ne se lança à la poursuite des agresseurs. On lui assura que la police ne tarderait pas à les retrouver, ou bien que la jeune femme serait relâchée lorsque ses ravisseurs s'apercevraient qu'elle n'avait pas d'argent.

Pandora avait pourtant clairement entendu l'un des attaquants donner à ses comparses l'ordre de s'occuper de « la plus grande ». Il s'agissait donc d'une attaque ciblée, restait à en percer les raisons.

Maia, qui avait fini par reprendre ses esprits, restait comme hébétée.

La police, appelée sur les lieux, interrogea les trois sœurs l'une après l'autre, sans se ranger à l'idée que les inconnus souhaitaient s'en prendre spécifiquement à Cassandra.

— Vous vous trompez. Qui pourrait en vouloir à votre sœur? Non, ces gens ont saisi leur chance en vous apercevant, estima le sergent. Il n'est guère prudent pour des jeunes filles honorables de se promener la nuit. Je vais demander à mes hommes de fouiller les mauvais quartiers. Vous n'avez qu'à rester ici en attendant, si c'est possible.

Il interrogea du regard l'hôte des trois sœurs qui acquiesça.

Mais les deux agents de service cette nuit-là ne trouvèrent pas trace de Cassandra, pas plus qu'ils ne découvrirent de témoins ayant aperçu ses ravisseurs.

À la vue de ces éléments, le sergent cessa de prétendre que la jeune femme allait revenir saine et sauve.

*

Isabel, installée dans son salon depuis que le magasin avait baissé le rideau pour la nuit, sonna sa bonne afin de lui demander du thé. Elle se servit une tasse dont elle n'avait pas réellement envie et finit par s'apercevoir un peu plus tard qu'elle l'avait laissée refroidir. Elle en versa le contenu dans un pot contenant une plante chétive. Elle détestait les plantes en appartement, celle-ci était un présent d'une amie, elle la laissait là en attendant qu'elle s'étiole.

À 21 h 30, elle sonna Dot afin qu'elle emporte le plateau, puis elle s'installa à la fenêtre. Quelques instants plus tard, un gamin qui marchait dans la rue ramassa un caillou qu'il lança contre un réverbère. C'était le signal convenu.

Isabel reprit place dans son fauteuil, un sourire aux lèvres. Ses sbires avaient enlevé l'aînée de ses nièces, la plus dépravée des quatre. Elle allait enfin subir le châtiment qu'elle méritait.

La Bible précisait que la mort était la juste rétribution du péché, mais c'était encore un châtiment trop doux. Isabel avait envie que Cassandra souffre longtemps, comme elle-même avait souffert des années durant, mariée à un imbécile sentimental, sans enfants, sans avenir.

À condition que les trois autres obéissent à ses désirs, elle ne les punirait pas aussi durement. Elle se contenterait de les obliger à partir, sachant qu'elles seraient prêtes à tout pour sauver leur sœur.

Isabel s'émerveilla du pouvoir de l'argent. À partir de maintenant, c'est elle qui gérerait le sien.

Ses pensées la ramenèrent à Joseph, dont le corps reposait chez l'entrepreneur de pompes funèbres. Elle avait refusé qu'on le lui rende, au prétexte que les clients n'apprécieraient guère de savoir qu'il y avait un mort au-dessus de leurs têtes.

Depuis le drame, elle le voyait régulièrement, debout dans un coin, à l'observer d'un air de reproche. Voilà qu'il faisait une nouvelle apparition.

— C'est ta faute si tu es mort ! s'écria-t-elle. Va-t'en !

Comme il ne bougeait pas, elle se mit à hurler.

— Va-t'en !

Mais il s'obstinait à rester dans son coin.

Refusant de le voir, elle s'empara d'un livre à l'aide duquel elle se masqua le visage.

Au rez-de-chaussée, Dot se figea en entendant ses cris. Mais comme sa maîtresse ne la sonnait pas, elle reprit sa tâche.

Si seulement elle avait pu trouver un autre emploi, elle serait partie sur-le-champ, mais le travail était rare par ces temps de disette.

*

À 23 heures, on frappa à la porte. Isabel, qui avait envoyé la bonne se coucher une heure plus tôt, ouvrit elle-même.

Elle découvrit sur le seuil le pasteur Saunders, sa femme, ainsi qu'un agent de police. Elle ouvrit de grands yeux en feignant l'inquiétude.

— Que se passe-t-il? demanda-t-elle, une main sur la poitrine.

— Chère madame, accepteriez-vous de nous laisser entrer? répondit le pasteur.

Isabel les conduisit à l'étage où elle invita Sylvia à s'asseoir à côté d'elle sur le canapé tandis que ses visiteurs lui racontaient les détails de l'agression dont avaient été victimes ses nièces.

Veillant à dissimuler son plaisir d'apprendre que les trois plus jeunes avaient également fait les frais de l'attaque, elle feignit une crise de nerfs, au point qu'il fallut la mettre au lit. Dot, debout au pied de l'escalier du grenier, observait la scène. Pourquoi cette fille la dévisageait-elle ainsi? Se pouvait-il qu'elle voie Joseph, elle aussi?

— Va-t'en, lui ordonna-t-elle. Laisse-moi tranquille.

Elle serait heureuse de se débarrasser de Dot et d'engager une bonne plus âgée lorsque toute cette histoire serait derrière elle. Une fille qui ne la regarderait pas comme si elle était au courant de tout.

Elle réussit à convaincre le pasteur de ne pas appeler le médecin et se contenta de demander une dose de calmant.

Sylvia insista pour passer la nuit à son chevet. Faute de la convaincre de renoncer à ce projet, Isabel manifesta sa reconnaissance du mieux qu'elle le pouvait en recommandant à son amie de dormir sur place.

Elle poussa un soupir joyeux en se retrouvant enfin seule et adressa un sourire à la fenêtre dont la forme, éclairée par un bec de gaz, dessinait un rectangle dans l'obscurité. Pourvu que cette créature dépravée souffre abondamment, que ses ravisseurs lui fassent subir les pires sévices, ainsi qu'elle le leur avait demandé.

Dès le lendemain, elle donnerait une semaine à ses sœurs pour libérer la maison, puisqu'elles n'étaient même pas ses nièces.

Elle attendrait qu'elles aient quitté la ville pour organiser les obsèques de son mari. Pas question qu'elles y assistent.

Elle peina à trouver le sommeil, persuadée de distinguer une ombre masculine au pied de son lit.

*

Cassandra se défendit bec et ongles contre ses attaquants, mais ils étaient plus nombreux et plus forts qu'elle. Ils commencèrent par la bâillonner, la ligotèrent et lui bandèrent les yeux, puis deux d'entre eux l'emportèrent.

Où l'emmenaient-ils? Pourquoi l'enlevait-on?

La petite troupe s'arrêta quelques minutes plus tard et elle entendit une porte s'ouvrir. Une fois à l'intérieur du bâtiment, ses ravisseurs descendirent quelques marches et la jetèrent sur ce qui devait être un matelas.

Incapable du moindre mouvement, elle tendit l'oreille en les entendant chuchoter. Au moment de l'attaque, elle avait clairement entendu l'un d'eux s'écrier: «Occupez-vous de la plus grande.» Sa tante pouvait-elle être mêlée à l'agression? Les inconnus comptaient-ils la tuer? Sa tante avait-elle fait assassiner son oncle? C'était impensable. Mais vrai.

Elle frissonna de terreur à l'idée du sort qui l'attendait.

Des pas s'approchèrent et quelqu'un lui attacha les poignets à la tête de lit. Elle comprit les intentions de l'inconnu en sentant qu'on lui déliait les chevilles et qu'on remontait sa jupe. Elle voulut lui donner un coup de pied, mais il la calma d'une gifle qui manqua de l'étourdir.

Il ne prononça pas une parole en la violant, sans se soucier de la blesser, sans prêter attention aux larmes qui roulaient le long de ses joues.

Son méfait terminé, il quitta la pièce en la laissant pleurer. Un grognement se fit entendre et, à sa grande horreur, un autre homme se hissa sur le lit et son calvaire recommença.

Elle aurait aimé mourir, mais le destin refusa de lui accorder cette grâce.

Elle se prit à espérer qu'on la libérerait une fois que le second inconnu en aurait terminé, mais il n'en fut rien, ses agresseurs l'abandonnèrent sur son lit de honte, impuissante.

Ses larmes finirent par se tarir, mais sa peur refusa de la quitter.

Tout comme ses bourreaux.

*

Le pasteur méthodiste et son épouse frappèrent à la porte de la maison où avaient trouvé refuge les trois sœurs et les convièrent à venir chez eux.

— Et si Cassandra revenait dans la petite maison de notre oncle? demanda Xanthe.

— Il nous faut l'attendre là-bas. Elle est peut-être blessée.

— Nous ne pouvons pas vous laisser seules, protesta M. Rainey. Maia est encore tout étourdie. Vous êtes blessées. Et si vos agresseurs revenaient?

Les sœurs se montrèrent intraitables et reprirent bientôt le chemin de leur petite maison sous la protection du pasteur, de sa femme et d'un agent de police. Les rues étaient désertes, on aurait dit que la nuit, en avalant leur sœur, avait fait de même avec le reste de la ville.

— Nous reviendrons vous voir demain à la première heure, suggéra M. Rainey. N'ouvrez à personne d'autre que moi ou la police.

Une fois seules, les sœurs s'installèrent dans la cuisine et attendirent un miracle hypothétique.

Une heure s'écoula, rythmée par le tic-tac de l'horloge, puis une autre, sans que Cassandra rentre.

— Nous devrions dormir, décida Pandora en désespoir de cause. Tu ne tiens plus debout, Maia.

— Nous ne pouvons tout de même pas nous coucher. Si elle rentrait?

— Je reste ici. Si jamais je m'endors, j'entendrai frapper à la porte.

Mais aucune des sœurs ne ferma l'œil de la nuit, jusqu'à ce que les rues s'animent au petit matin. Avant la famine du coton, les sirènes des usines auraient réveillé les habitants, l'aurore aurait bruissé des pas pressés de ceux qui partaient travailler, mais tout était calme ce matin-là. Bien trop calme.

Elles préparaient le petit-déjeuner lorsque Maia fondit en larmes.

— Cesse donc! la gronda Pandora. Pleurer n'arrange rien.

Elle-même retenait ses larmes. Elle en avait la conviction, il était arrivé malheur à Cassandra.

*

Le lendemain de l'agression, le sergent de la police locale se rendit chez Isabel afin de lui rendre compte de ce qui était arrivé à ses nièces. Son amie Sylvia était restée pour la soutenir.

Isabel montra un visage faussement outré au policier.

— Vous voulez dire que les nièces de mon mari se promenaient en pleine rue la nuit?

— Elles affirment que vous avez invité Cassandra à venir vous voir.

— À la nuit tombée? Mon mari a été assassiné parce qu'il se promenait à la nuit tombée. Vous croyez vraiment que j'aurais demandé à une jeune femme digne de ce nom de prendre le risque d'être agressée en chemin?

— Mais... elles m'ont pourtant expliqué qu'un gamin avait frappé à leur porte avec un message de votre part.

— Où se trouve le message en question? Montrez-le-moi.

— Il s'agissait d'un message oral.

Elle se drapa dans sa dignité.

— Je n'ai pas envoyé le moindre message. Pas après ce qui était arrivé à mon cher Joseph...

Incapable d'achever sa phrase, elle enfouit son visage dans ses mains, soucieuse de cacher son sourire.

— Mais enfin, sergent, vous n'avez donc aucune considération pour cette femme? intervint Sylvia.

— Je suis désolé de vous avoir bouleversée, madame Blake.

Le policier parti, Isabel fit semblant de continuer à pleurer, jusqu'à ce que son amie lui demande ce qui n'allait pas.

— Ce sont ces créatures. Si vous saviez comme j'ai honte que nous soyons apparentées. Oh, Sylvia! Je m'inquiète tant des surprises qu'elles me réservent. Nous savons bien ce qui pousse certaines jeunes femmes à sortir la nuit.

— Et comment! Mais ce n'est tout de même pas votre faute. Qui pourrait vous reprocher ce qui est arrivé?

— Ce sont des parentes. Elles portent le même nom que moi. Quelle humiliation!

— Je compte en reparler à mon mari. Il réfléchit toujours à ce dont nous avons déjà parlé toutes les deux. Un tel incident pourrait pousser les autorités à choisir vos nièces, encore faut-il qu'elles soient d'accord.

— Oh, Sylvia! Quelle chance j'ai de vous avoir comme amie. Je ne sais pas ce que je ferais sans vous. Je m'arrangerai pour qu'elles acceptent.

À l'heure du déjeuner, Isabel en avait assez de jouer les malades, aussi persuada-t-elle son amie de rentrer chez elle.

Enfin seule, elle afficha un large sourire et céda à la tentation d'esquisser une danse dans son salon en criant:

— J'ai réussi, j'ai réussi! Qu'en dis-tu, Joseph Blake?

La bonne, qui venait annoncer le déjeuner, observa la scène avec des yeux effarés depuis le seuil de la pièce. Décidément, sa maîtresse devenait de plus en plus étrange.

Elle redescendit silencieusement au rez-de-chaussée, de peur que Mme Blake sache qu'elle l'avait surprise, et trouva à s'occuper. Si madame avait faim, elle la sonnerait.

Mais la sonnerie resta muette, ce qui tenait de la bénédiction.

Plus tard dans la journée, Mme Blake finit pourtant par l'appeler. Elle lui tendit une lettre en exigeant que le commis la remette en main propre.

*

Cet après-midi-là, les trois sœurs reçurent un message de leur tante :

> *Au regard de vos ennuis, je vous autorise à rester à Brook Cottage jusqu'à la fin de la semaine, après quoi je vous demanderai de vous loger ailleurs.*
>
> *I. Blake*

Xanthe allait jeter la lettre au feu lorsque Pandora l'arrêta.

— Ne fais pas ça. Ce courrier pourrait bien nous aider à prouver que nous avons le droit de rester ici.

— Si Cassandra n'avait pas disparu, je partirais aujourd'hui même. Nous ne devrions pas avoir de mal à trouver une chambre en ville.

— Nous nous renseignerons, mais il n'est pas question de partir tant que nous pourrons rester. Cet endroit ne nous coûte rien. En outre… c'est là qu'elle tentera de nous rejoindre.

Les sœurs passèrent le reste de la journée à attendre et à prier, au bord du désespoir. Si Cassandra était encore en vie, elle serait déjà rentrée.

*

Cet après-midi-là, M. Studdard rendit visite à Isabel afin de procéder à l'organisation des obsèques.

— Chère madame…

— Je ne compte pas enterrer mon mari tant que ses nièces n'auront pas quitté la ville.

— Mais… vous ne pouvez pas le laisser ainsi sans l'enterrer.

— J'imagine que vous avez les moyens de conserver le corps.

— Euh… oui, mais cela coûtera de l'argent.

Elle balaya l'argument de la main.

— Aucune importance.

— Vos nièces ne seront pas forcément d'accord pour quitter Outham.

— Je compte bien m'assurer…

Elle s'empressa de modifier sa réponse en constatant qu'il l'observait d'un air étrange.

— Je puis vous assurer que ce sera le cas. Ce cher pasteur Saunders est au courant d'une opération qui doit leur permettre de prendre un nouveau départ dans la vie. Je ne les apprécie guère, mais il est de mon devoir de veiller à ce qu'elles ne manquent de rien. Je suis certaine que mon cher mari n'en attendrait pas moins de moi.

— Souhaitez-vous organiser les obsèques, en prévision du jour où elles auront lieu ?

Elle estima soudain que la coupe était pleine.

— Non, je n'organise rien du tout tant qu'elles n'ont pas quitté la ville. Je vous souhaite le bonjour.

Elle enfouit son visage dans un mouchoir bordé de noir en attendant qu'il s'en aille. Un sourire éclaira son visage. Tout fonctionnait comme elle l'avait prévu.

*

M. Studdard alla trouver le pasteur Saunders afin de lui raconter ce qui s'était passé.

Le prêtre secoua la tête.

— La pauvre vit fort mal la disparition de son mari. Quant à ses nièces, ce sont de jeunes débauchées. Elle est terrifiée à l'idée qu'elles fassent honte au nom qu'elle porte.

Sans chercher à le contredire, l'entrepreneur de pompes funèbres avait gardé le souvenir de jeunes femmes distinguées et bien élevées lors des funérailles de l'autre M. Blake. À l'inverse de la majorité des employées des filatures, les quatre sœurs n'étaient ni tapageuses ni vulgaires. Elles avaient même un langage châtié. Il sortit de sa rêverie en s'apercevant que le pasteur lui parlait.

— Je vous demande pardon. Vous me disiez?

— Je disais que les sœurs Blake quitteront certainement la ville la semaine prochaine, après quoi nous pourrons enterrer Joseph Blake.

L'entrepreneur de pompes funèbres reparti, le pasteur s'installa à sa table de travail et répondit à une lettre reçue le jour même en indiquant l'identité de trois jeunes femmes susceptibles d'intéresser son correspondant.

Les sœurs Blake lui seraient reconnaissantes un jour de leur avoir permis d'entamer une nouvelle existence. Quant à l'aînée, si elle n'était pas déjà morte, elle avait définitivement perdu toute chance de rédemption.

*

La nouvelle vie qu'espérait Reece à son arrivée en Australie ne se concrétisait pas rapidement. La maison que louait Paul était petite et Reece se trouva relégué une fois de plus dans une remise au fond du jardin, les deux servantes occupant déjà la véranda.

Il partageait ce réduit avec le condamné qui soignait les chevaux et s'occupait tant bien que mal du jardin. L'homme, peu bavard, se méfiait manifestement du nouvel arrivant.

Reece, refusant de se plaindre, gardait ses pensées pour lui tout en se rendant utile. Pris pour cible par les moustiques, il se contenta de demander une moustiquaire, le reste de la maison en étant équipé.

— Et moi qui n'y avais pas pensé ! s'écria Francis. Mon pauvre, je vous prie de m'excuser. Nous en achèterons une cet après-midi. De toute façon, ça me fera du bien de m'éloigner de cette maison, marmonna-t-il.

Ils roulaient sur la route de Perth lorsque Francis déclara d'une voix douce :

— Vous avez probablement remarqué que je n'étais pas très… content de ce que j'ai trouvé ici.

— Aucun de nous ne s'attendait à ça, monsieur.

— Mon cousin a acquis des terres le long de la côte à East Rockingham, un lieu situé à cinquante kilomètres au sud de Fremantle. Il affirme que ce sera une jolie petite ville un jour et compte y bâtir une grande maison. Ses terres sont proches de l'océan, mais à l'entendre, l'endroit est encore vierge. Il a les moyens de s'installer confortablement sans avoir besoin de s'occuper, d'autant qu'il a toujours été de santé fragile, mais ce n'est pas mon cas. J'ai besoin de travailler et de gagner de l'argent. Mon père ne s'est pas montré aussi généreux qu'il aurait pu l'être.

Il poussa un soupir de dépit.

— On m'a trompé en me vantant les vertus de la colonie du fleuve Swan, Reece, et je m'en excuse auprès de vous.

— Nous n'avons pas encore pris nos marques. Si ça se trouve, la situation ne sera pas si sombre une fois que nous serons installés.

Reece ne souhaitait pas prendre parti ou critiquer la famille de son employeur, mais il avait discuté de la colonie avec les domestiques du voisinage et tous ceux dont il croisait la route. Il espérait avoir l'occasion de recueillir d'autres informations à Perth lorsque Francis vaquerait à ses occupations. Les gens lui parleraient plus librement qu'à son maître.

— Vous vous débrouillerez seul? lui demanda Francis à leur arrivée en ville. Je commence à croire qu'il serait préférable de trouver des terres ailleurs. L'achat d'une moustiquaire était un simple prétexte pour venir à Perth et me renseigner à ce sujet.

Il glissa une feuille de papier dans la main de Reece.

— Voici la liste des courses pour ces dames. Merci de vous en occuper, sans oublier votre moustiquaire. Nous laisserons le cheval et la voiture à l'écurie, vous n'aurez qu'à y faire livrer vos emplettes.

Reece examina la liste. Des trucs de femmes auxquels il ne connaissait rien.

Francis sortit de sa poche une petite bourse.

— Vous achèterez de quoi déjeuner. Un florin devrait suffire. Je vous retrouve aux écuries dans trois heures.

Reece commença par procéder à ses achats, s'attardant parfois lorsqu'il croisait quelqu'un, en découvrant la ville.

Il économisa la moitié du prix prévu pour son repas en se contentant d'acheter du pain et du jambon à un vendeur de rue. Il aurait préféré manger du fromage, mais le marchand lui répondit que c'était une denrée rare. Il arrosa son repas avec une tasse de thé noir très fort et fourra la monnaie dans sa poche en souriant de sa frugalité. Quand on est pauvre, chaque sou compte, ce que des gens tels que les Southerham ne pourraient jamais comprendre.

Il possédait un pécule bien modeste, mais suffisant pour lancer sa propre affaire. Restait à décider laquelle.

C'est un Francis songeur qui le retrouva à l'écurie.

— Qu'avez-vous appris? lui demanda Reece avec intérêt.

— À condition de posséder des terres fertiles, se lancer dans l'agriculture peut se révéler rentable, lui expliqua son employeur. L'élevage de chevaux est également porteur, la plupart des montures servant à alimenter le marché indien. Je pense sérieusement à me lancer dans ce domaine. Il paraît aussi que les gens ont besoin de bois, il suffit d'acheter des terrains plantés d'arbres adultes et de les abattre.

Ces informations vinrent alimenter la réflexion de Reece qui ne partageait pas nécessairement les conclusions de son employeur. Jamais Francis n'aurait pensé à lui demander son avis. Le plus souvent, les domestiques restaient invisibles aux yeux d'employeurs qui ne les croyaient pas capables d'avoir des opinions ou des idées. Francis se montrait plus amical que beaucoup de ses semblables, mais Reece n'était pour lui qu'un simple interlocuteur. Ces gens ne comprenaient-ils donc pas que leurs domestiques voyaient et entendaient tout? Les deux servantes, par exemple, parlaient librement de leur maîtresse lorsqu'elles prenaient leur repas dans la cuisine.

Reece sourit au ciel d'un bleu tendre, heureux de sentir la caresse du soleil entre deux averses. Si les hivers étaient aussi chauds, à quoi pouvaient bien ressembler les étés? Tout le monde lui avait précisé qu'ils étaient chauds, mais il aimait la chaleur.

Sa découverte de la colonie renforçait sa détermination de réussir. Il était toutefois prématuré d'écrire à Cassandra tant qu'il n'aurait pas un avenir concret à lui offrir.

*

Quelques jours s'écoulèrent avant que Paul Southerham n'emmène son cousin et Reece découvrir le terrain sur lequel il entendait ériger sa maison. Ils effectuèrent péniblement le trajet dans un chariot tiré par des bœufs, avec l'intention de camper une ou deux nuits sur place, de pêcher et de nager si le temps le permettait.

À leur arrivée à East Rockingham, Reece découvrit avec étonnement un terrain sablonneux. Il ne faisait aucun doute que Paul avait choisi l'endroit pour la vue, et non pour sa fertilité.

— Le sol n'a pas l'air très prometteur, finit par remarquer Francis.

— Je n'ai pas l'intention d'y planter quoi que ce soit, répliqua Paul sur un ton agacé. Je l'ai acheté pour le paysage et parce qu'il avait la surface idéale. Le moment venu, le jardin sera superbe.

— Je ne peux pas acheter ici, réagit Francis d'une voix qui trahissait son mécontentement. Je cherche des terres propices à l'élevage des chevaux.

— Je pensais… Tu ne m'avais pas dit que mon oncle t'avait donné de l'argent?

— Tout juste assez pour me permettre de lancer mon affaire.

— Ah…

Paul évita le regard de son cousin en chassant du pied une touffe d'herbe sèche.

— Je suis désolé, s'excusa-t-il.

— Ce n'est pas grave. Allons nous promener sur la plage.

Reece mit à profit ces deux journées pour discuter avec les conducteurs du chariot, dont ils étaient propriétaires. Les affaires marchaient si bien qu'ils envisageaient l'achat d'un second équipage.

Dans une atmosphère détendue, ils firent part à Reece de leur mépris pour les immigrants de bonne famille qui refusaient de se salir les mains.

— Les règles ne sont pas les mêmes ici, nota l'un des deux hommes ce soir-là, alors qu'ils se réchauffaient aux flammes d'un feu de camp, à quelque distance de l'endroit où avaient élu domicile les deux cousins. Il est plus facile de s'en tirer ici qu'en Angleterre.

— Si tu as envie d'être ton propre maître, bien sûr, ajouta l'autre conducteur. Certains n'y tiennent pas.

— Ce n'est pas mon cas, réagit fermement Reece.

— Dans ce cas, tu te trouves au bon endroit. Mais tu vas avoir besoin d'une femme. Une femme bien, ça fait toute la différence.

À l'heure de se coucher, les cousins se retirèrent sous leur tente tandis que Reece se contentait de l'abri d'une bâche fixée aux montants du chariot. Il se plongea dans la contemplation des astres qui étincelaient dans le ciel immaculé. Il n'avait jamais vu d'étoiles aussi brillantes dans le Lancashire. Il en oubliait la dureté du sol et le froid hivernal qui le poussait à se pelotonner sous les couvertures rêches fournies par les conducteurs du chariot. Roulées sur elles-mêmes, elles se portaient sur l'épaule lorsque l'on était sur les routes.

Reece aurait aimé prendre le temps d'explorer la colonie à pied. Il avait beau ne pas savoir ce que lui réservait l'avenir, il se sentait plus heureux qu'il ne l'avait été depuis longtemps. Le destin de ces conducteurs de bœufs lui donnait espoir. À condition de travailler ferme et de choisir le bon emplacement, il pouvait réussir. En attendant, il servirait son employeur de son mieux tout au long de son engagement. Reece était un homme de parole.

10

Cassandra fut réveillée en sursaut par une voix de femme.

— Je vais t'installer plus confortablement, mais au moindre signe de résistance, on t'assomme.

Elle sentit qu'on lui déliait les bras. Elle chercha instinctivement son bandeau des doigts et s'en débarrassa sans qu'on cherche à l'en empêcher.

Elle découvrit deux femmes, une de chaque côté du lit. Un homme se tenait à l'écart. La plus âgée des deux femmes désigna la porte à l'inconnu qui s'éclipsa, un sourire aux lèvres.

Cassandra se laissa faire, heureuse qu'on lui fasse sa toilette et qu'on lui permette de se rhabiller.

— Je suis désolée, lui glissa la première femme dans un murmure. Je pensais qu'ils voulaient uniquement te retenir prisonnière, sinon j'aurais jamais accepté qu'on t'amène ici. Je me fiche bien de ce qu'ils peuvent infliger aux hommes. Je déteste les hommes ! Mais je refuse de les aider à maltraiter les femmes.

— Pauvre petite, ajouta l'autre. C'est pas bien, ce qu'ils lui ont fait, Jane. Ils sont allés trop loin.

La porte de la pièce s'ouvrit à la volée et une voix courroucée s'éleva, que Cassandra reconnut avec effroi.

— Qu'est-ce qui se passe, ici ?

— On venait s'assurer que personne n'allait la tuer, répondit la plus autoritaire des deux femmes, les mains sur les hanches.

— Qu'est-ce que ça peut te ficher qu'elle meure?

— Je ne m'en fiche pas, voilà tout. J'ai pas mal de trucs à me reprocher, mais je refuse qu'on la tue chez moi. Et si tu continues, ce sera un assassinat pur et simple. Tu ne m'as jamais dit que tu comptais la traiter de cette façon-là. Tu n'es qu'un animal en rut.

— Attention à ce que tu dis, Jane.

— Et toi, attention à la façon dont tu me parles, Pete. J'ai des amis, moi aussi.

Un court silence s'installa. Cassandra retenait son souffle en attendant de voir qui sortirait vainqueur de cette confrontation.

— Pourquoi on s'amuserait pas avec elle? finit par demander l'homme sur un ton boudeur. C'est ce que voulait la vieille taupe. Pour une fois qu'on était payés pour prendre du bon temps.

— Pas de ça chez moi, un point c'est tout. Si tu la laisses en paix à partir de maintenant, ajouta-t-elle d'une voix douceâtre, je te laisserai profiter de mes filles tant que celle-ci sera ici. Tu n'y perdras pas au change.

Pete étudia la proposition avant d'éclater de rire.

— D'accord. De toute façon, elle vaut pas mieux qu'un poisson crevé depuis qu'elle se débat plus.

La seconde femme attendit que le visiteur soit reparti pour prendre la parole:

— Je ne suis plus d'accord. Pete devient mauvais ces derniers temps.

— Je te donnerai le double de d'habitude et il y aura quelqu'un avec toi en cas de pépin. Tu ne vas tout de même pas les laisser la tuer?

Un silence pesant accueillit la proposition de Jane.

— C'est bon, j'accepte, finit par se résigner l'autre. Je sais pas ce qu'a Pete en ce moment. C'était pas un mauvais bougre avant, même pour un voleur.

— Va savoir pour quelle raison les gens changent. Allez! Emmenons-la dans ma chambre.

Jane se tourna vers Cassandra.

— Si tu nous donnes du fil à retordre, ils te ramèneront ici et je ne réponds plus de rien.

— Non! Je vous en supplie! Je ferai tout ce que vous voulez. Tout.

Sa voix se brisa et elle ne put retenir ses larmes.

Jane la secoua.

— Arrête! Ça sert à rien de pleurer.

Il fallut quelques minutes à la malheureuse pour se calmer, malgré tous ses efforts.

— Pauvre petite, répéta la seconde femme.

— Elle s'en remettra. Elle a déjà de la chance d'être en vie.

— C'est grâce à toi, Jane. Faudrait pas qu'ils changent d'avis.

— J'y veillerai.

— Je me demande bien pourquoi tu t'en mêles.

— Parce que je déteste les hommes. Je sais ce que c'est d'y passer de force. Et d'avoir mal. Toi aussi.

— C'est vrai, reconnut l'autre d'un air buté, avant d'ajouter: Tant que j'ai mon argent.

— Je t'ai jamais menti?

— Non, Jane. T'es tout ce qu'il y a de plus régulière. C'est pour ça que j'aime bien travailler pour toi. Tu nous traites bien.

— Je serai «régulière», comme tu dis, tant que tu feras ton boulot convenablement. Allez, ajouta-t-elle à l'adresse de Cassandra. J'ai pas tout mon temps.

Cassandra prit sur elle, peinant à croire que ses malheurs touchaient à leur fin.

Les deux femmes l'aidèrent à monter trois étages jusqu'à un salon confortablement meublé où on lui ordonna de s'asseoir.

Elle cligna des yeux, éblouie par la lumière des deux lampes à pétrole après avoir longtemps gardé les yeux bandés.

Jane s'empara d'une paire de ciseaux.

— Je vais te couper les cheveux.

— Comment?

— Celle qui nous paie a besoin de tes cheveux pour prouver à tes sœurs qu'on te retient prisonnière. Je vais te les attacher avant de les couper et de les égaliser. Tu verras, ça repousse vite.

Cassandra posa instinctivement une main sur son crâne.

Jane l'observa attentivement, les paupières plissées.

— Tu ne vas tout de même pas résister? Après tous les risques que j'ai pris pour toi?

Cassandra avala sa salive.

— Non.

— Je savais que tu n'étais pas bête. Je t'ai souvent vue en ville, grande comme t'es. Je t'ai jamais prise pour une imbécile.

Les cheveux crissèrent sous la morsure des ciseaux et Cassandra sentit un courant d'air lui caresser la nuque. Devoir porter les cheveux à la garçonne n'était rien à côté de ce qu'elle avait subi. Depuis combien de temps la retenait-on prisonnière? Elle avait fini par perdre le fil.

Restait à savoir si l'on finirait par la laisser partir, ou bien si on la tuerait.

En dépit de ses propos rassurants, Cassandra n'avait pas confiance en Jane. Celle-ci avait bien accepté que ses ravisseurs la retiennent dans ce qui était de toute évidence un bordel.

*

Cinq jours s'écoulèrent sans que les sœurs de Cassandra reçoivent de ses nouvelles. Elles passaient le plus clair de leur temps devant la fenêtre à surveiller les passants, les yeux noyés de larmes, dans l'espoir qu'on frappe à la porte.

Au matin du sixième jour, elles reçurent un nouveau courrier de leur tante :

> *Je passerai cet après-midi à 16 heures.*
> *Assurez-vous que la maison soit propre et rangée.*
>
> *I. Blake*

— Que veut-elle, à votre avis ? demanda Xanthe.

— Je ne sais pas. Elle souhaite probablement nous mettre à la rue.

Pandora fit le tour de la maison afin de s'assurer que tout était en ordre.

Il ne leur restait plus qu'à attendre.

À 16 heures précises, un bruit de pas se fit entendre sur le chemin et Isabel ouvrit la porte sans prendre la peine de frapper.

Elle s'avança en examinant les lieux, surprise de trouver un univers immaculé.

— Eh bien, au moins, vous ne vivez pas comme des cochons.

Elle prit une chaise de cuisine et fit signe aux sœurs de s'asseoir.

— Je n'ai pas envie d'attraper un torticolis à vous regarder. Quelles grandes gigues ! Les hommes n'aiment pas les femmes trop grandes. Pas étonnant que vous n'ayez pas trouvé à vous marier.

Elle attendit qu'elles obtempèrent, ravie de leur trouver aussi mauvaise mine, les yeux rougis et cernés.

— Je me suis arrangée pour qu'on vous envoie en Australie, vous partez lundi. Vous dormirez dans un refuge d'émigrants à Londres en attendant le départ du bateau.

Elle rayonna en voyant leurs mines ébahies.

— Pourquoi irions-nous en Australie ? s'enquit Pandora.

— Parce que c'est aux antipodes et que je souhaite me débarrasser de vous une bonne fois pour toutes afin de m'épargner la honte de votre présence ici.

— Nous ne pouvons pas partir, nous attendons le retour de Cassandra. De toute façon, nous n'avons aucune envie d'émigrer en Australie.

Isabel partit d'un rire nerveux qu'elle eut toutes les peines à réprimer.

— Mon Dieu, mon Dieu ! Elles n'ont aucune envie d'émigrer !

— Je ne vois pas ce qu'il y a de drôle. Notre sœur a disparu, nous ne savons même pas si elle est encore en vie. Nous n'irons nulle part tant que nous ne l'aurons pas retrouvée.

Isabel fusilla du regard Pandora. Elle l'aurait défigurée avec plaisir.

— Vous ne la reverrez jamais, mais je puis vous assurer qu'elle est vivante.

Elles ouvrirent de si grands yeux qu'elle gloussa de plus belle.

— Qu'en savez-vous ? demanda la plus douce des trois sœurs.

— Elle a été enlevée sur mes ordres et elle sera libérée uniquement le jour où vous aurez quitté le pays toutes les trois.

Une chape de plomb s'abattit sur la pièce.

— Pourquoi ? l'interrogea enfin la plus belle.

Isabel devait bien le reconnaître, elle avait le cran d'aller droit au but, signe qu'elle était plus intelligente que ses sœurs.

— Parce qu'il me fallait trouver un moyen de vous chasser d'Outham.

— Je ne vous crois pas.

Isabel savoura l'instant, un sourire aux lèvres, puis elle glissa la main dans son sac.

— Reconnaissez-vous ceci? dit-elle en agitant sous leurs yeux les cheveux de leur sœur, attachés par un ruban usé qu'elles connaissaient bien.

Elles eurent un haut-le-corps.

— Vous lui avez coupé les cheveux? gémit la plus douce.

— J'en ai donné l'ordre. Et si vous ne me croyez pas, ce sera son pouce la prochaine fois, celui qui porte une cicatrice. Elle a aussi un grain de beauté sur le ventre. Je suis disposée à vous apporter son pouce et le carré de peau avec ce grain de beauté.

Elle eut un sourire triomphal. Elle les tenait.

— Comment avoir l'assurance que vous la libérerez si nous acceptons vos conditions?

— Je vous donne ma parole, je suis prête à le jurer sur la Bible, et comme je ne suis pas une traînée comme vous, ma parole a une valeur.

— Pas à mes yeux, rétorqua celle qui s'exprimait au nom des deux autres.

Isabel ne se souvenait pas de leurs prénoms ridicules, elle s'en moquait de toute façon. Elle se cala contre le dossier de sa chaise.

— Je n'ai que ma parole à vous donner si vous souhaitez la sauver. Vous voulez que je vous apporte son pouce?

— Je vais chercher notre bible, décida la plus douce.

Isabel afficha un sourire. Elle comptait bien tenir sa promesse, mais ses motivations n'étaient pas celles que croyaient les sœurs. Elle souhaitait voir Cassandra survivre à l'infamie qu'elle avait vécue pour en rêver jusqu'à la fin de ses jours. Cela lui apprendrait à se montrer aussi impudente, à briser le ménage de son oncle.

D'une voix calme, elle jura sur la Bible que si les trois sœurs partaient en Australie, leur sœur serait libérée.

— À une condition, ajouta-t-elle, la main posée sur le Livre saint en les dévisageant l'une après l'autre. Vous devez me promettre de ne jamais révéler à personne les raisons de votre départ.

— Vous voulez dire, ne jamais confier à personne que c'est vous qui nous obligez à partir?

Elle acquiesça.

— C'est à prendre ou à laisser, si vous souhaitez épargner la vie de votre sœur et la savoir libre.

— Comment Cassandra fera-t-elle? Comment se débrouillera-t-elle?

— Cela m'est égal tant qu'elle quitte Outham.

Après ce qu'elle avait subi, jamais Cassandra ne voudrait rester, mais ses sœurs n'avaient pas besoin de le savoir.

— À présent, voici ce que j'attends de vous…

*

Après son départ, Maia fondit en larmes en caressant la masse de cheveux posée sur la table.

— Ces gens l'ont tuée, j'en suis sûre.

— Je ne crois pas, la contredit Pandora. J'ai la conviction que cette horrible créature tiendra sa promesse, mais pas pour les raisons qu'elle nous a indiquées.

— Tu penses vraiment que Cassandra est encore en vie?

— Nous devons le croire.

— Sauf que nous ne le saurons jamais.

— Un jour, peut-être. Il nous suffit de dire à notre pasteur où nous allons. Si elle revient, elle ira forcément rendre visite à M. Rainey. Il n'aura plus qu'à nous écrire afin de nous rassurer. Le courrier avec l'Australie prend des mois, mais il est fiable.

— Nous n'avons pas le choix, se décida enfin Xanthe. Mais je ne veux pas aller en Australie.

Les yeux de Pandora se mouillèrent de larmes.

— Moi non plus. J'aime ma vie ici, je ne me vois pas vivre ailleurs.

Les sœurs restèrent prostrées dans le silence pendant de longues minutes. Enfin, Pandora se leva.

— Elle nous a demandé d'aller rendre visite à cet horrible pasteur à 18 heures. Quoi qu'il dise ou fasse, Maia, tu ne dois pas pleurer. Il n'est pas question de lui donner ce plaisir. Pas plus qu'à elle. Nous n'avons rien fait de honteux. Ce sont eux qui devraient avoir honte.

*

Le pasteur Saunders s'installa derrière son bureau sans les inviter à s'asseoir en affichant tout son mépris.

— Puisque votre sœur a manifestement été assassinée, votre tante, qui veille sur vous avec bonté, s'est arrangée pour vous offrir un nouveau départ dans la vie. À compter d'aujourd'hui, je vous invite à vous comporter de façon honorable, avec tout le respect dû à vos supérieurs.

Comme il les dévisageait, attendant une réponse, Pandora murmura «Oui, monsieur» et incita ses sœurs à l'imiter. Pourquoi donc, alors qu'elle était la plus jeune, fallait-il toujours qu'elle montre l'exemple aux jumelles ? Décidément, tout allait de travers depuis quelque temps.

— Vous quitterez Outham dans deux jours et l'on vous conduira à Londres où vous résiderez dans un refuge pour émigrants. De là, vous embarquerez pour l'Australie à bord du *Tartar*. Il semble que l'on manque cruellement de domestiques dans les colonies, de sorte que l'on y envoie des miséreuses du Lancashire. Veillez à tirer profit de la chance que vous accorde votre tante. Vous devriez remercier le seigneur à genoux d'une telle opportunité.

— Oui, monsieur, se força à balbutier à nouveau Pandora.

— J'imagine que vous savez lire toutes les trois ?

Cette fois, Maia dut pincer Pandora. Le pasteur avait posé la question sur un ton si méprisant et supérieur que la jeune fille, emportée par sa rage intérieure, ne répondait pas.

— Oui, monsieur, nous savons lire, dit-elle enfin.

Il lui lança le journal du jour en affichant une mine hautaine.

— Dans ce cas, lisez-moi ceci afin que j'en sois juge.

Elle prit le journal et entama la lecture du premier article d'une voix claire, sans jamais trébucher sur les mots compliqués, puis elle passa le journal à ses sœurs qui prirent le relais avec la même facilité.

— C'est bon, c'est bon, les arrêta-t-il en prenant des notes. Vous devrez subir un examen médical avant d'embarquer. Aucune de vous n'est malade, au moins ?

Quel mensonge leur tante avait-elle bien pu propager à leur sujet ?

— Non, monsieur.

— J'ose espérer que c'est la vérité, parce qu'en cas de maladie, vous ne seriez pas autorisées à monter à bord et l'on vous jetterait à la rue. Quoi qu'il arrive, il vous est interdit de revenir ici. Si d'aventure c'était le cas, je me verrais dans l'obligation de demander votre enfermement en maison de correction pour manquement à la morale.

Il se leva.

— Fort bien. Quelqu'un passera vous prendre lundi afin de vous conduire à la gare de chemin de fer où vous monterez dans le train de 10 h 12. La femme chargée de vous conduire à Londres vous attendra à bord avec les autres filles dont elle a la responsabilité. Voici la liste de ce que vous devrez emporter. Votre tante vous fournira ce qui pourrait vous manquer. C'est une femme généreuse et respectueuse des valeurs chrétiennes. Vous pourrez la remercier de tout ce qu'elle fait pour vous.

Aucune des sœurs ne trouva la force de hocher la tête.

À leur sortie du presbytère, elles reprirent le chemin de Brook Cottage en silence et c'est seulement dans l'intimité de leur refuge qu'elles s'autorisèrent à laisser libre cours à leur fureur face à tant d'injustice.

— Tout ça ne nous mène à rien, décida Pandora après quelques minutes. Essayons de voir comment réagir.

— Je refuse de requérir son aide, s'écria Xanthe.

— Tu as tort. Autant qu'elle paie le plus possible, quitte à l'obliger à acheter des affaires que nous aurions déjà et à les revendre ensuite. Nos amis nous y aideront. Ce serait un comble d'arriver en Australie sans un sou en poche.

— Je n'avais pas envisagé la situation sous cet angle, réagit Xanthe sur un ton admiratif.

— Cassandra y aurait pensé.

La remarque fit naître un nouveau silence. Maia essuya une larme tandis que ses sœurs regardaient le sol à leurs pieds.

Le temps de trier leurs affaires, elles déposèrent au presbytère une note à l'attention de leur tante dans laquelle elles détaillaient ce dont elles avaient besoin, à commencer par des malles.

— Elle ne pourra pas refuser si le pasteur a vu la liste, remarqua Xanthe.

— Elle ferait n'importe quoi pour se débarrasser de nous, ajouta Pandora en serrant les poings machinalement.

Elle devait veiller à ne pas se laisser emporter par la colère, ou par sa douleur de quitter le Lancashire.

— Vous croyez que c'est vrai, ce que j'ai entendu chez le boulanger?

— Qu'elle n'a pas l'intention d'enterrer son mari tant que nous n'aurons pas quitté la ville?

— Oui.

Xanthe ravala ses larmes.

— Elle veut nous empêcher d'assister à la cérémonie. Elle nous prive du droit de dire au revoir à notre oncle.

— Inutile d'épiloguer là-dessus. Allons chez M. Rainey lui annoncer notre départ.

*

La femme du pasteur afficha un air horrifié.

— Vous n'y pensez pas?

— Si.

— Mais... et si votre sœur revient? Que va penser Cassandra si elle ne vous trouve pas? Non, non! c'est impossible. Votre tante a tort de vous pousser à partir.

Pandora, que mentir faisait souffrir, se montra implorante.

— Je vous en supplie, nous n'avons pas le choix.

Mme Rainey fronça les sourcils.

— Je ne comprends pas.

— Nous ne pouvons rien vous révéler de plus.

— Cette femme vous oblige à partir?

— Nous partons, insista Pandora d'une voix douce. Nous ne sommes pas en mesure de nous expliquer davantage, nous avons donné notre parole. Nous voudrions vous demander de garder les vêtements de Cassandra, de vendre nos meubles et nos biens, et de garder l'argent pour elle. Nous n'aurons pas le temps de nous en occuper nous-mêmes.

Prise d'une hésitation, elle ajouta:

— On nous a assurées qu'elle était vivante. Si jamais elle vient vous trouver… accepteriez-vous de lui révéler où nous sommes, ainsi que les raisons qui nous ont poussées à partir?

Mme Rainey se raidit.

— Bien sûr. En attendant, nous disposons de vêtements donnés par des membres de notre congrégation. Certains sont peut-être à votre taille. La liste d'affaires que vous avez établie n'est pas suffisante. Vous aurez également besoin de malles.

— Notre tante se charge de nous en fournir.

La voix de Pandora se brisa. Elle essuya une larme du revers de la main.

Ses sœurs, voyant que la bienveillance de Mme Rainey à leur égard venait à bout de sa résistance, lui passèrent un bras autour des épaules. Sans leur soutien, jamais elle n'aurait tenu. Le cœur de Pandora se serrait chaque fois qu'elle pensait à Cassandra, à sa détresse en découvrant qu'elles l'avaient abandonnée.

— Je vais chercher mon mari, vous lui raconterez ce que vous venez de me confier.

Quelques instants plus tard, elles mettaient M. Rainey au courant de leur décision. Le pasteur tapota des doigts le bras de son fauteuil.

— Vous êtes sûres de n'avoir rien d'autre à me confier? Jamais je ne trahirais un secret, vous savez.

Elles répondirent non de la tête.

— Je n'insiste pas, soupira-t-il. J'ai entendu parler de ce projet d'expédition en Australie. Si je n'avais pas le sentiment que c'est une chance pour vous et toutes celles qui vous accompagneront dans votre périple, je ne céderais pas aussi facilement. Je puis vous promettre de tout mon cœur que ma femme et moi veillerons sur votre sœur. Écrivez-nous dès votre arrivée, nous vous répondrons.

— Tout est allé si vite, geignit Xanthe alors qu'elles regagnaient la petite maison un peu plus tard. Comment partir aussi loin sans même la certitude que Cassandra va bien?

— Nous n'avons pas le choix, répondit sa jumelle.

— Je n'ai jamais souhaité de mal à personne de ma vie, mais j'aimerais qu'il arrive à cette femme un drame terrible.

— Ce ne sera malheureusement pas le cas. Regarde comment elle s'en tire jusqu'à présent, sans que personne ne se doute de rien.

— Nous n'avons pas la certitude qu'elle a fait assassiner notre oncle.

— Personnellement, j'en ai la conviction, réagit Pandora avec une telle assurance qu'elles ralentirent machinalement le pas avant de poursuivre leur chemin en silence.

*

Le pasteur Rainey posa sur sa femme un regard perplexe.

— Je serais curieux de savoir comment cette femme les tient, et les raisons qui poussent le pasteur Saunders à les forcer à l'exil. Pour un homme de Dieu, je le trouve bien sourd aux souffrances des plus modestes.

— Nous n'y pouvons rien. L'opération a été montée de telle sorte que tout le monde croira à une bonne action. On louera Isabel Blake pour son dévouement envers ses nièces. Nous seuls savons qu'elle agit ainsi dans le but de les séparer de Cassandra. Dieu seul sait pourquoi.

— Je n'en ai aucune idée. Je n'ai jamais compris pourquoi elle les détestait autant.

Mme Rainey hésita avant de répondre.

— Je n'aime pas médire d'autrui, mais j'en arrive à me demander si Mme Blake n'est pas… dérangée.

— Je suis du même avis, mais il est difficile de partager nos inquiétudes avec d'autres, faute de preuves. Qu'est-il arrivé à Cassandra, à ton avis?

Elle posa sur lui deux yeux brillant de larmes.

— Je préfère ne pas y penser. Soit elle est morte, soit…

Elle laissa sa phrase en suspens tout en sachant quel sort attendait généralement les femmes enlevées. Le pasteur la prit dans ses bras et ils prièrent ensemble pour Cassandra.

*

Francis voulut retourner à Perth la semaine suivante. Cette fois, il convia Reece à l'accompagner au bureau du cadastre afin de savoir quelles terres étaient disponibles à la vente ou à la location. Ils repartirent avec les références de trois propriétés susceptibles de les intéresser.

— Partons à cheval en repérage, décida Francis.

— Je ne sais pas monter, répondit Reece, gêné. Mais je serais heureux d'apprendre.

— Je vous montrerai avec plaisir. Vous trouverez l'exercice douloureux dans un premier temps, mais vous ne le regretterez pas. Les routes étant mauvaises et les lignes de chemin de fer inexistantes, c'est encore le meilleur moyen de se déplacer rapidement. Sans compter que vous aurez la charge des chevaux lorsque nous aurons notre propre ferme.

— Vous allez devoir me montrer, mais j'apprends vite et je m'entendais bien avec les animaux à la ferme de mon cousin.

En quittant les bureaux du cadastre, ils achetèrent des chevaux qu'ils confièrent aux palefreniers de l'écurie où Paul avait ses habitudes.

— J'irai reconnaître les terrains qui m'intéressent demain avec Reece, annonça Francis à Livia, Paul et son épouse alors qu'ils prenaient le thé dans la véranda.

— Tu vas t'épuiser à courir de la sorte, remarqua Paul.

— Je t'accompagne, réagit Livia.

Les deux cousins la regardèrent avec étonnement tandis que Charlotte posait sur elle un regard horrifié.

— Je ne crois pas que ce soit envisageable, ma chérie, répondit Francis. Nous avons l'intention de camper.

— Envisageable ou pas, je viens. J'ai l'intention de participer au choix de notre futur lieu de vie. Et puis j'aimerais découvrir un peu mieux l'Australie. Tu vas devoir me louer un cheval, et me procurer l'une de ces couvertures enroulées sur elles-mêmes.

— Il risque de pleuvoir, protesta Paul. Vous serez mouillée !

— Je ne suis pas en sucre.

Elle les défiait du regard avec une telle assurance que Francis ne put retenir un rire.

— Très bien.

Aux yeux de Reece, la principale qualité des Southerham était l'amour qui les liait.

Il se prit à rêver du jour où Cassandra et lui seraient aussi heureux que Francis et Livia.

11

Le pasteur Saunders, la mine grave, accompagna en personne les trois sœurs jusqu'à la gare, deux jours après leur entrevue. Il avait commandé une carriole afin de transporter leurs malles.

Les passants dont ils croisaient la route souhaitaient bonne chance aux voyageuses. Certains les arrêtaient même le temps d'une poignée de main ou d'un dernier échange, mais le pasteur s'empressait de les écarter.

La tante des jeunes femmes les attendait devant la gare. Sans même leur adresser la parole, elle leur emboîta le pas afin de s'assurer qu'elles quittaient bien la ville, arborant un sourire satisfait.

Le pasteur attendit l'arrivée du train sans prononcer un mot, puis confia les sœurs à la vieille femme qui devait les prendre en charge.

— Voici Susan, May et Dora Blake, les présenta-t-il.

— Ce ne sont pas nos noms de baptême, se récria Pandora.

La femme posa sur elles un regard surpris avant de reporter son attention sur le pasteur. Ce dernier, le visage cramoisi, fusilla les sœurs du regard.

— Leur père les a affublées de prénoms peu convenables. Nous avons jugé préférable de les changer. Je vous mets en garde contre leurs exigences, elles ont une fâcheuse tendance à oublier d'où elles viennent.

Les sœurs montèrent dans le train à la suite de la vieille dame. Les quatre jeunes filles qui se trouvaient déjà dans le compartiment leur adressèrent des sourires forcés. Maigres et fatiguées, elles donnaient le sentiment de n'avoir pas avalé un repas digne de ce nom depuis une éternité.

Maia fondit en larmes en voyant la gare s'éloigner.

— Garde la tête haute. Ne lui donne pas le plaisir de te voir défaite! la rappela à l'ordre Pandora.

Elle-même retint ses larmes, le visage de marbre, en voyant disparaître le visage moqueur de sa tante, debout sur le quai à côté du pasteur.

— Comment vous appelez-vous vraiment? s'enquit la femme alors que le train s'enfonçait dans la campagne.

Elle sourit en entendant les sœurs réciter leurs véritables prénoms.

— Ce sont de très jolis noms, déclara-t-elle. Je veillerai à ce que l'on rectifie en conséquence la liste des passagers sur le bateau.

En d'autres circonstances, les sœurs auraient goûté la joie d'un tel voyage à travers des régions d'Angleterre qu'elles ne connaissaient pas, sans même parler de l'excitation de découvrir la capitale. Au lieu de quoi elles regardaient sans entrain le paysage, se contentant d'obéir en silence aux instructions qu'on leur donnait.

Pandora changea de siège de façon à voir une dernière fois ses landes, bientôt remplacées par un paysage plus verdoyant parsemé de bourgs.

— Pourvu que Cassandra s'en tire, murmura Maia.

Xanthe lui prit la main.

— Ne t'inquiète pas, tout ira bien. Dès que notre tante saura que nous avons quitté l'Angleterre, elle libérera notre sœur. Elle nous l'a promis.

— De qui parlez-vous? demanda la vieille dame.

— De notre sœur, qui n'a pas pu nous accompagner, notre tante le lui ayant interdit.

— Vous aurez tout le loisir de lui écrire.

Maia laissa une nouvelle fois libre cours à ses larmes.

*

Cassandra regardait d'un air distrait rougeoyer les braises sur la grille du foyer. On ne la laissait jamais seule dans la pièce où elle était enfermée désormais. À défaut de lui parler, ses gardiennes posaient parfois sur elle un regard empreint de pitié. Elle souffrait au plus profond de son âme, trouvait difficilement le sommeil et, lorsqu'elle s'endormait enfin, ses cauchemars étaient peuplés de brutes contre lesquelles elle se débattait.

Depuis combien de jours la retenait-on prisonnière? Son esprit embrumé l'empêchait de le savoir. Un long frisson la parcourait chaque fois qu'on pénétrait dans la chambre afin de s'assurer qu'elle n'avait pas bougé, c'est-à-dire plusieurs fois par jour.

La porte s'ouvrit et Jane fit signe à sa geôlière de sortir.

— Tu pars demain matin, annonça-t-elle à Cassandra.

— Où me conduit-on? Quel sort me réserve-t-on?

— Je ne sais pas. La dame qui a organisé ton enlèvement viendra te rendre visite ce soir.

Cassandra eut un éclair, comme si son cerveau se remettait en marche.

— Ma tante!

— Ta tante?

— Oui. Elle me hait, tout comme elle hait mes sœurs.

— En tout cas, je te déconseille de révéler son nom à quiconque. Elle n'hésitera pas à te tuer si tu la dénonces. Je te conseille de répondre par oui ou par non lorsqu'elle t'interrogera. C'est une femme dangereuse qui possède assez d'argent pour obtenir ce qu'elle veut.

Jane, après une hésitation, ajouta :

— Si jamais tu souffles mot à qui que ce soit de ce que je vais te dire, je te laisse entre les mains de Pete.

— Je ne dirai rien, je vous le promets, s'empressa de répondre Cassandra d'un air craintif.

— J'ai pensé que tu aimerais savoir que tes sœurs ont quitté l'Angleterre. On les a envoyées en Australie.

La pièce se mit à tourner autour de Cassandra qui crut défaillir.

— Tout le monde en parle en ville. On a envoyé en Australie une soixantaine de jeunes filles sans famille du Lancashire. Il paraît qu'on a besoin de domestiques là-bas. Tes sœurs font partie du lot.

Mes sœurs ont quitté l'Angleterre? Elle aurait voulu hurler, protester, supplier Jane de lui dire que ce n'était pas vrai. Elle s'obligea à un effort surhumain pour s'exprimer d'une voix normale :

— Je ne comprends pas pourquoi elle ne m'a pas exilée avec elles.

— Moi non plus. Je regrette de t'en avoir parlé, jamais tu ne tiendras ta langue.

Le brouillard au milieu duquel flottait Cassandra depuis plusieurs jours venait enfin de se dissiper.

— Je vous promets de n'en souffler mot à personne, Jane. Je vous suis reconnaissante de m'avoir fourni cette information. Très reconnaissante. Cela me permettra de conserver mon sang-froid lorsqu'elle viendra me narguer.

— Je ne puis rien d'autre pour toi. Il en va de ma propre sécurité.

Jane quitta la pièce, cédant la place à la geôlière. Murée dans le silence, Cassandra vivait l'une de ces tragédies grecques qu'appréciait tant son père.

Restait à savoir si la mort viendrait sceller son destin, ou bien si sa tante lui réservait d'autres épreuves. Dans un cas comme dans l'autre, elle devait s'attendre au pire.

*

Cassandra garda le silence lorsque sa tante entra dans la pièce.

Isabel s'assit d'un air triomphal. Sans quitter sa nièce des yeux, elle lissa ses amples jupes noires et se cala confortablement dans le fauteuil.

— Laissez-nous seules, ordonna-t-elle à Jane.

Elle se tourna vers Cassandra en entendant la porte se refermer.

— Si tu souhaites rester en vie, tu obéiras scrupuleusement à mes ordres. Tes sœurs ont eu la sagesse de m'écouter.

— Que voulez-vous dire? Qu'est-il arrivé à mes sœurs? répliqua Cassandra en feignant la surprise.

— Elles ont embarqué pour l'Australie. Me voilà débarrassée d'elles une bonne fois pour toutes.

Cassandra eut un haut-le-corps.

— Non! murmura-t-elle en couvrant son visage de ses mains, heureuse que Jane lui ait permis de se préparer.

— Il ne me reste plus qu'à me débarrasser de toi.

Cassandra s'étonna de découvrir de vraies larmes en s'essuyant les yeux.

— Vous comptez me tuer?

— Non, ce serait trop facile.

Isabel se tut, savourant l'instant.

— Quel sort me réservez-vous? Vous comptez m'envoyer en Australie, moi aussi?

— Non, tu es la pire de toutes, tu ne mérites aucune clémence. Je t'abandonnerai à Manchester où tu survivras comme bon te semble. Je ne doute pas que tu te sentes à l'aise sur les trottoirs. Je t'ai vue tout contre cet homme dans le cimetière, espèce de traînée! Non, pas un mot! Écoute-moi.

Elle se pencha vers sa nièce et articula lentement en insistant sur chaque mot:

— Si jamais tu remets les pieds à Outham, je te fais tuer. Ces gens feront tout ce que je leur demande pour de l'argent.

Elle éclata d'un rire incontrôlable qui la faisait hoqueter.

Cassandra soupçonnait déjà sa tante d'avoir ordonné l'assassinat de son mari. À voir l'expression terrible qu'elle avait sur le visage, le doute n'était plus permis.

— Alors? Tu ne me supplies pas de te laisser rejoindre tes sœurs?

— Cela servirait-il à quoi que ce soit?

— Non, sourit Isabel.

— Comment avez-vous réussi à les convaincre de partir?

— Je leur ai montré tes cheveux en leur expliquant que la prochaine fois, ce serait ton pouce.

Elle fut prise d'une nouvelle crise d'hilarité en voyant le visage de sa nièce se décomposer. Son rire s'éteignit soudain dans sa gorge.

— On viendra te chercher demain après-midi, reprit-elle d'une voix haineuse. On te conduira à Manchester avec ta tenue actuelle pour tout bagage.

Elle jeta un coup d'œil à sa montre de gousset et se leva.

— Je m'en vais, ma bonne pourrait se poser des questions.

Elle saisit la poignée de porte.

— Je n'oublierai jamais ton expression horrifiée et tes traits livides. J'en chérirai le souvenir jusqu'à la fin de mes jours en jouissant de l'existence confortable que me procure le magasin.

Sur ces mots, elle quitta la pièce.

Tandis que sa gardienne reprenait sa place, Cassandra serra les paupières en s'efforçant de ne plus penser. Elle peinait à croire à la réalité de ce qu'elle vivait, à tant de méchanceté. Elle subissait un sort comparable à celui des héroïnes de romans gothiques, les fantômes et les châteaux en moins. À la différence près qu'il ne s'agissait pas de fiction, mais de l'horrible réalité.

Comment la folie de sa tante pouvait-elle échapper à son entourage? Son oncle était forcément au courant. Peut-être était-ce pour cette raison qu'on l'avait assassiné. Comment Cassandra allait-elle pouvoir survivre à Manchester?

*

Après avoir reconduit la vieille dame en empochant la guinée qu'elle ne manquait jamais de lui glisser, Pete rejoignit Jane.

— Elle m'a donné l'ordre de conduire ta pensionnaire à Manchester et de la mettre à la rue avec la tenue qu'elle a sur le dos.

— Pauvre petite.

— Un beau gâchis, si tu veux mon avis. Jolie comme elle est, et presque vierge.

Il éclata d'un rire gras.

— Je vois pas pourquoi j'en profiterais pas encore un peu. Je connais des maquerelles qui seraient prêtes à me donner une jolie somme pour une belle petite comme elle.

— Tu ne vas tout de même pas la vendre dans un bordel !

— Je vais me gêner. Je peux en tirer au bas mot dix guinées, peut-être plus. Tu n'as qu'à lui trouver une jolie robe qui la mette en valeur.

— D'accord, mais on partage.

Un sourire éclaira le visage de Pete.

— Je te reverserai deux guinées, pas un sou de plus.

— Tu n'es qu'un rat.

— Tout comme toi. Tu es prête à tout pour de l'argent.

— J'aime le confort.

*

Jane regagna la chambre de Cassandra dont la gardienne quitta aussitôt la pièce.

— Écoute-moi bien, commença-t-elle, avant de lui exposer les intentions de Pete.

— Je me tuerai d'abord.

— Ils savent mater les filles qui ne jouent pas le jeu dans ces maisons-là. Ils les droguent et les battent jusqu'à ce qu'elles crient miséricorde.

— Vous comptez laisser agir Pete ?

Jane lança un coup d'œil en direction de la porte et haussa légèrement la voix.

— Autant gagner un peu d'argent, puisque je ne peux pas l'en empêcher. En attendant, je vais te trouver une tenue plus adaptée que ces haillons. On te traitera mieux si tu es jolie et que tu te montres gentille.

Cassandra posa sur elle un regard horrifié. Alors qu'elle croyait avoir touché le fond, voilà qu'elle était confrontée à pire encore.

*

Deux heures plus tard, l'une des jeunes servantes de la maison déposa devant elle son repas sur un plateau. Jane, une pile de vêtements dans les bras, la suivait. Elle attendit d'être seule avec Cassandra pour lui glisser dans un murmure, tout en lui tendant une part de gâteau :

— Si tu veux t'échapper, c'est le moment ou jamais.

Cassandra l'observa avec étonnement. Pouvait-il s'agir d'un piège ?

— Mange donc un peu, tu vas avoir besoin de forces, déclara Jane d'une voix sonore avant d'ajouter dans un chuchotement : Connais-tu quelqu'un qui soit susceptible de te cacher en attendant de quitter la ville ?

Cassandra hocha la tête.

— À mon signal, assomme-moi et fuis.

— Je ne vais tout de même pas vous frapper !

— Goûte ce gâteau, il est délicieux, réagit Jane d'une voix normale avant de murmurer la bouche pleine : Je ne te laisse pas t'enfuir si tu ne me frappes pas. Si jamais ils se doutent que je t'ai aidée, je ne donne pas cher de ma peau. Tu vas devoir me laisser une jolie bosse sur le crâne, je ferai semblant d'avoir perdu connaissance.

Cassandra, la gorge serrée, s'obligea à avaler une bouchée de gâteau.

— D'accord.

— En quittant cette pièce, prends à gauche et passe par l'escalier de service. Après ça, je ne peux plus rien pour toi. Si tu croises quelqu'un, je n'y peux rien. J'aurai au moins essayé, murmura-t-elle avant de poursuivre à pleine voix : Allez, mange ! Ce serait bien notre chance que tu tombes dans les pommes !

Cassandra ingurgita une dernière bouchée de gâteau en acquiesçant.

— Un dernier point, chuchota Jane. Quand tu te seras échappée, reste cachée et ne cherche pas à avertir la police. Les autorités préféreront toujours croire ta tante. Elle est copine avec le pasteur Saunders, ce gros lard lui mangerait dans la main.

— Mais alors, elle va s'en tirer.

— Les gens comme elle s'en tirent toujours. Si tu savais tous les messieurs qu'on reçoit ici. Certains sont même des grenouilles de bénitier. Assez discuté. Mange encore un peu, et puis je sonnerai la bonne pour qu'elle emporte le plateau.

— Je n'ai pas faim.

— Tu ne sais pas quand tu auras à nouveau l'occasion de manger. Allez, mange.

Quelques minutes plus tard, la bonne quittait la chambre, le plateau dans les mains. Jane repoussa la porte en déclarant, de façon à être entendue :

— Allez, enfile-moi ces vêtements. J'ai assez vu tes vieilles hardes.

Au lieu de refermer la porte jusqu'au bout, elle la laissa entrouverte et tendit l'oreille.

— C'est bon, elle est partie, mais elle ne tardera pas à remonter. Habille-toi vite.

Cassandra se déshabilla en observant la porte d'un air inquiet. Le corsage que lui avait apporté Jane était très décolleté et elle hésita à le passer.

— Dépêche-toi si tu ne veux pas que je regrette de t'avoir aidée, la houspilla Jane depuis la porte tout en surveillant le couloir.

Cassandra enfin prête, elle se planta devant elle.

— Maintenant, frappe-moi par-derrière comme si je n'avais rien vu venir. Vite, avant que je change d'avis.

Cassandra s'empara d'un bibelot à l'aide duquel elle frappa Jane. Celle-ci s'écroula à ses pieds.

Horrifiée à l'idée de traverser la ville dans une tenue qui dévoilait autant sa poitrine, Cassandra saisit le châle que Jane portait autour des épaules sans que sa victime esquisse un geste. Une fois dehors, ce châle lui servirait à dissimuler ses cheveux courts et sa gorge afin de ne pas attirer l'attention sur elle. En attendant, le mieux était de l'enrouler autour de son bras de façon à ressembler aux autres pensionnaires de la maison.

Elle lança un dernier regard gêné à Jane, colla une oreille contre la porte le temps de s'assurer que la voie était libre, glissa un œil à travers l'interstice et s'élança vers l'étroit escalier de service. Parvenue au bas des marches, elle se heurta à une porte. Elle l'ouvrait lorsqu'elle entendit des voix. Elle fit un bond en arrière. À travers l'entrebâillement, elle vit passer une jeune femme suivie d'un homme qui la lutinait. L'instant suivant, ils disparurent dans une chambre.

Le cœur de Cassandra battait si fort qu'elle peinait à respirer. Elle tendit l'oreille afin de s'assurer que personne ne venait et descendit silencieusement jusqu'à l'étage inférieur. Elle crut défaillir en voyant un homme sortir d'une chambre à l'instant précis où elle prenait pied sur le palier. Rassemblant son courage, elle lui adressa un sourire et passa à sa hauteur le plus naturellement du monde. Sans prêter attention à elle, l'inconnu s'engagea dans le grand escalier conduisant au rez-de-chaussée d'où s'élevaient des voix et des rires. Cassandra, pétrifiée sur place, reprit ses esprits et acheva sa descente.

Elle arriva dans une immense cuisine où régnait une animation fiévreuse. Face à un homme versant du vin dans des verres d'un air las, une vieille femme remplissait un cruchon de bière d'un tonneau. C'est tout juste s'ils remarquèrent sa présence.

Au même moment, une jeune femme entra dans la cuisine par une porte donnant sur l'extérieur.

— Je me sens mieux, j'ai cru que j'allais éclater.

Cassandra comprit qu'elle revenait des latrines. Elle aurait voulu s'enfuir en courant, mais elle se força à rejoindre lentement la porte. Prête à fondre en larmes de soulagement en constatant que personne ne songeait à l'arrêter, elle tira à elle le lourd battant et se retrouva libre.

La fraîcheur de la nuit se chargea de la rappeler à l'ordre. Voyant s'ouvrir la porte principale de la maison, elle s'enfonça dans un coin d'ombre et vit une silhouette masculine se diriger vers un bâtiment trapu d'où s'échappaient des odeurs nauséabondes.

Elle lui emboîta le pas, mais au lieu d'entrer dans les latrines, elle écarta la barrière qui séparait la cour d'une ruelle courant entre deux rangées de maisons et se mit à courir à grandes enjambées maladroites en poussant un long gémissement.

Elle s'immobilisa à l'intersection de la ruelle et de la rue la plus proche, à bout de souffle, et découvrit un carrefour familier. Elle se couvrit la tête et les épaules à l'aide du châle, puis elle s'éloigna. Sa jupe ample la gênait, ses jupons froufroutaient à chaque pas et elle redoutait de croiser quelqu'un de sa connaissance, voire d'être prise pour une fille des rues, ce que laissait penser sa tenue.

Le mieux était de se réfugier chez les Rainey. Ils accepteraient de l'aider, et ses sœurs n'auraient pas manqué de leur confier un message à son intention… si elles en avaient eu la possibilité.

Cassandra ne voulait pas penser à la suite, mais elle croyait Jane lorsque celle-ci affirmait qu'il serait dangereux de s'adresser à la police. Le mieux était encore de s'enfuir le plus loin possible d'Outham. Elle finirait bien par retrouver ses sœurs un jour.

*

Pandora, installée face à la fenêtre du dortoir des femmes dans le refuge réservé aux émigrants, pesta intérieurement contre l'examen médical humiliant qu'on lui avait fait subir. Mais à quoi bon se plaindre ?

— Tu crois qu'elle a été libérée ? lui demanda Maia, assise à côté d'elle.

— Non. Notre tante a précisé qu'elle ne lui rendrait pas sa liberté avant qu'on soit embarquées.

— À ton avis, elle tiendra sa promesse de ne pas maltraiter Cassandra ?

— Je ne sais pas quoi penser. De toute façon, nous n'avions pas le choix. Je suis convaincue qu'elle aurait mis sa menace de lui couper le pouce à exécution.

— Elle aurait agi sans hésiter, c'est sûr. Quelle femme… étrange.

— Tu veux dire qu'elle est folle, c'est ça ?

— Oui.

Les jeunes femmes qui occupaient les couchettes les plus éloignées éclatèrent d'un rire sonore. Les autres étaient plus calmes. Certaines étaient si maigres qu'on se demandait comment elles pouvaient tenir debout. Les repas qu'on leur servait étaient peu appétissants, mais toutes se ruaient sur la nourriture et nettoyaient scrupuleusement leur assiette sans y laisser le moindre morceau de gras.

Une soixantaine de femmes devaient embarquer sur le *Tartar* en même temps que les trois sœurs, et le voyage devait durer trois mois.

Le plus dur était de ne pas savoir si leur aînée se trouvait en sécurité.

12

À mi-chemin de la maison du pasteur Rainey, Cassandra se souvint de l'argent et du médaillon qu'elle avait cachés à Brook Cottage. En cas d'urgence, ainsi que l'avait voulu Mme Southerham. L'urgence était là.

Personne n'y aurait touché, mais encore fallait-il récupérer son trésor. En aurait-elle le courage?

Toute tremblante, elle prit une longue respiration. Il le fallait. Sans argent, elle était perdue.

Elle rebroussa chemin et prit la direction de la petite maison en rasant les murs silencieusement dans les pantoufles qu'elle avait aux pieds. Elle se souciait si peu d'être mouillée qu'elle ne cherchait même pas à éviter les flaques. Le principal était d'agir vite, de récupérer l'argent et de se réfugier chez son pasteur avant qu'on ait découvert sa fuite.

La maison était plongée dans l'obscurité. Et si sa tante l'avait relouée? Si ses occupants dormaient, ses économies étaient perdues.

Elle coula un regard à travers la fenêtre sans rien distinguer, le maigre croissant de lune s'étant caché derrière un banc de nuages. L'air humide était annonciateur de pluie. Rassemblant son courage, elle contourna la maison et se glissa jusqu'à la porte du jardin au-dessus de laquelle se trouvait la clé de rechange de la porte d'entrée. Elle tâtonna sur toute la longueur du linteau à deux reprises, en vain.

Cela signifiait-il que quelqu'un d'autre vivait là ?

Cassandra ne pouvait pas renoncer. Cet argent lui appartenait et elle en avait désespérément besoin. Ragaillardie par cette pensée, elle ramassa une pierre qu'elle entoura de son châle afin d'étouffer le bruit et brisa le carreau de la cuisine. Le vacarme lui parut assourdissant et elle attendit, au cas où la maison aurait été occupée.

Mais personne n'accourut. Elle débarrassa le châle des éclats de verre en le secouant prudemment, puis elle glissa la main à l'intérieur. Un éclat de vitre lui déchira la peau et elle tourna la poignée, sans s'inquiéter du sang tiède qui coulait le long de son bras.

Elle tira un vieux bac en bois jusqu'à la fenêtre, le renversa, se hissa dessus et parvint à se glisser à travers l'ouverture. Elle atterrit sur la pierre à eau en se cognant la hanche contre le robinet.

Elle frissonna de soulagement en constatant que la maison était vide de mobilier. Par mesure de prudence, elle resta un moment immobile.

Elle se tétanisa en entendant un rat courir au-dessus de sa tête. Une lame de plancher crissa. Le cœur battant, elle tendit l'oreille sans que rien n'indique la moindre présence humaine. Elle se rassura en se disant que les planchers des vieilles maisons craquaient constamment. L'absence de meubles signifiait que la maison était vide.

Elle monta à l'étage le plus silencieusement possible, tous les sens aux aguets.

L'escalier permettant d'accéder au grenier était plongé dans une obscurité totale. Son cœur fit un bond dans sa poitrine lorsqu'une marche craqua sous son poids, et elle avait les yeux noyés de larmes lorsqu'elle entra dans ce qui avait été sa chambre.

Dépêche-toi un peu. Si ses ravisseurs avaient découvert son évasion, le temps lui était compté.

Elle s'agenouilla près de la lame de parquet déclouée. Sans outil, elle eut toutes les peines du monde à la soulever et s'y cassa les ongles, sans se soucier des échardes qui lui meurtrissaient les doigts. Elle parvint enfin à l'écarter suffisamment pour récupérer le médaillon et le petit sac de cuir contenant l'argent qu'elle serra contre sa poitrine, incapable de bouger pendant quelques instants tant elle se sentait soulagée.

Fallait-il qu'elle soit folle pour rester là, comme pétrifiée. Vite, elle passa le médaillon autour de son cou et glissa la bourse entre ses seins, puis elle rebroussa chemin en veillant à se déplacer silencieusement.

Elle traversa la ville en évitant de courir pour ne pas attirer l'attention sur elle et étouffa un sanglot quand elle atteignit enfin la maison du pasteur méthodiste sans avoir croisé personne.

Elle évita de frapper à la porte, de peur de réveiller la domestique. Comme elle connaissait l'emplacement de la chambre des Rainey, elle lança contre le carreau des mottes de terre prélevées dans les plates-bandes. Une silhouette se dressa à la fenêtre.

La faible clarté de la lune permettait tout juste de distinguer la tache laiteuse d'un visage. *M. Rainey*, pensa Cassandra. Elle posa un doigt tremblant sur ses lèvres en espérant qu'il voie son geste et garde le silence.

Une main s'agita et le visage disparut.

Il sembla à Cassandra qu'une éternité s'était écoulée lorsque la porte de la maison s'ouvrit. Dans l'intervalle, elle avait eu tout le loisir de se demander dans quelle mesure le pasteur et sa femme accepteraient de lui porter secours après ce qui lui était arrivé. On traitait couramment de « colombes souillées » celles qui subissaient les assauts répugnants des membres de la gent masculine. L'expression s'appliquait-elle aux malheureuses qui avaient été forcées? Elle ne savait que penser, veillant avant tout à ne pas sombrer dans la folie.

Elle chancela en entendant glisser le verrou et une clé tourner dans la serrure.

— Ne dites à personne que je suis ici!

Elle fondit en larmes et se mit à trembler de tous ses membres, étouffant ses sanglots dans les plis de son châle.

Était-elle enfin en sécurité? Accepteraient-ils de la secourir? S'ils refusaient, elle ne se sentait plus la force de continuer à se battre, elle ne savait plus où aller.

Mme Rainey passa un bras autour de ses épaules.

— Ma pauvre petite. Que vous est-il arrivé? Gerald, allume donc les becs de gaz.

— Non! Mes ravisseurs sauront que je me suis réfugiée ici s'ils aperçoivent de la lumière en pleine nuit.

— Jamais ils n'auraient le front de forcer ma porte! protesta M. Rainey.

— Non, mais ils attendront que je m'en aille, ils me suivront et m'enlèveront.

— Je ne peux pas le croire.

— Je connais leurs visages. Ils voudront s'assurer que je ne suis pas en mesure de les dénoncer.

— Il faut lancer la police à leurs trousses.

— Je ne peux rien prouver. Ma tante prétendra que je suis une débauchée, elle affirmera que je me suis rendue dans cet endroit de mon plein gré. La femme qui m'a aidée à m'échapper m'a conseillé de disparaître si je tenais à la vie, mais je ne sais pas où aller. Je veux retrouver mes sœurs, mais ma tante les a envoyées en Australie.

Elle se mit à sangloter de plus belle, à bout de forces.

Mme Rainey lui tapota affectueusement le bras.

— Allons, ne pleurez pas. Nous allons vous trouver un refuge.

— Vous ne révélerez à personne ma présence ici?

— Nous allons devoir en avertir la bonne. On ne peut rien cacher à Phyllis, mais elle est à notre service depuis plus de vingt ans et elle n'a jamais trahi notre confiance.

Cassandra vit dans sa tête le visage de la vieille domestique que l'on apercevait toujours seule au fond de l'église, raide comme la justice, donnant l'impression de porter sur le monde un regard réprobateur.

— Elle n'acceptera jamais de m'aider quand elle saura la vérité.

— Racontez-nous ce qui vous est arrivé.

Cassandra fit le récit de sa terrible expérience d'une voix tremblante. Mme Rainey lui saisit la main d'un geste apaisant.

— Vous avez vraiment cru que nous refuserions de vous ouvrir notre porte pour une faute dont vous êtes innocente?

Cassandra hocha piteusement la tête.

Mme Rainey caressa ses cheveux courts.

— Eh bien, c'est un tort. N'est-ce pas, Gerald?

Cassandra retint son souffle en voyant qu'il tardait à réagir.

— Nous ne chasserons jamais personne, dit-il enfin.

— Quant à Phyllis, elle vous soutiendra aussi, ma chérie. Je vous le promets. Je vais d'ailleurs la réveiller de ce pas afin qu'elle m'aide à prendre soin de vous.

Gerald Rainey, dos à la cheminée, conserva le silence pendant l'absence de sa femme tout en observant Cassandra d'un air triste. Lorsqu'il s'aperçut que la jeune femme le regardait, il baissa les yeux, gêné.

Si son pasteur était incapable de lui parler ou même de la regarder en face, comment réagiraient les autres? Rares étaient les personnes aussi chaleureuses et compréhensives que sa femme.

Mme Rainey revint dans le salon accompagnée de Phyllis.

— J'ai encore assez d'eau chaude pour vous donner un petit bain, proposa-t-elle d'une voix sèche. Je n'ai pas besoin de lumière, je connais suffisamment ma cuisine.

— Oh oui, s'il vous plaît! J'ai tellement envie d'un bain. Également de me débarrasser de ces horribles vêtements.

Le fait que Phyllis soit disposée à l'aider fit naître une lueur d'espoir chez Cassandra. Elle se laissa conduire dans la cuisine par les deux femmes. Au clair de lune, ces dernières prirent dans l'arrière-cuisine une bassine qu'elles remplirent.

Cassandra s'enfonça dans l'eau tiède, heureuse que personne ne puisse voir ses larmes dans l'obscurité. C'était à se demander si ses yeux se tariraient un jour.

La voix de Mme Rainey la ramena à la réalité.

— Il est temps de sortir, ma chérie. L'eau est en train de refroidir.

Elle obéit sans un mot, enfila une chemise de flanelle et enroula autour de ses épaules un châle aux bonnes odeurs de soleil et d'air frais, puis elle suivit ses hôtes jusqu'au grenier où se trouvait une chambre de bonne inoccupée.

Elle se glissa entre les draps, le corps raide de fatigue.

— Personne ne saura que vous êtes ici, la rassura Mme Rainey en lui caressant le front. Je vous ai monté votre argent et votre médaillon. Vous serez rassurée de les savoir en sécurité.

— Merci. Je…

Elle avala sa salive, incapable d'exprimer le sentiment de soulagement qu'elle ressentait en constatant que les deux femmes n'affichaient aucun mépris à son endroit.

— Chhhhh… Essayez de dormir. Et ne quittez pas cette pièce à votre réveil, il n'est pas rare que l'on frappe à la porte de la cuisine. Phyllis ou moi vous apporterons ce dont vous avez besoin. Je vous souhaite une bonne nuit.

Cassandra se tourna vers la vieille domestique.

— Je suis désolée de vous donner tant de travail.

— Je suis heureuse de t'aider, ma petite, répliqua Phyllis sur un ton brusque en serrant l'épaule de Cassandra entre ses doigts. J'abattrais ces chiens moi-même si j'avais un fusil. Traiter de la sorte une jeune femme comme il faut! Les hommes sont capables d'inventer le chemin de fer et je ne sais pas quoi d'autre, mais ils n'ont toujours pas trouvé le moyen de vaincre la méchanceté. Je prie pour ça quand je suis à l'église, pour qu'on mette un terme à la méchanceté.

Ces paroles apaisèrent Cassandra. Aucune des deux femmes n'avait eu un mouvement de recul à son contact. Elle était pourtant persuadée qu'on la mépriserait désormais.

Malgré le bain, elle se sentait toujours sale. Le mot «souillée» lui vint à l'esprit. Il décrivait parfaitement ce qu'elle ressentait. Elle ravala ses larmes et se recroquevilla sous la couverture.

Elle pensait avoir du mal à trouver le sommeil, mais sa fatigue était telle que ses paupières se fermèrent d'elles-mêmes.

*

Jane ne comprit pas immédiatement pourquoi elle gisait à terre lorsqu'elle reprit connaissance. La mémoire lui revint brusquement et elle grimaça en remuant la tête. Cassandra l'avait proprement assommée. C'était peut-être idiot de sa part d'aider la prisonnière à s'échapper, mais elle n'avait jamais supporté l'idée que l'on puisse vendre une femme comme un simple objet. C'était une chose de choisir la vie qu'elle menait, une autre d'y être forcée. Personnellement, elle y avait vu le seul moyen d'échapper à la misère.

Sa tête la lançait, mais elle n'osait pas bouger. Pourvu qu'ils se dépêchent de la trouver.

Une éternité s'écoula avant que la porte s'ouvre enfin.

— Qu'est-ce que…? s'écria une voix d'homme.

Le nouvel arrivant s'agenouilla près d'elle.

— Jane!

Il la retourna avec sa brutalité coutumière.

— En tout cas, elle est vivante, marmonna-t-il avant d'ajouter, après un battement: cette chienne s'est échappée. Oh, elle n'ira pas loin.

Jane estima que le moment était venu de reprendre connaissance en poussant un gémissement.

— Que s'est-il passé? s'enquit-il.

Elle battit des paupières, le regarda fixement et ferma de nouveau les yeux.

Il la secoua.

— Réveille-toi, nom de Dieu!

Elle geignit.

— J'ai mal à la tête. Qu'est-ce qui s'est passé?

— C'est à moi de te poser la question. Où se trouve la fille?

Elle jugea préférable de gémir afin de ne pas répondre.

Un cri résonna sur le seuil de la pièce.

Dieu soit loué, pensa Jane.

La fille chargée de surveiller Cassandra en l'absence de Jane se précipita et l'aida à se mettre en position assise. Pete voulut de nouveau interroger Jane, mais la nouvelle venue l'arrêta aussitôt.

— Tu ne vois donc pas qu'elle n'a pas retrouvé ses esprits? Elle a reçu un grand coup. Regarde un peu son crâne.

La voix de Pete s'éloigna.

— Cette chienne l'aura assommée par surprise. Elle me le paiera. Elle ne peut pas être loin. Je ne sais pas où elle est, mais on la retrouvera.

Jane se laissa dorloter par la fille en feignant de ne se souvenir de rien. Sa tête lui faisait atrocement mal et elle ne fut pas fâchée qu'on la couche. Le jeu en valait la chandelle, elle avait damé le pion à Pete et cette horrible Mme Blake.

Heureusement, Pete ne se doutait pas du rôle qu'elle avait joué dans l'évasion de Cassandra. Elle ne craignait donc rien.

Un coup d'œil à la pendule lui indiqua qu'une heure s'était écoulée. Avec un peu de chance, Cassandra parviendrait vraiment à s'échapper. Elle l'espérait. Dans un monde aussi dur, il était essentiel que les femmes se serrent les coudes.

*

Le lendemain matin, Phyllis et Mme Rainey réveillèrent Cassandra avant le lever du jour.

— Que se passe-t-il?

— Mon mari ne parvenait pas à trouver le sommeil, il se faisait un sang d'encre pour vous. Il s'est levé très tôt et il a fait un calcul rapide. Vous savez sans doute qu'on a proposé aux prêtres de la ville d'envoyer en Australie un groupe de jeunes femmes victimes de la famine du coton.

Elle hocha la tête.

— Au regard des informations dont il dispose, le bateau sur lequel ont embarqué vos sœurs n'a pas encore pris la mer. À condition de partir aujourd'hui, vous devriez pouvoir arriver à temps et les accompagner en Australie.

Cassandra sentit sa gorge se nouer.

— Encore faudrait-il qu'on m'autorise à monter à bord.

— Le seul moyen de le savoir est d'essayer.

— Comment quitter Outham?

— Vous n'aurez qu'à enfiler les habits de deuil offerts par votre oncle. Toutes vos affaires se trouvent ici, vos sœurs nous les ont confiées. Avec le voile que je vais vous donner, personne ne vous reconnaîtra. Phyllis vous accompagnera jusqu'à la gare et prendra le train avec vous. Appuyez-vous sur elle et faites semblant d'être noyée dans le chagrin. Vous pensez pouvoir y arriver? J'aurais aimé vous laisser récupérer plus longtemps, mais le temps nous est compté.

— Je me débrouillerai.

— Mon mari et moi prendrons place à bord du même train, mais séparément. Cela pourrait éveiller les soupçons si l'on nous voyait escorter une jeune veuve. Personne ne reconnaîtra Phyllis. En outre, elle portera le deuil, elle aussi.

Cassandra repoussa sa couverture.

— Je suis prête à tout pour revoir mes sœurs. Je ne pourrai jamais vous remercier assez.

*

Isabel fut réveillée très tôt par des coups frappés à la porte. Elle envoya la bonne répondre en se demandant qui pouvait bien la déranger à une heure pareille.

Lorsque Dot lui annonça qu'un homme demandait à la voir d'urgence, elle faillit refuser. Il s'agissait probablement de la confirmation que Cassandra avait été conduite à Manchester, conformément à ses ordres.

— Faites-le attendre pendant que je m'habille.

Lorsqu'elle descendit au salon, elle découvrit Pete tournant comme un lion en cage.

— Je vous avais recommandé de ne jamais venir ici.

— J'ai une urgence, madame Blake.

— De quoi s'agit-il?

— Votre nièce s'est échappée.

— Quoi? Vous m'aviez pourtant affirmé qu'elle était étroitement surveillée.

— Cette chienne a assommé mon amie hier soir avant de s'enfuir. On l'a cherchée dans toute la ville, elle a disparu. Je peux vous garantir qu'on va la retrouver.

— Je vous le conseille, si vous voulez toucher le reste de votre argent. Faites surveiller la gare et assurez-vous qu'elle n'aille pas à la police. Je n'ai aucune envie qu'elle aille lui raconter sa petite histoire.

— J'ai déjà posté des hommes aux deux endroits. Ils la connaissent de vue, elle ne leur échappera pas, ricana-t-il. Je leur ai donné l'ordre de l'assommer et de prétendre qu'elle s'est évanouie. Elle n'a pas d'argent et personne ne lui en prêtera par les temps qui courent, jamais elle n'aura les moyens de s'acheter un billet. On va la retrouver, elle ne peut pas aller loin à pied.

— Elle est capable d'être retournée dans la petite maison qu'elle occupait avec ses sœurs. Allez vérifier tout de suite, je vous en donne la clé.

Isabel récupéra celle-ci dans un tiroir de son secrétaire.

— Allez-y immédiatement.

Pete reparti, elle entama une ronde dans son salon, furieuse. Il ne faisait aucun doute que sa nièce avait trouvé refuge chez des amis, mais lesquels? Le pasteur Rainey et sa femme? Peut-être. Plus probablement s'agissait-il de l'un des amants de cette traînée.

Si Cassandra tentait de rejoindre ses sœurs, elle en serait pour ses frais. Isabel faisait surveiller le bateau afin de s'assurer que les trois autres quittaient bien l'Angleterre. Elle n'était pas femme à laisser quoi que ce fût au hasard.

Moins d'une demi-heure plus tard, la bonne lui annonça que le visiteur du matin demandait de nouveau à être reçu par Mme Blake.

Cette dernière attendit que Dot ait quitté la pièce pour demander:

— Alors?

— Votre nièce est passée par Brook Cottage, elle a cassé un carreau dans la cuisine. Nous avons fouillé toutes les pièces, elle ne se trouve plus là-bas. Elle a sûrement passé la nuit sur place.

— Pourquoi l'aurait-elle fait?

— Je croyais qu'elle vivait dans cette maison?

— C'est vrai, mais je me suis assurée que ces filles n'avaient rien laissé derrière elles. En outre, elle savait que ses sœurs avaient quitté le pays.

Il haussa les épaules.

— En tout cas, elle ne peut pas quitter la ville sans qu'on la repère, surtout si elle n'a pas profité de la nuit pour s'enfuir.

Il afficha un mauvais sourire.

— On la retrouvera, et elle va le regretter.

Pete reparti, Isabel se planta devant la fenêtre, rongée par la colère.

À force de réfléchir, elle parvint à la conclusion que si Cassandra avait bénéficié d'appuis, jamais elle n'oserait revenir à Outham. Quand bien même elle ne finirait pas dans les taudis de Manchester, ainsi qu'Isabel l'avait espéré, elle n'en serait pas moins seule et sans le sou, loin de ses sœurs, avec le souvenir cuisant de ce qu'elle avait subi. Un sourire se dessina sur ses lèvres.

— Elles sont parties toutes les quatre. D'une façon ou d'une autre, je suis arrivée à mes fins.

Elle fronça les sourcils en apercevant Dot sur le seuil de la pièce.

— Que veux-tu ? Je te sonnerai quand j'aurai besoin de toi. Va-t'en.

— Oui, madame. Désolée, madame.

*

Les trois sœurs Blake, installées à la longue table qui meublait le quartier des filles sur le bateau, découvrirent en silence leur nouveau refuge. De part et d'autre de la pièce s'ouvraient de minuscules cabines équipées chacune de quatre couchettes, un rideau en guise de porte.

Elles partageaient ce réduit avec une adolescente de quatorze ans qui pleurait depuis sa montée à bord, après avoir été séparée des siens. Trop âgée pour être acceptée dans le secteur réservé aux couples mariés, elle avait été affectée au quartier des filles.

— Si seulement il pouvait arrêter de pleuvoir, soupira Xanthe. Nous n'avons pas eu l'occasion d'explorer le pont, ils nous ont forcées à descendre tout de suite.

Pandora fit la grimace en entendant les hoquets d'une passagère malade, à l'autre extrémité du dortoir.

— Si les gens ont le mal de mer à quai, je me demande ce qu'il en sera quand nous partirons. C'est tout juste si le bateau tangue. La surveillante m'a prévenue que ce serait bien pire par la suite.

— Je ne me sens pas très bien, réagit Maia. Passe-moi un des seaux, au cas où je n'aurais pas le temps de rejoindre les toilettes.

Elles avaient été agréablement surprises de découvrir que leur cabine était équipée d'un lieu d'aisance dont le contenu se déversait directement dans la mer, et que l'on nettoyait à l'eau salée.

L'une des passagères s'était plainte en exigeant un pot de chambre près de son lit, mais la surveillante lui avait expliqué qu'en cas de mer agitée, les pots de chambre avaient tendance à se renverser.

Maia se leva précipitamment et sa jumelle la suivit. Quelques minutes plus tard, Maia se réfugiait sur sa couchette, le teint brouillé.

— Elle est malade, expliqua Xanthe à Pandora qui s'en doutait.

— La pauvre. Pour l'instant, je me sens bien. Et toi?

— Ça va, mais je me passerais de rester enfermée à longueur de journée.

— La surveillante affirme que le temps est trop mauvais, qu'on risque de ne pas pouvoir sortir pendant plusieurs jours. J'espère que nous n'essuierons pas de tempête.

Une heure plus tard, la surveillante frappait dans ses mains afin d'attirer l'attention des occupantes du dortoir.

— Tout le monde sort de sa cabine, s'il vous plaît.

Elle attendit que les passagères se soient regroupées autour d'elle. Pandora en profita pour dévisager ses compagnes de voyage. Toutes natives du Lancashire, elles étaient maigres et pâles. Quelques-unes, les cheveux anormalement courts et l'expression dure, sortaient sans doute de prison. Elle reporta son attention sur la surveillante.

— Organisez-vous par groupes de huit. La responsable de chaque groupe sera chargée de collecter la nourriture et de la partager. Elle préparera elle-même les rations supplémentaires. Le plus simple est de vous organiser en réunissant les occupantes de deux cabines.

Elle fit ensuite appel à une volontaire pour chacun des groupes constitués. Pandora, constatant que les filles de son groupe restaient sans réaction, proposa ses services. Si elle ne s'était pas fait autant de mauvais sang au sujet de Cassandra, l'exercice l'aurait amusée.

Elle en avait la conviction, son père leur aurait donné sa bénédiction s'il avait su que ses filles entamaient une nouvelle vie. Lui-même, sans jamais s'en plaindre, n'avait jamais connu le monde. Pandora avait emporté dans ses bagages l'un de ses traités de grec. Sans en comprendre un mot, elle ne pouvait s'empêcher d'en caresser parfois la couverture, en souvenir de lui.

Pandora se sentait parfois délaissée par les jumelles, très proches l'une de l'autre au point de partager les mêmes pensées. Elle s'était toujours sentie davantage d'affinités avec sa sœur aînée.

— Parfait, reprit la surveillante. Je vais demander aux responsables de groupe de me suivre en cuisine. Nous aurons droit à de simples repas froids tant que nous n'aurons pas pris la mer.

Pandora monta sur le pont dans le sillage de la surveillante et découvrit les cuisines où elle fit la queue avec les autres, en attendant qu'on lui serve une généreuse ration de pain, de beurre et de confiture. Elle en fut réconfortée. Elle avait constamment faim depuis quelque temps, honteuse du visage amaigri et des cheveux ternes qu'elle découvrait lorsqu'elle se regardait dans la glace. Elle attendait l'heure du dîner avec impatience. On lui expliqua comment calculer les rations et combien de pain garder en prévision du petit-déjeuner, sachant qu'il y en avait en quantité suffisante.

Elle posa les miches sur la longue table en soupirant. Si Cassandra les avait accompagnées, elle n'aurait pas eu le cœur aussi serré. Était-elle seulement en vie? La reverrait-elle un jour?

Pandora n'avait pas envie de quitter l'Angleterre. Elle savait au fond de son cœur que jamais elle ne se sentirait chez elle nulle part ailleurs.

13

Deux femmes en grand deuil, précédées par le froufrou de leurs robes de soie noire, descendirent de voiture et s'engouffrèrent dans la gare. Le visage invisible derrière un voile épais, la plus jeune s'appuyait au bras de sa compagne en se tamponnant régulièrement les yeux à l'aide d'un mouchoir. Un porteur les prit en charge et la plus âgée installa sa cadette sur un banc pendant qu'elle achetait deux billets au guichet.

Les Rainey, arrivés séparément, firent de même, puis se rendirent au kiosque W.H. Smith où ils achetèrent un journal et un magazine. Ils s'installèrent alors sous l'horloge et devisèrent calmement en attendant l'arrivée du train.

Pendant ce temps, le portier roula les bagages des deux dames en deuil jusqu'au quai le long duquel le convoi ne tarda pas à se présenter. Il leur trouva un compartiment de première classe, hissa leurs sacs et partit charger leur malle dans le fourgon à bagages à l'avant du train. Sa tâche accomplie, la vieille dame lui donna un pourboire. Il lui signala sa reconnaissance en portant la main à sa casquette et redescendit sur le quai en sifflotant.

Les deux dames en deuil avaient bien attiré l'attention d'un homme posté à l'entrée de la gare, mais c'est tout juste si le regard de l'inconnu s'était posé sur ces voyageuses fort bien habillées, et l'homme avait aussitôt repris sa veille. Il s'attarda plus longuement sur les silhouettes du pasteur Rainey et de sa femme, qu'il avait reconnus, avant de constater qu'ils voyageaient seuls. Nulle part il n'apercevait la jeune femme qu'il cherchait.

Cassandra soupira de soulagement en sentant le convoi s'ébranler.

— Nous avons réussi, Phyllis. Avez-vous remarqué cet homme à l'entrée du bâtiment? J'ai reconnu l'un d'eux.

— Je l'ai vu, mais il nous a à peine regardées.

— En êtes-vous sûre? Je n'ai pas eu l'occasion de l'observer, je m'efforçais d'avancer voûtée de façon à paraître moins grande.

— Vous avez bien fait, ma chérie. Reposez-vous, à présent. M. et Mme Rainey nous rejoindront seulement au prochain arrêt.

Cassandra, en dépit des recommandations de sa compagne, ne put fermer l'œil. Dans sa fuite, elle faisait ses adieux au Lancashire. Le claquement des roues sur les rails martelait en rythme dans sa tête: *Je fais mes adieux, je fais mes adieux, je fais mes adieux...*

*

Mme Rainey profita de la première halte pour rejoindre les deux femmes dans leur compartiment tandis que son mari achetait un panier repas.

— Trois shillings! s'écria-t-il en remontant dans le train.

Il jeta un coup d'œil à ses provisions.

— Pour quelques sandwichs et des gâteaux, c'est du vol pur et simple.

Cassandra, qui avait relevé son voile, veilla à détourner le visage afin que les personnes qui arpentaient le quai ne puissent la dévisager. Elle souffrait de sa nouvelle coupe de cheveux et se demandait ce que pouvaient bien penser les gens.

— Comment vous sentez-vous ? lui demanda Mme Rainey d'une voix douce.

La gorge nouée et les yeux embués, elle se contenta de répondre par un signe de tête.

Le pasteur Rainey attendit le départ du train pour reprendre la parole :

— Avez-vous remarqué cet individu devant la gare d'Outham ? Il comptait donc vous enlever en plein jour ?

— Il n'aurait pas hésité si j'avais été seule. Il est facile d'assommer quelqu'un, répondit Cassandra en frissonnant au souvenir du coup qu'elle avait porté à Jane.

— Je ne l'aurais jamais cru si je ne l'avais pas vu de mes propres yeux ! Vous aviez raison, Cassandra. Ils avaient décidé de vous enlever à nouveau. Quel culot ! Je compte bien m'intéresser d'un peu plus près à la loi dorénavant. Je ne vois pas l'intérêt de sauver l'âme de mes semblables si leur corps est en danger.

À son arrivée à Londres, Cassandra était dans un tel état d'épuisement, après ce qu'elle avait subi, qu'elle pouvait à peine marcher. Elle fit mine de rabattre son voile.

— C'est inutile, à présent, l'arrêta Mme Rainey.

— Je serai plus rassurée en le gardant.

Elle avait l'impression que tout le monde pouvait lire sur ses traits ce qui lui était arrivé.

— À votre guise, ma chérie, la réconforta Phyllis en lui offrant son bras d'un geste brusque.

Derrière sa rudesse, la domestique affichait un soutien sans faille.

Tout était allé si vite, Cassandra en avait le tournis. Était-ce bien vrai qu'elle allait retrouver ses sœurs, émigrer avec elles en Australie ?

Était-ce le début d'une nouvelle vie?

*

Il était fort tard lorsqu'ils arrivèrent à Gravesend; ils durent trouver un hôtel en attendant que les bureaux des compagnies maritimes ouvrent leurs portes le lendemain. Cette fois encore, Cassandra dormit d'un sommeil lourd et troublé dans la chambre qu'elle partageait avec Phyllis, si bien qu'elle s'éveilla avec un mauvais mal de tête.

Les deux femmes retrouvèrent Mme Rainey dans la salle du petit-déjeuner.

— Le temps nous est compté car le bateau prend la mer demain, expliqua la femme du pasteur. Mon mari est allé se renseigner.

Cassandra hocha la tête en grignotant sa nourriture sans appétit, histoire de rassurer ses compagnes qui s'inquiétaient. Elle se sentait comme hébétée. Pour la première fois de son existence, elle se laissait mener, incapable de la moindre initiative.

Comme M. Rainey n'était toujours pas revenu à 10 heures, elles s'installèrent dans le salon réservé à la clientèle.

Les compagnes de Cassandra, qui s'efforçaient d'alimenter la conversation, finirent par renoncer, au grand soulagement de l'intéressée qui avait les plus grandes difficultés à se concentrer.

*

Gerald Rainey commença par rejoindre les docks afin de s'assurer que le *Tartar* était toujours à quai. Un vieux marin obligeant, adossé à une bitte d'amarrage, une pipe à la bouche, le lui désigna.

— Savez-vous si les émigrants sont déjà montés à bord?

— Oui, hier.

— Qui dois-je voir pour obtenir l'autorisation de voyager sur ce bateau?

— Le mieux est de vous adresser au représentant de la compagnie.

Gerald glissa un shilling dans la main de son informateur et se dirigea d'un pas vif vers les bureaux de la compagnie, qu'il trouva fermés. Une pancarte accrochée en vitrine indiquait que les locaux ouvraient à 9 heures. Il en profita pour acheter de quoi se restaurer à un marchand ambulant qui vendait du thé et de copieux sandwichs. De retour à l'heure dite, il fut accueilli par un employé qui l'invita à attendre le représentant de la compagnie.

À son arrivée, ce dernier refusa d'un mouvement de tête de prendre une passagère supplémentaire.

— Mon cher monsieur, toutes nos cabines sont occupées. Nous n'avons plus une place à bord.

— Existe-t-il un autre moyen de payer sa traversée? s'enquit le pasteur en expliquant à son interlocuteur la présence à bord des trois sœurs de Cassandra.

Il ajouta que cette dernière venait de perdre son mari, conformément à la version imaginée la veille avec sa femme.

— Vous m'en voyez navré, mais ce n'est pas moi qui distribue les billets.

— Vous est-il au moins possible de me confirmer la présence à bord de ses sœurs?

— Comment s'appellent-elles?

Gerald le renseigna et le représentant de la compagnie fronça les sourcils.

— Nous avons effectivement à bord trois jeunes femmes du nom de Blake, prénommées Susan, May et

Dora. Elles ont décliné toutes les trois une identité différente, mais le pasteur qui nous en a confié la charge nous avait prévenus de ne pas céder à leurs caprices.

Gerald pesta intérieurement, furieux de la façon bien peu chrétienne dont le pasteur Saunders piétinait les petites gens.

— Les identités qu'elles vous ont indiquées sont pourtant exactes. C'est moi qui les ai baptisées.

Le représentant haussa les épaules.

— Il est trop tard, de toute façon.

Le pasteur prit le temps de se calmer, cherchant le moyen le moins brutal d'annoncer la nouvelle à Cassandra. Comme à son habitude, il invoqua l'aide du Créateur.

Il achevait sa prière lorsqu'il remarqua, assis en face de lui, un homme qui affichait un air contrarié.

— Je me demande si l'on nous fera lanterner encore longtemps, s'agaça l'inconnu.

— Auriez-vous un problème? s'enquit poliment M. Rainey en constatant que son compagnon brûlait de se confier.

— Un gros problème, même. Figurez-vous que la femme de chambre de ma femme a changé d'avis et refuse de nous accompagner en Australie au prétexte qu'elle est trop vieille et qu'elle ne veut pas s'éloigner des siens. J'ai appris qu'on expédiait dans les colonies un groupe de jeunes filles, je me demandais si l'une d'elles conviendrait temporairement. À condition que ce soit une personne convenable, bien évidemment. Ma femme se trouve dans une situation intéressante, il n'est pas question qu'une traînée quelconque veille sur elle. Elle a besoin de l'assistance d'une femme. Certaines tâches ne sont pas de mon ressort.

Merci, mon Dieu, pensa le pasteur Rainey.

— Je vais peut-être pouvoir vous aider.

— Comment cela?

— Une jeune femme de notre connaissance vient tout juste de perdre son mari. Ses sœurs ont pris place à bord de ce bateau, elle brûle de les accompagner en Australie. J'étais venu ici solliciter une place pour elle auprès du représentant de la compagnie, mais le bateau est plein. Pourquoi ne prendrait-elle pas la place de la femme de chambre de votre épouse?

Son interlocuteur se frappa la cuisse.

— C'est peut-être la solution. Il me faut d'abord la rencontrer. Est-elle convenable?

— Tout à fait convenable. Elle appartient à ma congrégation depuis sa naissance. Elle se trouve actuellement dans un hôtel voisin, en compagnie de ma femme et de notre gouvernante. Comme vous pourrez le constater, elle est très perturbée. Son mari lui a été ravi par un accident. Je suis persuadé qu'elle fera de son mieux pour aider votre femme si vous acceptez de payer sa traversée. C'est une jeune femme émérite.

— Quel âge a-t-elle?

— Une trentaine d'années, peut-être un peu moins.

— C'est exactement ce qu'il me faut. Je n'aurais pas voulu d'une jeunette désinvolte ou d'une femme plus âgée, mais timide. Je me présente, Simon Barrett.

Gerald se présenta à son tour et les deux hommes échangèrent une poignée de main.

— Indiquez-moi l'adresse de votre hôtel et je vous y retrouve après être allé chercher ma femme. Vous êtes bien sûr qu'elle est convenable?

— Je puis vous le garantir, j'ai fort bien connu ses parents. Ils sont malheureusement décédés, elle n'a plus que ses trois sœurs.

— C'est bien triste, réagit machinalement M. Barrett.

Gerald Rainey regagna précipitamment l'hôtel.

*

— Le voici!

Cassandra releva la tête alors que M. Rainey pénétrait dans le salon.

— Je vous propose d'aller dans notre chambre, nous y serons plus à l'aise pour causer, déclara-t-il. Le temps presse.

Les trois femmes échangèrent un regard surpris et le suivirent dans l'escalier.

Cassandra ferma les yeux avec désespoir en entendant le pasteur rapporter sa conversation avec l'agent de la compagnie.

— Je ne les reverrai jamais. Que vais-je devenir? Je ne peux pas retourner à Outham!

— Si vous me laissiez terminer, ma chère, l'interrompit joyeusement Rainey avant de lui parler du couple Barrett.

Cassandra le dévisagea comme si elle ne comprenait pas un mot de son explication, et il chercha des yeux l'aide de sa femme.

— Vous sentez-vous bien, ma chérie? s'enquit d'une voix douce Mme Rainey.

— Oui, c'est juste que… je suis bouleversée. Si ces gens acceptent de me prendre à leur service, je vous promets de les aider de mon mieux, même si je n'ai aucune expérience comme femme de chambre.

— Dites-le-leur. Inutile de leur mentir.

— Pourquoi leur affirmer que je suis veuve? Rien ne m'empêche de retrouver ma véritable identité.

M. Rainey lança un nouveau coup d'œil en direction de sa femme et se dirigea vers la porte.

— Euh… je vous laisse discuter de tout cela, mesdames. Je vous attendrai en bas.

Cassandra posa un regard étonné sur Mme Rainey.

— Avez-vous envisagé que vous pourriez subir les… conséquences de ce qui vous est arrivé?

Cassandra, qui n'avait pas les idées claires depuis le drame, fit non de la tête. Le pire se trouvait derrière elle.

— Ma chérie, et si vous attendiez un enfant?

Cassandra afficha une mine horrifiée.

— Je n'y avais pas pensé, balbutia-t-elle dans un murmure. Ce cauchemar ne prendra donc jamais fin?

— Je prie pour que rien de tel ne vous arrive, mais vous m'avez expliqué qu'ils avaient abusé de vous à de multiples reprises.

Un silence étouffant prit possession de la pièce. Cassandra, en apnée, ne respirait plus.

On frappa à la porte. Phyllis écarta le battant et l'une des employées de l'hôtel lui signala que les Barrett les attendaient au rez-de-chaussée.

Mme Rainey regarda Cassandra avec inquiétude.

— Vous devez vous reprendre, ma chérie. C'est peut-être votre dernière chance de rejoindre vos sœurs.

Cassandra hocha la tête en reprenant péniblement sa respiration.

— Souvenez-vous que vous portez le deuil. Votre mari est mort de…

— Il a été renversé par une voiture dont le cheval s'est emballé, suggéra Phyllis. L'événement doit être soudain et brutal.

Mme Rainey approuva.

— Oui, c'est une bonne idée. Comment s'appelait-il?

Le prénom John vint spontanément à l'esprit de Cassandra.

— Et son nom de famille?

— John Lawson, proposa Phyllis. Vous n'étiez mariés que depuis quelques mois, ils n'en seront que plus touchés. Reste la question de vos cheveux. Quelle explication donner?

Cassandra caressa machinalement sa coupe au bol, à laquelle elle ne s'habituait pas.

— Je ne peux rien y changer.

— Autant leur dire que vous étiez malade au moment de la mort de votre mari, et que vous avez coupé vos cheveux afin de préserver vos forces.

Elle acquiesça. Quelle importance. Tout lui paraissait si irréel. Elle aurait aimé se réveiller et s'apercevoir que tout cela était une chimère.

À ceci près que sa chimère n'était ni un animal mythique ni le produit de son imagination. Victime de prédateurs masculins, elle continuait d'en subir les conséquences.

Elle détestait mentir, mais si un mensonge pouvait lui permettre de retrouver ses sœurs, elle n'hésiterait pas. Elle prit sa respiration à plusieurs reprises et adressa un sourire timide à ses deux compagnes.

— Je suis prête.

— Je reste ici, réagit Phyllis. Je ne suis que la gouvernante, les employeurs qui traitent leurs domestiques avec autant de respect que M. et Mme Rainey sont rares. Ces gens risquent de ne pas apprécier ma présence. Attendez-vous à ce qu'ils ne se montrent pas aussi gentils avec vous.

Le temps d'une hésitation, elle s'approcha de la jeune femme qu'elle serra brièvement dans ses bras.

Cassandra, consciente qu'elle perdait son appui le plus précieux, lui rendit son geste et suivit Mme Rainey dans l'escalier.

*

Les deux femmes trouvèrent M. Rainey en grande conversation avec un jeune couple. Mme Barrett avait les traits tirés et les paupières gonflées, son mari ne la quittait pas des yeux.

Mme Rainey passa un bras autour des épaules de Cassandra en s'avançant dans le salon et attendit que son mari les présente.

Mme Barrett posa un regard méfiant sur la robe noire et les cheveux courts de Cassandra.

— Quand votre mari est-il décédé?

— Il y a quelques jours, répondit Mme Rainey à sa place. Il a été tué par une voiture dont le cheval s'est emballé. Ce décès brutal est intervenu au moment où notre jeune amie se remettait d'une pneumonie.

— Mon Dieu, que c'est triste! s'écria Mme Barrett, les larmes aux yeux.

— Êtes-vous bien certaine de vouloir changer de vie aussi brutalement? demanda M. Barrett, d'un air dubitatif. C'est bien tôt. En outre, nous avons besoin de quelqu'un qui ne rechigne pas à la besogne.

— Je n'ai plus que mes sœurs au monde, répondit Cassandra. Je désire plus que tout m'installer en Australie avec elles.

Elle se tourna vers Mme Barrett en lui ouvrant son cœur:

— Je n'ai jamais été femme de chambre, mais je puis vous assurer que je m'acquitterai de mon mieux des tâches que vous me confierez. J'apprends vite et je suis dure à la tâche.

— Savez-vous coudre?

— Oui. C'est-à-dire, je sais repriser les vêtements et j'ai récemment appris la broderie, ainsi que la confection.

— Je déteste repriser, réagit Mme Barrett. En revanche, j'adore broder.

Elle adressa un sourire à Cassandra qui pensa à ses sœurs afin de s'obliger à lui répondre sur le même mode.

— Je suis désolée pour votre mari. Si vous êtes disposée à payer votre traversée en travaillant auprès de moi comme femme de chambre, je vous propose de nous retrouver à bord demain. Nous vous verserons des gages, bien sûr.

— Toutefois pas au tarif d'une femme de chambre qualifiée, s'empressa de rectifier son mari.

— Les passagers disposant de cabines embarquent après les émigrants. Vous ne serez pas obligée de vivre avec eux dans l'entrepont. Vous partagerez une petite cabine près de la nôtre avec une autre femme de chambre.

M. Barrett ne semblait toujours pas satisfait.

— Qu'est-il arrivé à vos cheveux? Pourquoi les avez-vous coupés?

Elle se raidit, sachant que l'on coupait les cheveux des femmes qui séjournaient en prison.

— On me les a coupés lorsque j'étais malade, pour préserver mes forces.

— Nous lui répétons sans cesse qu'elle porte bien sa nouvelle coupe, réagit M. Rainey. Il semble que les jeunes femmes soient sensibles à ce sujet.

M. Barrett ne semblait pas convaincu.

— Vous savez donc pourquoi on lui a coupé les cheveux?

— Bien évidemment, et je n'irai pas par quatre chemins. J'ai bien compris que vous vous inquiétiez de savoir si Cassandra avait séjourné en prison.

Il éclata de rire.

— Je puis vous assurer que ce n'est pas le cas. Je vous en donne ma parole.

L'expression de M. Barrett s'adoucit. Le pasteur en profita pour s'inquiéter :

— Que dira le responsable de l'émigration de ce changement de femme de chambre ?

— Je ne comptais prévenir personne avant le départ. Je doute que les autorités nous posent la question. Je ne voudrais pas voir ma chère femme manquer d'aide pendant le voyage, surtout dans son état. Lawson, je vous invite à vous installer dans notre hôtel dès aujourd'hui. Il nous faudra nous lever très tôt demain.

— Je me demandais si vous autoriseriez Cassandra à passer sa dernière soirée en notre compagnie avant de vous rejoindre à bord à la première heure, sourit Mme Rainey d'un air gêné. C'est la dernière occasion qui nous est donnée de voir notre jeune amie, nous aimerions profiter d'elle le plus longtemps possible.

M. Barrett ne chercha pas à dissimuler son agacement.

— Ce n'est pas à ma femme de s'occuper de la préparation des bagages et de leur transfert sur le bateau. Ce genre de tâche incombe à la femme de chambre.

— Je suis disposée à vous suivre immédiatement, si vous le souhaitez, offrit Cassandra que terrifiait l'idée de voir s'évanouir ses chances de retrouver ses sœurs. Je suis certaine que mes amis comprendront. Laissez-moi juste le temps de réunir mes affaires de nuit.

— Je monte avec vous, lui proposa Mme Rainey.

Ses bagages bouclés, Cassandra fondit en larmes.

— Je suis bouleversée de votre générosité. Je ne sais comment vous remercier. Je n'ose pas penser à ce que je serais devenue sans votre aide.

— « Aime ton prochain », récita Mme Rainey. Vous n'avez aucune raison de nous remercier. Le jour où vous aurez retrouvé une vie plus confortable, n'oubliez pas d'aider à votre tour ceux qui sont dans le besoin.

— Je n'y manquerai pas. Je vous le promets.

*

Cassandra prit place à bord d'un fiacre avec ses nouveaux employeurs. Melissa Barrett pérorait de tout et de rien sous le regard affectueux de son mari. Ni l'un ni l'autre ne lui adressa la parole pendant le court trajet jusqu'à l'hôtel.

À peine arrivée, elle aida sa maîtresse à boucler ses bagages, puis celle-ci lui enseigna l'art d'étendre les vêtements pendant la nuit. Elle dîna ensuite dans une salle à manger réservée aux domestiques. La différence était criante avec les Rainey, qui traitaient Phyllis davantage en amie qu'en servante.

Elle ne tarda pas à découvrir qu'il existait une hiérarchie au sein de la domesticité. Les femmes de chambre de l'hôtel la regardèrent de haut en apprenant qu'elle n'avait jamais pratiqué le métier. Fort mal à l'aise en leur compagnie, elle ne trouva pas l'énergie d'entamer la discussion avec elles et se força à avaler sa nourriture, sachant qu'elle aurait besoin de forces.

Le sentiment d'avoir perdu pied avec la réalité refusait de la quitter, ce qui ne l'empêcha pas d'aider Mme Barrett à enfiler sa tenue de nuit. Sans doute donna-t-elle satisfaction car sa nouvelle maîtresse la complimenta.

— Vous apprenez vite. Cela me facilitera la tâche. Ce sera un plaisir de vous apprendre le métier de femme de chambre. Cela m'occupera pendant la traversée.

— Je vous remercie, madame.

— À dire vrai, soupira Melissa, je regrette que le gouvernement envoie mon mari en Australie. Il n'a pas besoin de travailler car je dispose de revenus, mais il estime qu'un gentleman doit imprimer sa marque sur le monde. Dieu soit loué, nous ne vivrons là-bas que quelques années. Il n'empêche, ce long voyage me fatigue d'avance.

Cette fois, Cassandra ne sombra pas aisément dans le sommeil lorsqu'elle retourna dans la chambre minuscule qui lui avait été attribuée sous les combles. Elle ne se sentit en sécurité qu'après avoir barricadé sa porte à l'aide de son sac de voyage. Elle se réveilla d'un cauchemar au milieu de la nuit, les joues baignées de larmes.

Elle s'en voulait de s'attarder ainsi sur le passé au lieu de regarder de l'avant, ce qui était plus facile à dire qu'à faire, puisqu'elle n'avait pas la maîtrise de ses rêves.

Elle fut soulagée lorsqu'une femme de chambre toqua à sa porte afin de lui signaler qu'il était l'heure d'aller préparer sa maîtresse. Le jour n'était pas encore levé et elle s'empressa de ranger ses affaires de nuit avant de descendre avec son sac.

Elle trouva Mme Barrett, seule, en train de bâiller devant une tasse de thé.

— Vous n'avez pas d'autres bagages?

— J'ai emporté une malle, mais j'avoue avoir fait mes valises précipitamment. Je ne suis pas certaine d'avoir emporté tout le nécessaire.

— Simon m'a expliqué qu'il était trop tard pour descendre du bateau la malle d'Hilda, vous n'aurez qu'à prendre ses affaires.

— Jamais je ne m'y autoriserai!

— Il faudra les jeter si vous ne les récupérez pas. Je n'en ai personnellement pas l'utilité.

— Ah.

— En outre, de quoi aurai-je l'air avec une femme de chambre qui ne ressemble à rien? Vous fouillerez sa malle et prendrez tout ce qui vous manque.

— Bien, madame.

Mme Barrett hocha la tête.

— À présent, aidez-moi à m'habiller. Je n'ai pas envie d'être en retard et d'encourir les foudres de Simon. Je n'ai pas l'habitude de me lever aussi tôt.

Elle ne cessa de pépier au cours des minutes qui suivirent. À défaut de tenir des propos intéressants, du moins meublait-elle le silence. Cassandra comprit très vite que le rôle de servante consistait surtout à écouter en acquiesçant.

*

Il pleuvait à verse lorsqu'ils montèrent à bord du *Tartar* et Mme Barrett ne cessa de se plaindre en suivant l'employé qui les conduisait à leur cabine. Cassandra, qui fermait la marche en portant son sac, garda le silence. Elle laissait son regard courir partout, fascinée par cet univers inconnu dont le caractère inédit venait la distraire de ses préoccupations. N'avait-elle pas toujours rêvé de voyager?

Le pont était désert à cause du mauvais temps et nulle part elle ne vit ses sœurs. Elle se rassura en se disant que M. Rainey avait lu leur nom sur la liste des passagers, même si leurs prénoms étaient indiqués de façon erronée.

La cabine des Barrett était petite, mais confortable. Elle disposait de deux couchettes, d'une petite table et d'un canapé. L'ensemble du mobilier était vissé au plancher, les chaises attachées à la paroi par des lanières de cuir lorsqu'elles n'étaient pas dépliées pour les repas.

On apporta les malles qui trouvèrent leur place tout au fond de la cabine. Ouvertes en position verticale, elles dévoilèrent des tiroirs contenant tout le nécessaire à la traversée.

Mme Barrett se laissa tomber sur le canapé en se tamponnant les yeux. Son mari la rejoignit aussitôt, tout en déclarant par-dessus son épaule :

— Vous pourriez peut-être montrer ses quartiers à la femme de chambre de ma femme.

Le steward posa une main sur le bras de Cassandra.

— Si vous voulez bien me suivre, mademoiselle ?

— Madame, le corrigea-t-elle. Mme Lawson.

À peine avait-il refermé la porte de la cabine qu'il remarqua :

— C'est rare qu'ils engagent des femmes de chambre mariées.

— Je suis veuve.

Il la fit pénétrer dans un réduit dépourvu de hublot, meublé de deux couchettes.

— Vous êtes déjà montée à bord d'un bateau ? s'enquit-il avec un sourire.

— Non, c'est la première fois. Tous les conseils sont les bienvenus.

— Comme on sera amenés à travailler de concert, autant vous expliquer ce que j'attends de vous, mon boulot avec vos patrons s'en trouvera simplifié. Quelle couchette préférez-vous ?

— Cela m'est égal. Avec qui dois-je voyager ?

— Une autre femme de chambre, d'après le registre de bord. Elle n'est pas encore arrivée.

Il s'interrompit en entendant qu'on l'appelait. Il jeta un coup d'œil par-dessus son épaule en soupirant.

— Qu'est-ce qu'ils veulent, encore ? Je reviens tout de suite.

Il réapparut quelques minutes plus tard en compagnie d'une vieille femme décharnée.

— Madame Lawson, je vous présente Mlle Pershore.

La nouvelle venue, trop occupée à contempler le décor qui l'entourait avec des yeux horrifiés, ne prêta aucune attention à sa compagne.

— Jamais je ne pourrai passer trois mois dans ce placard! J'exige qu'on m'attribue une autre cabine immédiatement. Et pas une cabine double! Ma maîtresse réglera le supplément, elle n'a pas dû bien comprendre quand son frère a pris les billets.

Le sourire du steward perdit toute aménité.

— J'ai bien peur qu'il n'y ait rien d'autre de disponible, mademoiselle Pershore. Ce n'est pas une question d'argent.

La vieille demoiselle s'adossa contre le chambranle de la porte en gémissant.

— Vous savez, il y a pire. Les émigrants sont entassés dans des dortoirs alors que vous avez cette cabine pour vous deux. Vous verrez, vous allez très bien vous entendre avec la femme de chambre de Mme Barrett, ajouta-t-il en désignant Cassandra.

— Je refuserais de partir dans ces conditions si je n'étais pas si attachée à ma maîtresse, gémit Mlle Pershore avec un reniflement lugubre. Cela fait trente ans que je suis à son service, jamais elle ne m'a emmenée aussi loin. Elle souhaite rendre visite à son dernier fils qui vit en Australie. Nous y laisserons la vie!

— Je vais vous montrer où ranger vos bagages. Quelle couchette préférez-vous?

— Celle du bas, je ne pourrai jamais grimper là-haut à mon âge.

— Je serai ravie de prendre la couchette supérieure, intervint Cassandra.

— Qu'est-ce que je disais? claironna le steward sur un ton faussement enjoué. J'étais sûr que vous vous entendriez bien, toutes les deux.

Il ponctua sa phrase d'un clin d'œil à l'adresse de Cassandra.

— Bon, je vais vous montrer les toilettes, et puis il faudra que j'aille m'occuper de mes passagers.

Les occupants des cabines étaient invités à faire leurs besoins dans de minuscules toilettes.

— Comme vous n'avez pas le droit de descendre dans les quartiers des émigrants, vous devrez utiliser celles-ci, précisa le steward.

Mlle Pershore hocha la tête, la bouche pincée.

— Vous disposez d'eau de mer à volonté pour vous laver, mais c'est à moi qu'il faut vous adresser pour l'eau potable. Je vous demanderai d'en utiliser avec parcimonie, et ça vaut aussi pour vos maîtresses.

— Porter de l'eau ! À mon âge ! se plaignit Mlle Pershore d'une voix faible.

Cassandra, qui aurait voulu demander au steward comment elle pourrait voir ses sœurs, n'osa rien dire en présence de la vieille demoiselle. Sans compter que le malheureux paraissait débordé.

Le steward reparti, Mlle Pershore s'assit sur le bord de sa couchette en se tamponnant les yeux tout en marmonnant que le monde ne tournait décidément plus rond.

Cassandra se hissa sur son propre lit, heureuse de n'avoir personne au-dessus de sa tête. Le périple s'annonçait bien long dans un espace aussi réduit, en compagnie d'une personne aussi peu amène.

Mais elle se rendait en Australie avec ses sœurs, et c'était là l'essentiel. Le pire était derrière elle, elle devait s'en convaincre.

14

Lorsque l'espion engagé par Isabel lui fit savoir que le *Tartar* avait pris la mer sans que Cassandra Blake parvienne à rejoindre les émigrantes du Lancashire, elle dansa de joie dans son salon.

— J'ai réussi, j'ai réussi! chantonna-t-elle en agitant la lettre.

Dot, qui apportait le thé réclamé par sa maîtresse, redescendit silencieusement quelques marches après avoir observé la scène. Elle se cogna bruyamment contre le mur de l'escalier afin de signaler sa présence et, lorsqu'elle s'avança dans la pièce, trouva Mme Blake assise près de la fenêtre, le teint animé et les yeux brillants.

— Pose ton plateau là.

— Oui, madame. Y a-t-il autre chose pour votre service, madame?

— Oui, appelle-moi M. Studdard. Il est grand temps d'enterrer M. Blake.

— Bien, madame. Je vais demander au commis…

— Vas-y toi-même. Tu es toute pâle, marcher te fera du bien.

Dot obtempéra à contrecœur, car si elle ne manquait jamais une occasion d'échapper à l'atmosphère de cette maison, elle savait que personne ne ferait son travail pendant son absence.

*

— M. Studdard est là, annonça-t-elle une heure plus tard.

— Comment? Ah oui, fais-le monter.

Isabel se leva pour accueillir l'entrepreneur de pompes funèbres à qui elle fit signe de s'asseoir.

— Mes nièces sont parties, on va pouvoir enterrer M. Blake.

Il acquiesça avec un sourire.

— Je veux des funérailles modestes. Je n'inviterai qu'une douzaine de personnes.

Le sourire de son interlocuteur se figea.

— Je veux que cela me coûte le moins cher possible. À présent que je suis veuve, je ne voudrais pas jeter l'argent par les fenêtres. Ce ne sont pas des obsèques grandioses qui me rendront mon mari.

— Non, madame Blake.

Elle lui donna congé et reprit son poste à la fenêtre en parlant toute seule de façon animée.

Dot l'interrompit en frappant sur le battant entrouvert.

— Que veux-tu encore?

— Le pasteur Saunders demande à vous voir au sujet des obsèques, madame.

— Ah, très bien. Dis-lui de monter.

Le pasteur s'approcha avec le sourire qu'il réservait à ses paroissiens les plus aisés. Isabel, qui n'était pas dupe, faillit éclater de rire en pensant à sa réaction s'il avait su ce qu'elle avait manigancé. Elle prit un air de circonstance, lui désigna un fauteuil et attendit qu'il se lance.

— Chère madame, M. Studdard me demande de prévoir des obsèques demain. N'est-ce pas un peu trop rapide, si vous entendez envoyer des invitations?

— Noyée par le chagrin, je ne m'étais pas aperçue que j'aurais dû enterrer Joseph plus tôt.

— J'en conviens, mais il ne faut rien précipiter. Pourquoi ne pas attendre après-demain?

Elle n'avait aucune raison de céder. Désormais, seul comptait son bon plaisir.

— Sauf s'il vous est impossible d'officier, sachant que je ne me contenterai pas d'un simple vicaire, j'aime autant tout régler demain.

Voyant qu'il allait protester, elle se leva.

— J'ai pris ma décision. Ce sera demain, décréta-t-elle.

Le pasteur venait de quitter la pièce lorsqu'elle sonna Dot.

— Dis au commis que j'ai besoin qu'il aille porter quelques lettres d'ici une demi-heure. Ce sont les invitations pour l'enterrement qui aura lieu demain.

— Demain, madame? Mais…

— Tu oses discuter mes ordres?

— Non, madame. Bien sûr que non. Demain. Faudra-t-il… prévoir des rafraîchissements?

— Non. Un simple verre de sherry par personne et quelques macarons. Demande donc à Harry Prebble au magasin d'en monter.

— Bien, madame.

— Je te sonnerai quand les invitations seront prêtes.

Elle prit du papier à lettres et rédigea les invitations destinées à ceux qu'elle considérait comme des amis, puis elle les sécha à l'aide d'un buvard en se souvenant de l'époque où, jeune fille, on utilisait encore du sable pour étancher l'encre. L'invention du buvard avait révolutionné la correspondance.

Ses invitations prêtes, elle tendit les enveloppes à Dot et sortit la tenue de deuil qu'elle avait commandée pour l'occasion, et dont elle caressa amoureusement la soie épaisse. *Quel plaisir d'être veuve, de tout décider, d'agir à ma guise*, pensa-t-elle en palpant longuement la jupe, tout à la joie de l'entendre crisser sous ses doigts.

Son seul regret était de devoir attendre quelques jours encore la lecture du testament. C'était bien sa chance que le notaire ait choisit ce moment précis pour se rendre à Londres. Ce serait une simple formalité. À qui d'autre qu'elle Joseph aurait-il pu léguer le magasin et le reste de ses biens?

Il en avait lui-même hérité des parents d'Isabel, il était temps que ce patrimoine retourne au clan Horton. Elle comptait bien transformer l'enseigne de l'épicerie en Grands Magasins Horton, rédigée en lettres dorées.

— Voilà qui devrait vous plaire, père, murmura-t-elle avec un sourire. Vous serez fier de moi. Vous auriez dû me laisser travailler au magasin quand j'étais jeune. Vous l'auriez bien fait si j'avais été un garçon. Ce n'était pas juste, mais mieux vaut tard que jamais.

Elle gagna la fenêtre devant laquelle elle se posta en chantonnant.

*

Dot s'activa à tout remettre en ordre dans la cuisine, ravie que sa maîtresse se soit contentée d'une côtelette et d'une pomme de terre à l'eau pour son dîner. Son travail terminé, elle savoura à son tour une côtelette. Mme Blake ne lui disait même plus ce qu'elle devait manger ces derniers temps, de sorte qu'elle imitait son exemple.

Son repas fut interrompu par les réponses aux invitations, qu'elle monta à l'étage en soupirant. Ses pieds la martyrisaient.

L'enterrement du lendemain ne la réjouissait guère. Pour elle, ce serait encore plus de travail, mais elle n'avait pas osé demander à sa maîtresse la permission d'engager quelqu'un pour accueillir les invités et servir le sherry. Le maître y aurait pensé, lui. C'était un homme bon et il lui manquait.

*

Isabel se préparait le lendemain lorsque Dot lui apporta un mot de la femme du pasteur Saunders. Cette dernière lui proposait le prêt d'une domestique après la cérémonie. Isabel lui griffonna une réponse à la hâte afin de la remercier de son offre. «Mais j'ai demandé à l'un des employés du magasin de venir aider.»

Harry Prebble se montrait très serviable, elle s'était adressée à lui tout naturellement lorsqu'elle s'était aperçue qu'il lui fallait quelqu'un pour servir le sherry. Il avait accepté avec reconnaissance d'assurer la gestion du magasin. À vingt-cinq ans, il avait la tête sur les épaules. Joseph préférait l'autre employé, comment se nommait-il, déjà? Zachary! Zachary Carr. Un grand garçon efflanqué, qui n'avait pas du tout une tête à gérer un commerce. Joseph lui avait toujours dit qu'il était sérieux dans son travail, aussi l'avait-elle gardé.

L'enterrement se déroula sans anicroche, en un temps record, Dieu merci. Isabel conserva son voile tout au long de la courte cérémonie afin que personne ne s'aperçoive qu'elle avait les yeux secs. Au moment de ramasser une poignée de terre pour la jeter sur le cercueil, elle éprouva une telle joie qu'elle la conserva une bonne minute entre ses doigts.

De retour au magasin, elle parvint à contenir ses émotions pendant que les invités buvaient leur sherry.

Cette corvée achevée, elle remercia Harry de son aide.

La porte de ses appartements refermée, elle n'y tint plus. Prise d'un fou rire inextinguible, elle rit à en pleurer.

*

Au rez-de-chaussée, Dot et Harry levaient leur verre de sherry à la mémoire de leur maître disparu lorsqu'ils furent interrompus par un bruit étrange. Ils tendirent l'oreille.

— Mais… elle rit! s'écria Harry. Un jour comme aujourd'hui!

— Elle rit beaucoup ces temps-ci, mais ce n'est pas de l'hilarité.

— Le chagrin lui mettrait-il les nerfs à vif?

— Jamais de la vie! Je suis convaincue qu'elle est heureuse d'être débarrassée de lui.

— Elle m'a demandé d'assurer la gestion du magasin au quotidien, tout en précisant qu'elle comptait bien veiller sur ses affaires.

— À votre place, j'éviterais de la contrarier. Elle est méchante comme la gale quand on lui tient tête.

Il remplit à nouveau les verres à l'aide de la carafe et tendit le sien à Dot.

— Nous l'avons bien mérité.

Elle accepta en gloussant.

— J'imagine qu'il lui aura tout laissé, non? ajouta Harry en sirotant son sherry d'un air songeur.

— À qui d'autre?

— Il y a bien les nièces de monsieur.

— Jamais il n'aura osé. Sans compter qu'elles sont parties en Australie.

— Trois d'entre elles seulement. Nul ne sait où se trouve l'aînée.

Le rire s'éteignit brusquement au-dessus de leurs têtes. Harry vida son verre, sortit deux pastilles de menthe de sa poche et en offrit une à Dot.

— Il ne faut pas qu'elle s'aperçoive à notre haleine que nous avons bu.

Le jeune homme quitta la cuisine, laissant Dot sucer sa pastille d'un air pensif. Lorsque Mme Blake descendit s'assurer qu'elle était à sa tâche, elle lavait les verres qu'elle posait sur un torchon étalé sur l'égouttoir en bois après les avoir rincés.

Mme Blake l'observa depuis le seuil.

— Faites attention à ces verres. Ce sont mes plus beaux.

Sur ces mots, elle tourna les talons.

Inutile de le préciser, pensa Dot. *Je connais mon travail.* Tout en poursuivant sa tâche, elle coulait de temps à autre un regard inquiet en direction des étages. Le silence qui régnait dans la maison la mettait mal à l'aise. Faute de l'entendre, elle ne savait jamais où était sa maîtresse.

Elle prit soudain la décision d'écrire à l'agence de placement dont on lui avait parlé à Manchester. Peu lui emportait où on l'enverrait, pourvu qu'elle ne reste pas là. Qui sait ce que lui réservait sa maîtresse?

*

Les premiers jours de la traversée furent agités. Chaque fois qu'elle le pouvait, Pandora montait prendre l'air sur le pont. Elle s'agrippait au bastingage et riait en sentant le vent décoiffer son chignon. Elle vit l'île de Wight s'effacer dans le sillage du *Tartar* et réapparaître brièvement à plusieurs reprises. On aurait dit que le bateau refusait de quitter l'Angleterre. Elle-même se languissait du Lancashire.

Les émigrantes se plaignaient beaucoup de rester enfermées dans l'entrepont.

Un jour de grand vent, la tempête fit rage si violemment que tous prirent la mesure du danger. Certaines femmes étaient malades, les autres se querellaient lorsqu'elles ne tournaient pas en rond dans le dortoir. Il y régnait une atmosphère délétère, à l'aune de l'humeur des passagères.

Contrairement à Maia, Pandora ne souffrait pas du mal de mer. Comme Xanthe passait son temps à s'occuper de sa jumelle, la plus jeune des sœurs se retrouvait souvent seule et s'ennuyait à mourir. On lui avait bien parlé de la présence à bord d'une petite bibliothèque, mais le commissaire de bord qui en avait la charge n'avait pas encore trouvé le temps de s'en occuper.

M. Millett, un prêtre qui rejoignait la colonie du fleuve Swan, rendait régulièrement visite aux émigrantes. Il priait avec celles que terrorisaient la mer et ses maux. Le malheureux souffrait d'une affection quelconque, son visage était constamment parcouru de tics, mais sa gentillesse faisait oublier ce handicap.

Les passagers disposant de cabines avaient accès à une partie du pont réservée aux exercices physiques, mais rares étaient ceux qui s'y rendaient à cause du mauvais temps.

Le soulagement fut grand d'apprendre, dix jours après le départ, que le bateau quittait les eaux de la Manche.

— Chaque jour nous éloigne davantage de Cassandra, soupira Maia.

Pandora garda le silence. Elle avait tenté d'apercevoir une dernière fois l'Angleterre, en vain, et se sentait perdue. Jamais elle n'aurait quitté sa terre natale si elle n'y avait pas été contrainte. Ses sœurs ne semblaient pas regretter le Lancashire, elles ne parlaient que de Cassandra, mais l'un et l'autre manquaient à Pandora.

*

Mme Barrett fut si malade la première semaine que Cassandra dut s'occuper d'elle constamment. M. Barrett souffrait également du mal de mer, toutefois moins que sa femme. Cassandra elle-même se sentait parfois barbouillée, mais elle s'efforçait de ne pas y penser. Soucieuse de remercier les Barrett de l'avoir emmenée avec eux, elle n'avait pas l'intention de leur imposer ses faiblesses.

Elle attendit que le bateau ait quitté la Manche pour savoir s'ils avaient parlé au capitaine de sa présence à bord.

— Non, et je me demande si cela en vaut la peine, répliqua M. Barrett.

Elle posa sur un lui un regard surpris.

— Mais bien sûr! Je tiens à voir mes sœurs.

— Vous pourriez peut-être feindre de vous lier d'amitié avec elles?

— C'est impossible.

Elle s'y refusait. Elle s'en voulait déjà beaucoup de passer pour une femme mariée et de voyager sous un faux patronyme, il n'était pas question de nier sa parenté avec ses sœurs. En outre, elle était beaucoup plus jeune que la femme de chambre dont elle avait pris la place. Quelqu'un finirait bien par s'apercevoir qu'elle n'était pas Hilda.

M. Barrett prit une longue respiration avec des airs d'oiseau aux plumes hérissées.

— Vous ne vous montrez guère arrangeante, Lawson.

— Je suis désolée, monsieur, mais c'est important pour moi. Mes sœurs sont les seules parentes qu'il me reste.

— Fort bien. Dans ce cas, je demanderai au capitaine de me recevoir. Tenez-vous prête à répondre à ses questions. J'espère que vous mesurez le risque que vous prenez. Et s'il décidait de vous renvoyer en Angleterre?

L'argument donna à réfléchir à Cassandra, qui parvint toutefois à la même conclusion. Elle en avait assez de duper tout le monde. En outre, les conversations entendues à bord lui avaient confirmé que les femmes étaient en nombre insuffisant dans la colonie du fleuve Swan où l'on manquait de servantes et d'épouses potentielles. Pourquoi se débarrasser d'une personne aussi respectable qu'elle?

Elle se demandait souvent comment se débrouillait Reece. Elle entretenait l'espoir qu'il serait heureux de la revoir. Cette pensée la soutenait à ses heures les plus sombres.

Dans l'attente du retour de M. Barrett, Cassandra rangea la cabine sous le regard de Melissa.

— Je ne les laisserai jamais vous enlever à moi, déclara-t-elle soudain. Dans mon état, je ne m'en sortirais jamais sans femme de chambre.

— Je vous en suis très reconnaissante, madame.

Melissa fit la grimace.

— Vous avez toujours de douces paroles, mais vos yeux vous trahissent. Lors de votre entretien avec le capitaine, veillez à baisser les yeux en vous exprimant d'une voix humble. Il n'est pas habitué à ce que l'on remette en cause son autorité.

Cassandra l'observa avec étonnement.

— Je vous remercie de ce conseil, madame. Je le suivrai à la lettre. J'espérais voir mes sœurs, mais les émigrantes restent confinées dans leurs quartiers.

Elle aurait aimé requérir l'aide du steward, sans oser s'en ouvrir à lui tant que le capitaine ne saurait pas la vérité.

Une bonne demi-heure s'était écoulée lorsque M. Barrett rejoignit les deux femmes. Ignorant sa femme, il fronça les sourcils en se tournant vers Cassandra.

— Le capitaine souhaite vous voir. La manœuvre lui déplaît grandement.

Melissa, qui était allongée sur le canapé, se leva d'un bond.

— Il est préférable que je l'accompagne.

— Il est préférable que vous restiez ici, ma chère. Je tiens à vous épargner toute émotion inutile.

— Vous préférez vider vous-même les eaux usées et l'aider le matin lorsque j'ai des nausées, Simon?

Il leva les bras au ciel.

— Très bien, faites à votre guise, comme toujours. Décidément, je ne comprendrai jamais rien aux femmes.

*

Le steward, qui attendait dans la coursive, ne remarqua pas que Mme Barrett suivait Cassandra.

— On m'a demandé de vous conduire jusqu'au capitaine, madame Lawson. Il n'est pas de bonne humeur. Qu'avez-vous fait? Oh, madame Barrett! Désolé, je ne vous avais pas vue.

Melissa lui adressa un sourire avenant.

— J'ai décidé d'accompagner ma femme de chambre. Elle a besoin que quelqu'un la défende. N'est-ce pas une bonne idée? Dites-moi, vous qui connaissez le capitaine mieux que moi.

Il adressa un clin d'œil à Cassandra.

— C'est même une excellente idée, madame Barrett.

Il les conduisit jusqu'à la cabine du capitaine et frappa à la porte. Une voix l'ayant invité à entrer, il ouvrit, fit signe aux deux femmes de s'avancer et referma derrière elles.

Le capitaine leva la tête de son bureau et fronça les sourcils en découvrant les deux femmes.

— Excusez-moi d'être venue avec Lawson, se lança Melissa, mais j'avais peur que vous vous montriez dur avec elle. C'est de ma faute si nous ne vous avons pas révélé sa véritable identité plus tôt. Étant donné mon état, je craignais d'entreprendre un tel périple sans femme de chambre.

Cassandra remarqua que sa maîtresse rougissait en baissant pudiquement les cils. Quelle comédienne. Le tout était de savoir si la manœuvre fonctionnerait.

Les traits du capitaine s'adoucirent légèrement.

— Il n'empêche, vous auriez dû m'avertir de ce changement sans attendre.

— Je le sais et je m'en excuse, mais j'étais si malade en montant à bord, je n'avais pas les idées claires. Lawson est une perle, elle accomplit merveilleusement sa tâche, alors qu'elle sort d'un drame personnel. Mon mari vous en a-t-il parlé?

— Non, mais…

Melissa se lança dans une explication détaillée des circonstances de la mort du mari supposé de Cassandra et insista sur la présence à bord des seules parentes qui lui restaient.

— Ainsi, nous nous aidons mutuellement, ajouta-t-elle. Nous implorons toutes deux votre clémence.

Elle poussa Cassandra du coude.

— Je suis sincèrement désolée, monsieur. Je n'aime pas mentir, mais j'étais désespérée.

— Hmm.

Il observa attentivement la jeune femme.

— Inutile de jouer les agneaux avec moi. Les filles du Lancashire sont toutes rétives, j'ai les pires ennuis avec elles. Je me demande bien ce qui a pu pousser les services de l'immigration à choisir ces rebuts de l'humanité.

Cassandra ouvrait la bouche, prête à se récrier, lorsqu'un coup de coude de Melissa lui cloua le bec.

— Je suis persuadée que les sœurs de Mme Lawson sont aussi bien élevées qu'elle, capitaine, roucoula Mme Barrett.

— Je compte bien m'en informer auprès de la surveillante. Je lui laisse le soin de décider le meilleur moment de voir vos sœurs, madame Lawson. Et n'allez pas me désobéir, surtout. Quoi qu'il en soit, je serai obligé d'en parler au gouverneur à notre arrivée à Perth, puisque vous ne disposez pas de l'autorisation nécessaire pour émigrer.

— Oui, monsieur.

— Je vous conseille d'adopter une conduite exemplaire d'ici là si vous souhaitez que j'appuie votre requête.

Cassandra laissa s'exprimer son cœur.

— Je suis prête à tout pour retrouver mes sœurs. Je n'ai plus qu'elles au monde.

Les larmes qui lui étaient montées aux yeux trahissaient sa sincérité.

Le capitaine grommela des paroles inintelligibles et congédia les deux femmes d'un geste.

À peine sortie de la cabine, Cassandra se tourna vers sa maîtresse.

— Je vous suis infiniment reconnaissante de votre soutien, madame.

Melissa haussa les épaules.

— J'ai besoin d'une femme de chambre. Et puis je compte sur vous pour ne pas me quitter à notre arrivée en Australie, en attendant de trouver une remplaçante.

— Je m'engage à vous aider de mon mieux.

Si elle ne s'était pas trompée sur les intentions de Mme Barrett, celle-ci n'aurait pas longtemps besoin d'elle.

*

Isabel choisit de recevoir le notaire dans son étroite salle à manger, bien décidée à se débarrasser de M. Featherworth le plus rapidement possible. Impatiente de prendre la direction du magasin, elle aurait déjà effectué les premiers changements si le notaire ne lui avait pas fait savoir, au lendemain de l'enterrement, qu'il lui fallait impérativement attendre la liquidation de la succession.

Du fait de cet avertissement, elle soupçonnait son mari d'avoir légué une certaine somme à ses nièces. Cette seule pensée lui enflammait l'esprit. Elle dormait mal depuis les obsèques, le fantôme de Joseph la hantait. Qu'il se promène dans sa chambre et l'observe tant qu'il lui plairait, il ne pouvait plus rien contre elle.

Elle entendit résonner le heurtoir de la porte d'entrée et attendit que Dot introduise le visiteur auprès d'elle. Elle avait bien précisé à Dot que sa porte était fermée à tous ce jour-là, à l'exception du notaire.

— Tu n'as jamais été qu'un idiot, déclara-t-elle à Joseph en le voyant se dresser dans un coin de la pièce, les bras croisés. Tu as tout perdu. Tout est à moi, maintenant. À moi !

Elle pivota sur elle-même et découvrit Dot et le pasteur Saunders qui l'observaient d'un œil étrange.

Elle fusilla du regard son idiote de bonne et se tourna vers le prêtre.

— Je suis désolée, mais je ne reçois personne aujourd'hui, monsieur Saunders. J'attends le notaire pour la lecture du testament.

— Euh… c'est-à-dire que M. Featherworth m'a demandé d'être présent pour des raisons qui m'échappent. J'espère que cela ne vous dérange pas.

Elle contint sa fureur, consciente qu'il serait peu avisé de s'attirer l'inimitié du pasteur.

— Tant que vous ne révélez à personne le contenu du testament.

— Je m'en tiendrai aux recommandations de votre notaire, je vous le promets, chère madame.

Elle n'eut pas l'occasion de l'interroger sur cette réponse sibylline ; le heurtoir de l'entrée se faisait de nouveau entendre.

M. Featherworth s'avança dans la salle à manger, fort mal à l'aise. Il poussa un soupir de soulagement en apercevant le pasteur.

Joseph a donc bien légué de l'argent à ces créatures ! pensa Isabel en cherchant des yeux la silhouette de son mari. Il lui adressa un sourire narquois. Elle s'obligea à concentrer son attention sur ses visiteurs.

— Ne perdons pas de temps en amabilités inutiles. Procédons à la lecture du testament.

M. Featherworth tira de sa sacoche une liasse de documents qu'il rangea en deux piles sur la table en acajou.

— Ceci est le dernier testament en date de mon client, Joseph Henry Blake, commença-t-il. Souhaitez-vous que je vous le lise, ou bien que je vous en résume les grandes lignes ?

— Les grandes lignes suffiront.

Voyant qu'il était pris d'une hésitation, elle insista.

— Eh bien? J'attends.

— Je crains fort que votre mari ait légué l'ensemble de ses possessions à ses nièces, Cassandra, Xanthe, Maia et Pandora Blake. Il a précisé que…

Isabel laissa échapper un cri de rage.

— Non! Nooooon! C'est impossible!

— Je crains de devoir vous contredire.

— Mais je suis sa femme! Ce magasin appartenait à mes parents. Il est obligé de tout me léguer.

— Ce n'est malheureusement pas le cas.

Elle ouvrit de grands yeux, muette de saisissement, à la limite de l'étouffement.

— Vous voulez dire qu'on va me mettre à la porte de chez moi et que je me retrouverai sans rien, comme une miséreuse?

— Non, non, chère madame. Permettez-moi de poursuivre. Votre mari a prévu le versement à votre profit de vingt pour cent des bénéfices du magasin jusqu'à votre mort, à la condition que vous quittiez Outham. Il a en outre mis de côté à votre intention une somme couvrant l'achat d'une petite maison, par exemple dans une cité balnéaire. Maison qui reviendra à vos nièces à votre disparition et…

Joseph riait. Il se moquait d'elle! Elle bondit sur ses jambes et se rua dans le coin de la pièce où il se tenait, décidée à lui arracher les yeux.

M. Featherworth resta bouche bée en l'entendant pousser un hurlement. Elle se débattait dans tous les sens, donnant l'impression de frapper un être invisible.

— Non! Non! Tu n'as pas le droit, Joseph Blake! Ce magasin m'appartient! Il est à moi!

Les deux messieurs, debout, échangèrent des regards affolés sans savoir comment réagir.

Les cris alertèrent Dot qui se rua à l'étage.

Le premier, le pasteur recouvra son sang-froid.

— Allez chercher le Dr Turner ! ordonna-t-il à la domestique. Et prévenez ma femme.

Voyant que Dot regardait sa maîtresse, comme pétrifiée, il la secoua.

— Vous avez entendu ?

— Oui, monsieur. Désolée, monsieur.

Isabel, secouée de sanglots, s'arrachait les cheveux. Elle titubait à travers la pièce en se cognant contre les meubles entre deux hurlements.

— Elles n'auront rien !

D'un revers de main, elle balaya des bibelots, alignés sur une étagère, qui se fracassèrent sur le plancher. Elle voulut répéter l'opération avec ceux qui étaient posés sur le piano.

— Elle est devenue folle, murmura le notaire.

Elle se retourna d'un bloc.

— Que conspirez-vous, tous les deux ? Vous êtes de mèche avec lui ? Vous avez décidé de me voler mon bien ?

Le pasteur esquissa un pas dans sa direction.

— Chère madame, vous n'êtes pas vous-même. Calmez-vous, de...

Elle s'empara d'un tisonnier qu'elle brandit dans sa direction.

Le notaire se précipita.

— Aidez-moi, Saunders !

Comme ils tentaient de la maîtriser, elle se débattit violemment, griffant profondément la joue rebondie du prêtre avant de mordre jusqu'au sang la main du notaire.

Son regard haineux trahissait sa folie. Les deux hommes, le souffle court, la maintenaient avec l'énergie du désespoir, convaincus qu'elle les attaquerait de plus belle s'ils commettaient l'erreur de la libérer. Elle faillit échapper à leur emprise par deux fois, profitant de leur embonpoint et du fait qu'ils approchaient de la soixantaine, mais ils se ressaisirent en la plaquant au sol, face contre terre.

Le Dr Turner déboula en trombe de l'escalier et s'immobilisa un instant sur le seuil, le temps de jauger la situation. Il s'empressa de tirer de sa mallette un flacon de verre bleu.

— Maintenez-la ! ordonna-t-il. Je vais lui administrer un sédatif.

Il fallut aux deux hommes l'assistance de Dot pour parvenir à écarter les lèvres d'Isabel, et le médecin lui versa de force du laudanum dans la gorge. Une demi-heure s'écoula encore avant qu'ils puissent la transporter dans sa chambre.

— Votre maîtresse a-t-elle montré des signes de folie par le passé ? demanda le médecin à la bonne.

— Oui, docteur. Elle parle toute seule quand elle croit que personne ne l'entend.

Dot eut une hésitation.

— Dites-nous tout ce que vous savez.

— Eh bien… Je l'ai entendue dire à M. Blake que s'il l'avait écoutée, elle n'aurait pas été obligée de se débarrasser de lui. On aurait dit qu'elle lui parlait, frissonna Dot. Quand elle était dans cet état-là, je restais dans ma cuisine.

Les trois hommes se pétrifièrent.

— Vous êtes certaine qu'elle a dit cela, ma fille ? insista le pasteur.

— Oui, monsieur, répondit-elle en relevant le menton. Elle l'a même dit plusieurs fois.

— Pourquoi n'en avoir pas parlé ? s'étonna le Dr Turner.

— Qui m'aurait crue? Mme Blake était maline, elle ne montrait rien en présence de ses amis, mais à force d'aller d'une pièce à l'autre, je n'ai pas pu m'empêcher d'entendre. Même que j'en avais froid dans le dos. Je n'écoutais pas aux portes, monsieur. Je vous le jure.

Elle fondit en larmes.

Le médecin finit par rompre le silence qui était retombé sur le petit groupe.

— Son mari s'inquiétait de sa santé mentale. Il m'a appelé à son chevet un soir, mais elle était calme quand je suis arrivé. Je vous crois, Dot, ajouta-t-il.

— Vous croyez que c'est une... déséquilibrée? s'étrangla le pasteur. Elle était très amie avec ma femme, elle venait régulièrement nous rendre visite.

Le docteur posa un regard accablé sur la vieille femme.

— Elle ne rendra plus jamais visite à personne. J'ai bien peur qu'il faille l'enfermer. Sa folie est dangereuse. Souhaitez-vous que j'entreprenne les démarches nécessaires?

— Pensez-vous qu'elle puisse guérir? s'enquit le notaire d'une voix hésitante.

— J'en doute. Il est rare que les patients recouvrent leur bon sens quand ils ont franchi la limite.

— Elle va hériter d'une certaine somme d'argent. Pouvez-vous lui trouver un refuge... digne? Cela m'ennuierait de voir une personne comme elle finir ses jours à l'asile.

— Je connais un endroit où l'on s'occupe des patients de ce genre tant que ceux-ci en ont les moyens.

— Qu'en est-il des legs? se demanda le notaire à voix haute.

— Quels legs?

— Il a tout laissé à ses quatre nièces.

Dot posa une main sur sa bouche pour dissimuler son sourire. Bien fait pour cette vieille harpie. Son sourire s'estompa lorsqu'elle comprit soudain qu'elle venait de perdre son emploi. Elle continua d'écouter la conversation, alors que les trois hommes semblaient avoir oublié sa présence.

— Je vais devoir envoyer un courrier en Australie, reprit le notaire. Je ne sais pas combien de temps mettra ma lettre, ni même si elle arrivera à bon port.

Le médecin secoua la tête.

— Il arrive que les courriers se perdent. J'ai un cousin en Australie qui m'écrit souvent, il est arrivé une ou deux fois que ses lettres ne me parviennent pas. Le mieux est encore de demander à quelqu'un de se rendre là-bas, un homme de préférence, et de le rémunérer pour qu'il remette votre courrier en mains propres aux sœurs Blake. Vous allez devoir confier à quelqu'un la gérance du magasin dans l'intervalle.

Le médecin se rendit au chevet de Mme Blake et la trouva plongée dans un profond sommeil.

— Je connais un couple susceptible de s'occuper d'elle en attendant que j'aie pu prendre mes dispositions. Le mari possède la force physique et l'adresse nécessaires. Ils ne la maltraiteront pas, quel que soit son comportement. Je les préviendrai de ce qui les attend.

M. Featherworth sembla se reprendre.

— Avec le temps, tout finira par rentrer dans l'ordre.

Voyant soudain que la bonne ne perdait pas une de leurs paroles, il l'apostropha :

— Attention, ma fille. Veillez à ne parler de tout cela à personne.

— Bien, monsieur. S'il vous plaît, et mon travail?

— Nous aurons besoin de vous tant qu'elle n'aura pas été enfermée. Je vous verserai ensuite vos gages et vous serez libre de partir.

Ses yeux se noyèrent de larmes.

— Je vais avoir besoin de références, monsieur. Sinon, jamais je ne retrouverai un emploi.

— C'est bon, s'agaça-t-il. Je demanderai à ma femme de vous rédiger une lettre de recommandation. En attendant, vaquez à vos tâches habituelles. Le pasteur et moi resterons au chevet de votre maîtresse en attendant que le docteur nous envoie ces gens.

— Voulez-vous que je vous apporte du thé et des biscuits, monsieur?

— Excellente idée.

Le pasteur soupira.

— Tout cela est bien regrettable. Quelques jours plus tôt, nous aurions rappelé les sœurs Blake, mais leur bateau est déjà parti.

Un pli barra son front.

— Trois d'entre elles se trouvaient à bord. Quant à l'aînée, j'ai bien peur qu'elle soit morte. Plus personne n'en a entendu parler.

Une pensée inquiétante lui traversa l'esprit, qu'il se hâta de chasser. Comment imaginer que Mme Blake soit également à l'origine de la disparition de sa nièce?

Quoi qu'il en soit, il était trop tard. Et puis, à quoi bon poursuivre en justice une folle?

15

Une fois terminé le nettoyage du dortoir, une corvée que la surveillante leur imposait quotidiennement, les filles de l'entrepont s'engagèrent dans l'escalier des cabines, ainsi que le personnel de bord nommait la volée de marches raides permettant d'accéder au pont. Trop heureuses de se remplir enfin les poumons d'air iodé, les plus impatientes se faufilèrent jusqu'aux premières places tandis que les autres attendaient sagement leur tour.

Maia se sentait désormais suffisamment vaillante pour profiter de la promenade. Elle se renfrogna lorsque la surveillante demanda à ses sœurs et elle de patienter quelques instants.

— Je crois savoir que vous avez une sœur aînée.

Les trois sœurs se regardèrent avec étonnement et Pandora acquiesça.

— Vous l'avez laissée au pays parce qu'elle était mariée et que…

— Mais…, voulut l'interrompre Xanthe.

— Laissons finir la surveillante, la coupa Pandora.

— La malchance a voulu que le lendemain de votre départ, votre beau-frère soit victime d'un accident. Avec l'aide de votre pasteur, M. Rainey, votre sœur a tenté de vous rejoindre sur ce bateau, mais il ne restait plus de place à l'entrepont.

— Oh non ! s'écria Maia.

— Une passagère, Mme Barrett, dont la femme de chambre refusait de l'accompagner en Australie, a eu la gentillesse d'engager votre sœur à sa place, si bien…

— Vous voulez dire que Cassandra se trouve à bord? la coupa Xanthe.

— En effet, répondit la surveillante avec ce qui aurait pu passer pour un sourire. Attendez-moi ici, je pars la chercher et je vous laisse à vos retrouvailles.

Maia ouvrait la bouche lorsque Pandora lui fit signe de se taire. La surveillante partie, elle s'assura que personne ne traînait dans les parages.

Un bruit de pas résonna dans l'escalier menant au pont, une jupe apparut, et les trois sœurs se précipitèrent sur Cassandra qu'elles étouffèrent de baisers en la serrant contre elles.

— Asseyons-nous, proposa enfin Cassandra, un bras autour de la taille de Pandora.

À peine eurent-elles pris place autour de la table que Xanthe demanda d'une voix sourde:

— Pourquoi sont-ils persuadés que tu étais mariée?

Le visage de Cassandra s'assombrit et elle baissa les yeux.

— Suite à mon enlèvement, mes ravisseurs se sont… servis de moi comme si j'étais une fille des rues… sur son ordre à elle.

Des larmes roulèrent le long de ses joues, mais elle s'empêcha de sangloter, de peur d'être entendue.

Un silence de plomb s'abattit sur les sœurs. Pandora passa un bras autour des épaules de son aînée.

— J'espère qu'elle moisira en enfer. Oh, Cassandra! C'était… terrible?

Cassandra ne put que hocher la tête et laissa un battement s'écouler avant de demander à son tour.

— Comment vous a-t-elle obligées à partir?

— Elle a exhibé tes cheveux en nous disant qu'elle ne te libérerait pas tant que nous n'aurions pas quitté l'Angleterre. Elle a donc changé d'avis? Comment as-tu pu nous rejoindre?

— J'ai réussi à m'échapper et je me suis réfugiée chez les Rainey qui m'ont aidée à monter sur le bateau à temps.

Maia continuait de froncer les sourcils.

— Tout ça ne nous explique pas pourquoi tu prétends être mariée.

Pandora et Xanthe levèrent les yeux au ciel face à tant de naïveté.

— Parce qu'il pourrait y avoir des… conséquences à ce qui m'est arrivé, prononça péniblement Cassandra. Je pourrais être… enceinte.

La honte au ventre, elle laissa libre cours à ses larmes.

— Quand serons-nous fixées? l'interrogea Pandora d'une voix douce.

Cassandra comprit à ce «nous» qu'elle n'aurait pas à se battre seule, qu'elle avait retrouvé toute sa place au sein de sa fratrie.

— Bientôt. Je devrais avoir mes règles d'un jour à l'autre… si je les ai.

Elles méditèrent en silence. Pandora continuait de serrer dans la sienne la main de Cassandra. Celle-ci se sentait prête à tout affronter à condition de ne pas être seule.

— Autant que je vous donne quelques détails sur mon mari supposé. Nous l'avons baptisé John Lawson, il est mort écrasé par une voiture à cheval. Autant expliquer qu'il était cocher.

— Pourquoi n'es-tu pas venue nous voir plus tôt?

— J'ai uniquement réussi à monter à bord parce que Mme Barrett avait besoin d'une femme de chambre. Son mari voulait que je me fasse passer pour leur ancienne employée, Hilda, tant que le bateau serait en vue des côtes anglaises, afin d'éviter qu'on me débarque. Mme Barrett est plutôt agréable, mais elle ne lève pas le petit doigt. Avec la tempête, ils étaient tous les deux malades et j'ai dû m'occuper d'eux. Il aurait voulu que je continue à me faire passer pour Hilda, mais j'ai refusé.

— C'était cruel de sa part. Il devait se douter que tu brûlais de nous voir.

— Il ne s'inquiète pas de moi, uniquement de savoir que je m'occupe bien de sa femme. Aucun des deux ne m'a demandé si ma cabine était confortable, ou bien comment j'allais, alors que je suis censée avoir perdu mon mari tout récemment, soupira-t-elle. Vous êtes les seules, avec les Rainey, à savoir ce qui m'est réellement arrivé.

— Tu oublies ceux qui ont participé à ton enlèvement, remarqua Xanthe. Si jamais je croise un jour notre tante…

— C'est peu probable.

— Si tu es… je veux dire, si tu attends un enfant, nous nous occuperons de toi, ajouta Pandora.

— Je prie le ciel que ce ne soit pas le cas, répondit Cassandra en frissonnant.

Des pas se firent entendre dans l'escalier et une jeune émigrante se montra.

— La surveillante vous fait dire de monter prendre l'air, annonça-t-elle avant de remonter sans attendre la réponse.

— Il faut y aller, fit Xanthe. On ne discute pas les ordres de la surveillante, ici. Elle forme avec le médecin du bord et le capitaine un trio de déités grecques comme les aimait tant papa.

Les quatre sœurs gagnèrent le pont où elles se glissèrent le long du bastingage afin de contempler l'océan que doraient les rayons du soleil.

— Quand je pense que nous voyons la mer pour la première fois, déclara Xanthe. Vous ne trouvez pas que ce spectacle est magnifique? Nous qui nous étions toujours promis de partir un jour en excursion à Blackpool.

— Il aurait fallu qu'on sorte la tête de nos livres, remarqua tristement Cassandra. Et puis père se montrait si généreux avec les gens dans le besoin que nous n'avions pas l'argent nécessaire. Je ne commettrai jamais la même erreur. Je veillerai à épargner, désormais.

Elles ne pouvaient s'exprimer librement du fait de la présence des femmes seules et des familles d'un côté, des hommes célibataires de l'autre. La surveillante, installée entre les deux groupes, ne pouvait empêcher les garçons de s'intéresser aux filles, et plus particulièrement à Pandora qui ne semblait pas s'apercevoir des regards que faisait naître sa beauté.

Cassandra, rappelée à la réalité du désir masculin, en arrivait à se demander si elle parviendrait à accorder un jour sa confiance à un homme, fût-ce Reece. Elle se réprimanda intérieurement, furieuse contre elle-même. Ne s'était-elle pas promis de ne pas ruminer le passé? Elle n'entendait pas laisser cette femme gâcher le reste de son existence.

— À quoi occupez-vous vos journées? demanda-t-elle à ses sœurs. Mme Barrett ne me laisse jamais en paix. Elle me demande de raccommoder un vêtement déchiré, de lui faire la lecture. C'est une enfant gâtée, bienveillante lorsqu'elle obtient ce qu'elle veut de son mari, désagréable avec moi si d'aventure il la contrarie. Malgré ça, il me reste un peu de temps à moi.

Xanthe fit la grimace.

— On s'ennuie pour l'instant. Le mauvais temps a empêché la mise en œuvre d'activités de groupe. Nous savons déjà lire, à quoi bon fréquenter les cours d'alphabétisation?

— J'ai entendu dire qu'ils voulaient monter une chorale, intervint Xanthe.

— Voilà qui devrait plaire à vous trois, remarqua Pandora. Tu crois que ta maîtresse te donnerait la permission d'y participer, Cassandra?

— Je ne sais pas. Elle est de santé très fragile, si bien qu'elle change d'humeur d'une minute à l'autre. Je peux toujours lui poser la question.

En levant la tête, elle constata que Mme Barrett l'observait depuis la partie du pont réservée aux passagers disposant de cabines.

— Je vais devoir la rejoindre.

— Elle ne nous aura pas laissé beaucoup de temps, grogna Xanthe.

— Nous ne nous quitterons plus quand nous atteindrons l'Australie.

— Sauf s'ils nous affectent dans des endroits différents, la corrigea Pandora. La surveillante discutait avec le docteur hier soir, elle lui expliquait que certaines des filles du convoi précédent avaient été envoyées dans des fermes très éloignées de Perth. Il n'y a pas de trains en Australie-Occidentale. Vous vous rendez compte? À entendre la surveillante, on dirait que c'est le Moyen Âge. Je regrette d'être venue.

Les sœurs se regardèrent, soudain déroutées.

— Ils ne vont quand même pas nous séparer? balbutia Maia.

Xanthe se colla contre elle.

— Ils sont capables d'essayer. Je ne suis même pas certaine qu'on puisse choisir notre emploi.

— Bien sûr que si, s'emporta Pandora. Nous ne sommes pas des esclaves.

— Peut-être, mais nous sommes quatre. Personne n'aura besoin de quatre femmes de chambre. Et comment survivre si nous ne trouvons pas de travail? Nous n'avons quasiment rien.

— Je dispose d'un peu d'argent que m'avait donné Mme Southerham, la rassura Cassandra. En outre, elle se trouve déjà sur place. Elle acceptera sûrement de nous aider.

— Reece s'est installé là-bas, lui aussi, insinua finement Pandora. À mon avis, tu n'auras même pas besoin de travailler à ton arrivée.

Cassandra rougit. C'était son rêve, mais comment l'épouser sans lui avouer ce qui s'était passé? Elle n'en avait pas le droit.

Voyant que Mme Barrett lui faisait signe, elle serra ses sœurs contre son cœur et rejoignit sa maîtresse. À défaut d'avoir réellement besoin d'elle, cette dernière s'ennuyait.

*

M. Rainey fut introduit dans le bureau du pasteur Saunders qu'il salua avant de lui exposer le but de sa visite.

— Les rumeurs qui circulent au sujet de Mme Blake sont parvenues jusqu'à moi. Est-il exact qu'elle a sombré dans la folie?

— Malheureusement oui.

— Que devient le magasin? On prétend qu'elle n'en a pas hérité.

M. Saunders se raidit.

— Comment l'avez-vous su?

— C'est donc vrai!

— Je ne suis pas en mesure de discuter des affaires de cette malheureuse.

— Ce n'est pas son sort qui m'intéresse, mais celui de ses quatre nièces.

— Tout indique que l'aînée a été tuée.

— Non. Elle a échappé à ses ravisseurs et nous l'avons cachée chez nous, afin qu'elle ne tombe pas entre les griffes de sa tante.

Il jugea qu'il était temps de dire la vérité.

— C'est Mme Blake qui a organisé son enlèvement.

Le pasteur Saunders écarquilla les yeux. Il ouvrit la bouche, la referma, et mit du temps à réagir.

— Vous êtes certain que Cassandra Blake est en vie ?

— Je viens de vous le dire.

— Quel soulagement ! Voilà qui va résoudre le problème du magasin.

— Pas exactement.

— Que voulez-vous dire ? Qu'est-ce qui l'empêche d'en assurer la gérance en attendant que ses sœurs reviennent d'Australie ?

— Le fait qu'elle soit en route pour les antipodes avec elles.

Le pasteur se leva après un temps de silence.

— Il faut prévenir le notaire. C'est à lui de les avertir, en priant le ciel de les retrouver toutes les quatre saines et sauves. On n'est jamais sûr de rien avec un tel périple.

*

M. Featherworth écouta le récit de M. Rainey, posa quelques questions et hocha la tête.

— Quelle terrible histoire. Le médecin me dit que Mme Blake reste très violente et qu'il a fallu lui passer une camisole. On la conduit demain dans un établissement spécialisé près d'Halifax où elle sera bien traitée. Je l'accompagnerai afin de m'en assurer. J'ai un ordre du juge qui m'autorise à gérer les affaires courantes en attendant que l'on retrouve les héritières.

— Que va devenir le magasin dans l'intervalle? s'enquit M. Rainey.

Le notaire tambourina des doigts sur son bureau.

— Je vais devoir employer quelqu'un pour s'en occuper, probablement. Je ne connais rien au commerce.

— Le plus petit des deux employés ne conviendrait-il pas? suggéra le pasteur Saunders.

— Il se montre très serviable pour l'instant, mais je ne suis pas certain qu'il ait la maturité nécessaire.

Le notaire ne le précisait pas, mais Prebble ne lui inspirait pas confiance et son intuition ne l'avait jamais trompé jusque-là.

— Pourquoi ne pas lui donner sa chance? insista Saunders. Je connais les Prebble depuis longtemps, ils sont membres de ma congrégation de longue date. J'ai marié les parents et baptisé le jeune Harry. Des gens fort convenables, d'origine modeste, qui ont envie de réussir. Il faudrait lui accorder une augmentation, naturellement.

— Je le verrai avant de prendre ma décision. Il y a également le problème de Dot, la domestique. Je ne suis pas certain de vouloir la licencier.

Le pasteur esquissa une moue.

— L'idée de laisser seule une simple bonne dans cette maison me déplaît. Qui sait de quoi elle serait capable, sans surveillance?

M. Rainey toussota.

— L'une des cousines de ma femme est gouvernante. Elle cherche actuellement une place, elle arrive chez nous la semaine prochaine afin de se reposer après une mauvaise grippe. Nous pourrions demander à Alice, je veux dire Mlle Blair, de s'installer sur place. C'est une personne de confiance. Elle se contenterait probablement du logis, du couvert, et peut-être d'une maigre compensation.

— J'allais proposer le nom de l'une de mes paroissiennes, une veuve, s'interposa Saunders sur un ton agacé.

M. Featherworth, qui n'appréciait guère le pasteur anglican, décida d'intervenir. Il ne souhaitait nullement le voir fourrer son nez dans la succession Blake. À l'inverse, il avait le plus grand respect pour le pasteur méthodiste et son épouse que toute la ville appréciait.

— Je vous propose de venir me présenter la cousine de votre femme lorsqu'elle sera là, monsieur Rainey. En attendant, je vais voir comment contacter les sœurs Blake en Australie.

Saunders fronça les sourcils.

— Vous comptez vraiment dépêcher quelqu'un sur place? Vous ne craignez pas que ce soit onéreux?

— Sans doute, mais seul le résultat compte. Je pensais m'adresser à l'un des employés du magasin. Pas Prebble, mais son collègue Zachary Carr. Il connaît les sœurs de vue et s'est montré très serviable chaque fois que je me suis adressé à lui.

— Excellente idée, approuva chaleureusement M. Rainey. Il faudra cependant le remplacer au magasin.

— Prebble m'en a déjà fait la demande. Il connaît un garçon qui ferait l'affaire. Ce ne sont pas les bonnes volontés qui manquent en ces temps de disette.

— Avez-vous demandé à ce Carr s'il était disposé à partir?

— Pas encore. Je souhaitais me renseigner sur son compte dans un premier temps, afin de m'assurer de son sérieux.

*

Pandora, qui détestait manier l'aiguille, ne se joignit pas aux jumelles lorsqu'elles voulurent participer à l'atelier de couture du bord. Elle choisit de se joindre à un groupe de lecture organisé par l'une des passagères. Elle aurait préféré lire seule, mais elle n'en dit rien. Cela passait le temps. Certaines des filles du Lancashire qui ne participaient à aucune activité se conduisaient mal, elle ne souhaitait nullement qu'on puisse les assimiler à elles.

Un jour où la femme qui faisait la lecture aux émigrantes était malade, Pandora proposa de prendre sa place.

La surveillante la regarda d'un air surpris.

— Vous lisez assez bien?

Elle se mordit la langue pour ne pas lui répondre mal.

— Je crois. Laissez-moi essayer.

Elle ouvrit l'ouvrage au bon endroit et se lança. La surveillante l'arrêta au bout de quelques paragraphes.

— Parfait. Je vous confie l'atelier aujourd'hui.

— Je vous remercie, mais j'aurais une question.

— Je vous écoute.

— J'ai cru comprendre qu'il y avait une bibliothèque à bord. Croyez-vous qu'on m'autoriserait à y emprunter des ouvrages? J'en prendrai grand soin.

La surveillante lui accorda l'un de ses rares sourires.

— Nous avons mieux qu'une bibliothèque. Nous avons reçu d'un bienfaiteur un carton rempli de cahiers et de matériel d'écriture, à la disposition de ceux qui souhaitent tenir un journal de leur voyage. Certains rédigent leurs notes en deux exemplaires de façon à envoyer le second cahier à leurs proches. J'attendais que le temps soit plus clément pour les distribuer.

Elle retrouva sa mine revêche.

— Malheureusement, les filles se montrent plus difficiles que celles des convois précédents.

Pandora lui adressa son plus beau sourire.

— J'adorerais tenir un journal !

— Mais vous n'avez pas voulu participer à l'atelier de couture.

Elle afficha un air piteux.

— Je n'aime pas coudre.

— Il n'empêche, cela vous sera utile dans votre nouvelle vie. Il n'y a pas de filatures en Australie-Occidentale et l'on vous envoie là-bas pour devenir employées de maison. Vous ferez bien meilleure impression si vous êtes capable de raccommoder les vêtements. Vous devriez y réfléchir.

— Je ne suis pas douée pour la couture.

— Rien de tel que la persévérance pour se perfectionner. Mme Barrett affirme que votre sœur aînée manie très bien l'aiguille. Elle fait preuve de beaucoup de bonté en acceptant de la former au métier de femme de chambre.

Elle inclina la tête, dans l'attente d'une réponse. Comme Pandora restait sans réaction, elle ajouta :

— De plus, le voyage passera plus vite si vous vous occupez.

Pandora la regarda d'un air implorant, consciente qu'il s'agissait d'un ultimatum.

— Vous m'entendez ? Savoir coudre est un atout majeur pour une femme de chambre. Vous en avez besoin. Sans compter que vous aurez droit à des sous-vêtements en participant à cet atelier. Nous avons un carton de sous-vêtements prédécoupés et prêts à coudre, offerts par des dames qui ont le souci de l'avenir des jeunes femmes telles que vous.

Soucieuse de ne pas froisser la surveillante, et parce qu'elle ne pouvait se permettre de refuser un vêtement gratuit, Pandora céda.

— Très bien, j'accepte, mais je vous préviens d'avance que je suis incapable de coudre un ourlet digne de ce nom, malgré tous mes efforts.

— Je vous apprendrai, affirma la surveillante sur un ton plein d'assurance.

Pandora fit taire ses doutes et reçut l'après-midi même un cahier et de quoi écrire. Elle caressa le papier lisse et blanc de la page de garde, à la recherche de sa première phrase.

*

Autant Pandora détestait coudre, autant elle aimait préparer les repas, tout en se réjouissant de ne compter aucune fille indisciplinée au sein du groupe dont elle avait la charge.

La nourriture à bord était fournie en abondance, si bien que beaucoup des jeunes exilées du Lancashire prenaient rapidement du poids et des couleurs. Certaines se métamorphosaient de façon spectaculaire, à l'image de cette femme d'âge moyen qui rajeunissait littéralement sous les yeux de ses camarades.

Cela n'avait rien de surprenant, sachant qu'on leur servait du thé ou du café avec du pain et du beurre à volonté au petit-déjeuner. Certains jours, elles avaient droit à de la confiture ou de la mélasse, et recevaient parfois même des biscuits à la place du pain. Pandora n'était pas regardante, elle avait connu la faim pendant trop longtemps et savourait chaque bouchée.

Les repas étaient essentiellement composés de pommes de terre et de viande, surtout des conserves de porc ou de bœuf, à l'exception des jours où l'on sacrifiait l'un des animaux du bord.

On leur servait aussi du chou en saumure, ainsi que du pudding de pois secs. Le premier n'était pas du goût de toutes, mais la surveillante leur recommandait d'en manger pour ne pas souffrir du scorbut.

Certaines des filles dissimulaient le chou dans leurs mouchoirs avant de s'en débarrasser dans la mer tandis que d'autres refusaient d'y toucher, ce que Pandora trouvait ridicule. De toute évidence, la surveillante savait de quoi elle parlait puisqu'elle avait effectué la traversée à maintes reprises.

Un jour sur deux, les femmes recevaient de la farine, du suif et du sucre, ce qui leur permettait de confectionner des gâteaux que le cuisinier se chargeait ensuite de cuire.

Pandora, en prenant conseil auprès de lui, se familiarisa avec les façons de cuisiner dans un contexte difficile.

Certaines émigrantes passaient trop de temps à chaparder pour s'intéresser à ce qu'elles avalaient, si bien qu'elles n'avaient pas faim. Plus s'éloignait le souvenir de la famine, plus elles se comportaient mal. Les objets les plus convoités étaient les photographies des frères et des amoureux de leurs camarades, de façon à affirmer ensuite qu'il s'agissait de leurs propres fiancés, une pratique qui déstabilisait celles qui en étaient victimes.

Lorsqu'elle s'aperçut que le livre de son père, qu'elle gardait sous son oreiller, avait disparu, Pandora s'empressa de le signaler à la surveillante qui procéda à une fouille en règle des cabines, en présence du commissaire de bord. L'ouvrage fut retrouvé, en même temps que de nombreux articles disparus.

Le capitaine en personne réprimanda les exilées en menaçant d'enfermer les coupables et de ne plus leur permettre l'accès au pont. Cette menace se révéla inefficace, au point que certaines préférèrent confier leurs trésors au capitaine en lui demandant de les placer en lieu sûr jusqu'à l'arrivée.

Les sœurs Blake confièrent leurs biens les plus précieux à Cassandra, à commencer par un portrait d'elles en compagnie de leur père dont elles avaient dû vendre le cadre. Cassandra montra à ses sœurs, qui le croyaient perdu à jamais, le médaillon de leur mère dans lequel était enfermée une photographie de leurs parents jeunes.

*

Au terme d'un mois de traversée, on apporta les malles, ainsi que le voulait la coutume, afin que chacun puise dans la sienne des vêtements de rechange. Cette occasion permit à Cassandra de découvrir ce dont elle avait « hérité » de Hilda.

La malle de l'ancienne femme de chambre fut déposée dans sa cabine à côté de celle de Mlle Pershore. C'est tout juste si les deux femmes pouvaient encore se faufiler jusqu'au minuscule lavabo fixé à la cloison.

— Je vous propose de trier vos affaires la première, proposa Cassandra à la vieille demoiselle. Ma maîtresse m'a demandé de l'aider à fouiller sa propre malle.

— Je vous remercie. Ma maîtresse me laisse le choix de ce dont elle aura besoin. J'ai déjà préparé les affaires que je souhaitais échanger, répliqua Mlle Pershore en toisant sa compagne.

Elle ne manquait pas une occasion de la rabaisser.

— Je n'en attendais pas moins de vous. Tous les conseils que vous pourrez me donner en la matière seront les bienvenus.

Mlle Pershore, quelque peu amadouée, passa dix minutes à lui expliquer comment elle procédait au rangement des malles, séparant les vêtements prévus pour chaque étape du voyage avant de les envelopper dans des draps propres, ce qui permettait d'y accéder rapidement.

Cassandra feignit de s'intéresser à cet exposé, sachant que le quotidien à l'intérieur de cette minuscule cabine se trouverait facilité si Mlle Pershore n'était pas de mauvaise humeur. Elle eut toutefois du mal à se concentrer car elle avait d'autres soucis en tête. Elle n'avait toujours pas ses règles, et sans avoir jamais bénéficié de la même régularité que ses sœurs en la matière, certains changements au niveau de son corps lui apparaissaient clairement. Ses seins avaient grossi et elle éprouvait de légères nausées le matin.

Elle avait essayé de se persuader que ses épreuves récentes expliquaient ce retard de règles, mais elle avait vomi dans les toilettes le matin même. Le doute n'était plus permis : elle attendait un enfant.

Elle frémissait à cette seule pensée, au point d'être incapable de s'en ouvrir à ses sœurs. Elle avait toujours voulu avoir des enfants, mais pas de cette façon, sans même savoir qui était le père.

Que penserait Reece ? Elle avait espéré jusque-là qu'il ne lui en voudrait pas de ce qui lui était arrivé et qu'ils se marieraient, mais la venue d'un enfant bouleversait tous ses plans. On ne pouvait pas attendre d'un homme qu'il accepte un enfant conçu dans de telles conditions.

Son avenir se trouvait gravement compromis.

Elle allait devoir en parler à ses sœurs, mais la honte l'empêchait d'aborder la question.

*

Après avoir fouillé le contenu de sa malle une heure durant, Mme Barrett poussa un soupir et agita la main d'un geste langoureux.

— Vous pouvez la refermer, je n'ai besoin de rien d'autre. Je vous laisse regagner votre cabine et découvrir le contenu de la malle d'Hilda.

— Je suis gênée de lui prendre ses affaires, répondit Cassandra d'une voix hésitante. Sa malle contient peut-être des objets personnels.

Mme Barrett haussa les épaules.

— Tant pis pour elle. Elle aurait dû y penser avant de changer d'avis. Mon mari a payé le coût du transport de cette malle jusqu'en Australie, et il n'a pas l'intention de la renvoyer en Angleterre à ses frais. Quitte à s'en débarrasser, autant que vous en profitiez.

Elle agita de nouveau la main.

— Laissez-moi, je voudrais me reposer. Je n'ai jamais eu autant sommeil de ma vie. Quand je pense à ce que nous subissons pour fournir aux hommes des héritiers !

Cassandra regagna sa cabine la mine songeuse. Si Mme Barrett traitait de façon aussi désinvolte une femme qui l'avait servie pendant des années, elle se montrerait probablement aussi cavalière avec Cassandra à leur arrivée en Australie, surtout en apprenant que sa nouvelle femme de chambre attendait un bébé.

Elle poussa la porte de la minuscule cabine en soupirant, soulagée de constater que Mlle Pershore avait gagné le pont. Persuadée d'agir en voleuse, elle ouvrit la malle d'Hilda dont elle vida le contenu. Comme elle le redoutait, elle trouva des affaires personnelles relevant de l'intime, notamment un portrait de famille dans un cadre en argent auquel tenait sûrement sa propriétaire. Tous regardaient fixement l'objectif, et Cassandra repensa en souriant au jour où avait été prise la photographie de leur père en compagnie de ses quatre filles. Le photographe les avait obligés à rester immobiles pendant plus d'une minute, difficile dans ces conditions de garder le sourire.

Au dos de la photo figuraient le nom du photographe ainsi que l'adresse de son studio à Linforth, près de Kendal. Elle se promit de demander à sa maîtresse si Hilda était originaire de là. Encore lui faudrait-il choisir un jour où elle était de bonne humeur car elle n'était pas toujours à prendre avec des pincettes.

La malle contenait aussi un recueil de poèmes célèbres et deux romans. Elle prendrait plaisir à les lire. Enveloppé dans un vieux morceau de tissu, elle découvrit un carré de broderie au motif soigneusement dessiné sur la feuille de papier qui l'accompagnait. En dépliant un châle, elle trouva une petite aquarelle représentant un paysage champêtre au fond duquel apparaissait un village. Derrière la peinture figurait le même nom : Linforth.

Des lettres entourées d'un ruban bleu avaient été déposées au fond de la malle. Elle déplia la première et y lut l'adresse de la sœur et du beau-frère d'Hilda. En lisant la première page, un soupçon de honte au cœur, elle comprit que les Sutton formaient une famille unie et aimante. Sans doute était-ce la raison qui avait poussé Hilda à renoncer à ce périple.

Cassandra se promit de renvoyer un jour ses objets personnels à la malheureuse. Quant aux vêtements, elle en manquait trop cruellement elle-même pour ne pas s'en servir. Les jupes et les corsages étaient tous de couleur sombre, ce qui convenait parfaitement à son veuvage supposé, mais les premières étaient trop courtes et les seconds trop amples, ce qui l'obligerait à les reprendre.

Voilà qui l'occuperait. Elle demanderait conseil à Mme Barrett. Sa maîtresse avait une meilleure connaissance de la couture et de la mode qu'elle. Elle parlait volontiers chiffons, s'exprimait avec animation en décrivant les tenues portées lors d'occasions spéciales et notamment certaines qu'elle emportait dans ses nombreuses malles. Lorsqu'elle en avait l'envie, elle cousait et brodait d'adorables tenues pour son futur bébé.

Il était heureux qu'Hilda ait été forte, Cassandra allait avoir besoin de vêtements plus amples à mesure qu'elle grossirait.

Lorsque sa maîtresse la fit appeler en se réveillant de sa sieste, elle lui exposa son intention de reprendre les tenues d'Hilda. À son grand étonnement, Mme Barrett sauta à bas du lit.

— Apportez-moi donc les affaires que vous avez choisies. Je vous montrerai comment procéder. Si j'étais née pauvre, j'aurais été une excellente couturière.

Assise sur le pont, plus tard ce jour-là, Cassandra songea que modifier le cours de son existence n'était pas aussi simple que de reprendre des vêtements. Prête à rejoindre sa maîtresse au premier appel, elle ajoutait un volant à une jupe pour la rallonger. En sacrifiant une jupe bleu marine, elle avait réussi à en rallonger deux autres de la même teinte. Quant à la meilleure tenue d'Hilda, elle était si ample qu'elles avaient réussi à la rallonger en utilisant le tissu récupéré dans la largeur.

Tout en cousant, elle écoutait la chorale qui répétait à l'autre extrémité du pont. Elle aurait aimé se joindre au groupe, mais Mme Barrett avait estimé qu'il ne serait pas convenable pour elle de se mêler à de futures domestiques puisqu'elle n'avait pas l'intention de devenir femme de chambre à son arrivée en Australie. Cassandra souffrait d'être constamment à la merci d'une autre, de devoir se plier à des décisions absurdes.

*

Francis et Reece consacrèrent les semaines suivantes à l'inspection des propriétés disponibles, le plus souvent sans Livia qui avait mal vécu leur première équipée commune. La plupart des parcelles étaient médiocres, à l'exception de celles que recouvraient des forêts dont le bois était aisément négociable. Un homme avait expliqué à Reece qu'à condition de scier les troncs en planches et de les laisser sécher un an ou deux, le profit serait beaucoup plus important. Le même informateur lui avait offert de l'engager comme bûcheron. S'il avait été libre d'accepter, il l'aurait fait sans hésiter, le temps d'apprendre le métier.

— Le jour où vous chercherez du travail, ne serait-ce que pendant quelques semaines, revenez me voir. Je paie bien et mes hommes sont bien nourris. Si cela ne vous dérange pas de travailler pour un ancien condamné, avait-il ajouté avec un sourire.

— Tant que vous me traitez honnêtement, je me moque que vous ayez des plumes à la place des cheveux, avait rétorqué Reece.

Il avait eu l'occasion de constater combien on méprisait les anciens condamnés. Même Francis, habituellement aimable avec ses congénères, quelles que soient leurs origines, s'était raidi en apprenant que le voisin de l'une des propriétés qui l'intéressaient était un condamné libéré.

— Ce n'est pas le genre de voisinage qui conviendrait à Livia, avait-il murmuré.

Allongé dans son lit, cette nuit-là, Reece s'inquiéta de voir qu'ils n'avançaient pas. Il avait peut-être eu tort de venir là, surtout sans Cassandra. Le moment était sans doute venu de lui écrire, de l'inviter à le rejoindre pour l'épouser.

Non, c'était prématuré, autant attendre quelques semaines de plus qu'ils se soient installés. Le courrier, s'il mettait longtemps à arriver, fonctionnait bien. Rares étaient les bateaux qui mouillaient à Fremantle, et le courrier transitait le plus souvent par Albany, sur la côte sud, où il était chargé à bord des bateaux en provenance de Sydney ou de Melbourne, dans l'est du continent.

Non, le mieux était encore d'attendre un peu. Il ne pouvait pas demander à la femme qu'il aimait de supporter les difficultés liées au défrichement des terres.

16

Une semaine s'était écoulée depuis que le *Tartar* avait franchi le tropique du Capricorne lorsque retentit un cri :

— Un homme à la mer !

Les marins s'agitèrent dans tous les sens sous le regard horrifié de Cassandra qui vit l'un d'eux lancer une bouée tandis que d'autres mettaient une chaloupe à l'eau. Ils enfilèrent des gilets de liège et se mirent en quête du malheureux. Celui-ci avait déjà disparu et la chaloupe paraissait si petite dans l'immensité de l'océan que Cassandra s'en émut.

Le bateau vira de bord et le canot disparut à son tour sous le regard des passagers, inquiets pour la sécurité de ses occupants. Des pleurs de femmes montèrent de la foule rassemblée sur le pont.

Les émigrants, curieux de connaître le dénouement du drame, se pressèrent vers la poupe, un secteur qui leur était interdit, et les passagers ordinaires se plaignirent de cette invasion de leur territoire.

Le capitaine demanda aux émigrants de reculer. Furieux de constater qu'ils ne lui obéissaient pas, il ordonna à ses hommes de les enfermer dans l'entrepont.

La chaloupe réapparut enfin au milieu des « Dieu soit loué ! ». Elle se colla lentement contre la coque du bateau, mais la mine sombre de ses occupants fit comprendre à tous que leurs recherches avaient été vaines.

Le pasteur, M. Millett, prononça une prière pour l'âme du disparu. C'était la deuxième disparition depuis le début de la traversée. Un enfant qui voyageait dans l'entrepont était mort quelque temps plus tôt et les passagers avaient connu la triste expérience de funérailles en mer. La mère était dans un tel état qu'il avait fallu la maîtriser afin de l'empêcher de suivre son enfant dans l'abîme.

*

Cassandra peina à trouver le sommeil cette nuit-là. Le très jeune marin disparu avait forcément une mère. Elle pensa à son propre enfant et posa instinctivement une main protectrice sur son ventre avant de s'apercevoir que Mlle Pershore l'observait étrangement.

L'incident la marqua profondément en lui rappelant qu'elle était en vie, et qu'elle portait un enfant, non un monstre.

Cette pensée la rasséréna en l'aidant à accepter son état. Elle en arrivait à se demander quel serait le sexe de son bébé, s'il ressemblerait aux Blake.

Elle se promit de tout dire à ses sœurs la prochaine fois qu'elle les verrait. Elle n'était pas seule au monde, et son enfant ne le serait jamais. Quoi qu'il advienne, ses sœurs prendraient soin de lui.

Elle regretta que son père n'ait pas vécu assez longtemps pour être grand-père. Il aurait aimé ce bébé, elle en avait la conviction, en dépit de ses origines. Au cours de sa dernière année, il avait maintes fois exprimé son envie que ses filles se marient en insistant sur le bonheur d'avoir des enfants. *Je chérirai le mien, papa*, lui promit-elle muettement en se retournant dans son lit.

Cette idée la ramena à Reece. Comment réagirait-il? Elle savait pourtant qu'il serait injuste de lui imposer la progéniture d'un autre. Ce serait tout aussi injuste pour l'enfant qui serait considéré comme un vilain petit canard. Elle lui devait d'être aimé sans réserve, tout comme ses sœurs et elle avaient été aimées.

Elle n'avait pas oublié l'exemple de Timmy, leur petit voisin, que le mari de sa mère traitait différemment des siens. Elle ne supporterait pas l'idée que son enfant connaisse une vie de souffrance et de malheur.

Oh, comme son cœur se serrait à l'idée de perdre Reece ! Lui qu'elle avait rêvé de retrouver depuis qu'elle s'était embarquée pour l'Australie.

Sa décision prise, elle s'aperçut que ses joues étaient baignées de larmes. Elle ne s'était même pas aperçue qu'elle pleurait. Elle ne pouvait pas demander à Reece d'accepter un bébé conçu dans ces conditions.

Elle n'avait jamais aimé un homme avant lui, sans doute n'aimerait-elle jamais plus, alors qu'elle pouvait aimer son enfant. Au fond d'elle-même, un barrage avait cédé. Quelle tristesse qu'il ait fallu la mort de ce jeune marin pour qu'elle en arrive à accepter son état, pour qu'elle y trouve des raisons d'être heureuse. D'un mal était sorti un bien.

Désormais, elle tiendrait sa force du fait qu'elle était vivante et que le destin, contre toute attente, lui avait rendu ses sœurs.

Revigorée par cette pensée, avant même que ses larmes aient séché, elle sombra dans un sommeil paisible tel qu'elle n'en avait pas connu depuis le début du voyage.

*

Francis apprit que des terres arables étaient disponibles au pied des collines situées au sud de Perth, dans une région qu'ils n'avaient pas encore explorée avec Reece. La propriété concernée avait été défrichée par une famille, mal servie par la chance, qui avait décidé d'émigrer en Nouvelle-Galles du Sud. Les anciens propriétaires avaient eu le temps de bâtir une maison précaire, et Francis pouvait compter sur l'aide de quelques anciens condamnés pour exploiter le domaine.

Il emmena Reece en tournée d'inspection sur place, comme à son habitude.

— Qu'en pensez-vous? l'interrogea-t-il après avoir visité la minuscule masure sous la conduite de l'ancien occupant des lieux, dont la femme malingre, entourée d'enfants atones, affichait un air triste.

Reece, qui avait acquis une certaine expérience depuis son arrivée, répondit:

— Rien.

— Vous ne croyez pas qu'on pourrait en tirer parti? Les perspectives sont bonnes et…

— La fertilité du sol compte davantage que les perspectives, répliqua Reece avec impatience.

Ils avaient déjà eu des discussions similaires.

Francis chassa du pied une branche morte, et l'araignée qu'elle protégeait se réfugia dans un tas de feuilles de gommier.

— J'ai besoin de quitter au plus vite la maison de mon cousin si je ne veux pas me fâcher avec lui.

Reece le savait fort bien. Les domestiques étaient tous au courant que les deux hommes s'étaient disputés à plusieurs occasions au cours des derniers jours. Ce séjour avait enseigné à Reece qu'il était illusoire de préserver son intimité en présence de serviteurs.

— Allons visiter les autres terres dont on nous a parlé avant de prendre une décision, suggéra-t-il.

— C'est encore plus loin de Perth et je n'ai pas envie d'imposer à Livia une existence aussi isolée. Qui nous protégera des indigènes?

— Ils n'ont pas l'air très agressifs. Si vous les traitez avec bienveillance, vous n'avez rien à craindre. Ils sont ici chez eux, après tout, et bien qu'ils ne les cultivent pas, ils connaissent mieux les terres et les plantes que nous.

Francis posa sur lui un regard outré.

— Comment pouvez-vous tenir de tels propos? Ce pays n'est plus le leur. Il est la propriété de la reine et fait partie de l'empire de Sa Majesté. En outre, je vois mal en quoi ces sauvages pourraient être plus éclairés que nous.

Reece, qui avait déjà eu ce point de désaccord avec Francis auparavant, préféra tenir sa langue. Francis, en dépit de son désir de traiter équitablement ses congénères, affichait parfois l'arrogance de sa caste en s'estimant supérieur à eux.

Reece sentait monter en lui un profond sentiment de frustration. Il n'était pas fait pour être domestique. Même en présence d'un maître compréhensif, un domestique se devait de respecter certaines frontières. Comment pourrait-il se taire pendant près d'un an et demi, alors qu'on l'obligeait à des actions peu avisées, voire inconsidérées? Même la recherche de terres s'effectuait sans la moindre rigueur.

Il entama ce soir-là la lettre qu'il se promettait d'adresser à Cassandra depuis longtemps. Il commença par une description du voyage qui l'intéresserait sûrement, avant d'évoquer ses premiers jours dans la colonie du fleuve Swan. Il laissa libre cours à ses pensées, en souvenir de leurs discussions à bâtons rompus, de l'entente intellectuelle qui régnait entre eux.

Il écrivit jusqu'à ressentir une crampe dans la main. Écœuré par l'odeur de l'encre, il reboucha le flacon et rangea son matériel. Il lui parlerait un autre soir de sa situation présente sans rien lui cacher. Il comptait surtout lui demander de le rejoindre et de l'épouser. Il avait suffisamment pris le pouls de son nouvel univers pour savoir qu'ils auraient de meilleures chances de réussir ici qu'en Angleterre.

Il posa les yeux sur la pile de feuilles noircies par ses soins. La lettre était bien entamée.

Pensait-elle à lui? Accepterait-elle de venir? Comment réagirait-il si elle refusait? Il mit longtemps à trouver le sommeil et rêva d'elle, du sourire qui illuminait son visage, de ses yeux qui brillaient à l'évocation des sujets qui l'intéressaient, de sa façon d'être elle-même. Cassandra, tout simplement.

*

Les jeunes émigrantes ne disposaient d'aucune espèce d'intimité à bord du *Tartar* et Cassandra se vit obligée de retrouver ses sœurs le long du bastingage afin de leur annoncer la nouvelle à voix basse, dans l'espoir que personne ne s'intéresse à leur conversation.

— Je… j'attends un bébé, déclara-t-elle brutalement.

Des larmes lui brouillèrent la vue. Elle pleurait pour un rien depuis quelque temps. Elle avait entendu plusieurs femmes évoquer leur émotivité lorsqu'elles étaient enceintes.

Un long silence accueillit la nouvelle, et elle sentit le bras de Pandora se poser sur son épaule.

— Oh, Cassandra!

Elle ne put retenir ses larmes plus longtemps.

— On va s'en tirer, ma chérie, lui glissa Pandora dans un souffle. On va trouver du travail toutes les trois et on s'occupera de toi.

— Comment te sens-tu ? enchaîna Maia.

— À part le matin, ça va. Les nausées passent si je veille à ne pas trop m'activer en me levant.

— Nous serons bientôt tantes, s'écria Xanthe, oubliant toute discrétion.

— Chut ! la gronda Pandora.

— Pardon. Je vais commencer à coudre des vêtements pour le bébé avec tous les restes de tissu. Je suis sûre que la surveillante acceptera de me les donner quand elle saura pourquoi.

Cassandra la rappela à l'ordre plus sèchement qu'elle ne l'aurait voulu.

— Tu n'en parles à personne ! Personne ne doit être au courant tant que le voyage n'est pas terminé. Je n'ai pas pris beaucoup de poids, je devrais pouvoir cacher mon état jusqu'à l'arrivée.

Un groupe de filles délurées se glissa à côté d'elles et Pandora s'empressa de changer de sujet de conversation.

— J'ai l'impression d'être en mer depuis une éternité, mais il paraît que nous n'arriverons pas avant le mois de décembre. Ce sera l'été en Australie. Vous vous rendez compte ?

Elles se plongèrent dans la contemplation de l'horizon. Cassandra peinait à imaginer à quoi pourrait bien ressembler leur quotidien en Australie.

Mme Barrett lui avait bien montré dans un livre des illustrations de la colonie du fleuve Swan, mais elles ne lui parlaient pas, avec leurs arbres déplumés au feuillage d'un vert artificiel que l'on aurait cru dessinés par des enfants. Des silhouettes de personnages à la peau noire, pour certains armés de lances, se dressaient sous la frondaison.

Sa maîtresse lui avait annoncé son intention de la garder comme femme de chambre à l'arrivée. Cette idée convenait à Cassandra qui se voyait bien poursuivre l'aventure pendant quelques mois, tant que sa grossesse ne la trahirait pas.

— Tu comptes assister au concert de ce soir? lui demanda Maia. La chorale a répété de très belles chansons.

— Je viendrai si Mme Barrett n'a pas besoin de moi.

— Tu n'as jamais une minute à toi et tes employeurs décident de tout à ta place, remarqua Xanthe. Je ne sais pas comment tu peux supporter un tel esclavage. J'en serais incapable.

— Ils ont financé mon voyage. En échange, je les aide de mon mieux.

À défaut de participer à la chorale, elle aurait aimé pouvoir assister au concert avec le reste du public.

Un sourire éclaira son visage.

— Même si elle ne m'autorise pas à assister au concert, j'entendrai vos chants. Je vous ai entendues répéter, on profite de tout sur un bateau.

*

Reece avançait au trot sur la vieille jument que Francis avait louée à son intention.

Il montait convenablement désormais, grâce aux conseils des Southerham, eux-mêmes excellents cavaliers.

— Vous regrettez d'être venu en Australie, c'est ça? lui demanda Francis à brûle-pourpoint.

— Parfois, oui.

Il regretta sa franchise en voyant s'assombrir la mine de son compagnon.

— Je suis désolé. Vous vous êtes montré d'une grande gentillesse avec moi, mais je me sens aussi mal à l'aise que je l'étais en Angleterre, faute d'avoir trouvé le moyen de donner un sens à mon existence.

— Si vous souhaitez retourner au pays, je suis tout disposé à vous payer la traversée, dit Francis avec mauvaise grâce.

Reece prit le temps de digérer l'information.

— Je vous remercie, mais je ne souhaite pas repartir. J'ai le sentiment que nous n'avons pas tout tenté. Cependant… je vous serais très reconnaissant si vous acceptiez de m'aider à acquérir un petit lopin de terre lorsque vous aurez jeté votre dévolu sur une propriété, sachant que je ne pourrai pas vous rembourser avant d'avoir effectué les deux années que je vous dois. Si ce terrain se trouvait près du vôtre, j'aurais la possibilité de le défricher sur mon temps libre.

Un regard en coin lui montra que son compagnon était surpris par sa requête.

— Vous ne comptez donc pas rester avec moi à la fin de ces deux années?

— Non.

— En avez-vous eu jamais l'intention?

— Non.

— Je vois. Je ne peux pas dire que j'apprécie votre comportement.

— Je ne comprends pas! Vous venez de me proposer de repartir en Angleterre.

Francis laissa échapper un ricanement hostile.

— Je ne pensais pas que vous accepteriez.

— Et si j'acceptais, en fin de compte?

— Les Southerham n'ont qu'une parole.

Comme si c'était leur apanage, pensa Reece, entre colère et amusement. Il décida brusquement de dire ce qu'il avait sur le cœur depuis quelques semaines déjà.

— Si vous voulez mon avis, les différences entre les individus ne sont guère marquées ici. Je ne parle pas des condamnés, bien sûr. Seul l'argent compte. Vous auriez tout à gagner à vous associer à moi au lieu de me traiter en domestique, du simple fait de mes connaissances en agriculture. Sans parler de mes capacités de travail. Si j'étais copropriétaire des terres, je leur consacrerais tous mes efforts.

Francis, choqué par tant d'audace, prit longuement sa respiration.

— J'ai bien peur que cela ne soit pas dans mon intention, dit-il avant de changer de sujet de conversation.

Reece n'insista pas. Il espérait avoir donné à réfléchir à son compagnon – Dieu, qu'il détestait appeler quiconque «maître»! –, mais il en doutait.

Cela le renforça dans son idée d'acheter ses propres terres à la première occasion.

*

À mesure que le *Tartar* approchait des côtes australiennes apparurent les premiers requins, ainsi que des oiseaux marins de toutes sortes. Les passagers avaient vu des albatros géants survoler le bateau à de nombreuses reprises, comme s'ils veillaient sur lui. Près du cap de Bonne-Espérance, ils s'étaient enthousiasmés en découvrant des damiers du Cap, et même des poissons volants.

Tous attendaient impatiemment de voir les kangourous australiens. La surveillante leur avait également expliqué que les perroquets étaient là-bas une espèce courante.

— Tant de merveilles à découvrir, déclara un jour Maia, songeuse.

Pandora ne répondit rien. Si elle appréciait la découverte, son pays natal continuait de lui manquer, avec ses landes sauvages et son crachin. À quoi bon y penser? Même si elle rentrait un jour en Angleterre, jamais elle n'oserait retourner à Outham.

— Tu penses au pays? lui demanda Cassandra en glissant son bras sous le sien.

— Oui. Comment le sais-tu?

— Tu regardes souvent dans le lointain d'un air triste.

— Toi aussi tu es souvent triste, Cassandra. Que va penser Reece de ce qui t'est arrivé?

— Je ne demanderai jamais à personne d'accepter ce bébé. Aucun homme ne serait capable d'oublier la façon dont il a été conçu. Quelle vie aurait cet enfant? Tu te souviens du petit Timmy?

— Oui, le pauvre. Tu devrais pourtant laisser le choix à Reece. Il n'est pas homme à en vouloir à un enfant.

— Non. J'y ai beaucoup réfléchi. Aussi étrange que cela puisse paraître, dit-elle avec un sourire désabusé, j'aime cet enfant et j'entends le protéger.

— Je resterai avec toi pour t'aider à t'en occuper. Je ne te laisserai jamais seule.

Cassandra sourit.

— Toi? Les bébés ne t'ont jamais intéressée.

— Rien ne m'empêche d'apprendre. Les autres en sont bien capables. Et puis tu auras besoin d'aide. Tu ne t'en tireras jamais seule.

— Je te remercie, ma chérie.

*

Au mois de novembre, Francis trouva enfin des terres à son goût, dont il pouvait espérer vivre décemment un jour, selon Reece. Situées dans une région vallonnée proche de Serpentine, elles étaient partiellement recouvertes d'arbres, et seule la partie basse avait été défrichée. Le ruisseau qui coulait sur la propriété, sans être large, n'était jamais à sec, même au plus fort de l'été. Une masure rudimentaire avait été bâtie là avant d'être abandonnée.

Avant de prendre sa décision, Francis tint à montrer l'endroit à Livia. Ils effectuèrent le déplacement à bord d'une carriole tirée par un cheval, suivis par Reece. Les routes se limitaient à de simples pistes en terre, mais ils ne couraient pas le risque de s'embourber puisqu'on était entré dans la saison sèche.

La présence de Livia les obligea à passer la nuit dans une auberge, même si Reece aurait préféré camper.

Ils atteignirent la ferme le lendemain.

La végétation était sèche, ce qui ne manqua pas d'inquiéter Reece qui avait entendu parler des incendies de forêt. Que se passerait-il si le feu venait à se déclarer? On lui avait expliqué que les flammes, attisées par le vent, se déplaçaient plus vite qu'un cheval au galop. Il fit part de ses craintes à Francis, mais son employeur était si pressé de quitter la maison de son cousin qu'il les balaya d'un geste.

Ils passèrent deux nuits d'affilée sur la propriété. Lorsque Francis et Livia décidèrent d'occuper la cabane, Reece insista pour la fouiller au cas où elle aurait abrité des araignées et des serpents, un danger auquel ses employeurs n'avaient pas pensé. Il n'en revenait pas de leur méconnaissance d'un pays que lui-même commençait à bien connaître, à force de s'informer auprès des autochtones.

Ayant trouvé une veuve noire dans son lit un soir, il savait que la nature australienne était dangereuse. Sans être mortelle, une morsure d'araignée l'aurait immobilisé pendant plusieurs jours. Les morsures de serpents, en revanche, pouvaient se révéler fatales. On lui avait toutefois expliqué qu'à moins de se sentir attaqués, les reptiles préféraient fuir.

Reece avait pu s'apercevoir qu'il y avait tout à apprendre de ceux que les Southerham considéraient comme des inférieurs. C'était notamment le cas des condamnés, à qui Francis ne parlait jamais sans se pincer le nez, interdisant à sa femme de leur adresser la parole.

— Vous avez droit à deux condamnés pour vous aider, avait remarqué un jour Reece. Ne devriez-vous pas en effectuer la demande auprès des autorités?

Francis avait fait la grimace.

— J'attendrai d'avoir un endroit sûr où les enfermer la nuit, pour la sécurité de Livia.

Reece ravala la remarque acide qui lui brûlait les lèvres. L'intelligence ne s'apprend pas. Francis n'avait-il donc pas conscience que jamais ils n'arriveraient à défricher ces terres à eux seuls?

*

Ils s'installèrent sur la propriété par une chaleur accablante. Les meubles et les cartons apportés d'Angleterre tenaient à peine dans deux grandes carrioles.

Les chevaux qui les tiraient avançaient lentement et devaient faire régulièrement des haltes, si bien que Francis et Livia avaient choisi de devancer le convoi à bord d'une plus petite charrette achetée pour l'occasion. Celle-ci était tirée par le cheval de Reece, une bête infiniment moins fougueuse que les montures des Southerham, attachées à l'arrière de leur véhicule. Reece aurait personnellement dépensé son argent pour des chevaux de trait, au lieu de privilégier l'achat de pur-sang, tout en sachant combien les Southerham aimaient les chevaux.

Il avait été chargé de surveiller le transport des meubles. Il s'en étonnait, jamais il n'aurait confié à d'autres la responsabilité de tous ses biens terrestres.

— C'est vous qui allez vous occuper de la propriété? lui demanda Jack, l'un des conducteurs.

— Je ne sais pas encore, répondit-il modestement en expliquant à son compagnon la nature de sa relation avec son employeur.

— On voit bien que tout leur est toujours tombé tout cuit dans le bec. La vie est nettement moins facile, par ici.

Il ponctua sa phrase en crachant sur le bas-côté et poursuivit sa route en silence, sauf pour encourager ses chevaux ou émettre des remarques sur l'état du chemin aux deux hommes qui conduisaient la seconde carriole.

— Qu'est-ce qui vous a conduit en Australie? s'enquit Reece.

Jack sourit.

— Le gouvernement, quand j'étais gamin. Je me suis retrouvé à Sydney en débarquant d'un bateau de condamnés.

— Qu'aviez-vous à vous reprocher, si vous m'autorisez à vous poser la question?

Le visage de Jack s'assombrit.

— J'ai volé de la nourriture pour que ma famille puisse survivre. J'ai aussi volé un châle pour ma mère. Après la mort de papa, on crevait de faim et elle n'avait rien à se mettre sur le dos cet hiver-là. Ça n'a servi à rien.

— Je suis désolé. Vous avez eu des nouvelles des vôtres depuis?

— Non.

— J'imagine que ça n'a pas été facile.

Il haussa les épaules.

— De toute façon, j'y pouvais rien.

— Cette carriole vous appartient?

Jack acquiesça fièrement.

— J'ai obtenu ma grâce très tôt, pour avoir sauvé la vie à un gardien tombé dans une rivière. J'ai bien fait de sortir ce gros lard de l'eau. On m'a donné un boulot d'aide-cocher et j'ai appris le métier avec Matt. Un type bien. Et puis j'ai connu ma femme. Déportée, elle aussi, pour un vol quand elle servait chez des gens. Comme moi, les siens avaient faim. Bref, Nellie et moi on s'est mariés, j'ai eu de la chance de la rencontrer.

— Les affaires ont l'air de marcher.

Jack haussa les épaules.

— Avec Nellie, on a travaillé toutes les heures que Dieu fait, jusqu'à ce qu'on puisse s'acheter notre affaire. Je me débrouille correctement, maintenant. Elle a jamais eu faim depuis qu'on se connaît. Le plus grand des deux, sur l'autre carriole, c'est mon fils. Tommo. Je ne l'ai jamais laissé mourir de faim. La carriole lui appartient. Un gars qui sait travailler.

— J'ai beaucoup d'admiration pour vous, j'aimerais suivre votre exemple, mais j'ai encore beaucoup à apprendre sur l'Australie. Vos conseils sont les bienvenus.

Un pli barra le front de Jack, qui finit par hausser les épaules.

— Si vous êtes pas idiot et que la malchance s'en mêle pas, vous vous en tirerez à condition de vous retrousser les manches et de pas boire l'argent que vous gagnez. À mon avis, vous êtes du genre à vous en tirer.

— À quoi le voyez-vous?

— Vous êtes travailleur. Vous êtes pas resté à nous regarder, comme votre maître, quand on a chargé les meubles sur la carriole.

Ils se trouvaient encore à quelques kilomètres de la propriété lorsqu'un cri retentit derrière eux. Ils se retournèrent et constatèrent que l'une des roues de l'autre carriole s'était voilée en heurtant une pierre à moitié enterrée.

Jack poussa un juron, stoppa ses bêtes d'un cri et tendit les rênes à Reece, puis il sauta à terre afin d'évaluer les dégâts.

— Heureusement que j'emporte toujours une roue de rechange! expliqua-t-il à Reece. Tout le monde le fait pas, ça peut prendre des jours quand on se retrouve coincé avec une roue en moins en pleine brousse.

Le temps de changer la roue, la nuit était tombée et Jack jugea préférable de camper sur place, puisqu'ils se trouvaient à portée d'une ferme où abreuver les chevaux.

Reece se vit contraint de rester, tout en se demandant comment Francis et Livia se débrouilleraient cette nuit-là sans aide.

*

Francis avait entamé une ronde inquiète en voyant le soleil se coucher à l'horizon.

— Ils devraient être là depuis une heure.

Livia, assise sur le bord de la minuscule véranda, haussa les épaules.

— Ils ont dû rencontrer des difficultés avec l'un des chevaux.

— Cela n'immobiliserait qu'une seule des deux carrioles. Reece serait arrivé avec l'autre. Comment nous débrouiller sans lits?

Elle lui adressa un sourire.

— Nous ne risquons pas d'avoir froid. Nous avons un tapis dans la charrette, et des provisions. Nous n'aurons qu'à manger du pain et du fromage.

Le beurre qu'elle avait apporté avait fondu, ce qui chagrina Francis, et le fromage, tout suant, n'était guère appétissant.

— Il n'y a pas de quoi dramatiser, déclara-t-elle sur un ton enjoué. Ce fromage est parfaitement bon et j'ai une faim de loup. Allume donc un feu pour faire bouillir de l'eau, Francis. Tu iras ensuite t'assurer qu'il n'y a pas de serpents et d'araignées à l'intérieur de la cabane.

Quelques minutes plus tard, un cri s'échappa de la masure dont il sortit à reculons, les yeux écarquillés.

— Que se passe-t-il?

— Un serpent. Il doit y avoir une pelle dans la charrette. Je vais lui couper la tête. Surveille la porte au cas où il tenterait de s'échapper.

Il lui fallut longtemps pour coincer le reptile dont il jeta le corps et la tête au loin en frissonnant. Livia en avait profité pour préparer du thé et disposer sur une couverture leur frugal repas.

— Je suis désolé, s'excusa-t-il en s'asseyant par terre près d'elle.

— De quoi?

— De t'avoir emmenée dans un endroit aussi rustique, sans confort ni domestiques. Je ne m'étais pas imaginé que ce serait dur à ce point.

— Reece n'est pas un domestique, mais il est là pour nous aider. Il est très débrouillard. Je ne suis pas en reste. Grâce à ce que j'ai appris chez son cousin, je sais traire les vaches, les nourrir, cuire du pain. Tu devrais manger. Tout ira bien, tu verras. Ta santé est autrement plus importante qu'une vie de luxe.

— Je recruterai une femme de chambre pour toi à la première occasion. Il paraît qu'on attend prochainement un nouveau bateau, nous verrons s'il est possible d'engager une des nouvelles arrivantes.

Ils restèrent un moment près du feu, mais comme les carrioles n'arrivaient pas, ils installèrent un lit improvisé dans la cabane et se retirèrent pour la nuit.

— C'est très agréable, remarqua-t-elle.

— De quoi parles-tu ?

— De se retrouver tous les deux. C'est la première fois depuis des mois.

— Nous construirons à Reece une cabane loin d'ici, promit-il en la prenant dans ses bras. Je serais heureux d'avoir un peu d'intimité pour faire l'amour à ma femme.

Elle se colla contre lui. Peut-être parviendraient-ils enfin à concevoir un enfant. Ils essayaient depuis un moment, sans succès.

*

Reece se présenta avec les deux carrioles aux alentours de 10 heures le lendemain matin. Lorsqu'il expliqua les raisons de cette arrivée tardive, il s'attira les foudres de Francis.

— Vous auriez dû continuer avec l'autre carriole. Je n'apprécie guère qu'on laisse ma femme dans des conditions aussi précaires.

— Il fallait trois hommes pour changer la roue, et quand bien même j'aurais disposé d'un cheval, je serais resté avec eux. Il y avait là non seulement l'ensemble de vos biens, mais également tout ce que je possède au monde. Et puis les routes ne permettent pas de voyager dans l'obscurité, et il n'y avait pas de lune hier soir.

Jack s'approcha pesamment, le visage impénétrable, comme si de rien n'était.

— Où vous voulez qu'on mette vos affaires, m'sieur Southerham?

— Nous avons apporté une grande tente qui servira à les entreposer. C'est là que dormira Reece. Si vous pouviez la monter avant de décharger les carrioles, je vous en serais reconnaissant.

— Pas de problème. Une tasse de thé nous requinquerait joliment, m'dame.

Reece, remarquant que Francis se cabrait devant tant de familiarité, se hâta d'intervenir.

— Je m'en occupe.

Livia adressa un large sourire aux nouveaux arrivants.

— Non, c'est moi. Occupez-vous plutôt de décharger, je vous appellerai quand le thé sera prêt.

Livia se montrait décidément plus avisée que son mari. Reece partit inspecter le terrain et interrogea Jack sur le meilleur emplacement pour la tente.

— Je pensais l'installer là-bas, intervint Francis.

— Elle se trouvera au beau milieu de la rivière pendant l'hiver, mais c'est comme vous voulez, remarqua Jack en adressant un clin d'œil à Reece.

— Quelle rivière?

Jack tendit l'index en direction du sol.

— Les mois d'hiver, les eaux dévalent par là.

Francis posa sur lui un regard perplexe.

— Il faut bien que la pluie s'écoule quelque part, non? Il pleut essentiellement l'hiver et les eaux pluviales dévalent le long des collines. Il ne s'agirait pas qu'elles inondent votre entrepôt, pas vrai?

— Où nous conseillez-vous de l'installer? s'enquit Reece.

— Il suffit de demander à Billy, répondit Jack en désignant l'homme qui avait voyagé en silence à côté de Tommo.

Métissé d'aborigène, le charretier portait la même tenue que ses compagnons, qui le traitaient en égal.

— Un bon gars. On n'a qu'à décharger la tente pendant qu'il jette un œil.

Le temps que Billy choisisse un espace légèrement surélevé, à une centaine de mètres de la cabane, le thé était prêt. Les hommes vidèrent leurs tasses avec délectation et se mirent à l'ouvrage.

— Vous savez vraiment tout faire, s'étonna Reece en admirant l'habileté des trois hommes.

— Faut bien se débrouiller, répliqua Jack. Je serais mal parti si j'étais infichu de me fabriquer un refuge et de me préparer à manger quand je suis loin de chez moi.

L'après-midi était bien avancé lorsque tout se trouva installé sous l'immense tente. Les hommes avaient veillé à laisser un espace où Reece pourrait dormir, derrière une pile de cartons.

— Souhaitez-vous passer la nuit ici? proposa Francis à Jack. Cela ne me dérange nullement.

— J'ai un ami dans le coin, je pensais passer le voir. Je ne m'étais pas rendu compte que vous alliez vous installer aussi près de chez Kevin. Si vous avez le temps, je peux vous présenter. Ça ne fait de mal à personne de connaître ses voisins.

Il lança un regard en coin à Francis.

— Mais peut-être que vous aimez autant pas. C'est un ancien condamné, comme moi.

Francis afficha sa stupéfaction.

— Les autorités acceptent de louer des terres à d'anciens condamnés?

— Au pays, c'était un gentleman. Un Irlandais qui voulait libérer son pays, alors on l'a exilé ici. C'est un monsieur bien.

— Je viens avec vous, décréta Reece en voyant que Francis s'apprêtait à refuser. Sa ferme est-elle loin?

— À une heure d'ici avec les carrioles, mais vous en aurez seulement pour quelques minutes au retour en coupant à travers les collines à pied.

Sans attendre la réaction de Francis, Reece se hissa sur la carriole à côté de Jack. La présence d'un voisin connaissant bien la région leur serait d'une grande utilité.

*

Reece ne s'attendait pas à trouver un personnage aussi âgé en découvrant Kevin Lynch. Très maigre, il avait des cheveux blancs et un visage ridé dont le teint jaunâtre signalait une mauvaise santé.

Kevin serra en souriant la main que lui tendait Reece.

— Vous n'avez donc pas peur de toucher un ancien condamné, monsieur Gregory?

— Je suis terrassé par la peur. Et je m'appelle Reece, répondit ce dernier qui appréciait les manières directes des Australiens ordinaires. Je suis au service des Southerham sur la propriété voisine jusqu'en avril de l'année prochaine, après quoi je compte m'installer à mon compte.

— Vous connaissez le monde de la ferme?

— Un peu. J'ai travaillé sur une exploitation pendant quelques années après la fermeture des filatures, mais il me reste beaucoup à apprendre. N'hésitez pas si vous pouvez m'éclairer, j'en serai ravi.

Lorsque Reece repartit quelques minutes plus tard, son hôte lui précisa qu'il serait le bienvenu chaque fois qu'il aurait besoin d'informations, ou souhaiterait lui rendre visite.

Au lieu de travailler pour le compte des Southerham, il aurait aimé exploiter ses propres terres et œuvrer à son propre avenir, mais plusieurs mois s'étaient déjà écoulés et le temps passerait vite. Il entretenait également l'espoir d'avoir une femme à ses côtés le jour où il retrouverait sa liberté.

Il se promit de poursuivre la rédaction de sa lettre à Cassandra ce soir-là et de la poster lors de son prochain passage à Perth, quel que soit le coût du courrier à destination de l'Angleterre. Il avait entendu dire que les services de la poste calculaient le prix d'envoi au poids. Sa lettre était déjà épaisse, mais il ne comptait pas en retirer une page. Cassandra devait savoir à quoi s'attendre.

Il pria le ciel qu'elle accepte de le rejoindre. Elle lui manquait tant.

17

À l'aube du 13 décembre, Cassandra entendit une voix annoncer qu'on voyait la terre. Elle sauta à bas du lit, s'habilla à la hâte et se dirigea vers le pont dans l'espoir d'apercevoir sa nouvelle patrie. Trahie par son corps que tant de précipitation perturbait, elle se rua vers les toilettes, la main sur la bouche.

De retour dans sa cabine, elle trouva Mlle Pershore assise sur le rebord de la couchette inférieure. La vieille demoiselle la dévisagea comme si elle avait deux têtes.

— Vous attendez un enfant, c'est ça? demanda-t-elle sur un ton où le triomphe le disputait au dégoût.

— Oui.

— Je me demande depuis le départ si vous avez vraiment été mariée. Vous ne parlez jamais de lui, ce n'est pas normal. Je suis convaincue que vous prétendez être veuve pour ne pas être accusée de fornication!

Cassandra se dressa de toute sa taille et toisa la vieille femme décharnée qui l'observait rudement. Elle s'était efforcée de s'entendre avec elle et de rester polie, mais elle ne pouvait pas rester sans réagir face à une telle accusation, sous peine de voir son enfant traité de bâtard et malmené tout au long de son existence.

— Je suis montée à bord sur les recommandations d'un pasteur et de sa femme qui ont pu témoigner de ma probité, en pleine connaissance de mon statut marital. Croyez-vous qu'ils auraient agi de la sorte s'ils avaient pensé un seul instant que mon enfant était celui du péché?

Mlle Pershore, un instant silencieuse, laissa échapper un reniflement sonore.

— Votre maîtresse est-elle au courant?

— Cela ne vous regarde pas.

— Elle ne l'est donc pas. Et elle ne voudra jamais vous garder lorsqu'elle sera avertie. Elles sont toutes pareilles.

— Dans ce cas, je trouverai un autre emploi.

— Pas en tant que femme de chambre.

— Je m'en passerai si c'est au risque de devenir aussi amère que vous.

Elle regretta aussitôt les paroles qu'elle venait de prononcer. Cela ne payait jamais de se créer des ennemis. Un silence tendu suivit, et Cassandra, ramassant son châle, gagna le pont. Elle avait eu tort de ne pas prendre son temps ce matin-là.

Debout face à la mer, elle se sentit rafraîchie par l'air du large. Les yeux plissés afin d'échapper à la morsure du soleil, elle distingua une ligne d'ombre à l'est, que précédait la silhouette d'un phare posé sur une bande de terre. L'île de Rottness, probablement. Au-delà s'étendait le port de Fremantle où aurait lieu le débarquement, à en croire la surveillante.

Cassandra éprouva soudain le besoin de fouler la terre ferme, de marcher pendant des heures, seule, après des mois passés à se bousculer avec d'autres sur le pont.

Elle regagna sa cabine en attendant que Mme Barrett l'appelle. Mlle Pershore s'était éclipsée, ce qui était inhabituel car sa maîtresse se levait tard en temps ordinaire.

Lorsque le steward frappa à la porte et signala à Cassandra que Mme Barrett souhaitait la voir, il paraissait soucieux.

— Y a-t-il un problème?

Il posa un regard parlant sur le ventre de la jeune femme.

— Oui, je crois.

Mlle Pershore avait dû parler. Cassandra releva la tête d'un air de défi.

— Je ne vois rien de mal pour une femme mariée, même lorsqu'elle est veuve, à porter l'enfant de son mari. D'aucuns y verraient un signe heureux et me souhaiteraient tout le bonheur du monde.

Il haussa les épaules.

— Probablement. J'oublie parfois que vous n'êtes pas vraiment une femme de chambre. Vous avez appris le métier si vite.

Il s'éloigna en lançant un «Bonne chance!» par-dessus son épaule.

Pourquoi aurait-elle besoin de chance? Le cœur de Cassandra se serra.

Lorsqu'elle pénétra dans la cabine des Barrett à leur invitation, elle leur trouva une mine maussade. Leurs regards se fixèrent aussitôt sur son ventre.

— Pourquoi ne pas nous avoir dit que vous attendiez un enfant? demanda M. Barrett. Qui est le père?

Elle se tint un instant immobile. Il lui fallait répondre calmement, avec assurance.

— À votre avis, sachant que je suis veuve depuis peu? Il s'agit de mon mari, évidemment.

— C'est ce que vous dites.

— Dois-je vous rappeler que je vous ai été recommandée par un pasteur? Vous ne m'avez pas ramassée sur le trottoir.

Il ignora la remarque.

— Pourquoi ne pas avoir évoqué votre état?

— Je ne le savais pas au début. Ensuite, j'ai éprouvé le besoin de m'habituer à cette idée. Je ne m'attendais pas à la venue de cet enfant, j'étais triste à l'idée qu'il ne connaisse jamais son père.

— Il est hors de question que ma femme de chambre soit dans le même état que moi! s'écria Mme Barrett d'une voix acide. Les gens riraient en nous voyant toutes les deux.

— Dans mon cas, cela ne se verra pas pendant un moment. Mon état ne m'a pas empêchée de mettre toute mon énergie dans mon travail, et je n'ai pas l'intention que cela change.

— Je me vois contraint d'en parler au capitaine, reprit M. Barrett.

Cassandra en avait assez que l'on décide de tout à sa place.

— Pour quelle raison?

— Il a le devoir d'en informer les autorités à notre arrivée. Celles-ci peuvent fort bien décider de vous renvoyer en Angleterre, pour que vous ne soyez pas à la charge de la collectivité.

— J'ai assez d'argent pour survivre et je n'ai pas l'habitude de rester inactive. J'entends n'être à la charge de personne. Et je ne serai pas seule, puisque mes sœurs sont là. Ce bébé ne regarde que moi.

Elle eut une pensée fugitive pour Reece, que cette naissance concernait aussi.

— Simon, si vous voulez bien nous laisser? Il y a des sujets dont les femmes ne peuvent s'entretenir qu'entre elles.

Son mari quitta la cabine et Mme Barrett poussa un soupir.

— Je suis désolée, mais je ne pourrai pas vous garder, Lawson. Vous travaillez bien et je m'étais habituée à vous.

Curieux compliment, pensa Cassandra avec amertume.

— Pourquoi ne pas m'autoriser à rester auprès de vous tant que mon état ne se voit pas? Cela me permettrait de gagner encore un peu d'argent.

Mme Barrett hésita.

— Nous avions exclu cette possibilité, mais je vais y réfléchir. J'imagine combien cela doit être horrible d'affronter seule une telle situation. Je ne sais pas comment je ferais sans Simon en ce moment.

Cassandra baissa la tête, en larmes.

— Je ne m'attendais pas non plus à avoir cet enfant seule, mais je compte m'en occuper et l'aimer d'autant mieux qu'il ne connaîtra jamais son père.

Mme Barrett se tamponna les yeux.

— Comme c'est triste. Cette Pershore est une créature sans cœur. C'est elle qui est allée trouver mon mari. Elle n'a même pas eu la courtoisie de m'en parler en premier.

— Ce n'était pas toujours facile de partager ma cabine avec elle, mais j'avoue ne pas comprendre pourquoi elle m'en veut. J'ai toujours fait preuve de politesse à son égard et je ne lui ai jamais causé de tort.

— Vous êtes-vous seulement regardée dans une glace récemment?

— Je vous demande pardon?

Mme Barrett tendit une main vers le miroir accroché au-dessus de la malle-cabine.

— Regardez-vous.

Cassandra obtempéra.

— Je ne vois rien de différent.

— Vous respirez la santé et si votre nez vous empêche à jamais d'être considérée comme jolie, vous êtes belle.

Elle rejoignit Cassandra devant le miroir.

— Je suis jolie et j'ai un mari qui m'aime, de sorte que je n'ai pas de raison de vous envier. À l'inverse, Mlle Pershore est laide, personne ne l'a jamais aimée, si bien qu'elle vous jalouse terriblement.

— Oh…

Cassandra observa rapidement son reflet. Elle n'avait jamais passé beaucoup de temps devant sa glace, mais elle avait fière allure, elle en convenait. Le climat ensoleillé de la traversée avait animé son teint, et les repas équilibrés du bord avaient contribué à redonner toute sa plénitude à sa silhouette.

— Vous ne parlez jamais de votre mari.

— C'est trop… douloureux. J'ai peur de perdre pied si je m'attache trop au passé.

Mme Barrett soupira.

— Quel courage vous avez ! Je vous fournirai d'excellentes références, et je vous autorise à garder la malle d'Hilda. Je n'ai pas envie que cet enfant manque de quoi que ce soit. Comme je vais avoir besoin d'aide, vous n'aurez qu'à rester encore quelques semaines avec moi, mais vous comprendrez qu'il m'est impossible de vous garder une fois que votre condition se verra. Les gens se moqueraient de nous en nous voyant toutes les deux enceintes.

Cassandra trouvait la raison pour le moins curieuse, ce qui ne l'empêcha pas de remercier sa maîtresse pour sa générosité.

Elle s'en voulait de lui mentir, mais l'avenir de son enfant était en jeu.

Quant à Mlle Pershore, elle décida de l'ignorer. Les relations risquaient d'être tendues dans leur cabine, mais l'arrivée était toute proche.

*

Lorsqu'elle franchit à nouveau la porte de la cabine des Barrett cet après-midi-là, Cassandra se trouva face à un M. Barrett aussi sombre que le matin. Sa femme affichait une mine boudeuse et la malle d'Hilda trônait au milieu de la pièce.

— Veuillez l'ouvrir, déclara M. Barrett en pointant la malle du doigt.

— Puis-je savoir pourquoi?

— Nous n'avons pas pris la précaution d'en vérifier le contenu jusqu'ici, ce qui était sans doute une erreur. Avant que vous l'emportiez, je tiens à m'assurer qu'elle ne contient pas d'objets de valeur.

Cassandra s'indigna.

— Cela ne sera pas nécessaire, monsieur. Je n'y ai rien trouvé de précieux, sinon je vous l'aurais dit.

Il la fusilla du regard.

— Si vous refusez de l'ouvrir, je fais appeler le capitaine qui s'en chargera.

Furieuse, elle prit une clé attachée à une chaîne qu'elle portait autour du cou.

— Cette malle contient une partie de mes effets personnels.

Elle y avait notamment entreposé son argent, la malle d'Hilda étant pourvue d'une serrure plus solide que la sienne.

À peine eut-elle soulevé le couvercle qu'il la poussa sans ménagement avant de vider la malle de son contenu, sans se soucier de salir ou de froisser les vêtements qui s'éparpillaient sur le plancher.

— Ah! s'écria-t-il en exhibant une bourse.

— Elle m'appartient, monsieur.

— C'est vous qui le dites.

Il déversa sur la table les pièces enfermées dans la bourse, les compta, et posa sur Cassandra un regard hostile.

— Je comprends mieux pourquoi vous refusiez d'ouvrir cette malle. J'appelle le capitaine de ce pas. Vous n'êtes qu'une voleuse.

— Simon, c'est nous qui lui avons donné cette malle.

— Jamais il n'a été question de lui donner les économies d'Hilda. Elle n'a aucun droit de se les approprier.

— Cet argent m'appartient ! protesta Cassandra.

— Je ne vous crois pas.

Il sonna le steward et l'envoya quérir le capitaine.

Ce dernier accourut en apprenant qu'un vol avait été commis. Il ouvrit de grands yeux en voyant la cabine dans un tel état.

Simon pointa l'index en direction de Cassandra.

— Cette femme est une voleuse.

— C'est faux ! Cet argent est le mien, et c'est vous qui m'avez donné cette malle.

Mme Barrett rejoignit Cassandra.

— C'est vrai, capitaine. Nous lui avons donné cette malle.

— Mais pas l'argent, insista M. Barrett. Nous lui avons bien précisé que si elle y trouvait de l'argent, elle devrait le rendre à notre ancienne femme de chambre.

— Mais puisque je vous dis que cette malle ne contenait pas d'argent ! Ce sont mes économies.

— Êtes-vous en mesure de le prouver ?

Cassandra, qui cherchait désespérément un moyen d'établir sa bonne foi, s'écria soudain :

— Oui ! La femme qui m'a donné cet argent vit en Australie-Occidentale. Elle pourra confirmer mes dires.

— Comment peut-elle vous avoir donné cet argent si elle vit ici ? s'étonna le capitaine.

— Elle est arrivée il y a quelques mois à bord de l'*Eena*.

— La jolie fable ! ricana M. Barrett.

— Attendez, l'arrêta le capitaine en levant la main. L'*Eena* a bien fait la traversée cette année. Comment se nomme cette femme ?

Cassandra s'empressa de fournir les détails, priant le ciel que Mme Southerham réside encore dans la colonie.

— En attendant, je garderai cet argent, décida le capitaine en glissant la bourse dans sa poche.

— Si cela ne vous dérange pas, monsieur, je vous serais reconnaissante de compter cet argent et de me fournir un reçu.

Il écarquilla les yeux.

— Impudente ! Vous me croyez capable de voler cette somme ?

— Pas du tout, monsieur. Simple mesure de bon sens. Je n'ai pas d'autres économies et s'il vous arrivait malheur, qui saurait que cet argent m'appartient ?

— Euh… cela se tient.

L'argent compté et le reçu rédigé, il se tourna vers Cassandra :

— Vous attendrez à bord que les autres passagers aient tous débarqué, madame Lawson. Je vous ferai conduire au refuge des émigrants où vous séjournerez en attendant la réponse de cette Mme Southerham.

Sur ces mots, il adressa un signe de tête aux Barrett et s'éclipsa.

M. Barrett désigna le tas de vêtements par terre.

— Remettez-moi tout ça dans la malle, Lawson, fermez-la à clé et demandez au personnel de bord de passer la prendre. Je vous interdis de pénétrer seule dans notre cabine dorénavant.

Cassandra décida de prendre son temps. Agacé, M. Barrett quitta la pièce en la laissant sous la surveillance de sa femme.

— Il s'agit bien de votre argent, n'est-ce pas ? demanda celle-ci.

— Oui.

— Je suis désolée. Il monte parfois sur ses grands chevaux.

— Je suis tout aussi désolée que vous. Je vous ai toujours servie du mieux que je le pouvais et je me vois bien mal récompensée de mes efforts.

— Je suis certaine que c'est à nouveau la faute de cette Pershore. Elle est allée lui raconter que vous aviez compté de l'argent en sa présence, elle avait peur que vous l'ayez volé. Je sais que le chapardage était monnaie courante chez les émigrantes tout au long du voyage.

— Je n'ai jamais rien volé de ma vie. Jamais.

La malle à nouveau en ordre, Mme Barrett fit venir le steward qui lui répondit que les marins étaient occupés à la manœuvre.

Mme Barrett bâilla.

— J'ai besoin d'une sieste. Vous pouvez disposer, Lawson.

Cassandra monta sur le pont où elle retrouva ses sœurs. Elle put enfin laisser libre cours aux larmes qu'elle avait refusé de laisser couler en présence de son accusateur.

Horrifiées, elles la consolèrent de leur mieux. Cassandra en arrivait à se demander si le destin cesserait un jour de s'acharner sur elles.

Que se passerait-il si les autorités ne parvenaient pas à retrouver Mme Southerham? Comment pourrait-elle rentrer en possession de son argent? Ne risquait-elle pas d'être renvoyée en Angleterre?

*

Les premiers jours sur la propriété filèrent comme le vent. Livia acceptait avec insouciance de s'occuper du ménage, mais il était clair aux yeux de Reece que Francis détestait voir sa femme s'user à des tâches subalternes.

Il ne pouvait s'empêcher de penser que son employeur faisait tout à l'envers. Il était indispensable d'agrandir la cabane avant l'hiver, mais Francis semblait davantage préoccupé par le besoin d'aménager un coin d'ombre pour les chevaux en tendant une bâche entre quatre arbres. Il parlait surtout de leur construire une écurie.

Avec le bois des caisses qui avaient contenu les meubles, Reece construisit une table qui servirait aussi bien à préparer les repas qu'à les prendre. La maisonnette en bois comme la véranda débordaient de cartons qui n'avaient pas encore été déballés, ce qui empêchait d'y manger.

Reece pria le ciel que ses informateurs ne se soient pas trompés en lui affirmant qu'il ne pleuvrait pas avant mars ou avril.

Au terme de la première semaine, il attendit que ses employeurs aient achevé leur repas pour les interroger.

— J'imagine que vous ne verrez pas d'inconvénient à ce que je prenne mes dimanches ? Je suis invité à rendre visite à notre voisin demain.

— Êtes-vous certain de ne pas vous montrer imprudent en frayant avec un ancien condamné tel que Lynch ? lui demanda Francis. Il serait gênant que l'on vous assimile à ces gens-là.

— J'aime bien Kevin. En outre, il a purgé sa peine, répondit Reece.

Il s'était rendu chez leur voisin le soir à plusieurs reprises sans leur en parler. Cette fois, il comptait demander à Kevin de l'aider à trouver une parcelle de terre à louer, faute d'avoir les moyens d'acheter un terrain. Il ne s'en était pas encore ouvert aux Southerham. Il serait toujours temps de leur en parler par la suite.

Il partit après le petit-déjeuner ce dimanche-là, heureux de retrouver un espace de liberté. Il avait demandé la permission d'emporter un morceau de kangourou pour l'offrir à son hôte. Livia avait accepté avec joie. Ils n'avaient jamais le temps de consommer toute la viande des animaux qu'ils chassaient, la chaleur empêchant qu'elle se conserve.

À force de vivre ensemble, il avait de plus en plus de mal à ne pas les appeler par leurs prénoms lorsqu'il pensait à eux. Sans doute en auraient-ils été choqués s'ils l'avaient su. Ils se montraient toujours aimables avec lui, mais ils ne semblaient pas se douter qu'il souffrait de la solitude. Ils ne semblaient pas davantage comprendre qu'il aurait aimé se reposer le soir près du feu, au lieu de vaquer aux mille et une corvées qu'ils lui donnaient. Il le savait déjà, jamais ils ne l'auraient laissé en paix s'il avait passé sur place sa journée de repos.

*

Kevin l'attendait, assis dans la véranda de sa maison. Celle-ci était petite, mais confortable.

— Comment allez-vous? s'inquiéta Reece. Je vous trouve mauvaise mine.

— C'est l'âge, sans compter que la chaleur ne m'a jamais réussi. À l'image des fleurs, je m'épanouirai à nouveau lorsqu'il commencera à pleuvoir.

Reece ne fut pas convaincu par l'explication. Son compagnon paraissait davantage malade que fatigué. Il se demanda quel âge il pouvait avoir. Sans doute était-il plus proche de soixante ans que de cinquante.

— Je vous ai apporté de la viande.

— Voilà qui tombe à pic. Je ne suis pas aussi bon chasseur que je l'étais. Une tasse de thé avant d'aller jeter un coup d'œil aux terrains dans les environs?

— Bonne idée.

Kevin disposait d'une petite carriole à deux roues tirée par un cheval aussi vilain que robuste. Reece lui passa un harnais autour du cou, un art qu'il avait acquis depuis son arrivée en Australie.

Kevin, après s'être assuré que son visiteur l'avait bien attachée, tapota sur le flanc la petite jument.

— Tu es une bonne fille, Delilah.

Elle le gratifia d'un coup de museau amical. Il la récompensa en tirant de sa poche un morceau de sucre qu'elle lécha délicatement dans la paume de sa main.

— Delilah? s'amusa Reece. Drôle de nom pour un cheval.

— C'est elle qui m'a poussé à l'acheter alors que je voulais une bête plus costaude. Son ancien propriétaire la maltraitait. Les gens sont terriblement durs avec les chevaux dans ce pays. En fin de compte, je n'ai pas regretté mon choix. Elle n'en a pas l'air, mais elle est très résistante et tire n'importe quelle charge si vous le lui demandez.

— Allons-nous loin? s'enquit Reece.

— Pas vraiment.

Les terres qu'ils traversaient étaient aussi desséchées que le reste des campagnes alentour. Kevin indiquait au passage les qualités susceptibles de valoriser un terrain, qu'il s'agisse de la présence d'un ruisseau, d'une source, ou d'arbres faciles à couper pour la vente du bois.

— Je n'appelle pas ça un ruisseau, remarqua Reece alors qu'ils traversaient un terrain. C'est tout juste un ruisselet.

— Vous les verrez grossir d'un seul coup aux premières pluies. Voyez un peu le lit que celui-ci s'est taillé. La présence d'un ruisseau fait toute la valeur d'un terrain. Votre maître en possède-t-il un?

— Il dispose d'une source et nous avons découvert un puits l'autre jour au bas de la propriété. Nous avons bien failli tomber dedans, on aurait dit un simple tas de planches. J'ai réparé la poulie et consolidé la margelle.

Nous avions emporté un seau et une corde. L'eau est légèrement saumâtre, mais ça ira.

— Southerham n'est pas fermier de métier?

— Non. Il adore les chevaux et la vie au grand air. J'ai le sentiment qu'il s'est fourvoyé.

Reece laissa s'écouler un moment de silence avant de demander :

— Combien coûtent les terres ici?

— Elles se louent par demi-hectare.

— J'aurai besoin d'y construire une habitation.

— Vous pouvez vous contenter d'une hutte en écorce dans un premier temps. Je vous montrerai quels arbres font l'affaire.

Reece, après une hésitation, se sentit suffisamment à l'aise avec son voisin pour se confier à lui.

— J'aimerais inviter ma jeune amie à me rejoindre, et je vais avoir besoin d'argent pour payer son voyage. Les hommes ont besoin d'une femme et c'est une fille formidable, mais je dois toujours un an de travail aux Southerham.

— J'aurais bien une idée à vous soumettre. Retournons chez moi en discuter, cette chaleur me tue.

— Je peux prendre les rênes, si vous voulez.

— C'est très aimable à vous. Et si vous me passez ce vieux parapluie, je m'abriterai du soleil.

De retour dans la véranda, de grands mugs de thé brûlant à la main, Kevin prit la parole :

— Reece, mon garçon, avoir un peu de compagnie ici ne serait pas superflu. J'éprouve des difficultés croissantes à tout gérer du fait de mon âge. Il n'est pas facile de vieillir seul.

Il laissa s'écouler quelques instants avant de poursuivre :

— Je pourrais vous louer des terres. Pour que tout soit régulier, je vous les louerais sur une durée de cinq ans, en échange de quoi vous vous occuperiez de moi.

Reece, déconcerté, ouvrit de grands yeux.

— Je dispose d'une chambre d'amis que je réservais à l'un de mes neveux, mais il n'est finalement jamais venu vivre ici. Nous pourrions agrandir un peu le salon de façon à disposer de davantage de place en hiver, quand les pluies sont abondantes. Avec les maisons en bois, tout est possible. J'ai des planches qui conviendront très bien à condition de les raboter.

Reece ne répondit pas directement, triste à l'idée que le vieil homme soit contraint de payer quelqu'un pour prendre soin de lui.

— Êtes-vous resté en contact avec votre famille ? Ils n'ont pas la possibilité de vous dépêcher quelqu'un ?

— Non. Ma femme est morte avant d'avoir pu me rejoindre et nous n'avions pas d'enfants. Quant à mes proches, ils ne sont pas très fiers d'être liés à un ancien condamné.

Il poussa un soupir, les yeux perdus dans le lointain.

— C'est décidément bien cruel de déporter un homme à l'autre bout du monde jusqu'à la fin de ses jours.

Reece jugea préférable de le laisser plongé dans ses pensées. Il attendit que le regard du vieil homme se pose de nouveau sur lui pour réagir.

— Je vous suis très reconnaissant de cette offre, mais êtes-vous bien sûr de vous ?

— Absolument.

— Je me demandais…

— Dites-moi.

— La propriété des Southerham se trouve à quelques minutes d'ici à peine, en passant par la colline. Accepteriez-vous que j'emménage dès à présent ? Je dispose d'un simple coin de tente pour l'heure.

Kevin le dévisagea longuement, puis un sourire éclaira son visage.

— J'en serais ravi.

— En échange, je vous aiderai à vous occuper de la ferme.

— Croyez-vous qu'ils accepteront?

Reece lui sourit en retour.

— Je doute qu'ils osent refuser. La main-d'œuvre ne court pas les rues par ici, et rien n'oblige les employés à dormir sur leur lieu de travail.

*

Lorsqu'il s'en ouvrit aux Southerham à son retour, Francis protesta.

— Mais nous avons besoin de vous ici.

— Je suis votre domestique, pas votre esclave, rétorqua Reece d'une voix douce.

— À ceci près que... les domestiques vivent habituellement auprès de leurs maîtres.

— Vous laisseriez ce vieil homme se débrouiller seul? N'ai-je pas le droit de disposer de mon temps libre?

Un silence gêné s'installa, que Livia se décida à rompre.

— M. Lynch a vraiment du mal?

— Oui, madame Southerham. Il n'a personne pour l'aider.

— Pourquoi vous?

— Nous nous sommes bien entendus dès le premier jour. Vous l'aurez remarqué, on a spontanément des affinités avec certains individus dans la vie.

Comme c'était le cas avec Cassandra. Il s'empressa de la chasser de son esprit.

— Sans compter que dormir dans cette tente n'est guère confortable. Cela vous laissera d'autant plus de place pour y entreposer des affaires qui encombrent votre maison.

Le terme de maison était pour le moins exagéré. Celui de « cabanon » relevait déjà de l'euphémisme, mais Francis ne faisait pas mine de vouloir le réparer, affirmant sans cesse qu'il laisserait ce travail aux condamnés qu'il engagerait à terme. Jusque-là, il s'était contenté de marquer les arbres qu'il comptait abattre afin de les vendre. Plus exactement, il avait commencé à les marquer en compagnie de Reece avant de laisser ce dernier achever cette corvée, au prétexte qu'il était en sueur.

Il consacrait le plus clair de son temps à ses chevaux, qui devaient être les mieux lotis de toute la colonie. Reece soupçonnait Francis de s'être aperçu qu'il avait commis une erreur en s'installant là.

Les Southerham restaient sourds au fait que les pluies hivernales transperceraient sans peine le toit de tôle rouillée du cabanon.

*

Après avoir vu Livia travailler en plein soleil sans se plaindre, Reece suggéra à Francis de tendre une bâche au-dessus de la table d'extérieur. Il prit aussitôt l'opération en main, Francis n'ayant aucune idée de la façon de s'y prendre. S'il l'avait laissé agir, la bâche se serait envolée au premier coup de vent.

— Vous êtes un garçon pragmatique, remarqua Livia alors que Reece, installé à table sous la bâche nouvellement installée, attendait son déjeuner.

Elle embrassa d'un geste le coin d'ombre.

— Cette bâche me change la vie, ajouta-t-elle en lançant un coup d'œil en direction de l'écurie improvisée où son mari s'occupait de ses deux chevaux. Mon

Francis n'a pas l'esprit aussi pratique, mais une fois que nous aurons fait venir ces condamnés, je suis sûre que tout ira mieux. Il compte s'en occuper lors de notre prochain séjour à Perth.

Reece n'en était pas convaincu. À en croire la rumeur, les condamnés n'étaient bons à rien et il fallait les surveiller de près. Les gens que l'on force à travailler mettent rarement du cœur à l'ouvrage.

— En tout cas, M. Southerham nous fournit toute la viande nécessaire grâce à ses talents de chasseur.

— Sans doute, mais c'est vous qui avez eu l'idée de creuser une fosse et de conserver la viande dans la terre fraîche.

— C'était une suggestion de Kevin.

— Notre voisin?

— Oui. C'est un homme intelligent, d'extraction noble. Si ce n'était pas un ancien condamné, vous l'apprécieriez.

— Mais c'en est un.

Reece ne commit pas l'erreur d'insister. Aux yeux de ses employeurs, le monde relevait de deux catégories: l'aristocratie, et le reste de l'espèce humaine. Reece préférait juger les individus à leurs mérites réels.

Francis les rejoignit après s'être lavé les mains dans le seau, et elle servit le repas, un ragoût de kangourou réalisé avec une bête tuée la veille. Comme les pommes de terre commençaient à germer, Livia envisageait de les jeter.

— Pourquoi ne pas les planter? suggéra Reece.

— Les pommes de terre sont trop bon marché pour que cela vaille la peine, réagit Francis avec une moue dégoûtée.

— Dans ce cas, donnez-moi celles dont vous ne voudrez plus, je les planterai dans le potager de Kevin.

Francis haussa les épaules.

— Je vous les laisse.

Il avala une bouchée et soupira en contemplant son assiette.

— Avant de quitter Perth, j'ai entendu dire qu'un bateau devait arriver à la mi-décembre. Je vais voir si je ne peux pas engager une femme de chambre pour aider Livia. J'en profiterai pour récupérer les condamnés auxquels j'ai droit.

— Dans ce cas, je t'accompagne, déclara-t-elle aussitôt.

— Pourrez-vous surveiller la propriété pendant notre absence, Reece? Nous prendrons la charrette, je vous laisserai un cheval.

— J'ai également besoin de me rendre à Perth. Je dois poster une lettre de première importance, j'en profiterai pour me procurer un peu de matériel. Je compte louer un terrain à Kevin, je voudrais y bâtir une maison.

Ils se pétrifièrent.

— Est-ce bien avisé? demanda Francis. Vous risquez de construire cette maison à fonds perdus puisque vous ne serez pas propriétaire du terrain.

— Je me servirai essentiellement d'écorce, elle ne me coûtera presque rien. Kevin me montrera comment procéder.

— Quand en trouverez-vous le temps?

— Les dimanches.

— J'espère que vous ne serez pas épuisé en rentrant ici.

— Avez-vous eu des raisons de vous plaindre jusqu'à présent? J'ai pratiquement terminé de niveler le terrain.

— J'avais cru comprendre que vous viviez dans la maison de Kevin. Vous ne vous entendez pas bien? s'enquit Livia.

— Je voudrais être en mesure d'accueillir ma femme. Si elle accepte de me rejoindre. C'est pour cette raison que je tiens à poster cette lettre.

— Cassandra ?

— Qui d'autre ?

— Je suis persuadée qu'elle acceptera, réagit Livia chaleureusement.

— Elle ne pourra pas me rejoindre avant un an au moins. Peut-être davantage. Je dois trouver le moyen de lui envoyer l'argent de la traversée. J'économise soigneusement mes gages.

Livia sourit.

— Elle vous rejoindra peut-être plus vite que vous le pensez. Je lui ai donné un peu d'argent avant de partir, cela devrait suffire au billet.

Reece, qui balançait entre doute et espoir, aurait aimé se montrer aussi optimiste. Il était triste à l'idée que sa lettre mette aussi longtemps à parvenir à sa destinataire. Il faudrait autant de temps pour qu'il obtienne une réponse. Il avait souvent entendu parler de «l'autre bout du monde», sans imaginer qu'un jour il s'y trouverait. Avant de débarquer, jamais il ne s'était imaginé que la colonie du fleuve Swan puisse être aussi isolée et peu peuplée.

Le cousin de Francis, avec ses mensonges répétés, était largement responsable de la situation.

En même temps, Reece se plaisait dans cet espace de liberté dont il commençait à entrevoir les possibilités. Jusqu'à la chaleur, dont il avait découvert les attraits avec plaisir. Le soleil brillait quotidiennement, il suffisait de s'habiller légèrement et ce régime lui convenait. Il savait désormais qu'il ne voudrait jamais retrouver le climat pluvieux et froid du Lancashire.

18

Quelques heures après avoir dépassé l'île de Rottnest, le *Tartar* jeta l'ancre à Gage's Roads, un bras de mer abrité, distant de la côte d'un kilomètre. La ville de Fremantle apparut aux passagers, à la fois proche et inaccessible.

— Mais il n'y a pas de port ! s'exclama Xanthe. Juste de longs pontons.

— J'ai entendu dire que les bancs de sable à l'embouchure du fleuve empêchaient les gros bateaux de remonter jusqu'à Perth, soupira Pandora. Vous ne trouvez pas ça frustrant ? Je meurs d'envie de découvrir notre nouvelle… patrie.

Le mot lui brûlait la gorge. De son point de vue, sa patrie serait à jamais Outham.

— Vous avez vu tous ces arbres ? remarqua Maia. J'imaginais une ville beaucoup plus grande. À quoi peut donc servir cette grande bâtisse blanche en haut de la colline ?

— C'est une prison.

— Il est normal qu'elle soit aussi grande puisqu'on envoie ici les condamnés. La surveillante m'a pourtant expliqué que la plupart d'entre eux ne vivent pas enfermés. Ils ont la possibilité de construire des routes et de participer au développement de la colonie tant qu'ils se conduisent bien.

Elle fronça les sourcils.

— Vous croyez qu'ils sont dangereux?

— On ne les laisserait pas sortir si c'était le cas.

Trois autres bateaux mouillaient à quelque distance. Sous leurs yeux, un canot s'approcha du *Tartar* dont elles apprirent qu'il transportait l'inspecteur des services de santé.

Un autre canot s'avança ensuite, dans lequel prirent place deux des passagers disposant de cabines sous le regard envieux des émigrants massés sur le pont.

Les récriminations fusèrent ce soir-là lorsque les occupants de l'entrepont se trouvèrent enfermés dans les dortoirs à 20 heures, comme à l'accoutumée.

*

Lorsque Cassandra fut appelée dans la cabine des Barrett le lendemain matin, elle hésita à s'y rendre avant de ravaler sa fierté puisqu'elle n'avait toujours pas touché ses gages.

Elle trouva Mme Barrett seule.

— Voici une lettre de références, déclara-t-elle en lui glissant précipitamment un courrier dans la main. Simon ne voulait pas que j'en rédige une, mais je ne suis pas d'accord. Vous avez travaillé avec cœur en vous conformant à tous mes désirs. Vite, cachez-la. À présent, aidez-moi à me coiffer avant de m'aider à boucler mes bagages.

— Puis-je vous demander… mes gages, madame?

Mme Barrett tritura son alliance d'un air gêné.

— Simon estime qu'au regard des circonstances payer votre traversée suffit.

— Il s'était engagé à me verser des gages!

Elle releva la tête d'un air de défi.

— Je m'adresserai à un avocat s'il le faut. J'ai besoin de cet argent pour mon enfant. M. Barrett m'a déjà pris toutes mes économies, et voilà qu'il refuse de me payer? Comment vais-je survivre une fois à terre?

Mme Barrett fondit en larmes sans que Cassandra fasse mine de la consoler.

Elle se retourna en entendant la porte s'ouvrir et découvrit M. Barrett sur le seuil, le front barré d'un pli.

— Qu'avez-vous fait qui mette ma femme dans un tel état?

— Je lui demandais mes gages.

— Quelle impudence! Comment pouvez-vous me les demander après avoir été convaincue de vol?

Cassandra se souvint soudain d'une formule qu'elle avait lue.

— Selon la loi anglaise, une personne est présumée innocente tant qu'elle n'a pas été reconnue coupable. Comment comptez-vous me verser mes gages quand on aura établi mon innocence? Vous trouverez-vous seulement encore à Perth? C'est vous qui me volez.

— Comment osez-vous m'accuser de la sorte? Vous devriez vous abstenir de proférer de telles accusations qui n'ont pas leur place dans la bouche d'une femme de chambre.

— Je connais parfaitement le sens de cette phrase. J'ai sans doute moins d'argent que vous, mais j'ai un cerveau.

Mme Barrett tira son mari par la manche.

— Donnez-lui ses gages, Simon! Elle les mérite. Je ne sais pas comment je vais me débrouiller sans elle.

Il se tourna d'un bloc vers sa femme.

— Mais nous nous étions mis d'accord!

— Non. Vous seul avez pris cette décision, sans même m'entendre. Si vous ne la payez pas, je le ferai moi-même.

Un silence assourdissant accueillit sa déclaration. M. Barrett finit par mettre la main à sa poche.

— C'est bien parce que je ne veux pas que vous mettiez ma femme dans cet état !

Il jeta une poignée de pièces à la figure de Cassandra qui se baissa afin de ramasser celles qui avaient roulé par terre. Elle les compta soigneusement.

— Il manque une livre. Vous comptiez me gruger, sans doute ? déclara-t-elle en lui montrant les pièces amassées dans le creux de sa main.

Il fouilla furieusement sa poche dont il tira une pièce qu'il jeta délibérément par terre.

Elle la ramassa, consciente qu'elle ne pouvait se permettre de cracher sur une livre, sans dissimuler sa colère face à un comportement aussi mesquin. Elle se tourna vers Mme Barrett.

— Je vous remercie pour votre aide, madame. En quoi puis-je vous être utile ce matin ?

M. Barrett quitta la cabine en trombe et sa femme serra les paupières, le dos parcouru d'un frisson.

— Ah, les hommes ! Votre mari était-il persuadé d'avoir toujours raison, lui aussi ?

Elle ne répondit pas immédiatement, peu habituée à évoquer la mémoire d'un mari fantôme.

— Non, madame. Pas plus que mon père.

— Dans ce cas, vous avez eu bien de la chance.

C'est tout juste si les deux femmes échangèrent quelques mots tandis que Cassandra coiffait sa maîtresse et achevait de ranger ses affaires.

— Voilà, dit-elle enfin. Je tenais à vous remercier de m'avoir tant appris, notamment en matière de broderie.

— C'était un plaisir, dit Mme Barrett en posant une main sur son ventre. Je vous souhaite bonne chance avec votre bébé.

— Moi de même, madame Barrett.

Cassandra quitta la cabine, brusquement désœuvrée. Elle resta un moment figée devant la porte, soulagée d'avoir du temps à elle.

La voix du steward la tira de sa rêverie.

— Le capitaine vous fait dire d'attendre avec les émigrantes lorsque vous en aurez terminé ici.

Elle aurait aimé profiter plus longtemps de ces instants de paix, mais le moment était mal choisi de se plaindre.

*

Les émigrants n'eurent l'autorisation de débarquer que deux jours plus tard, et on les conduisit directement à Perth.

Cassandra, qui s'était jointe à ses sœurs, fut envoyée avec l'ensemble des émigrantes dans un centre d'accueil fraîchement rénové où on les plaça sous la responsabilité d'une nouvelle surveillante.

Xanthe s'inquiéta en apprenant qu'on les logeait dans un hospice, et plus encore en voyant que celui-ci était protégé par une enceinte surmontée d'éclats de verre.

— Les émigrants ont-ils une telle envie de s'échapper qu'ils faillent les enfermer? glissa-t-elle à sa jumelle. Cet endroit ne me dit rien qui vaille, Maia.

À leur grand soulagement, elles virent que les pauvres étaient logées à l'étage alors que les émigrantes disposaient de locaux exigus, mais bien aménagés, au rez-de-chaussée.

La salle tout en longueur dans laquelle on les installa était divisée en boxes séparés par des cloisons de bois. Les lits étaient neufs et les draps propres.

La nouvelle surveillante avertit Cassandra sans ménagement qu'elle ne devait en aucun cas quitter les lieux.

— Je ne vois pas comment je pourrais partir alors que mes malles sont ici, répliqua-t-elle. Elles contiennent tout ce que je possède au monde. Avant de repartir, j'entends récupérer les économies qui m'ont été volées par M. Barrett.

— J'ai cru comprendre que c'était vous qu'on accusait de vol, rétorqua sèchement la surveillante.

— Eh bien, ce n'est pas le cas et j'en apporterai la preuve une fois qu'on aura retrouvé Mme Southerham, qui m'a donné cet argent. Elle est arrivée ici à bord de l'*Eena*.

— Nous n'avons eu personne de ce nom ici.

— Elle n'aura pas eu besoin de séjourner ici. C'est une dame de la noblesse. Son mari et elle comptaient vivre chez un cousin avant d'acheter des terres.

— Nous verrons si vous avez raison. En attendant, vous êtes logée et nourrie, alors de quoi vous plaignez-vous? dit-elle en défiant Cassandra du regard. Assez perdu de temps, nous avons déjà la visite d'employeurs potentiels à la recherche de domestiques convenables. Lawson, veuillez ne pas vous mêler aux autres tant que cette histoire n'est pas résolue.

À l'inverse, elle insista pour que les trois autres filles Blake se présentent aux personnes cherchant du personnel.

— Je vous apporte de la couture, déclara-t-elle à Cassandra. Ici, chacun gagne sa vie. Vous savez coudre, au moins?

Cassandra étouffa un soupir.

— Oui, j'ai eu tout le loisir d'apprendre depuis un an.

— Bien. Venez avec moi, je vais vous donner un jupon à bâtir.

De retour dans la chambrée avec son ouvrage, Cassandra s'assit sur son lit. Les voix qui lui parvenaient du jardin vinrent alimenter le sentiment de solitude qui l'étreignait. Elle s'inquiétait de savoir quel avenir l'attendait. Et si elle ne parvenait pas à prouver que cet argent lui appartenait? Comment survivre dans son état quand elle ne serait plus capable de travailler?

Après la naissance du bébé, il serait plus délicat encore de trouver un emploi, mais il n'était pas question de lui enlever son enfant. Elle avait bien vu ce qui arrivait aux ouvrières de l'usine qui envoyaient leurs bébés «à la campagne». Beaucoup d'entre eux mouraient par négligence.

Sa fierté l'avait aidée à garder la tête haute en présence de la surveillante, mais à présent qu'elle était seule, elle ne put retenir ses larmes qui s'épanchèrent sur le tissu tandis qu'elle passait le fil dans le chas de l'aiguille.

*

Reece conduisit la charrette jusqu'à Perth tandis que les Southerham le suivaient à cheval, faute de pouvoir laisser les pauvres bêtes se débrouiller seules en leur absence. Le ruisseau était à sec et l'herbe jaunie par le soleil.

Le lendemain, après avoir dormi en chemin, ils laissèrent la charrette et les chevaux dans une écurie et rejoignirent la rive nord du fleuve par le bac. Une fois à Perth, ils prirent leurs quartiers dans l'hôtel où ils avaient séjourné précédemment, et qu'ils savaient propre.

— Le périple n'a pas été trop difficile, ma chérie? s'inquiéta Francis auprès de sa femme.

Ni l'un ni l'autre ne pensa à s'enquérir du confort de Reece dans l'annexe où il était logé. Il n'en souffla mot, habitué à dormir à la dure, et glissa son sac de voyage sous la couchette inférieure qu'il s'était appropriée.

Le lendemain, Francis ne se sentait pas bien et Livia demanda à Reece de reporter ses propres courses afin de l'accompagner à l'hospice où étaient logées les émigrantes récemment arrivées d'Angleterre.

— Je crains de ne jamais trouver de femme de chambre si j'attends demain, lui expliqua-t-elle. Il y a une telle pénurie de domestiques.

Ils se mirent en route après le petit-déjeuner en laissant Francis soigner son estomac barbouillé.

— Ce doit être le crabe, estima Livia. Je n'en ai pas mangé, alors que Francis en a avalé deux assiettes. J'ai cru comprendre qu'un autre client de l'hôtel était également indisposé.

Livia s'immobilisa en voyant la foule qui s'était formée à l'entrée de l'hospice.

— J'ai eu raison de venir aujourd'hui. Mon Dieu, j'espère qu'il restera encore quelques filles.

— Suivez-moi, je vais vous ouvrir la voie, proposa-t-il.

Ils se frayèrent un chemin jusqu'à l'endroit où se tenaient les jeunes femmes. Certaines discutaient avec des employeurs éventuels, les autres bavardaient entre elles. Avant que Livia ait pu ouvrir la bouche, un cri s'éleva du groupe des émigrantes et l'une d'elles se jeta dans les bras de Reece.

Il reconnut avec stupéfaction Pandora.

— Par quel…

Elle fit un pas en arrière, rouge de confusion, et deux autres jeunes femmes se précipitèrent dans les bras de Reece.

— Que faites-vous ici?

Il balaya le jardin des yeux.

— Où est Cassandra?

— C'est une longue histoire, commença Pandora.

Elle se figea soudain en reconnaissant un autre visage familier.

— Madame Southerham! C'est le ciel qui vous envoie!

Livia lui demanda à son tour avec un sourire:

— Cassandra ne vous accompagne pas?

— Ils refusent de la laisser sortir. On l'accuse d'avoir volé l'argent que vous lui avez donné.

La surveillante s'approcha.

— Cet homme est-il l'un de vos parents? s'enquit-elle sur un ton glacial. Je vous interdis de vous jeter au cou du premier venu.

Livia s'interposa.

— M. Gregory est à mon service. Nous connaissons ces jeunes femmes, nous sommes tous originaires de la même ville du Lancashire.

La surveillante baissa légèrement sa garde en constatant à son accent qu'elle était en présence d'une personne éduquée. Un homme se présenta au même moment, qui posa sur les sœurs un regard déplaisant.

— Vous n'allez pas vous les accaparer toutes, chère madame, déclara-t-il en se glissant au milieu du petit groupe. Je suis également à la recherche d'une femme de chambre. Ma femme et moi vivons à York, nous sommes disposés à bien la payer.

Les sœurs reculèrent instinctivement.

— Vous avez déjà engagé une femme de chambre il y a quelques mois, monsieur Searle, intervint la surveillante. Que lui est-il arrivé?

— Cette ingrate s'est mariée. C'était une vilaine sal… créature. C'est un véritable enfer de garder les domestiques plus de quelques mois.

Il posa sur Pandora un regard insistant.

— Je ne commettrai pas l'erreur d'engager une fille aussi jolie que vous. Les hommes tourneraient autour de vous comme des abeilles attirées par un pot de miel. Vous ne tiendriez pas une semaine.

— Cela tombe bien, je n'ai aucune intention de travailler pour vous. Je n'aime guère la façon dont vous me regardez.

La surveillante étouffa ce qui ressemblait à un rire.

Quant à Reece, il ne chercha nullement à dissimuler son amusement en lisant l'indignation sur le visage de l'inconnu. Pandora avait raison, même si elle s'était exprimée avec une franchise inhabituelle. L'homme avait une façon insultante d'observer les femmes. Reece n'aurait pas été surpris que la femme de chambre précédente soit partie pour d'autres raisons.

— Je ne travaillerai pas non plus pour vous, ajouta Xanthe en passant le bras dans celui de sa jumelle.

— Je me passerai volontiers de péronnelles arrogantes telles que vous. Décidément, ces filles du Lancashire ne savent pas rester à leur place, bougonna-t-il en s'éloignant.

Le sourire de la surveillante s'effaça.

— Je comprends que vous ne souhaitiez pas travailler pour M. Searle, mais vous veillerez dorénavant à répondre convenablement aux personnes qui vous offrent un emploi. Souvenez-vous que vous êtes ici pour travailler, et non pour vivre aux crochets du gouvernement.

— Nous n'avons pas l'intention de nous éloigner les unes des autres, répliqua Xanthe.

— Vous prendrez ce qu'on vous donne, jeune femme, rétorqua la surveillante. Je doute que quelqu'un veuille vous engager toutes les deux. À présent…

— Excusez-moi, l'interrompit Livia, mais Pandora m'a parlé d'un malentendu au sujet des économies de Cassandra.

— En effet. Elle prétend qu'une dame lui aurait donné cet argent en Angleterre, mais la personne qui l'employait pendant la traversée affirme qu'elle a volé cet argent. Nous le lui avons confisqué. Le capitaine du *Tartar* comptait le confier au gouverneur.

— Je suis Mme Southerham et c'est moi qui lui ai donné cette somme. De quelle preuve avez-vous besoin?

La surveillante la dévisagea.

— Je me fiche de cette histoire d'argent, s'interposa Reece. Où est-elle? J'ai besoin de la voir au plus vite.

— Les hommes ne sont pas autorisés dans le dortoir des filles, le rabroua la surveillante.

— Dans ce cas, amenez-la.

— Qui êtes-vous?

— Reece Gregory.

— Pour quelle raison vous intéressez-vous à Mme Lawson?

— Je ne m'intéresse nullement à Mme Lawson, mais à Cassandra Blake. J'ai l'intention de l'épouser. Je viens de lui écrire, la croyant en Angleterre.

La surveillante le regarda d'un air surpris.

— Depuis combien de temps ne l'avez-vous pas vue?

— Très longtemps.

Il comptait lui demander sa main sur-le-champ. Elle n'aurait qu'à partager sa chambre chez Kevin et…

La surveillante le rappela à la réalité.

— Je vous autorise à vous rendre au fond du jardin, monsieur Gregory. Je suis sûre que Cassandra vous expliquera… tout. En attendant, il me faut écrire aux services du gouverneur. Ils souhaiteront sans doute s'entretenir avec vous au sujet de cet argent, madame Southerham. Puis-je vous demander où vous habitez?

Elle se tourna vers Reece.

— Je vous invite à patienter quelques minutes. Le temps de rédiger ce mot, je demanderai à Mme Lawson de venir vous voir.

Il allait protester sur le fait qu'il ne connaissait pas de Mme Lawson lorsque Pandora le fit taire d'un coup de coude.

— Quant à vous trois, reprit la surveillante d'une voix sans réplique, je doute que vous trouviez toutes un même employeur. Les propriétés ici sont modestes et très éparpillées. Nous ne sommes pas en Angleterre.

*

La surveillante venait de s'éloigner avec Reece lorsque Mme Southerham s'éclaircit la gorge.

— J'ai besoin de quelqu'un pour m'aider, mais je n'ai pas les moyens de vous prendre toutes les trois. Cela permettrait toutefois à l'une d'entre vous de vivre près de votre sœur, puisque je ne doute pas qu'elle accepte d'épouser Reece.

Les visages des sœurs s'allongèrent lorsqu'elles surent que Mme Southerham vivait loin de Perth, dans un lieu isolé.

Livia les interrogea à son tour.

— Pourquoi la surveillante appelait-elle votre sœur Mme Lawson? Cassandra s'est donc mariée?

Pandora lui glissa dans un murmure:

— Il est difficile d'en parler ici.

Avant qu'elle ait pu s'expliquer, plusieurs personnes approchèrent les trois sœurs afin de savoir si elles cherchaient un emploi.

Livia constata avec étonnement que les jeunes femmes regardaient Reece de loin avec anxiété.

Cassandra aurait-elle changé d'avis au sujet de Reece? Il était pourtant gentil et travailleur, beau garçon de surcroît, et il était clair qu'il l'aimait toujours. Que pouvait espérer de plus Cassandra?

*

Cassandra cousait tranquillement en savourant la brise tiède qui lui caressait le visage à travers la fenêtre ouverte. Elle leva les yeux en entendant des pas et reconnut la surveillante.

— Y a-t-il un problème? s'enquit-elle en voyant l'autre froncer les sourcils.

— Décrivez-moi cette Mme Southerham dont vous affirmez qu'elle vous a donné cet argent.

Elle obtempéra et le visage de la surveillante s'adoucit.

— Je suis heureuse de vous annoncer qu'elle est là. Elle m'a confirmé vous avoir donné cette somme. Inutile de laisser tomber par terre votre ouvrage! Posez-le plutôt sur le lit.

Cassandra lui obéit, les mains tremblantes. Elle n'en revenait pas que son innocence ait pu être établie aussi vite. Elle voulait y voir le signe que la chance commençait enfin à tourner.

— Il faudra attendre que le gouverneur donne son accord avant que l'on vous rende cette bourse, précisa la surveillante, mais ce sera une simple formalité. Mme Southerham est de toute évidence une dame respectable.

Cela signifiait-il que seules les femmes de la noblesse étaient dignes de confiance? Faute d'avoir été en contact avec des aristocrates, Cassandra n'avait jamais été considérée comme une inférieure dans l'univers ouvrier où elle avait grandi. Elle se rappela qu'elle avait changé de monde, dans tous les sens du terme, et garda pour elle la réflexion belliqueuse qui lui brûlait les lèvres.

— Autre chose.

— Oui?

— Cette dame s'est présentée avec un domestique, un certain Reece Gregory et... Vous vous sentez bien?

Cassandra, effondrée sur son lit, tremblait de tous ses membres. Elle avait beau savoir que Reece se trouvait en Australie, elle n'avait pas imaginé se trouver en sa présence aussi tôt.

Jamais elle ne pourrait soutenir son regard méprisant lorsqu'il saurait.

— Il semble impatient de vous voir, je lui ai proposé de vous attendre au fond du jardin. Je vous prie de rester bien en vue. Allons, dépêchez-vous, j'ai mille autres préoccupations aujourd'hui.

Cassandra se releva péniblement, paralysée par la peur. Comment tout expliquer à Reece en présence de tant de monde?

Elle s'en sentait incapable.

Seulement... s'il souhaitait toujours l'épouser, elle devrait lui parler, lui expliquer les raisons de son refus. Ce serait mal de le duper.

La tête en vrac, elle suivit la surveillante jusqu'au jardin et le trouva là, en plein soleil, avec ses cheveux d'un brun éclatant, son visage bronzé, plus beau qu'elle ne l'avait jamais vu. Il la regarda de la tête aux pieds, un sourire fleurit sur ses lèvres et il s'avança vers elle à grandes enjambées. Avant qu'elle ait pu deviner son dessein, il la prenait dans ses bras.

— Cassandra! Ma chérie! Je n'arrive pas à le croire!

Elle se laissa aller un instant, avant que la voix de la surveillante ne dissipe le brouillard qui embrumait son esprit.

— Madame Lawson! Monsieur Gregory! Je vous prie de vous tenir correctement.

Cassandra échappa à l'étreinte de Reece et attendit que la surveillante se soit éloignée.

— Je ne m'attendais pas à vous revoir… si tôt.

Il afficha sa surprise.

— Que se passe-t-il?

Elle balaya les alentours du regard et découvrit des gens de tous côtés.

— Je ne puis rien vous dire ici.

— Pourquoi vous appelle-t-elle Mme Lawson? En avez-vous épousé un autre?

— Non. Serait-il possible de nous isoler par là-bas? Ce que je dois vous dire n'est pas à mettre entre toutes les oreilles.

Un banc les attendait dans un coin, sur lequel ils prirent place. Elle cherchait désespérément les mots qui lui feraient le moins mal.

— Qu'y a-t-il, mon amour?

La douceur de sa voix acheva de la désarmer. Les larmes se mirent à couler et les mots jaillirent tout seuls.

— Après votre départ, papa est mort.

— Je me doutais qu'il ne lui restait pas longtemps à vivre. Il me manquera. Je comprends votre détresse.

— Ce n'est pas ça. Notre tante, la femme de notre oncle Joseph, avait sombré dans la folie sans que personne s'en aperçoive. Elle a fait assassiner notre oncle et…

— Assassiner?!!

Elle voulut en finir sans attendre.

— … et elle m'a fait enlever.

Il lui avait pris la main et elle s'y accrochait de toutes ses forces. Il la repousserait suffisamment tôt.

— Que s'est-il passé? Vous ont-ils maltraitée?

— Oui. Ils…

Les mots refusaient de franchir ses lèvres, elle se couvrit le visage de ses mains, secouée de sanglots, sans se soucier qu'on puisse la voir.

Il se redressa et l'attira dans ses bras.

— Ont-ils... abusé de vous?

Elle se sentait incapable de lever les yeux, de lire le dégoût sur son visage, aussi se contenta-t-elle de hocher la tête.

— Vous pensiez donc que je serais capable de vous mépriser?

Elle risqua un bref coup d'œil et lut sur ses traits du chagrin et de la souffrance, mais aucun dégoût.

— Mon amour, cela ne change rien pour moi. Tout cela est derrière vous et je continue de vouloir vous épouser.

Elle pinça les lèvres afin d'éviter de hurler. Non, ce n'était pas tout, plus rien ne serait jamais derrière elle.

— À cause de ce qui s'est passé... j'attends un enfant.

Il n'eut pas besoin de s'exprimer, son expression horrifiée disait tout.

— Cassandra, non!

Il laissa retomber ses bras et recula instinctivement d'un pas.

Incapable de parler, elle regagna le dortoir en courant et pleura des larmes amères en constatant qu'il n'avait pas même cherché à la suivre.

L'idée qu'elle porte l'enfant d'un autre l'avait frappé de dégoût.

19

Reece sortit de l'hospice tel un somnambule en se cognant à ceux qui déambulaient dans le jardin, indifférent aux regards des quatre femmes qui l'observaient. Livia, perplexe, se demanda quel cataclysme avait pu le transformer ainsi.

— Elle lui aura parlé et il l'a quittée, murmura Maia d'une voix sourde. J'avais une plus haute opinion de lui.

— Parlé de quoi? l'interrogea Livia.

Les trois sœurs se concertèrent des yeux, puis elles firent un signe d'approbation.

— Attendez-moi ici, suggéra Pandora. La surveillante sera furieuse si elle nous voit toutes disparaître.

Elle entraîna Livia dans la rue, choisit un coin à l'écart et expliqua à son interlocutrice les circonstances dans lesquelles elles avaient dû s'exiler.

Livia la regarda avec une expression horrifiée.

— Grands dieux! Votre tante n'était pas seulement folle, son âme était totalement corrompue.

Pandora hocha la tête.

— Vous comprenez à présent pourquoi Cassandra a besoin de nous, ce qui nous empêche de nous éloigner d'elle. Surtout après la naissance du bébé.

— Elle pourrait venir vivre chez nous avec vous, proposa Livia. C'est très rudimentaire, vous devrez dormir sous une tente, mais vous serez ensemble.

Je n'ai malheureusement pas les moyens d'emmener les jumelles, et je ne pourrai pas verser de gages à Cassandra, mais elle sera nourrie et logée. Mon mari et moi n'avons pas autant d'argent que nous l'aurions souhaité, et aucune perspective immédiate de revenus.

— C'est très gentil de votre part. Nous avions espéré que Reece lui... pardonnerait. Mais j'ai tort de dire pardonner. Elle n'a rien à se reprocher. Il aurait pu accepter la situation. Mais je ne crois pas qu'elle se berçait de beaucoup d'illusions à ce sujet.

— La situation est... délicate.

Pandora soupira.

— Je vais devoir regagner l'hospice. J'informerai Cassandra de votre proposition. Si les jumelles pouvaient trouver du travail à proximité...

Livia regagna son hôtel à pas lents sans attendre Reece. Elle fit part de la situation à Francis qu'elle envoya chercher le domestique, en vain.

— J'irai voir Cassandra demain, décida-t-elle. Je ne vois pas d'autre solution que de lui offrir l'hospitalité chez nous. Personne n'acceptera jamais d'employer les quatre sœurs.

— Je sais combien tu l'apprécies et la respectes, et je serai heureux de l'accueillir chez nous, réagit aussitôt Francis.

— C'est une jeune femme d'une intelligence rare. Elle aurait été une épouse parfaite pour lui. Pourquoi l'a-t-il rejetée de la sorte?

Il fronça les sourcils.

— As-tu réfléchi au fait qu'elle verra Reece tous les jours si elle vient vivre chez nous? Elle n'en a peut-être aucune envie.

— Je crains qu'elle n'ait pas le choix. Ses sœurs et elle ne connaissent personne ici. Qui sait si Reece ne changera pas d'avis?

— Personnellement, je ne crois pas que je pourrais accepter l'enfant d'un autre, surtout s'il avait été conçu dans de telles circonstances.

*

Reece parcourait les rues sans but précis, animé par sa rage intérieure. Comment avait-on pu traiter Cassandra de la sorte? Quel destin cruel avait pu décider de lui imposer cet enfant?

Il s'arrêta au bord du fleuve et s'assit sur une butte de terre, les yeux perdus dans l'eau.

Je l'ai abandonnée, pensa-t-il alors que sa fureur s'apaisait. *Je suis parti en l'abandonnant. Que doit-elle penser de moi?*

Reece n'était pas fier de lui. Il aurait voulu retourner la voir, s'excuser, lui dire… mais que lui dire? Qu'il ne voulait pas de cet enfant, mais qu'il voulait toujours d'elle?

Accepterait-elle d'abandonner l'enfant? Bien sûr que non. Il avait vu la façon dont elle souriait aux petits dans la rue, dont elle discutait avec ceux de son quartier à Outham, dont elle glissait discrètement de la nourriture à ce malheureux petit voisin. Elle avait été une mère pour ses sœurs. Une mère exemplaire. Non, jamais elle n'abandonnerait son propre enfant, en dépit de la façon dont il avait été conçu.

Et lui, serait-il capable de l'accepter, de l'élever comme s'il était le sien?

Il n'en savait rien. Il savait juste qu'il allait perdre Cassandra.

Il se prit la tête entre les mains en gémissant.

— Ça va, mon garçon?

Il releva la tête et vit un vieil homme déguenillé.

— Je viens de recevoir une mauvaise nouvelle.

— Ah. Désolé, vieux.

Le malheureux était d'une telle maigreur, Reece lui donna une pièce d'un demi-shilling.

— Tenez, payez-vous un bon repas.

— Merci beaucoup.

Reece regarda le vieil homme s'éloigner vers la ville d'une démarche raide en se demandant s'il n'aurait pas la tentation d'acheter de l'alcool au lieu de se nourrir. Après tout, quelle importance? Il donnait rarement aux mendiants, mais celui-là avait pris la peine de s'assurer qu'il allait bien, et il lui en était reconnaissant.

On se sentait parfois bien seul dans la vie.

N'était-ce pas le cas de Cassandra à cet instant précis?

Il longea lentement la rive jusqu'à ce que la grille d'un jardin l'empêche d'aller plus loin. Il rebroussa chemin et aperçut de loin un jeune couple. À défaut de se tenir la main, on les sentait très proches à la façon dont ils souriaient en discutant à grand renfort de gestes. C'était un plaisir de les regarder.

Ce bébé n'avait pas demandé à venir au monde.

Il n'aurait jamais dû s'enfuir en laissant Cassandra en pleurs.

À cet instant précis, il aurait aimé pleurer, lui aussi. Sauf que les hommes n'ont pas le droit de pleurer.

Il rêvait de la voir depuis des mois, et voilà qu'il l'abandonnait au moment où elle le rejoignait.

Allait-il renoncer à tous ses rêves à cause de ce qui s'était passé?

Un oiseau se posa tout près, attiré par des déchets. Une brise tiède l'enveloppa. Un bateau passa au loin.

Il se redressa.

Jamais il n'aurait dû abandonner Cassandra.

Il avait besoin de temps pour calmer ses nerfs et trouver la force de la regarder en face. Il laissa ses pas le conduire au hasard avant de s'apercevoir que la nuit tombait.

Il se rendit à l'hospice où on le refoula à cause de l'heure tardive et finit par retrouver le dortoir de l'hôtel. Il se laissa tomber sur sa couchette, pris d'une tristesse infinie.

Quelqu'un s'avança et il leva les yeux en reconnaissant Francis.

— Vous allez bien?

La pièce était plongée dans la pénombre, heureusement.

— Non, pas vraiment. J'ai reçu un choc cet après-midi.

— Je suis au courant. Ses sœurs ont parlé à ma femme. Ce n'est pas de chance, elle aurait fait une épouse parfaite pour vous.

Reece bondit sur ses jambes.

— Pourquoi «aurait»? Elle sera une épouse parfaite.

— Vous comptez toujours vous marier avec elle?

— Bien sûr.

— Cela vous honore.

— C'est de l'égoïsme pur, au contraire. Je la veux pour moi, c'est tout.

— Vous en payez le prix, pourtant. Après tout, qui sait si elle ne perdra pas cet enfant?

Reece ne prit pas immédiatement la mesure des paroles de Francis. Loin de le réconforter, celui-ci avait ravivé le souvenir de sa femme et de son bébé disparus.

— J'espère bien que non. J'ai perdu un enfant, et ça vous détruit. Quel mal ce bébé a-t-il fait à quiconque?

— Livia m'avait prévenu que vous réagiriez de cette façon.

Reece ferma les yeux, le temps de se reprendre.

Il entendit la porte se refermer et se retrouva seul. Seul avec ses pensées et ses souvenirs, plus déterminé que jamais à retourner voir Cassandra le lendemain pour lui demander de l'épouser. Avec son bébé.

Le destin lui rendait l'enfant qu'il avait perdu.

Il prit la décision de se lever tôt et de laisser un mot à ses employeurs. Tant pis s'ils étaient furieux de son absence. Il en allait de son avenir.

*

Cassandra voulut sécher ses larmes en entendant ses sœurs regagner le box, sans y parvenir. Pandora s'assit sur le bord de son lit étroit et elle finit par s'apaiser.

— Je vais bien, dit-elle.

— Bien sûr que non, la contredit Pandora.

— Mes yeux se sont taris, il est temps que je pense à l'avenir.

— Je suis déçue par l'attitude de Reece. Je pensais qu'il t'aurait soutenue.

— C'est beaucoup demander à un homme, dit-elle. Sur le bateau, j'ai compris que je ne pourrais jamais demander à quiconque d'accepter ce bébé, mais je me refuse à l'abandonner. Si papa avait été là, il aurait…

Sa voix se brisa, mais elle parvint à se reprendre.

— Il aurait dit que cet enfant n'était en rien responsable et que les enfants ont tous besoin d'amour. Je refuse de courir le risque que quelqu'un lui fasse sentir sa différence. Comme Timmy. Quoi qu'il dise, je n'épouserai pas Reece.

— Oh, Cassandra !

Les jumelles avaient pris place sur le lit voisin. Xanthe avait les larmes aux yeux et Maia s'était transformée en fontaine.

— Ne vous inquiétez pas, j'irai nettement mieux quand on m'aura rendu mon argent. Je vais commencer par chercher du travail.

— Mme Southerham m'a offert un emploi, annonça Pandora. Elle se propose de t'accueillir avec moi. Tu seras nourrie et logée, mais elle n'aura pas les moyens de te verser des gages.

— C'est très gentil, mais je ne peux que décliner puisque Reece vit là-bas.

— Dans ce cas, je lui dirai que nous ne sommes pas en mesure d'accepter et nous essaierons de trouver une autre place. Faute de pouvoir rester toutes ensemble, nous nous placerons en binômes : les jumelles d'un côté, toi et moi de l'autre. Nous avions déjà pris cette décision, tu ne nous feras pas changer d'avis.

Cassandra sourit à ses sœurs. Que deviendrait-elle sans elles ?

— Merci.

Elles furent rejointes au même moment par l'une des occupantes du box.

— J'ai trouvé du travail ! s'écria-t-elle joyeusement en réunissant ses affaires. Je suis engagée comme bonne chez une dame. Tant que je mange à ma faim, tout m'est égal. Elle a l'air gentille et la surveillante m'a dit que c'était une bonne famille et que je ne risquais rien. À propos, le thé est servi, c'est l'heure du dîner.

— Je n'ai pas faim, fit Cassandra.

Elle finit par se laisser entraîner par ses sœurs. Tout le monde la regardait à cause de ses yeux rougis et elle garda le nez dans son assiette. Elle n'aurait pas su dire ce qu'elle avalait, les aliments n'avaient aucun goût, mais elle s'obligea à grignoter pour que ses sœurs cessent de la harceler.

Ainsi qu'elle pouvait s'y attendre, elle passa une mauvaise nuit, les yeux grands ouverts dans le noir.

*

Le lendemain matin, la surveillante alla trouver Cassandra dans le réfectoire.

— Mme Southerham s'est portée garante pour vous, madame Lawson. Votre argent vous sera rendu ce matin.

Cassandra ferma les yeux en signe de soulagement, puis elle la remercia.

— Ma chérie, tu dois manger davantage, insista Pandora alors que la surveillante s'éloignait.

Elle posa un regard morose sur l'assiette qu'elle avait repoussée, incapable d'avaler une bouchée.

— Je suis barbouillée le matin.

L'argument fit taire ses sœurs, même si ses nausées avaient tendance à disparaître, comme si son corps acceptait enfin ce qui lui arrivait.

*

Toute la journée, l'hospice servit de décor au ballet incessant de ceux qui cherchaient des domestiques. La surveillante rencontrait l'un après l'autre les employeurs potentiels afin de s'assurer de leur respectabilité.

Reece fut l'un des premiers à franchir la grille de l'établissement. Cassandra fut tentée d'implorer la surveillante de la cacher, mais jamais elle n'avait fait preuve de lâcheté jusque-là et elle n'entendait pas céder à la couardise.

Reece avait les yeux cernés de quelqu'un qui n'a pas beaucoup dormi. Elle ne valait guère mieux.

— Je suis désolé, dit-il avec simplicité.

— De quoi?

— D'avoir réagi aussi mal.

Elle retira la main qu'il faisait mine de saisir.

— J'étais sous le choc. J'avais besoin de réfléchir, de savoir ce que je voulais vraiment.

— C'est sans importance. Je vous souhaite d'être heureux, Reece. Vous n'avez aucune raison de vous inquiéter à mon sujet puisque je dispose d'un peu d'argent.

— Ce n'est pas ce que je voulais dire, Cassandra. Je veux toujours vous épouser.

— Non.

— Je me suis fait à l'idée de cet enfant. Je l'aimerai comme si c'était le mien.

Elle posa sur lui un regard attristé, sachant qu'il n'en serait jamais capable, en dépit de sa sincérité. Sa réaction de la veille en était la preuve.

— Reece, un enfant conçu dans ces conditions... Vous ne pourriez que vous demander qui est son père, vous le verriez d'un œil différent. Croyez-moi, les enfants savent lorsqu'on ne les aime pas vraiment.

— Cassandra, je...

Elle se leva.

— Je n'ai jamais été aussi décidée de ma vie. Pour le bien de cet enfant, je refuse de vous épouser.

Elle le vit tendre la main vers elle, ouvrir la bouche, et elle s'enfuit en courant avant d'éclater en sanglots.

Elle avait pris la décision la plus sage, elle le savait, mais c'était aussi la plus douloureuse de toute son existence.

*

La surveillante barra la route de Reece en voyant qu'il se lançait à la poursuite de la jeune femme.

— Je vous l'ai déjà dit hier, les hommes ne sont pas admis à l'intérieur du bâtiment.

— Je dois absolument la voir, la convaincre...

— Cassandra est venue me trouver ce matin. Elle m'a confirmé qu'elle ne souhaitait pas vous épouser.

J'ai cru comprendre que vous la connaissiez avant son mariage avec M. Lawson, dont elle porte toujours le deuil. Croyez-moi, monsieur Gregory, il est trop tôt pour qu'elle pense à se remarier. Surtout avec cet enfant.

Un instant tenté de lui révéler la vérité, il s'obligea à se taire, sachant combien les gens étaient cruels avec les enfants bâtards.

— Elle a besoin de moi.

— Attendez au moins qu'elle ait accouché. Croyez-moi, je sais de quoi je parle.

Elle le regarda s'éloigner avec un pincement au cœur. Elle ne faisait que son travail.

Deux heures plus tard, un employé des services du gouverneur lui apportait la bourse. Elle fit venir Cassandra à qui elle demanda de compter l'argent, lui fit signer un reçu, et s'assura qu'elle disposait d'une bonne cachette.

— Je me suis fabriqué une ceinture spéciale que je porterai sous mes vêtements.

— La colonie abrite malheureusement des personnes malhonnêtes. On m'a parlé des vols commis pendant la traversée.

Les Barrett se présentèrent le même jour à l'hospice, à la recherche d'une femme de chambre. Mme Barrett désigna Cassandra à son mari. Le visage de Simon Barrett s'assombrit et il secoua vigoureusement la tête.

La surveillante, au courant de l'accusation injuste portée contre Cassandra, aurait de toute façon déconseillé à cette dernière de retourner chez ses anciens employeurs. Elle jugea plus opportun de leur présenter d'autres jeunes femmes, mais aucune d'elles ne trouva grâce à leurs yeux.

En milieu d'après-midi, ce fut au tour de Mme Southerham de visiter l'hospice avec l'intention de réitérer son offre à Pandora. Sachant quelle était la position de cette dernière, la surveillante la convoqua dans son bureau et lui fit la leçon en présence de Mme Southerham, mais Pandora refusa de céder.

— Mais enfin! Cette dame propose également de loger votre sœur, s'énerva la surveillante. Vous ne retrouverez jamais une occasion pareille.

Pandora dévisagea ses deux interlocutrices d'un air abattu.

— J'en suis consciente. Je suis sincèrement désolée, madame Southerham, mais c'est à cause de Reece. Cassandra refuse de vivre sous le même toit que lui, et qui pourrait lui en vouloir?

La surveillante attendit que la jeune fille ait quitté la pièce avant de se tourner vers sa visiteuse.

— Si vous acceptez de patienter un jour ou deux, je pense pouvoir les convaincre de changer d'avis. C'est leur seule chance de ne pas être séparées.

— J'ai encore bien des courses à faire, cela ne me dérange pas de rester un peu plus longtemps à Perth. Mon mari souhaite de toute façon obtenir l'affectation chez nous de condamnés. Je repasserai dans deux jours, mais je ne pourrai pas attendre davantage.

La surveillante poursuivit sa tâche toute la journée, s'efforçant de trouver des emplois à toutes ses pensionnaires. Contrairement aux autres, les sœurs Blake refusaient systématiquement les offres individuelles, et la surveillante ne songeait même plus à dissimuler sa colère.

20

Un nouvel employeur se présenta à l'hospice le lendemain.

La surveillante n'avait jamais entendu parler de Conn Largan, mais elle ne put se retenir de le regarder d'un œil méfiant en apprenant qu'il s'agissait d'un ancien condamné. Irlandais de surcroît, à en juger par son accent.

Il se recula sur sa chaise, un léger sourire aux lèvres, comme s'il lisait dans ses pensées.

— Ma mère n'a jamais été condamnée, et c'est pour elle que je cherche quelqu'un. Elle souffre d'arthrite, si bien que nous aurions besoin de deux personnes. La première pour prendre soin d'elle, la seconde pour s'occuper de la maison.

— Je ne sais pas…

Elle laissa sa phrase en suspens en pensant aux jumelles Blake.

— J'aimerais rencontrer votre mère avant de prendre une décision.

— Rien de plus aisé, si vous acceptez de vous rendre à l'hôtel où nous sommes descendus car elle n'est pas en mesure de se déplacer.

Elle hésita. En temps normal, elle n'aurait jamais envisagé de se donner autant de mal pour un ancien condamné, mais si elle arrivait à placer les jumelles, il lui serait plus facile de convaincre leurs sœurs d'accepter la proposition de Mme Southerham.

— Où habitez-vous?

— J'ai acheté une propriété dans les collines au sud de Perth, répondit Largan en lui fournissant les explications nécessaires.

La surveillante se félicita intérieurement. L'endroit n'était pas très éloigné du domaine des Southerham.

— Dans ce cas, je vous accompagne aujourd'hui même. Vous comprendrez que je sois obligée de veiller aux intérêts des jeunes personnes dont j'ai la charge.

— Je suis de nature prudente moi-même, aussi souhaiterais-je les rencontrer dans un premier temps. Je n'ai pas l'intention de mettre ma mère entre les mains d'une traînée.

— Attendez-moi un instant.

Elle rejoignit un groupe de jeunes femmes qui effectuaient des travaux de couture dans le jardin.

— Maia et Xanthe, appela-t-elle. Je vous ai peut-être trouvé un employeur.

Elle hésita un instant avant de préciser:

— Il s'agit d'un ancien condamné.

Les jumelles affichèrent leur surprise.

— Sans doute est-ce un prisonnier politique, puisqu'il est irlandais. Sa mère, malade, a besoin d'aide. L'une de vous s'occuperait d'elle, l'autre de la maison. Suivez-moi.

— Laisse-moi parler, glissa Xanthe à sa sœur en emboîtant le pas à la surveillante.

Elles découvrirent un individu de grande taille aux cheveux brun-roux. Il affichait l'air méfiant de quelqu'un qui n'a pas eu une existence facile. Une cicatrice courait le long de son menton. Il les salua d'un mouvement de tête en les observant longuement.

— Vous ne vous ressemblez pas, finit-il par déclarer avec un très léger accent irlandais.

— Ce n'est pas l'avis général, répliqua Xanthe, étonnée.

— Non, vous avez des expressions très différentes. Je ne risque pas de vous confondre.

Les deux sœurs écoutèrent attentivement les explications du visiteur.

— J'imagine que c'est difficile pour votre mère, remarqua Maia.

— En effet.

— Vous ne serez pas loin de vos sœurs si elles acceptent la proposition de Mme Southerham, ajouta la surveillante. C'est une chance inespérée de rester dans la même région.

— Cela me paraît…

Xanthe fit taire sa jumelle d'un coup de coude.

— Quels seront nos gages, monsieur Largan? Disposerons-nous régulièrement de jours de liberté pour voir nos sœurs? Nous sommes très proches.

— Vous recevrez dix shillings par semaine chacune, et ce n'est pas moi qui vous empêcherai de voir vos sœurs, bien au contraire. Le sens de la famille se perd, de nos jours.

La réponse était-elle ironique, ou bien Xanthe avait-elle cru apercevoir une lueur triste dans ses yeux?

— Que voulez-vous dire?

— Si vos sœurs ne vivent pas loin, je vous prêterai des chevaux, ou bien une calèche si vous savez vous en servir.

— Nous apprendrons. Personne ne nous a jamais soupçonnées d'être bêtes, répliqua-t-elle fièrement.

L'ombre d'un sourire flotta sur le visage de son interlocuteur, qui s'en trouva comme rajeuni. Elle se demanda pour quel motif il avait été condamné.

— Je vais commencer par rendre visite à votre mère, monsieur Largan, afin de m'assurer que tout est en ordre, intervint la surveillante.

— Nous autorisez-vous à vous accompagner? Après tout, autant voir si nous nous entendrons avec Mme Largan, au cas où nous serions amenées à travailler pour elle.

La surveillante eut un haut-le-corps, comme si tant d'audace la choquait. Xanthe n'en avait cure, elle n'avait aucunement l'intention de travailler pour une harpie.

— Pourquoi pas? accepta M. Largan en se levant. Ma mère se sent toujours mieux le matin.

Xanthe, qui marchait à côté de lui pendant le trajet, l'observa en coin. Sa bouche dessinait un pli amer lorsqu'il ne parlait pas, comme si la vie l'avait meurtri.

Ils trouvèrent Mme Largan dans un fauteuil.

— Excusez-moi de ne pas me lever, accueillit-elle ses visiteurs d'une voix mélodieuse.

Elle paraissait bien jeune pour être aussi déformée par l'arthrite.

Je doute qu'elle se montre dure avec les domestiques, pensa Xanthe.

— Vous avez des prénoms pour le moins inhabituels, remarqua Mme Largan.

Maia en eut les larmes aux yeux.

— Papa adorait tout ce qui touchait à la Grèce antique, au point de vouloir apprendre la langue.

— Il est dur de perdre un proche, déclara la vieille dame avec une tristesse qui signalait un deuil récent.

Xanthe chercha des yeux l'approbation de sa sœur.

— Si nous vous convenons et si les Southerham ne vivent pas trop loin de chez vous, proposa-t-elle, nous serons heureuses d'entrer à votre service.

— Où habitent ces gens?

— Je ne sais pas précisément. Dans les contreforts des collines, au sud de Perth.

La surveillante regarda la pendule.

— Je dois rentrer à l'hospice, mais peut-être pouvez-vous demander aux Southerham où se trouve leur propriété? Je vous donnerai l'adresse de leur hôtel. Vous n'avez qu'à vous y rendre avec M. Largan.

— C'est une bonne idée, tu ne trouves pas, Conn?

M. Largan hocha la tête et son expression s'adoucit, comme chaque fois qu'il regardait sa mère.

*

M. et Mme Southerham partaient en course lorsque les jumelles arrivèrent à leur hôtel. Elles présentèrent M. Largan en exposant le but de leur visite, et tous prirent place dans le salon de l'établissement.

La discussion permit à M. Largan de situer la propriété des Southerham.

— Une heure de route sépare les deux domaines. C'est assez près pour que vous puissiez rendre visite à vos sœurs régulièrement, si le temps l'autorise. Les routes se transforment en boue l'hiver, il arrive qu'elles soient inondées. Alors, ajouta-t-il avec une certaine impatience, êtes-vous disposées à travailler pour ma mère et moi?

— Oui, monsieur Largan, répondit Xanthe.

— Dans ce cas, nous partirons demain matin.

— Nous devons encore nous assurer que nos sœurs acceptent l'offre de Mme Southerham. Il est hors de question de nous séparer.

Il émit un grognement agacé.

— Je n'ai jamais éprouvé autant de difficultés à trouver du personnel. Très bien, je passerai à l'hospice dans une heure afin d'obtenir votre réponse.

— Cet homme semble constamment en colère, remarqua Mme Southerham après son départ. Êtes-vous sûres de vouloir travailler pour lui?

— Sa mère est une femme adorable, lui expliqua Maia.

— En attendant, si vous pouviez parler à vos sœurs, afin que je sache si je peux compter sur elles ou non, insista Mme Southerham avec un sourire.

— Je crois pouvoir vous dire qu'elles accepteront.

Les jumelles regagnaient l'hospice lorsque Maia, songeuse, se tourna vers sa sœur.

— Je serais curieuse de savoir pour quelle raison a été condamné M. Largan.

— C'est vrai qu'il n'a pas l'air d'un criminel.

— Non, mais Mme Southerham a raison. On sent chez lui une colère sourde.

Elle passa le bras dans le creux de celui de Xanthe.

— Tu ne trouves pas formidable de quitter cet endroit?

— Si, mais dépêchons-nous si nous voulons parler à Pandora et Cassandra.

*

Lorsque Cassandra apprit que les jumelles avaient accepté de travailler pour le compte des Largan au prétexte qu'elles seraient près de leurs deux sœurs, elle ne cacha pas son désarroi.

— Je vous l'ai dit, nous n'irons pas vivre chez les Southerham.

— Tu sais, reprit Pandora après un moment de silence, nous n'aurons sans doute pas le choix. C'est le seul moyen pour nous de rester ensemble.

— Non! J'en suis incapable.

S'agaçant de voir ses sœurs échanger des regards en coin, elle quitta la pièce en leur faisant signe de ne pas la suivre.

Elle avait le sentiment que le destin l'entraînait de force là où elle ne voulait pas aller. Pandora ne tarda pas à la rejoindre dans le jardin.

— J'imagine qu'elles t'envoient me convaincre d'aller chez Mme Southerham?

— Oui, mais tu n'as pas besoin d'être convaincue. Tu sais déjà que c'est le seul moyen de ne pas être séparées. Je me trompe, ma chérie?

— Vous vous fichez bien de savoir quel effet ça me fait d'être près de lui!

— Pas du tout, même si je pense que tu as tort de ne pas l'épouser.

Cassandra n'avait plus la force de lutter.

— Après tout, décide ce que tu veux. Je vais me coucher, je suis épuisée.

Elle n'avait pas l'intention de dormir, mais lorsque Maia la réveilla, c'était déjà l'heure de dîner. Ses sœurs avaient tout arrangé dans l'intervalle, elles quittaient Perth le lendemain matin.

En dépit de sa longue sieste, elle se sentait lasse.

Reece! Comment pourrait-elle vivre au quotidien près de lui? Pourquoi n'arrivait-elle donc pas à cesser de l'aimer? Pourquoi continuait-elle de rêver à des chimères?

*

Pandora souffrait, elle aussi. Elle rêva d'Outham cette nuit-là, elle s'était vue arpentant la lande, et le réveil avait été tristement douloureux.

Le mal du pays ne la quitterait-il donc jamais? Combien de temps parviendrait-elle à cacher à ses sœurs ce mal qui la rongeait?

Un cocher passa prendre leurs bagages à 6 heures avec une charrette débordant de sacs et de cartons. Les deux sœurs se hissèrent à l'arrière où elles trouvèrent une petite place avant de rejoindre cahin-caha l'hôtel des Southerham. Et de Reece.

Ce dernier échangea un regard muet avec Cassandra, puis ils détournèrent les yeux dans un même mouvement.

Pandora en eut le cœur serré. Elle n'était pas certaine que sa sœur ait raison de rejeter Reece ainsi. Il suffisait de voir leur indifférence feinte, de lire l'amour qui brillait dans leurs yeux. Elle se demanda si elle aimerait un jour quelqu'un autant qu'elle avait aimé Bill. Deux ans déjà que le pauvre était mort.

Leur tante portait une lourde responsabilité dans leur malheur. Elle en arrivait à espérer que le sort s'acharne sur cette horrible femme comme il s'était acharné sur elles.

On est censé pardonner à ses ennemis, mais jamais elle ne pardonnerait à tante Isabel de les avoir chassées du Lancashire.

*

M. Rainey reçut ce jour-là une lettre du notaire qu'il s'empressa d'ouvrir.

— Featherworth souhaite me voir, annonça-t-il à sa femme.

— Te dit-il pour quelle raison? Sa lettre au sujet de l'héritage n'a pas encore pu arriver en Australie. Nous n'aurons pas de nouvelles des filles avant plusieurs mois.

— Il précise juste que c'est urgent. Je vais passer à son étude.

Le pasteur traversa la ville et se fit annoncer.

— J'ai reçu des nouvelles de l'établissement où est internée Mme Blake, lui annonça M. Featherworth. Elle passe son temps à converser avec son mari. Les responsables du lieu me demandent d'aller lui rendre visite de façon qu'on ne puisse pas les accuser de maltraitance. Accepteriez-vous de m'accompagner?

— Ne serait-il pas préférable d'emmener le médecin?

— Il manque de temps et me dit qu'il a toute confiance dans le directeur de cet endroit. Je me dis pourtant que je devrais faire le déplacement. Cette fois au moins.

— Fort bien.

— Dans ce cas, je vais louer une voiture, le lieu est isolé, loin de toute gare. C'est fou à quel point on s'habitue au chemin de fer. Demain vous convient-il?

— Je vais devoir reporter certaines obligations, mais battons le fer tant qu'il est chaud. J'avoue que la revoir est une corvée. J'ai beau être chrétien, je ne peux lui pardonner ce qu'elle a fait.

*

Aux alentours de 11 heures le lendemain, les deux hommes s'arrêtèrent à l'entrée d'une grande propriété. Aux grilles de fer forgé était accrochée une pancarte sur laquelle figurait l'inscription: «Maison de repos à l'intention des personnes de qualité». Un homme leur ouvrit le passage avant de refermer la grille prestement derrière eux et la voiture, tirée par deux chevaux, remonta l'allée. Les visiteurs ne masquèrent pas leur curiosité.

— L'endroit est bien tenu, mais c'est bien le moins, étant donné les tarifs pratiqués.

La porte d'entrée s'écarta sur un personnage massif qui conduisit les deux hommes jusqu'au bureau du directeur, médecin de son état.

— Asseyez-vous, je vous en prie. Puis-je vous offrir du thé?

— Peut-être après la visite, suggéra le notaire. J'avoue n'éprouver aucun plaisir à l'idée de revoir Mme Blake. Elle était très agitée la dernière fois.

— Ce n'est plus le cas. Nous administrons des potions calmantes aux patients les plus turbulents. C'est à la fois mieux pour eux, et plus facile pour nous.

Ils montèrent à l'étage et le médecin s'engagea à droite.

— Les patients violents sont logés dans cette aile de façon à ne pas entraver le quotidien des autres malades.

Une femme à la carrure aussi impressionnante que celle des infirmiers entraperçus jusque-là déverrouilla la porte d'une chambre.

Les cheveux de l'occupante des lieux pendaient dans son dos en une masse informe. Une expression de haine s'afficha sur son visage à la vue du notaire et elle se rua sur ses visiteurs.

L'infirmière et le médecin s'interposèrent alors que Mme Blake se mettait à hurler.

— Enchaînez-la, ordonna le médecin à une autre infirmière qui accourait.

Elle apportait des fers et ils ne furent pas trop de trois pour attacher Isabel Blake par la cheville au montant du lit métallique.

La patiente se tut, mais son regard venimeux suffit à inquiéter les deux visiteurs qui s'empressèrent de quitter la chambre sans un mot.

De retour dans le bureau du directeur, ils acceptèrent une tasse de thé.

— Nous ne pouvons rien pour elle, expliqua le médecin d'une voix feutrée, sinon lui administrer des calmants et veiller à ce qu'elle reste propre. Vous aurez remarqué que ce n'était guère facile. Elle est victime de crises d'hystérie lorsque nous voulons lui toucher les cheveux, si bien qu'il est difficile de les lui laver plus d'une fois par semaine, voire toutes les deux semaines. Je ne parviens pas à comprendre cette obsession. Elle semble craindre qu'on lui coupe les cheveux. J'attendais votre autorisation avant de m'y résoudre, il sera plus facile de la garder propre.

— Je vous laisse toute latitude, répondit le notaire. Elle a beaucoup maigri.

— Comme je vous l'ai écrit, elle refuse de s'alimenter. Nous nous efforçons de la nourrir, mais ce sera insuffisant à long terme. Je tenais à ce que vous puissiez la voir dans cet état. Je m'enorgueillis d'offrir le traitement le mieux adapté et le plus humain à ces malheureuses créatures, mais la science ne peut malheureusement rien pour les gens comme elle.

Le notaire et le pasteur avaient pris le chemin du retour lorsque le premier s'écria :

— Sa mort sera une preuve de miséricorde.

Gerald Rainey approuva d'un mouvement de tête. Il n'était pas près d'oublier le regard dément de la vieille femme.

— Je prierai pour son âme. Tenez-moi au courant si la situation empirait.

La voiture roulait calmement à travers la campagne lorsque le notaire prit à nouveau la parole.

— Que pensez-vous de Harry Prebble, le jeune homme qui tient le magasin ?

— Je ne le connais pas, il ne fait pas partie de ma congrégation.

— Je ne l'apprécie guère, sans que je puisse mettre le doigt sur ce qui me déplaît chez lui. Il se montre pourtant poli et semble s'occuper convenablement du magasin. Peut-être est-ce le fruit de mon imagination. N'en parlons plus.

Lorsque Gerald fit part de cette remarque à sa femme, elle se montra du même avis que le notaire.

— M. Prebble me sert toujours avec amabilité, mais… Je suis d'accord avec M. Featherworth, je n'aime pas ce garçon.

— Tant qu'il se montre à la hauteur de sa tâche, rien ne nous oblige à l'aimer.

— Crois-tu que les filles vont revenir?

— J'en suis certain.

*

Depuis que le notaire avait confié la gestion du magasin à Harry en attendant le retour des nouvelles propriétaires, Zachary le trouvait prétentieux et hautain.

Harry, à qui l'un des nombreux gamins du quartier venait de remettre un pli, fit signe à son collègue d'approcher.

— De quoi s'agit-il?

— Je ne sais pas. Le notaire te demande d'urgence. Enfile ta veste et vas-y.

Zachary accrocha son tablier à une patère et s'éclipsa en se demandant ce que pouvait bien lui vouloir M. Featherworth. En espérant qu'il n'ait pas l'intention de le renvoyer. Depuis la mort de M. Blake, ils n'étaient pas assez de deux dans le magasin. Son patron lui manquait. Pas Mme Blake, en tout cas. Même avant de devenir folle, elle avait toujours été bizarre. Il fallait voir la façon dont elle traitait la pauvre bonne. Zachary ne supportait pas que l'on maltraite autrui.

On l'introduisit dans le bureau du notaire.

— Ah, Carr! Asseyez-vous donc.

— Y aurait-il un problème, monsieur Featherworth?

— Pas le moins du monde. Je me demandais si vous pourriez m'aider, répondit le notaire avant d'expliquer la situation à son visiteur.

Zachary ouvrit de grands yeux.

— Vous voulez que j'aille en Australie?

— Oui. Je sais que le voyage est long, mais il me faut une personne capable d'identifier les nièces de M. Blake et de les accompagner sur le chemin du retour. Vos frais seront intégralement pris en charge, naturellement.

Un pli barra le front de Zachary qui finit par secouer la tête en soupirant.

— J'aurais vraiment aimé accepter, maître, mais ma mère et ma sœur sont à ma charge. Elles ont besoin de mes gages pour vivre.

Zachary retint son souffle en voyant le notaire froncer les sourcils. Pourvu qu'il trouve une solution.

— Elles ont cessé de travailler depuis la crise du coton?

— Non, maître. Elles n'ont jamais été employées dans une filature. Ma mère s'occupait de la maison et ma sœur n'avait pas encore l'âge quand mon père est mort soudainement. Ma sœur a dix-sept ans, mais comme il n'y a plus de travail, c'est moi qui fais vivre la famille depuis quelques années.

— C'est tout à votre honneur. Je ne doute pas que l'on puisse leur verser vos gages pendant votre absence. À condition que vous acceptiez de partir, bien évidemment. Je préfère envoyer là-bas une personne de confiance.

— Dans ce cas, je serais heureux d'y aller.

— Formidable!

*

Zachary s'arrêta devant l'entrée de l'étude, pris de vertige. Il aurait aimé crier sa joie au monde entier, mais il se contenta de battre des mains, adressant un grand sourire à une passante qui le regardait avec ahurissement.

— Je viens de recevoir une nouvelle extraordinaire!

Elle reprit sa route en retroussant les lèvres.

Il traversa la ville à grandes enjambées, salué par un rayon de soleil qui perçait entre deux nuages.

En quelques minutes, il avait regagné le magasin qu'il trouva vide de clients. Harry lui fit signe de le rejoindre dans la réserve.

— Alors? Que voulait-il?

Zachary lui rapporta le détail de sa visite et vit Harry se rembrunir avec une certaine satisfaction.

Les deux jeunes gens ne s'étaient jamais entendus, mais Harry avait le don de flatter autrui, ce qui lui avait valu une promotion rapide, alors qu'ils avaient tous deux le même âge. Harry avait la chance de posséder un physique agréable, contrairement à Zachary qui avait conscience que ses traits anguleux le desservaient. De toute façon, avec la charge de sa mère et de sa sœur, il n'aurait jamais pu se permettre de courtiser une jeune personne du sexe opposé.

— Pourquoi Featherworth t'a-t-il choisi, et pas moi?

— Tu as déjà la charge du magasin, tu ne voudrais pas laisser passer une chance pareille.

Harry haussa les épaules.

— J'aurais volontiers aidé ces pauvres jeunes femmes.

Je m'en doute, pensa Zachary. *Histoire de circonvenir les nouvelles propriétaires avant même qu'elles aient franchi la porte.*

Au lieu de quoi il répondit à voix haute:

— Le notaire avait besoin de quelqu'un qui soit capable d'identifier les nièces de M. Blake.

— Tu ne les connais pas si bien que ça.

— Je les ai vues très souvent. J'habite dans leur ancien quartier.

— N'empêche, Featherworth aurait mieux fait de trouver quelqu'un d'autre. Comment vais-je me débrouiller ici tout seul?

Zachary refusa de laisser Harry gâcher sa joie. Il traversait une période noire depuis la mort de son père. La responsabilité des siens lui pesait lourdement sur les épaules. Et voilà qu'on lui donnait l'occasion de découvrir le monde tout en sachant que sa mère et sa sœur ne manqueraient de rien.

Il n'avait jamais ressenti un tel sentiment d'excitation de toute son existence.

*

Les Southerham et leurs domestiques avaient quitté Perth à 4 heures de façon à rallier la ferme en une étape. Cassandra ne desserra pas les dents du trajet. Au grand étonnement de Pandora, M. Southerham passa la journée à deviser joyeusement avec sa femme en lui parlant ouvertement du prix des achats qu'ils avaient effectués, comme s'ils étaient seuls au monde.

Mme Southerham, plus respectueuse de leur présence, s'attacha à les mêler à la conversation à plusieurs reprises, détaillant aux deux sœurs leurs ambitions pour la ferme. Ils avaient ainsi décidé de baptiser la propriété Westview, en hommage à la beauté du paysage en direction du couchant.

Les passagers suivirent la charrette à tour de rôle, afin de ne pas épuiser les chevaux, et s'arrêtèrent à deux reprises le temps de prendre un repas de pain et de viande froide. Pandora s'émerveilla de la dextérité avec laquelle Reece allumait un feu pour le thé, sous le regard indifférent de Cassandra.

Alors qu'ils stoppaient une nouvelle fois pour reposer les chevaux et se dégourdir les jambes, Mme Southerham leva les yeux en direction du ciel.

— Il est plus tard que nous n'espérions, nous n'arriverons pas avant la nuit. Comme je vous l'ai dit, vous coucherez toutes les deux sous la tente. C'est là que dormait Reece, auparavant. Vous trouverez l'endroit très confortable.

Voyant que Cassandra conservait le silence, Pandora se tourna vers le jeune homme.

— Nous vous avons pris votre chambre, Reece?

— Non, je dors désormais chez un voisin âgé qui a besoin d'aide, et auquel je loue des terres.

— Des terres?

— Oui, de simples pâturages que j'entends défricher et sur lesquels je voudrais élever des moutons par la suite. Le bois manque, dans ce pays, je peux gagner un peu d'argent avec les arbres que je vais abattre. Le bail prévoit le nombre d'arbres que j'ai le droit de vendre. Kevin ne veut pas que l'on défriche entièrement de ses bois ce qu'il appelle la «brousse».

Cassandra, toujours muette, ne perdait pas une parole des propos échangés par sa sœur et Reece.

*

Lorsqu'ils parvinrent enfin à la ferme, Pandora s'efforça de retenir sa surprise en découvrant le minuscule cabanon de ses nouveaux employeurs. La propriété était immense, mais essentiellement constituée de terrains broussailleux, et Westview se trouvait plus isolé encore qu'elle ne l'avait imaginé. Rares étaient les habitations qui parsemaient la campagne alentour.

Les ombres interminables des arbres, en cette heure crépusculaire, donnaient au paysage une atmosphère irréelle. Pandora se tourna vers le couchant et regarda le soleil se laisser aspirer par l'horizon.

La nuit tomba avec une telle précipitation qu'ils durent terminer de décharger les provisions à la lueur de deux lampes à pétrole, aussitôt assaillis par des nuées de gros insectes nocturnes. Les deux jeunes femmes aidèrent Mme Southerham à placer les produits périssables dans le garde-manger, un cube grillagé dont les pieds reposaient dans des bols d'eau afin d'empêcher les fourmis de s'y introduire.

— Il n'y a quasiment pas de crépuscule à cette latitude, expliqua Reece lorsque Pandora s'étonna de voir la nuit tomber aussi vite.

Il se tourna vers Francis Southerham.

— Je vais allumer un feu et chauffer de l'eau, puis-je vous demander ensuite de m'aider à réorganiser la tente de façon que Pandora et Cassandra puissent y dormir? Les caisses sont trop lourdes pour des femmes.

S'il s'exprimait avec la plus grande politesse lorsqu'il s'adressait à son employeur, les deux sœurs comprirent bientôt que c'était lui qui donnait des ordres en entendant les deux hommes s'agiter dans la tente quelques minutes plus tard. Reece semblait avoir pris la direction des opérations depuis leur arrivée sur place. Les vers d'un poème intitulé «Qui est le maître, qui est le serviteur?» revinrent à l'esprit de Pandora. De qui étaient-ils, déjà? Les livres et les recueils de poésie lui manquaient. Tout lui manquait…

La voix de sa maîtresse la tira de sa rêverie.

— Nous nous contenterons de pain et de jambon ce soir, avec des fruits, décida Mme Southerham. Une tasse de thé me fera le plus grand bien.

Les sœurs examinèrent avec intérêt les grands mugs de fer-blanc et l'énorme théière qu'elle posait sur la table.

Livia prit un air contrit.

— Ce service à thé n'est guère élégant, mais il fait si chaud ici que les tasses ordinaires ne suffisent pas à étancher la soif.

Quelques minutes plus tard, ils partageaient tous un dîner frugal. Reece et Cassandra, installés aux deux extrémités de la table, ne s'adressèrent pas la parole de tout le repas. Pandora aurait pu les gifler.

À l'heure du coucher, les sœurs découvrirent que leurs lits étaient de simples couvertures de grosse toile étalées à même le sol, avec une autre couverture en guise de drap, et deux autres comme oreillers.

— Je n'ai rien de mieux, s'excusa Mme Southerham. J'aurais voulu trouver des plumes quelque part afin de confectionner des coussins. Je vous ai mis des couvertures supplémentaires, les nuits sont fraîches par ici. Vous serez bien? demanda-t-elle d'une voix hésitante. Voici une chandelle et des allumettes, si vous avez besoin de vous lever pendant la nuit, mais prenez garde. Si les broussailles prenaient feu, l'incendie détruirait tout sur son passage.

— Oui, bien sûr.

Les deux sœurs, allongées côte à côte dans l'obscurité, regardaient les ombres que dessinaient sur le ciel de la tente les branches au clair de lune lorsque Cassandra poussa un soupir interminable.

— Tu es fatiguée? lui demanda Pandora.

— Oui, très.

Après quelques instants de silence, elle ajouta :

— La présence de Reece m'est encore plus pénible que je ne le pensais.

— Tu l'aimes toujours, c'est ça ?

Cassandra ne répondit pas, mais ce n'était pas nécessaire. Il ne faisait de doute aux yeux de personne que ces deux-là étaient très attachés l'un à l'autre.

*

Reece regagna la maison de Kevin sous le clair de lune. Il se sentait las et triste. Cassandra ne lui avait pas parlé de tout le trajet. Il avait pourtant senti sa présence à chaque instant alors qu'il lui tournait le dos, les rênes entre les mains.

Un lien puissant les unissait à jamais. Il n'avait jamais éprouvé un amour aussi fort pour sa première femme. Comment convaincre Cassandra de changer d'avis ? Il sentait chez elle une obstination inébranlable.

Une lampe brillait dans la véranda de Kevin. Le vieil homme l'attendait dans un fauteuil en fumant sa pipe.

— J'ai aperçu de la lumière au loin, j'ai su que vous étiez rentrés. Comment s'est passé ce séjour à Perth ?

— J'ai traversé des moments difficiles et...

Sa voix se brisa et il se laissa tomber sur le banc de bois brut. L'instant suivant, il racontait tout à Kevin, comme si ce dernier était pour lui un second père. Un second père ! C'est tout juste s'il en avait eu un premier, le sien étant mort quand il était très jeune.

— Accordez-lui du temps, réagit Kevin. Le temps guérit tout. La pauvre petite a beaucoup souffert. De ces brutes, tout d'abord. De vous ensuite. Vous l'avez blessée en l'abandonnant de cette façon, mais vous le savez déjà. Pas vrai, mon garçon ? Elle va avoir besoin de paix et de calme pour se retrouver elle-même avant de penser à vous.

— Vous croyez que j'ai une chance?

— Qui sait? Ce qui doit arriver finit toujours par arriver. Le destin a le don de triturer nos vies à sa guise. Cela dit, j'aimerais la rencontrer.

— Je l'inviterai à venir prendre le thé avec sa sœur dimanche.

— Non, c'est moi qui les inviterai. Vous vous contenterez de leur porter le mot que je vous confierai. Vous le donnerez à la sœur, et non à elle.

Ils restèrent un moment ainsi, enveloppés dans un silence chaleureux.

— Il est tard. Je ferais mieux d'aller me coucher, décida Reece en bâillant.

— J'aurai besoin de votre aide demain. Je vous en parle maintenant parce que vous serez parti depuis belle lurette lorsque je me lèverai.

— Volontiers.

— Pourriez-vous porter la lettre que vous trouverez sur la table à M. Southerham, demain à la première heure? J'ai un service à lui demander.

Reece hésita.

— J'ai bien conscience qu'il ne recherche pas ma compagnie, mais je doute qu'il refuse la requête d'un mourant.

— Un mourant? Vous n'êtes tout de même pas au bord de la tombe?

— Souhaitons-le, mais je me sens de plus en plus faible. Je ne voulais pas mourir seul.

Reece lui prit la main et la tint serrée dans la sienne.

— Vous devriez vous mettre au lit. Vous avez une longue journée devant vous demain, j'en suis sûr. Votre employeur est un idiot. Il est clair que c'est vous qui gérez ses affaires.

— N'allez pas lui dire ça ! S'il prenait tout en main, tout irait de travers.

Kevin laissa échapper un gloussement et Reece en souriait encore lorsqu'il gagna sa chambre. Pauvre Francis. Un gentil garçon, mais un doux rêveur. Jamais il ne pourrait s'en tirer seul, et Reece n'avait pas l'intention de sacrifier son existence pour porter les Southerham à bout de bras. Il attendait impatiemment le moment de quitter leur service.

21

Le lendemain matin, Francis afficha sa surprise en lisant la lettre de Kevin. Il la montra aussitôt à sa femme.

— Nous ne pouvons pas refuser, réagit Livia. Allons-y tout de suite, avant qu'il fasse trop chaud. Cela fait une éternité que je ne me suis pas dégourdi les jambes. Je préviens Cassandra de notre absence.

Ces filles travaillent bien, pensa Francis en voyant sa femme s'adresser aux nouvelles domestiques, occupées à la lessive. L'opération était pénible, il fallait puiser l'eau au puits avec un seau et remplir la bassine avant de frotter vigoureusement le linge.

Reece avait tendu une corde à linge et taillait des pinces à linge de fortune dans des branchages tombés.

— Nous monterons la nouvelle tente à mon retour, lui cria Francis. Ce sera plus facile à deux.

Il reçut un hochement de tête en guise de réponse.

Francis et sa femme s'élancèrent sur le petit chemin qui partait à l'assaut de la colline. Ils faisaient halte chaque fois que leur attention était attirée par une nouveauté : un lézard qui se chauffait au soleil sur une pierre, des cacatoès au plumage rose et gris piaillant dans les arbres, une colonne de fourmis lourdement chargées.

Il donna un coup de pied dans une branche morte qui vola en éclats.

— Tout est différent ici, tu ne trouves pas? Ce n'est pas une vie pour une femme de ta condition. Je suis décidément un piètre mari.

— Nous sommes ici et nous en avons convenu avant de partir: pas question d'avoir des regrets. Ta santé ne peut que s'améliorer avec ce climat.

— Je l'espère.

— Quoi qu'il advienne, nous en tirerons le meilleur parti. Prenons-le comme une aventure.

Le calme avec lequel réagissait sa femme tranchait avec l'amertume que lui-même ressentait.

— Tu cherches à me ménager. Je n'ai pas l'esprit pratique. Mon propre domestique me le fait sentir à chaque instant par son efficacité. Il pense déjà au moment où il cultivera ses terres. Que ferons-nous ce jour-là?

— Nous trouverons quelqu'un d'autre.

— Nous n'avons même pas voulu amener ici les deux condamnés qu'on nous avait confiés parce que leurs têtes ne nous revenaient pas. Mon amour, tu aurais été mieux inspirée de te trouver un meilleur mari.

— Je n'ai jamais aimé que toi, Francis.

Elle l'enlaça et ils restèrent quelques minutes ainsi, rassurés par la présence l'un de l'autre.

Mais Francis avait raison, c'était un rêveur. Ni elle ni lui n'avait pensé que ce serait aussi difficile. Elle s'était imaginé des pâturages verdoyants parsemés de moutons et de vaches, des cultures soigneusement alignées, et non le paysage aride de l'été australien.

Elle lui prit la main.

— Allons-y.

Leur voisin les attendait, assis dans sa véranda. Il se leva à leur arrivée et les remercia de s'être déplacés, les invita à s'asseoir et attendit que Livia se soit installée dans un fauteuil avant de reprendre sa place dans le sien, avec la lenteur de quelqu'un qui souffre des articulations.

Il leur exposa sa requête.

Sur le chemin du retour, Francis remarqua d'une voix pensive :

— Lynch était un gentleman autrefois.

— Son attitude comme ses mots confirment qu'il l'est resté.

— C'est un ancien condamné ! persifla-t-il.

Livia, qu'un tel mépris agaçait, se rebella.

— Sommes-nous obligés de rejeter la moitié des habitants de cette colonie au nom de leur passé ?

— Il n'est pas question de les rejeter, mais j'aime autant que ma femme ne fréquente pas ces gens-là.

Livia avait bien conscience qu'elle ne le changerait pas sur ce point. Issu d'une famille socialement plus éminente que la sienne, on l'avait élevé dans le sens de sa supériorité de caste.

Elle-même aurait pu être amie avec Cassandra, que Francis considérait comme une domestique, alors qu'elle était plus intelligente que n'importe laquelle des dames que Livia avait pu connaître en Angleterre. Elle avait espéré trouver une société plus libre en Australie, ce qui était partiellement le cas, en dépit des efforts de ceux, à l'image de son mari, qui entendaient recréer un monde comparable à celui qu'ils avaient laissé derrière eux. Les femmes, en particulier, étaient aussi bridées qu'ailleurs, ce qui l'irritait.

Elle se demanda s'ils réussiraient dans leur entreprise. Quand elle voyait l'habileté de Reece, comparée à l'inconstance de Francis qui papillonnait d'une tâche à une autre sans en accomplir aucune correctement, elle arrivait à en douter, quand bien même la santé de son mari s'améliorerait. Bah! Sa famille ne les laisserait pas mourir de faim si le pire survenait.

Ils marchèrent en silence pendant un moment et s'arrêtèrent ensemble lorsque leur maison apparut.

— Nous aurons besoin de construire une ou deux pièces de plus avant l'hiver, mon amour, si nous ne voulons pas que les cartons entassés dans la véranda soient détrempés, se lança-t-elle. Je sais bien que nous avions décidé de ne pas dépenser d'argent de façon intempestive, mais...

— Je sais, nous avons besoin de place. Je vais y réfléchir. Les chevaux devraient se satisfaire de l'abri en écorce pendant les mois les moins cléments. Il ne gèle pas par ici, apparemment. Je vais devoir recruter quelqu'un à Perth pour cet agrandissement.

— As-tu remarqué que M. Lynch avait ajouté des pièces? Pourquoi ne pas demander à Reece de se renseigner? Qui sait s'il n'y a pas quelqu'un dans la région qui nous coûterait moins cher.

— Je suppose.

Francis chassa une mouche de la main.

— Drôle d'histoire, tout de même. Ce doit être terrible de vieillir seul, sans famille. J'ai trouvé Lynch très faible. Pas toi?

— Si. Il me fait de la peine. Tu ne crois pas qu'on pourrait l'inviter à prendre le thé? C'est Noël dans quatre jours.

— Livia, nous ne pouvons nous permettre de recueillir tous les chiens errants dont nous croisons la route. Je tiens à te rappeler que c'est un ancien condamné. Il est puni pour avoir commis un crime.

Elle soupira.

— Je t'aurais volontiers emmenée à Perth, mais nous devons préserver nos économies, surtout si nous agrandissons la maison. Il nous faut déjà nourrir une bouche de plus que prévu, sans parler des condamnés qu'on finira par recruter. Si nous en trouvons de plus fréquentables.

— Je ne pouvais pas laisser Cassandra seule dans un pays qu'elle ne connaît pas. C'était au-dessus de mes forces.

— Je le sais. Tant qu'elles se contentent de la tente cet hiver, tout ira bien. Cette femme ne vole pas le pain qu'elle mange, je te le concède, mais nous n'avons pas les moyens de leur bâtir une vraie maison. Pas cette année, en tout cas. Peut-être Reece peut-il ajouter un toit en écorce au-dessus de la tente, comme celui qui protège les chevaux.

Livia ne répondit rien. Elle solliciterait l'avis de Reece. Il n'était pas question qu'elles souffrent du froid et vivent tout l'hiver au milieu des fuites.

*

Tout en poursuivant la lessive, Cassandra glissa d'une voix douce à sa sœur :

— Je me trompe, ou tu as le mal du pays, Pandora ?

— Comment le sais-tu ? Je n'en ai touché mot à personne.

— Je te connais bien. Le Lancashire te manque ?

— Un peu, ça passera. De toute façon, nous n'avons pas le choix.

— Tu aurais pu vivre ailleurs en Angleterre.

— Toute seule ? Je te vois mal rentrer avec moi.

— Je ne sais pas. Le climat australien et les grands espaces me plaisent. Je ne l'aurais jamais cru, mais regarde un peu tout ça.

Elle embrassa d'un geste le paysage qui l'entourait.

— J'aime ces arbres exotiques, le vert grisé des feuilles d'eucalyptus, les branches et les feuilles qui jonchent le sol. C'est magnifique.

— Tu trouves? Personnellement, ça me donne la chair de poule. Pas une âme qui vive à des kilomètres à la ronde, en dehors de ce vieux monsieur. Sans parler des incendies. Que se passerait-il si la brousse prenait feu?

Cassandra lui tapota gentiment le bras d'une main humide tout en attendant la suite. À condition de ne pas la presser de questions, Pandora finissait généralement par livrer sa pensée.

— Ce n'est pas l'Angleterre qui me manque, c'est le Lancashire. Chez nous. Même si on voulait rentrer, jamais on ne pourrait se payer la traversée. Non, ma chérie, ça ne sert à rien de s'étendre là-dessus, je finirai par m'habituer, à présent que nous avons un refuge.

— Il est difficile de parler de foyer quand on vit sous la tente.

Cassandra se retourna vers le cabanon.

— Leur maison ne vaut guère mieux. Je n'en reviens pas que des gens de leur caste acceptent de vivre dans une telle… masure. Tiens, aide-moi.

Les deux sœurs, chacune à l'extrémité d'un drap, le tordirent jusqu'à en extraire toute l'eau avant de le tendre sur la corde en se servant des nouvelles pinces à linge.

Reece se redressa.

— Voulez-vous une tasse de thé?

— Avec plaisir.

Cassandra s'en voulut d'avoir répondu avec tant d'enthousiasme. Elle s'était promis de conserver sa froideur avec lui, et voilà qu'elle rompait son vœu après quelques heures à peine.

— Je reviens dans dix minutes.

Cassandra reporta son attention sur la bassine d'eau de rinçage dans laquelle elle plongea le drap suivant, sans se soucier de mouiller ses vêtements que la chaleur ambiante séchait presque instantanément.

— Je vois mal comment on pourrait amidonner quoi que ce soit.

— Mme Southerham a oublié d'acheter de l'amidon. On se contentera de linge et de vêtements propres, gloussa Pandora. Tu as vu tous ces sous-vêtements? Ils n'avaient pas fait la lessive depuis une éternité.

— Ils possèdent tellement de vêtements, ils n'ont pas jugé que c'était urgent.

Reece accrocha la bouilloire au-dessus du feu et les rejoignit.

— La prochaine fois que vous préparez une bassine d'eau chaude, m'autorisez-vous à laver mes affaires une fois que vous aurez terminé?

Cassandra se sentit obligée de répondre.

— Nous lavons déjà nos vêtements en plus des leurs, autant ajouter les vôtres. Pour l'instant, nous avons surtout besoin de pinces à linge.

Il lui répondit par un sourire si chaleureux qu'elle se sentit rougir. Elle reprit aussitôt sa tâche et lorsqu'elle releva à nouveau la tête, elle le vit près du feu. Il versa l'eau chaude dans l'énorme théière avec une précision de mouvements qui faisait plaisir à regarder, puis il remplit de nouveau la bouilloire et la suspendit au-dessus des flammes.

Cassandra sortit le dernier drap de la bassine en soupirant et le rinça avec l'aide de Pandora. Elles mirent à tremper une nouvelle pile de vêtements sales et rejoignirent Reece à table.

— Nous aurons bientôt besoin d'eau chaude, remarqua Pandora.

— J'irai puiser de l'eau quand nous aurons bu notre thé. Nous allons avoir besoin de davantage de seaux et de matériel pour la lessive.

— Est-il normal de s'arrêter de travailler sans rien demander à personne? s'étonna Cassandra. À l'usine, les heures de travail étaient comptées.

Il lui adressa un sourire.

— Nous travaillons tous beaucoup. Ils ne vont pas nous priver d'une tasse de thé. En outre, le personnel féminin ne court pas les rues, ils se garderaient bien de mal vous traiter. Cela dit, je trouve anormal qu'ils ne vous versent pas de gages, Cassandra.

Elle haussa les épaules.

— Je suis déjà contente d'avoir un toit. Pour le moment.

Il remua son thé en évitant de croiser son regard.

— Quand doit naître le bébé?

— En mai.

— Il manque cruellement de médecins dans cette colonie. Peut-être trouvera-t-on une femme susceptible de vous aider dans une ferme des environs.

Elle écarquilla les yeux, stupéfaite. Il s'exprimait comme si cette naissance le concernait.

— Je poserai la question, poursuivit-il d'une voix douce. Je rencontre plus de gens qu'eux. Kevin m'avait parlé d'une épicerie à une heure d'ici. Je m'y suis rendu une fois, les propriétaires sont très serviables. J'y retournerai la prochaine fois que nous aurons besoin de provisions.

— Je vous remercie.

Cassandra s'empressa de vider sa tasse et reprit son travail. Le dialogue était décidément trop facile avec Reece. Il l'avait été dès leur première rencontre.

Elle tendait le dos à l'idée que Pandora lui fasse une réflexion, mais sa sœur s'en abstint, à son grand soulagement.

Les Southerham à peine rentrés, Livia félicita les sœurs.

— Je ne suis pas très bonne cuisinière, mais je suis encore plus mauvaise lingère, alors je préparerai les repas aujourd'hui. Je me débrouille à peu près, grâce aux conseils de Reece. Francis tue un kangourou chaque fois que la viande vient à manquer.

Elle sourit en voyant Reece assis à la table, un couteau à la main, occupé à tailler des morceaux de bois.

— J'ai l'impression que nous aurons besoin de beaucoup de pinces à linge, Reece. Ce n'est pas la lessive qui manque.

M. Southerham s'assit à son tour et sortit un couteau de sa poche.

— Laissez-moi vous aider, proposa-t-il à Reece.

Il se lassa rapidement en constatant qu'il ne savait pas se servir d'un couteau, et partit chasser le kangourou.

Cassandra avait remarqué qu'en dehors des chevaux et de la chasse, il était peu habile de ses mains. Elle surprit Reece en train de regarder son employeur d'un air résigné. Il tourna la tête, s'aperçut qu'elle l'observait, et lui adressa un clin d'œil.

Elle reprit sa lessive, mais son dos ne tarda pas à lui jouer des tours. Comment tiendrait-elle à ce rythme pendant les deux derniers mois de grossesse ? La bosse de son ventre était encore discrète, mais l'enfant gagnait en force au point de devenir une personne à part entière dans sa tête. Elle se posait la question du sexe de l'enfant, s'interrogeait sur son visage et son intelligence, se demandait s'il hériterait de la cruauté de son père.

Elle se redressa en posant une main sur ses reins fatigués. Reece ne la quittait pas des yeux, elle avait conscience de sa présence à chaque instant. Elle avait toujours su qu'il en serait ainsi s'ils vivaient dans une telle promiscuité.

Elle savait déjà qu'il ne la verrait plus du même œil lorsque sa grossesse déformerait sa silhouette et gênerait ses gestes. Ce jour-là, il ne la supporterait plus.

*

Xanthe reprit la place de Maia à côté de M. Largan sur le siège de la voiture à cheval. Il se tourna soudain vers elle.

— Je préfère que vous m'appeliez Conn, toutes les deux. Je n'aime guère qu'on m'appelle M. Largan.

— Mais vous êtes notre employeur, protesta Xanthe.

— Vous y arriverez si je vous en donne l'ordre.

— Quel est le problème avec «M. Largan»?

— Ça me fait penser à mon père et à mon frère, que je n'aime guère.

Xanthe se retourna afin d'échanger un regard étonné avec sa jumelle et surprit Mme Largan en train d'observer son fils d'un œil triste.

Quel drame avait connu cette famille? Pour quelle raison avait-il été condamné? Le père et le frère en question étaient-ils morts? Sans doute, sinon sa mère ne se serait pas trouvée à ses côtés en Australie.

Les chevaux allaient doucement, Conn veillait soigneusement à éviter les ornières par égard aux douleurs de sa mère. Il se souciait tout autant du confort des chevaux en leur laissant régulièrement le temps de respirer, sans jamais les pousser.

Le soir, à l'heure de la halte dans une auberge, les jumelles aidèrent la vieille dame et dormirent à même le sol dans sa chambre.

Xanthe aurait aimé discuter librement avec Maia, mais la présence de Mme Largan, qui ne pouvait se passer d'assistance un seul instant, l'en empêcha.

— Ce voyage à Perth l'a épuisée, déclara Conn le lendemain à l'heure du départ, alors que Xanthe étalait dans la voiture les édredons sur lesquels Mme Largan s'asseyait, lorsqu'elle ne s'y allongeait pas.

— Les voyages ne sont pas de tout repos dans ce pays, remarqua la jeune fille. C'est curieux que le chemin de fer ne soit pas arrivé jusqu'ici.

— Tout est curieux dans ce pays, réagit Conn, qui se parlait autant à lui-même qu'à la jeune femme. Pourtant, il ne manque pas de charme. Avez-vous remarqué combien l'air est pur et vif?

Il embrassa le paysage d'un geste ample.

— En Irlande, il pleuvrait, ou bien il tomberait du crachin.

— Dans le Lancashire également. J'aime ce soleil.

Mme Largan une fois installée, Maia se proposa de voyager à l'arrière avec elle.

— J'ai le don de m'occuper des autres, davantage que ma sœur, expliqua-t-elle.

Conn haussa un sourcil en direction de Xanthe.

— Dans ce cas, c'est vous qui vous occuperez de la maison?

Elle haussa les épaules.

— Je ferai de mon mieux. Je sais tenir un intérieur modeste, mais je n'ai jamais travaillé pour des nobles.

— Je ne pense plus appartenir à la noblesse, comme vous dites.

Il s'était exprimé avec tant d'amertume qu'elle ne souhaita pas insister.

Ils roulaient sans dire un mot depuis près d'une demi-heure lorsqu'il s'enquit brusquement, comme s'il ne supportait plus le silence :

— Pour quelle raison êtes-vous venues ici?

Après une courte hésitation, elle opta pour la vérité.

— Nous y avons été obligées par notre tante.

— Je vois mal quelqu'un vous obliger à quoi que ce soit. Vous paraissez très indépendantes, toutes les deux.

La réflexion la fit sourire.

— Un caractère digne du Lancashire, comme me l'a dit une femme sur le bateau. À ceci près qu'elle ne le voyait pas comme un compliment.

— Comment votre tante s'y est-elle prise?

— Elle a fait enlever notre sœur aînée et nous a menacées de la maltraiter si nous refusions de partir.

Comme il ne disait rien, elle ajouta :

— Ça peut sembler bizarre, mais c'est la vérité.

— L'expérience m'a montré que les proches sont parfois beaucoup plus cruels que les inconnus. Mais je vous crois. Vous avez un visage trop expressif pour mentir sans que cela se voie.

— Papa me le disait souvent. Il me manque tellement! Il est mort juste avant notre départ. Votre père est mort, lui aussi?

— Non.

Il affichait une expression si maussade qu'elle évita de lui demander pourquoi sa mère se trouvait là, si son mari était toujours vivant.

La seconde journée du voyage touchait à sa fin lorsqu'ils s'engagèrent sur une route secondaire après avoir dépassé une cabane en bois dont Conn expliqua qu'il s'agissait d'une épicerie.

Conn ralentit la course de ses chevaux, mais le chemin était si mauvais que la voiture cahotait dangereusement en accentuant les souffrances de Mme Largan.

La maison se trouvait moins de deux kilomètres plus loin, annoncée par une pancarte en bois : Galway House. Xanthe ne s'attendait pas à découvrir une propriété aussi grande.

Un homme âgé s'avança en boitant et caressa les museaux des chevaux en leur murmurant des paroles en gaélique.

— Voici Maia et Xanthe qui vont prendre soin de ma mère et de la maison, fit Conn. Je vous présente Sean, qui s'occupe du bétail. Il parle anglais, même s'il n'aime guère ça.

Conn souleva sa mère comme si elle avait le poids d'une plume et ils échangèrent un regard affectueux.

— Te voilà tranquille, désormais, lui souffla-t-il.

Elle lui tapota la joue affectueusement. L'amour qui les liait fit monter les larmes aux yeux de Xanthe.

— Ouvrez-moi la porte.

Xanthe se précipita tandis que Maia rassemblait les édredons de la vieille dame.

— Dernière porte à gauche. Relevez les couvertures, ordonna Conn en pénétrant dans la maison.

Xanthe suivit ses instructions sans un regard pour le reste de la maison et s'avança dans une chambre agréable donnant sur la véranda arrière. Elle souleva les couvertures qui dissimulaient un moelleux matelas de plumes.

Conn y déposa sa mère qui poussa un soupir de soulagement en posant sa tête sur les oreillers.

— Je crois que si je devais entreprendre à nouveau un tel voyage, mon Conn chéri, j'en mourrais.

— Vous n'en aurez plus besoin, mère. Sauf si nos deux aides venaient à nous abandonner, ajouta-t-il en regardant les jumelles.

— Je suis sûre que cela n'arrivera pas, sourit-elle. Je me sens nettement mieux quand je mène une vie tranquille, je devrais bien moins vous ennuyer à l'avenir, mes petites. Bienvenue à Galway House. J'espère que vous serez heureuses ici. À présent, Conn, je te prie de nous laisser, je vais demander à ces jeunes personnes de me déshabiller.

Mme Largan au lit, Xanthe se rendit en cuisine tandis que Maia continuait de s'occuper de la vieille dame.

Elle y trouva Conn occupé à faire chauffer de l'eau sur un fourneau équipé d'un ballon d'eau chaude, d'un four et d'une plaque chauffante.

— Je peux prendre le relais, si vous voulez.

Il se retourna et hocha la tête.

— Fouillez les placards si vous avez besoin de quoi que ce soit. Il nous reste du pain acheté à Perth, mais il est dur. Nous n'avons pas de lait, mais je veillerai à m'en procurer auprès de nos voisins à compter de demain.

— Des voisins? J'avais cru comprendre que ce chemin ne desservait pas d'autre maison que la vôtre.

— Ils vivent à quatre cents mètres dans cette direction, expliqua-t-il en tendant l'index. Nous leur achèterons du lait et des œufs en attendant de produire nous-mêmes le nécessaire.

— Que souhaitez-vous pour le repas de ce soir?

— Vous trouverez un jambon à la cave, à laquelle vous accédez par cette porte. Il y fait plus frais que dans la maison. Les chandelles se trouvent sur l'étagère supérieure, à l'entrée de l'escalier.

Il quitta la cuisine et Xanthe prit possession des lieux. Elle fit des yeux le tour de la pièce. Celle-ci, aussi vaste que leur maison d'Outham tout entière, servait à la fois de cuisine, de salle à manger et de salon. Elle nécessitait un sérieux coup de propre, elle y veillerait avec Maia.

Pour la première fois depuis leur arrivée en Australie, elle se sentait chez elle.

Sans doute la gentillesse de Mme Largan y était-elle pour beaucoup. Et puis la maison était si belle.

Elle descendit à la cave en fredonnant et découpa quelques tranches de jambon. Elle se servirait du gras pour faire frire le pain rassis, sans oublier Sean qui devait avoir un appétit aussi solide que celui de son maître.

*

Conn, qui l'épiait du seuil de la pièce, nota qu'elle continuait de travailler avec le même entrain alors qu'elle ne se savait pas observée. Le son de sa voix n'était pas non plus pour lui déplaire.

Xanthe posa sur un plateau un joli napperon brodé et une belle assiette. Sa mère serait sensible à une telle attention.

Attiré par l'odeur du pain qui cuisait dans la poêle, il s'approcha.

— Cela sent merveilleusement bon.

Xanthe se retourna d'un bloc, une main sur la poitrine.

— Je suis désolé de vous avoir effrayée.

— Avez-vous faim?

Elle ne l'avait pas appelé «monsieur», mais il ne s'en formalisa pas. L'essentiel était qu'elle prenne soin de la maison et de sa mère. Il allait enfin pouvoir s'occuper de cette curieuse propriété, achetée récemment à un homme fortuné qui avait choisi d'y construire cette immense bâtisse sans même défricher les terres et d'y installer du bétail.

Conn avait acquis le tout pour une bouchée de pain, personne ne souhaitant s'installer dans un lieu aussi isolé. À l'inverse du précédent maître des lieux, il entendait réussir. Il avait soigneusement planifié son affaire, anticipant chaque étape. Il avait été contraint de s'interrompre lorsque sa mère était venue le rejoindre après avoir fui sa maison et les siens, choquée du sort réservé à son fils.

À présent qu'il disposait de deux domestiques, plus rien ne l'empêcherait de poursuivre son œuvre. Les jumelles ne se doutaient pas à quel point il avait besoin d'elles. Il devrait veiller à ce qu'elles se plaisent chez lui.

Il sourit en voyant le repas simple et appétissant que Xanthe avait préparé pour tous dans la cuisine. Il ne lui était pas venu à l'idée de dresser le couvert de son maître séparément, sur la grande table de la salle à manger et Conn n'aurait pas songé à le lui reprocher. Il serait plus simple de vivre tous ensemble dans l'immense salle.

— Maia donne à manger à votre mère, lui expliqua Xanthe. J'espère que cela vous plaira.

Il porta à sa bouche un morceau de jambon qu'il trouva infiniment plus savoureux grillé de la sorte, aiguillonné par le plaisir de ne plus manger seul.

Il se sentait fatigué, mais plus optimiste qu'il ne l'avait été depuis longtemps.

Sa mère, sa merveilleuse mère, disposait enfin des soins qu'elle méritait.

22

— Il t'aime toujours, tu sais, déclara Pandora à mi-voix alors qu'elle achevait de laver la vaisselle du soir dans une cuvette métallique.

Cassandra ne savait plus comment expliquer à sa sœur les raisons de son rejet de Reece.

— Tu devrais lui accorder une chance.

— Je dois d'abord penser à mon bébé.

— Tu voudrais rendre deux personnes malheureuses au nom d'un bébé qui n'a aucune raison de savoir dans quelles circonstances il a été conçu?

— Quand cesseras-tu de me harceler?

— Reece m'a suppliée de te parler, de te pousser à l'écouter, et j'ai accepté avec plaisir. Ô Cassandra chérie! Pourquoi refuses-tu de l'entendre? Tu as décidé pour lui, et non avec lui. Papa nous répétait constamment qu'il fallait laisser les gens libres de décider eux-mêmes. Il l'a toujours fait avec nous, même quand nous étions petites. Tu ne peux donc pas accorder ce droit à Reece?

— Non, je ne peux pas. Je n'ose pas. À cause du bébé.

Pandora, qui allait protester, changea de stratégie.

— Je suis convaincue que Reece sera gentil avec lui.

— Je n'ai aucun moyen de le savoir.

— Tu ne lui laisses aucune chance!

— J'aurais peut-être accepté s'il n'avait pas réagi de cette façon quand je lui ai tout avoué. Depuis, je n'ose plus.

*

Le lendemain soir, Cassandra déversait des déchets dans la fosse prévue à cet effet lorsqu'une main saisit son bras. Elle se retourna vivement et découvrit Reece.

— Laissez-moi une chance. Écoutez-moi, au moins.

La gorge de la jeune femme se noua. Elle voulut rejoindre les autres près du feu, mais il ne lui lâchait pas le bras.

— Jamais je ne vous contraindrai à quoi que ce soit, mais je vous trouve injuste, alors écoutez-moi.

Elle tenta de se dégager, mais il était plus fort qu'elle. Elle voulut appeler à l'aide. Les Southerham les observaient de loin depuis leur petite véranda.

— Marchons un peu. C'est le seul moyen d'échapper aux regards.

Elle se débattit et M. Southerham esquissa un pas dans leur direction. Pandora s'interposa aussitôt et Mme Southerham retint son mari par le bras.

M. Southerham leva les bras au ciel en secouant la tête d'un air agacé, puis il rentra dans le cabanon, suivi de sa femme.

Pandora regagna la table en faisant signe à sa sœur de suivre Reece. Cassandra renonça à lutter, ce qui ne l'empêcha pas de repousser son bras lorsqu'il essaya de le glisser dans le creux du sien.

— J'accepte de vous écouter, mais rien ne me fera changer d'avis.

— Par ici.

Sans un mot, elle le suivit sur le petit chemin qu'il empruntait chaque soir.

Il s'immobilisa devant un immense arbre mort.

— Peut-on s'asseoir?

Elle hésita, mais la journée avait été longue et elle finit par s'exécuter, les mains croisées autour des genoux en évitant de le regarder. La voix de Reece, toute proche, l'enveloppa littéralement.

— Nous n'avons pas eu l'occasion de parler depuis ce jour où j'ai si mal réagi à l'hospice de Perth.

— Je ne m'attendais à rien d'autre.

— J'étais sous le choc. Je n'arrivais pas à croire qu'une telle horreur ait pu se produire à Outham. Et qu'elle ait pu vous arriver.

Elle continuait de fixer le paysage plongé dans l'obscurité qui s'étendait à leurs pieds sous l'immensité étoilée. Ils avaient beau se trouver près de la maison, ils auraient pu se croire seuls au monde. Cette impression de paix infinie donnait à Cassandra le sentiment d'être libre.

— J'ai longé le fleuve pendant des heures à Perth ce jour-là. Il m'a fallu du temps pour comprendre et accepter. J'en voulais terriblement à ces hommes de ce qu'ils vous avaient fait subir, mais je n'éprouvais aucune colère contre vous.

— Ce qui ne vous a pas empêché de me fuir.

— J'avais besoin de réfléchir, et puis j'ai compris, une fois ma colère tarie, que... Vous ne comprenez donc pas, Cassandra? Cet enfant que vous portez, c'est une seconde chance que m'offre le destin.

— Que voulez-vous dire?

— J'ai perdu ma femme et mon enfant. Un bébé tout petit, blanc et flasque, mais normalement formé. Le pauvre petit n'a jamais respiré. On a essayé de me cacher son corps, de l'emporter comme un vulgaire détritus, mais je voulais voir mon fils. Et puis...

Sa voix se teinta de larmes.

— ... Nan est morte quelques heures plus tard, elle... Elle s'est vidée de son sang. Ils n'ont pas réussi à la sauver, si bien que je les ai perdus tous les deux. C'est uniquement après vous avoir rencontrée que j'ai recommencé à me sentir heureux, comme si mon monde avait retrouvé son équilibre. Et je vous ai laissée à Outham, comme un idiot. Cette satanée famine du coton s'est acharnée à chasser les habitants du Lancashire en brisant les familles, en séparant les amants.

Il leva la main.

— Non, laissez-moi terminer. Ce n'est pas le Lancashire qui me manquait, pas même Outham, mais vous.

Il porta la main de Cassandra à ses lèvres et la baisa délicatement.

— Aujourd'hui, le destin m'offre la chance d'aimer un autre enfant, un enfant qui a besoin d'un père plus que tout autre. Mais j'ai encore deux fois plus besoin de vous que cet enfant a besoin de moi.

De la poitrine de Cassandra jaillit un sanglot et ses yeux se mouillèrent de larmes.

— Vous croyez peut-être que je détesterai ce bébé, ou du moins que je lui en voudrai, mais ce n'est pas le cas. Je vous le promets. Parce que, quel que soit son père, vous êtes sa mère. Parce que je n'ai jamais cessé de regretter la mort de mon fils. Curieusement, j'avais décidé de le baptiser Edwin si c'était un garçon. Si votre bébé en est un, j'aimerais qu'il porte ce nom, en mémoire de votre père et de mon fils.

Une larme roula le long de la joue de Cassandra qui ne songea pas à la chasser. Elle ne doutait pas de la sincérité de Reece. Restait à savoir si elle oserait le croire.

— À peine les côtes anglaises avaient-elles disparu dans le sillage de l'*Eena* que j'ai su quelle bêtise j'avais commise en vous laissant.

Il sortit une enveloppe de sa poche.

— Voici la lettre que je vous adressais, dans laquelle je vous demandais de me rejoindre.

Il la lui glissa entre les doigts.

— Il vous suffira de la lire pour savoir combien j'ai besoin de vous.

Elle posa les yeux sur la lettre dont l'épaisseur la surprit.

— Je ne renoncerai pas tant que je ne vous aurai pas convaincue de m'épouser, mais j'ai une autre question à vous poser. Où souhaitez-vous vivre? Ce lieu me plaît, je suis persuadé de pouvoir y vivre confortablement avec les miens, mais si vous préférez rentrer en Angleterre, j'irai avec vous. Je suis prêt à tout pour vous rendre heureuse. À tout. Vous avoir pour femme m'est aussi nécessaire que de respirer.

Les larmes de Cassandra s'étaient mises à couler à flots.

— Oh, Reece…

Tout en continuant de regarder la lettre, elle vit du coin de l'œil qu'il pleurait aussi. Elle lut tout l'amour dans ses yeux, l'anxiété avec laquelle il guettait sa réaction. En l'espace d'un instant, ses doutes s'évanouirent.

— Je n'aurai pas besoin de lire ces lignes. De ma vie je n'ai entendu, ou lu, de plaidoirie plus éloquente.

— Que voulez-vous dire? demanda-t-il d'une voix rauque.

— Je veux dire que je vous crois… et que j'accepte de vous épouser.

Un cri inarticulé s'échappa de sa gorge, il l'attira à lui et lui couvrit le visage de baisers. Elle riait entre ses larmes en lui rendant ses baisers.

Lorsqu'il l'aida à se relever pour la serrer tout entière dans ses bras, la lettre tomba à terre.

Cette étreinte était si douce qu'elle ne chercha pas à la briser tant le contact de ses mains, de ses bras lui redonnait vie.

Ils restèrent longtemps ainsi, puis il recula d'un pas et reprit son souffle.

— Je m'engage à vous offrir une belle vie, mais nous attendrons d'être mariés pour nous aimer comme il se doit. Votre corps seul ne suffirait pas à mon bonheur. Vous serez ma femme, mon amie, la mère de mes enfants, à commencer par celui-ci, déclara-t-il en lui posant délicatement une main sur le ventre.

— Cette vie, nous la construirons ensemble, rectifia-t-elle. Moi aussi, j'ai les mêmes envies que vous. J'aime ce pays, à ceci près que…

— À ceci près? Dites-moi. Il ne doit plus y avoir de secrets et d'obstacles entre nous.

— Il s'agit de Pandora. Elle a le mal du pays. Sans doute aurez-vous remarqué combien elle paraît malheureuse, parfois. Elle a beaucoup maigri et je m'inquiète pour elle.

— Je m'en suis douté en la voyant essuyer furtivement une larme lorsqu'elle ne se savait pas observée. Nous trouverons le moyen de la rendre heureuse ici, sinon nous lui proposerons de rentrer au pays.

Il ramassa l'enveloppe et la glissa dans la main de Cassandra après l'avoir débarrassée de la terre qui la maculait.

— Je vous invite à la lire tout de même.

Elle la serra dans son poing, le laissa lui prendre la main, et ils regagnèrent Westview afin d'annoncer la nouvelle à leurs compagnons.

M. Southerham fut le seul à ne pas manifester d'enthousiasme, mais rien ne semblait l'enthousiasmer depuis quelque temps.

Cassandra attendit que Reece soit reparti chez Kevin Lynch et que les autres se soient retirés pour lire la lettre à la lueur d'une lampe à pétrole, assise à la table sous le regard des étoiles, caressée par une brise tiède. Sa lecture se prolongea tard dans la nuit car elle s'arrêtait souvent pour sourire d'une formule ou d'une phrase, pour relire un paragraphe.

Aucune des histoires d'amour qu'elle avait lues n'égalait la sienne à présent qu'elle découvrait les mots que son cœur avait dictés à Reece. Elle en avait la conviction. Elle venait de rencontrer l'âme sœur en même temps qu'elle trouvait un mari.

*

— C'est Noël dans deux jours, annonça Livia. Il nous faut célébrer l'événement.

— Je pourrais préparer un gâteau, suggéra Pandora. J'ai vu que vous aviez des raisins secs, de la farine et du sucre. J'adore cuisiner.

Elle adressa un sourire à sa sœur.

— Je crois m'en tirer mieux que Cassandra. Cela dit, sans beurre, mon gâteau ne sera pas très festif.

Le visage de Francis s'éclaira.

— Un gâteau, quel qu'il soit, sera le bienvenu. Les sucreries me manquent.

— Le soir, nous chanterons des cantiques de Noël, enchaîna Reece.

— Excellente idée, approuva Livia en lançant un coup d'œil en direction de son mari. Il me semble que nous devrions inviter M. Lynch.

Francis la fusilla du regard, mais elle refusa de se laisser impressionner. Comme il ne disait rien, elle ajouta :

— Personne ne devrait passer Noël seul.

Son mari enfonça les mains dans ses poches.

— Après tout, fais à ta guise !

Reece laissa s'écouler un instant avant de réagir à son tour.

— Si vous êtes sûrs de votre décision, je lui ferai la proposition ce soir.

— Je suis tout à fait sûre, insista Livia. Nous fouillerons nos réserves avec Pandora afin de voir quelles surprises préparer.

*

Deux jours plus tard, c'est en voiture que Reece conduisit Kevin chez les Southerham en effectuant le grand tour.

— Je m'étonne encore qu'ils m'aient invité, remarqua Kevin alors que sa vilaine jument partait joyeusement à l'assaut de la colline au sommet de laquelle se trouvait Westview.

— C'est Mme Southerham qui vous a invité. M. Southerham se contente en général de lui obéir.

Kevin eut un petit sourire.

— En tout cas, je suis heureux de ne pas me retrouver seul. Sans parler de partager un bon repas. Si votre jeune dame et vous-même m'adressez la parole de temps à autre, je me contenterai de rester tranquille pour ne pas trop perturber notre hôte.

Kevin descendit avec l'aide de Reece et offrit en cadeau à Francis une bouteille de porto, accompagnant son geste d'une courbette.

— Merci, répondit sèchement Francis.

— Exactement ce qui nous manquait pour que la fête soit complète, réagit Livia.

Reece se fit la réflexion qu'il n'avait jamais connu un Noël semblable. Il avait fait chaud ce jour-là, de sorte que personne n'éprouva le besoin d'enfiler un manteau ou un châle à la nuit tombée. Ils dînèrent à l'extérieur, sur la grande table recouverte pour l'occasion d'une nappe blanche. Si aucun carillon d'église n'était là pour troubler la nuit, le murmure des feuilles dans les arbres et le cri occasionnel d'une boubouk, plus proche de l'appel du coucou que du hululement de la chouette, se chargeaient de planter un décor sonore.

Au moment d'interpréter des cantiques, Reece croisa le regard de Cassandra et sa voix se mêla harmonieusement à la sienne.

— Mon cœur sourit à la vue de ces deux-là, murmura Kevin à l'oreille de Livia. Reece est un excellent garçon.

— Oui, ils sont faits l'un pour l'autre.

Sur le chemin du retour, au milieu d'un paysage que baignait l'éclat de la lune, Kevin se tourna vers son compagnon :

— J'aime beaucoup votre jeune dame.

— Moi aussi. J'espère arriver à nous organiser une vie heureuse ici.

— Travailleur comme vous l'êtes, vous y parviendrez.

— Le destin ne vous en donne pas toujours l'occasion.

— C'est vrai, reconnut Kevin avant de se perdre dans ses pensées.

Reece s'en voulut aussitôt de sa remarque.

— Ne vous en faites pas, mon garçon, le rassura Kevin en lui tapotant la main. Ce ne sont pas vos mots qui m'ont troublé. Noël éveille toujours des souvenirs chez moi. Le dernier repas que j'ai partagé avec les miens se déroulait un soir de Noël. Je ne les ai revus qu'une seule fois par la suite, dans une salle de tribunal.

*

Deux semaines plus tard, Mme Southerham tendit à Reece une longue liste de courses.

— Nous avons réfléchi avec ces demoiselles, voici ce dont nous avons besoin. Le mieux serait de vous rendre dans la petite boutique installée au bord de la route.

Elle lui adressa un sourire mystérieux.

— Emmenez donc Cassandra avec vous. Une femme sera mieux à même de choisir que vous. Ah ! Demandez-leur également de vous indiquer l'endroit le plus proche pour vous marier, même si j'ai bien peur que vous ne soyez obligés de vous rendre à Perth.

— Merci, madame Southerham, lui glissa Cassandra à l'oreille au moment de partir.

— Je suis ravie de vous aider. J'ai épousé l'homme que j'aimais et je suis heureuse avec lui, malgré tous ses défauts. Profitez-en pour vous renseigner sur la propriété où sont employées vos sœurs. Vous n'aurez qu'à leur rendre visite la semaine prochaine afin de leur annoncer la bonne nouvelle.

— Comme vous êtes gentille !

— J'aime voir les gens heureux.

*

La « boutique » était une simple cabane en bois dans laquelle s'entassaient des produits de première nécessité. Une remise abritait des sacs de grains, du matériel de ferme, des outils et des clous. Reece s'y rendit pendant que Cassandra réunissait les articles de sa liste de courses.

— Votre mari semble bien joyeux aujourd'hui, remarqua avec curiosité la femme qui la servait.

— Ce n'est pas encore mon mari, je comptais justement vous demander comment se marier par ici.

— Un prêtre officie dans notre grange le premier dimanche de chaque mois. La plupart des gens du coin y assistent, quelle qu'ait pu être leur religion au pays. Après tout, nous célébrons tous le même Dieu. Vous n'aurez pas besoin d'attendre la publication des bans pour vous marier puisqu'il ne vient qu'une fois par mois.

— Quelle bonne nouvelle! Je m'empresse d'en parler à Reece. Nous viendrons le premier dimanche de février. Sinon, connaissez-vous un endroit appelé Galway House?

— C'est à dix minutes d'ici en voiture à cheval. M. Largan est un curieux personnage. En dépit de sa politesse, il ne sourit jamais. Vous le connaissez?

— Deux de mes sœurs travaillent pour son compte. J'aimerais leur rendre visite.

— Ah, j'en connais une. Elle est venue acheter des provisions avec lui. Elle porte un drôle de nom qui commence par un Z, je crois.

Cassandra en eut les larmes aux yeux.

— Xanthe.

Reece interrompit leur conversation afin de régler leurs achats. De nombreux articles manquaient, qu'il faudrait commander à Perth en versant d'avance à la commerçante la moitié de la somme.

Le chargement terminé, Reece se tourna vers sa compagne.

— Je vous propose d'aller rendre visite à vos sœurs tout de suite. On m'a indiqué le chemin, ce n'est pas loin, mais nous ne pourrons pas rester plus d'une heure.

Elle se jeta à son cou sans se soucier qu'on pût la voir.

— J'allais vous le demander, dit-elle avant d'ajouter avec un sourire: À propos, nous pouvons nous marier le premier dimanche de février.

— J'ai posé la question à Kevin, nous pourrons nous installer chez lui. Vous continuerez de travailler pour les Southerham en attendant la naissance, mais seulement s'ils vous rémunèrent.

— Je ne crois pas qu'ils en aient les moyens.

— Dans ce cas, ils n'ont qu'à déduire l'équivalent de vos gages des mois de travail que je leur dois, suggéra-t-il, rayonnant. À vrai dire, j'aime autant. J'ai tellement de projets ! Ah, j'oubliais. Kevin vous invite à prendre le thé ce dimanche avec Pandora. Je suis en train de construire une pièce supplémentaire qui nous servira de chambre. J'espère que cela ne vous dérangera pas de vivre dans la maison d'un ancien condamné. Il a été déporté en Nouvelle-Galles du Sud pour raisons politiques. Les autorités l'ont gracié dès son arrivée à condition qu'il ne retourne jamais en Irlande.

— Je n'ai aucun mépris pour personne, contrairement à M. Southerham.

*

Galway House était une bâtisse impressionnante au toit légèrement de guingois. Certains piliers de la véranda penchaient et la plupart des carreaux avaient besoin d'être lavés.

Reece arrêta la voiture devant la maison. Il aidait Cassandra à descendre lorsque Conn Largan apparut sur le seuil. Avant qu'il ait pu prononcer une parole, un cri retentit et Xanthe jaillit de la porte d'entrée et se jeta dans les bras de sa sœur.

Les retrouvailles furent joyeuses, les jumelles réagirent avec joie à l'annonce du mariage de leur aînée avec Reece. Conn promit de conduire les deux sœurs à la noce, et même d'emmener sa mère si cette dernière se sentait suffisamment bien. Elle avait fait des progrès depuis que Maia prenait soin d'elle.

Jamais une heure ne passa plus vite dans l'esprit de Cassandra qui eut toutes les peines du monde à repartir lorsque Reece, tirant sa montre de son gousset, lui signala qu'il était temps de quitter les lieux.

*

Le dimanche suivant, Pandora accompagna les deux fiancés chez Kevin à l'heure du thé. À peine les Southerham eurent-ils disparu à sa vue qu'elle laissa échapper un long soupir.

— Je n'en peux plus de cet endroit! Je ne crois pas être faite pour être domestique. À la façon dont M. Southerham me donne des ordres, j'ai constamment la tentation de lui apprendre les bonnes manières.

— Ou de lui rappeler que nous ne sommes pas des idiotes, ajouta Cassandra.

— Dieu sait! approuva Reece avec malice. Il lui arrive même de parler à sa femme comme si elle était sotte. Je n'arrive pas à comprendre pourquoi elle ne le remet pas en place. Il se comportait d'une façon très différente en Angleterre.

— Elle l'aime. Je me dis aussi qu'il agit ainsi pour masquer ses propres faiblesses.

Pandora se hissa sur le tronc qui avait vu Reece demander la main de sa sœur. Elle le parcourut sur toute sa longueur, les bras écartés afin de préserver son équilibre.

— Mme Southerham est infiniment plus gentille. Dans d'autres circonstances, je crois que nous aurions pu devenir amies.

La remarque fit sourire Reece.

— Il n'accepterait jamais qu'elle s'abaisse à se lier d'amitié avec des gens de notre condition, de même qu'il ne supportait pas d'avoir Kevin à sa table le jour de Noël. Je suis toutefois heureux qu'ils aient accepté de contresigner le testament de Kevin en qualité de témoins. Il en a été soulagé. Il n'a pas voulu me solliciter, au prétexte qu'il me laisse « un petit quelque chose ». Il m'a montré l'endroit où se trouvait le document en me demandant de m'en occuper à sa mort. J'ai l'impression qu'il va mieux, à présent que je vis avec lui. Je veille à ce qu'il se nourrisse correctement. J'ai la ferme intention de le maintenir en vie le plus longtemps possible. Je n'ai pas envie de perdre un aussi bon ami.

— À qui a-t-il légué sa propriété ? Qu'en est-il des terres qu'il vous loue ? Pourrez-vous les garder ?

— Je n'en sais rien. J'imagine qu'il a tout légué à sa famille. Le contrat qui nous lie a une durée de cinq ans. D'ici là, j'espère avoir économisé assez pour louer une propriété plus grande.

Le thé chez Kevin se déroula dans une atmosphère aussi enjouée que la visite aux jumelles quelques jours plus tôt. Entre deux conseils avisés, Kevin fit visiter à Cassandra la maison, ainsi que la pièce en construction qui serait bientôt sa chambre. Reece promit de fabriquer un vrai lit et d'acheter de la paille pour un matelas. Cassandra s'engagea à tailler des rideaux dans de vieux draps offerts par Kevin.

— Nous n'aurons presque rien, je le crains, remarqua Reece alors qu'ils s'en retournaient à la tombée de la nuit.

— Quelle importance, puisque nous sommes ensemble.

Pandora, plus gaie qu'à l'habitude, sembla oublier provisoirement ses soucis en aidant sa sœur à imaginer son intérieur. Son humeur s'assombrit à la vue de Westview.

Cassandra constata d'un coup d'œil que ce changement n'avait pas échappé à Reece.

Son cœur se serra à l'idée de son impuissance.

Épilogue

Cassandra, qui avait pris du poids à l'approche de son mariage, dut retoucher sa plus belle jupe et un joli corsage bleu pâle que venaient rehausser des dentelles dénichées dans la malle d'Hilda. Elle se levait à l'aurore chaque matin afin de coudre pendant une heure avant d'entamer son service. Il lui fallait aussi piquer le matelas de paille qui servirait au lit conjugal.

Elle sourit lorsque Pandora voulut lui laver les cheveux elle-même la veille du grand jour. Elle avait la conviction que Reece ne l'aurait pas moins aimée si elle avait enfilé une robe en toile de jute.

Elle avait chaud au cœur chaque fois qu'elle pensait à lui, tout émerveillée à l'idée de passer sa vie à ses côtés. Après le cauchemar qu'elle avait traversé, elle était la première surprise qu'il accepte l'idée de la toucher.

Elle n'avait quasiment plus peur, au vu de la délicatesse de Reece qui veillait à ce que ses baisers ne puissent lui rappeler l'horreur de ce qu'elle avait vécu. À l'entendre, l'acte d'amour n'avait aucun rapport avec le rut animal.

Elle était rayonnante alors que la voiture la conduisait à la grange où devait se dérouler l'office religieux mensuel.

Reece avait tenu à ce que Kevin assiste à la cérémonie, au grand déplaisir de Francis Southerham, mais le soutien de Livia avait suffi à régler la question.

Le trajet se déroula fort agréablement, les dames usant de leurs parapluies en guise d'ombrelles afin de se protéger de la chaleur qui accablait Pandora. Les chevaux des deux charrettes avançaient d'un pas tranquille. M. Southerham conduisait la première et Reece la seconde.

Les quatre sœurs célébrèrent leurs retrouvailles avec force baisers avant d'entamer un conciliabule entre elles.

— On devine tout de suite qu'elles sont sœurs, dit Livia à Reece. Cela doit être agréable d'avoir des frères et sœurs. En avez-vous?

— Seulement un frère aîné qui vit dans le Yorkshire. Nous ne sommes pas proches. J'entretiens des liens plus étroits avec mes cousins.

La cérémonie fut brève car le prêtre bénissait pas moins de trois unions ce jour-là.

Cassandra sortit de la grange au bras de Reece sans se sentir différente d'avant. Reece restait son amour, l'homme avec lequel elle espérait passer le reste de son existence.

Conn Largan conduisit ensuite toute la noce à une clairière en bord de route où ils dégustèrent un pique-nique à l'ombre d'un bouquet d'arbres, assis sur des troncs.

— Tu es heureuse, madame Gregory? chuchota Reece à l'oreille de sa femme.

— Très heureuse, monsieur Gregory, répondit Cassandra avec un sourire.

— J'ai l'intention de suer sang et eau pour toi, cet enfant, et tous ceux que nous aurons la chance d'avoir, lui promit-il d'une voix douce en levant son mug de thé comme s'il s'agissait d'un gobelet de cristal rempli de vin fin.

— Je t'aiderai et je…

— Alors Reece ! les interrompit Xanthe. Tu n'as pas encore embrassé la mariée, c'est tout juste si tu lui as posé un baiser sur la joue après la cérémonie.

Cassandra allait protester, mais Reece la fit taire en l'embrassant sur la bouche sous les applaudissements des présents.

La jeune mariée rougissante, emportée par la magie de l'instant, attira Reece à elle et lui rendit son baiser afin d'apporter la preuve que leur amour était mutuel. Elle en avait désormais la certitude, une existence heureuse les attendait.

Cet ouvrage a été composé
par Soft Office à Eybens (Isère)

Impression réalisée par
CPI France
en septembre 2019
pour le compte des Éditions Archipoche

Imprimé en France
N° d'impression : 3035872
Dépôt légal : janvier 2019